KB265235

子香

자향 5

펴낸날 | 2003년 12월 10일 초판 1쇄

지은이 | 백우영
펴낸이 | 이태권
펴낸곳 | 소담출판사
　　　　서울시 성북구 성북동 178-2 (우)136-020
　　　　전화 | 745-8566~7 팩스 | 747-3238
　　　　e-mail | sodam@dreamsodam.co.kr
　　　　홈페이지 | www.dreamsodam.co.kr
　　　　등록번호 | 제2-42호(1979년 11월 14일)

ISBN 89-7381-786-8 04810
ISBN 89-7381-787-6 04810 (전5권)
● 책 가격은 뒤표지에 있습니다.

‹이 소설은 삼성언론재단의 저술지원을 받은 책입니다.›

백우영 장편역사 소설

우총

제5권 전생서 대혈전

소담출판사

자향 5
전생서 대혈전

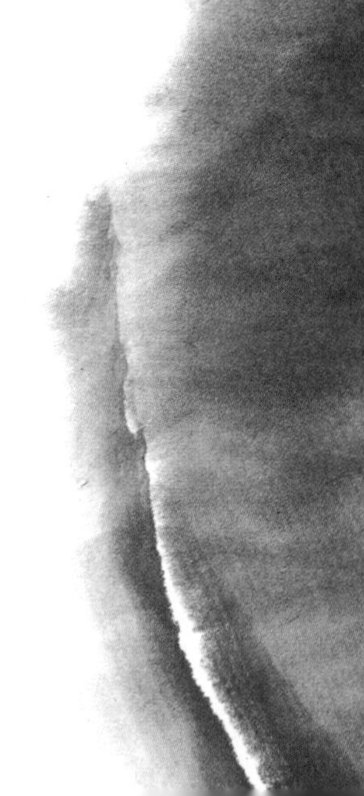

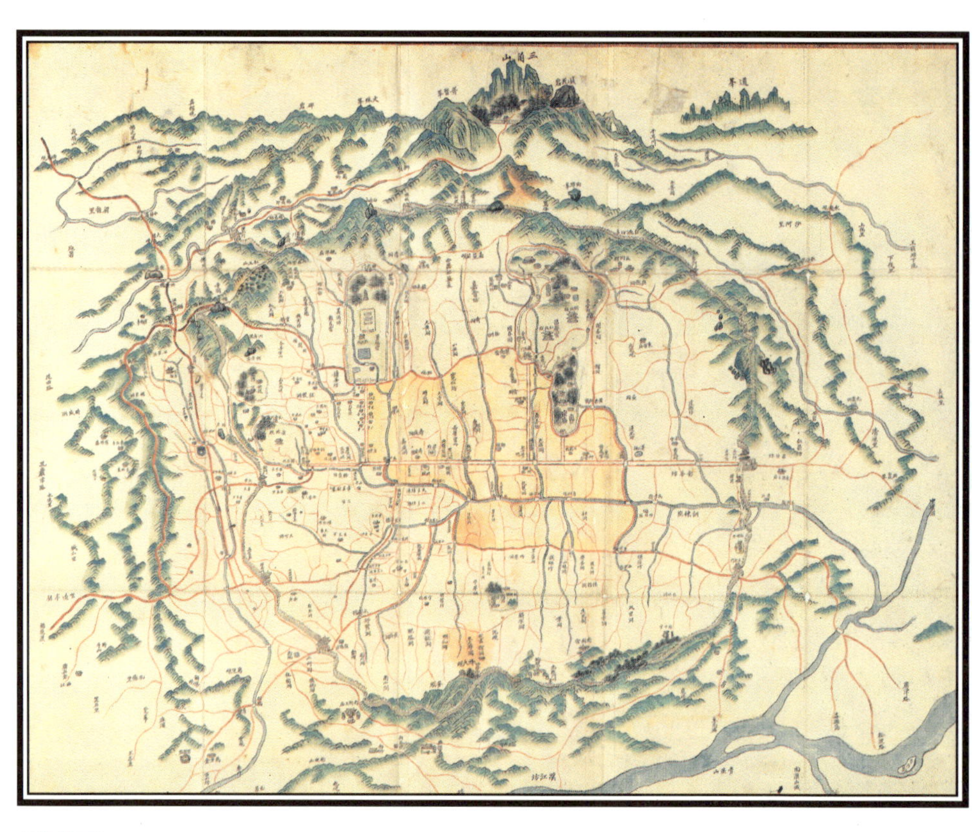

都城圖. 서울대학교 규장각 소장

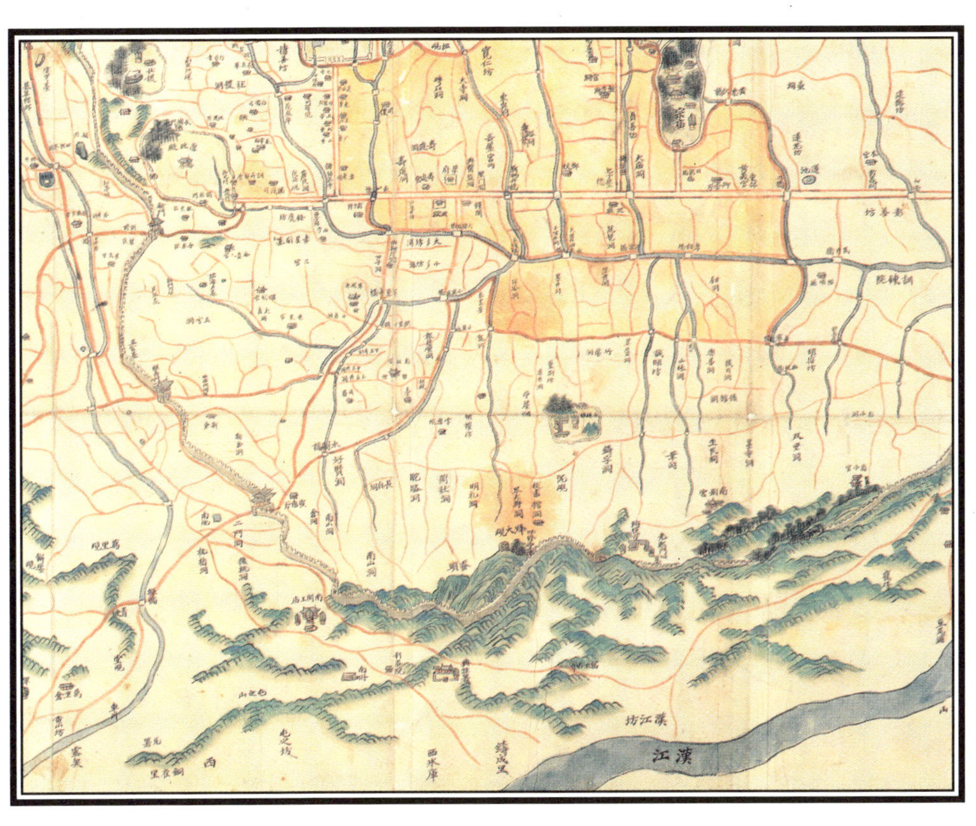

都城圖 部分

소설의 주요 무대인 호현동~전생서 일대

별첨_동무의 애타는 소리

　무서운 회오리바람 같은 격전이 있었던 전생서 숲, 그 다음날. 얕은 언덕을 한 사내가 넘어오고 있었다. 눈은 날카롭고 몸매는 가뿐하다. 사방을 살피는 자세도 경계심이 높다.

　쓰쓰삐이 쓰쓰삐이, 곤줄박이가 날개를 심하게 퍼덕이며 날고 있었다. 사내는 걸으면서 날아가는 새를 본다. 새가 왜 비상하는지 그 이유를 캐는가 보았다. 곤줄박이는 쓰쓰삐이삐이 하며 소나무 숲 사이로 사라졌다.

　오른켠 하얀 바위가 우뚝 솟은 곳에 삼십대 사냥꾼 하나가 엉거주춤한 자세로 숲을 두리번거리고 있었다. 어쩌면 곤줄박이가 그 사냥꾼 때문에 날아가버린 모양이었다.

　사내는 사냥꾼에게 뭐라 말을 걸었다. 한참 뭐라뭐라 말을 나누던 사내는 어떤 말에 매우 놀란 듯 허리를 곧추세우며 물었다.

　"정말 죽었소?"

　"네에, 그랬답니다."

　"정말이오?"

　"포교들이 그렇게 이야기하데요."

　"그래?"

“그 처자만이 아니라 많은 사람이 죽었다는데 그 말을 어디 가서 함부로 하지 말랍디다. 목숨까지 위험할지 모른다나.”

사냥꾼은 그렇게 말하며 사방을 살핀다. 누군가 엿듣는 사람을 경계하는 눈초리이다. 얼굴은 엄숙하기까지하다.

“알았소, 고맙소.”

사내도 근엄한 목소리로 말하였다. 상당히 섭한 모습, 실망한 표정이 얼굴을 스쳐지나간다. 두 사람은 잠시 그렇게 서로를 보며 고개를 끄덕였다. 뭔가 약간은 은밀한 말을 하는 중에도 그들은 서로의 존재와 능력을 은연중 간파하고 인정해주는 듯하였다.

사내는 왔던 길로 다시 돌아가기 시작하였다. 사냥꾼이,

“잘 가시오. 말조심하시고!”

하고 맘씨 두툼한 인사를 던지자,

“고마웁소.”

간단히 대답한 사내는 아까 넘어온 언덕을 미련을 담은 채 넘어갔다. 언덕을 한참 내려와 소로를 꺾어 돌며 사내는 혼자 중얼거렸다.

허, 한발 늦었는가. 안된 일이군.

사내는 사람이 없는 곳을 지날 때 품안에서 하얀 봉투를 꺼내 숲에 던졌다. 봉투는 훨훨 날아 관목 사이에 떨어져내렸다.

봉투는 그로부터 몇 날 며칠 바람에 날리고 비에 젖고 동물에 밟혀 더럽혀지고 찢어지더니 안에 든 편지만 굴러다녔다.

일 년여 뒤, 글을 읽을 줄 모르는 나무꾼 한 사람이 더러워지고 다 헤진 종이 조각을 나뭇잎 사이에서 주워 그날 밤 아궁이의 불쏘시개로 썼다.

아궁이의 불은 편지를 태우면서 종이 속에 담긴 애틋한 내용을 읽었다.

사랑하는 내 동무 자향아.

나 소연이 너를 보고 싶어 이 글을 쓴다. 그리운 내 동무야! 너는 어이하여 이런 신세가 되었는가. 분하고도 절통하도다. 어찌 이런 일이 있을 수 있단 말인가. 하늘이 무심하고 부처님이 원망스럽도다!

내 동무 자향아, 너는 지금 어디를 헤매이고 있느냐. 너같이 아름답고 고운 처자가 이 골목 저 골목 여항을 헤매고 있다고 생각하면 내 가슴은 천 개 만 개로 갈라지고 찢어지고 부서져, 허공중에 흩어져 버리는 것만 같구나! 이럴 수가 있단 말인가. 그렇게 아름답고 그렇게 착하고 그렇게 어질은 네가, 그렇게 영리하고 그렇게 지혜롭고 그렇게 유식한 네가, 아름답고 보람있고 미래가 보장된 인생을 무참히 짓밟히고, 지금 이 시간 어디를 헤매고 있단 말인가.

사랑하는 동무야, 그리운 내 자향아. 나는 그리운 나머지, 네가 지난해 나한테 선물한 손수건을 펼쳐 보곤 한단다. 모란과 학과 개울과 해와 달과 사슴을 수놓은 이 손수건 안에 너는 먼 우리들의 포부를 담고, 아름다운 꿈을 심고, 영원히 잊지 말자는 우정을 수놓았지! 자향아, 나는 지금 너의 그 빠알간 충정을 손수건을 통해 보며 울음을 운다. 흐르는 눈물 속에 우리들의 행복했던 지난 날, 그 따사로운 마음이 그림처럼 다가오는구나.

너는 말하였다. 우리들 중에 누가 잘되고 누가 잘못되면 우린 기필코 서로 도와서 같이 행복하자고. 너의 이쁜 손은 내 손을 꼭 쥐며 그 약속을 다짐하였다. 우리의 맹서는 영원하리라, 우린 굳게 믿었다.

한데 지금 너는 어디서 무엇을 하고 있느냐. 그리고 나는 그 약속을 어떻게 해서 지켜야 할지 암담하구나! 약속을 지키지 못하는 나, 힘없고 무능한 나, 이 나는 어느 순간 죽어버리고 싶기까지도 하다. 하지만 나는 생각했다. 살아 있어야 너를 어떻게 해서라도 돕고 우리가 만나 같이 행복할 수 있다고!

자향아! 어떤 일이 있어도 좌절하지 마라. 포기하지 마라. 앞으로 나아가라. 저 멀리를 보아야 한다. 이 세상 어느 구석에건 너의 희망과 살 길은 있을 것이다!

자향아, 기억하니? 우리는 같은 해 태어났으니 같은 해 같이 죽자고 약속했었다. 그 약속은 지금도 유효하다. 우리가 이렇게 떨어져 있어도 유효하다. 네가 비자가 되고 내가 정경부인이 되어도 유효하다.

우리의 우정은 저 환한, 저 붉은, 저 찬란한, 하늘의 태양처럼 영원하다.

알았지, 자향아!

나는 결심하였다. 대역죄인이 되는 한이 있더라도 나는 너를 도와야 한다고 작심하였다. 정말로 도울 것이다.

자향아, 힘을 내어라. 너에게는 의리의 동무, 나 소연이가 있다는 것을 잊지 마라!

자향아, 나의 마지막 부탁, 네 몸을 스스로 보중하기 바란다.

내가 보내는 이분께 너의 소식을 전하여다오. 그리하여 우리는 영원히 잊을 수 없는 동무로 서로 돕고 사랑하며 살자구나.

알았지, 자향아!

기묘년 오월 모일, 영원히 잊을 수 없는 동무 소연이가.

너의 소식을 기다리며.

59. 불타는 초가

최대목은 왼손에 홰, 오른손에 삽을 들고 앞으로 나아갔다. 정엽이 그 뒤를 따랐다.

지하도는 처음 아주 좁고 낮다가 점점 넓고 높아졌다. 허리를 굽히고 다섯 장쯤 약간 경사지게 내려가자 서서 걸을 수 있을 정도의 높이가 되었다. 한동안 사람이 안 다녔던지 거미줄, 나무뿌리, 무너진 흙더미 때문에 나아가는데 시간이 걸렸다. 정엽이 홰를 받아주고 최대목이 삽질로 앞을 뚫으며 나아갔다. 지하도는 왼쪽으로 슬슬 돌고 있었다.

정엽은 고개를 갸우뚱하였다. 이렇게 돈다면 건너편 산으로 가는 게 아니라 원래 온 뒤쪽으로 가게 된다. 십여 장을 지나니 공기가 눅눅하고 탁하여서 숨쉬기가 역겨웠다.

"잠깐만!"

정엽은 연지 뒤쪽의 왔던 지하도를 되돌아보며 눈을 껌벅거렸다. 맨 나중에 오던 둔쇠가 외눈을 반짝이며 물었다.

"도령님, 무슨 일 있어요?"

그래도 정엽은 눈만 껌벅이며 뭔가 생각에 골돌한다. 그러더니, 길이 두 갠가 두 개야? 하고 중얼거렸다. 눈치가 붙은 장시후가,

"지하도가 두 길이 있을 것이란 말인가?"

"그렇습니다. 이렇게 왼쪽으로 돌면 문안으로 가는 통로가 나오고 어딘가 다른 지하도로 가면 우리가 가고자 하는 앞쪽 산으로 빠지는 길이 있을 법합니다."

"맞네. 최대목 조상은 그 정도는 연구해놓았겠지?"

"그렇죠!"

정엽은 연지와 장시후 옆을 스쳐 지나온 지하도를 다시 거슬러 올라갔

다. 그가 홰를 들고 갔으므로 일행은 다시 뒤를 따라갔다. 정염은 홰를 앞으로 쭉 내밀고 좌우를 살피며 갔다. 서너 장쯤 간 곳에서 정염은 멈춰서 왼쪽을 유심히 보았다. 최대목이 가까이 가서 속삭였다.

"여기가 수상한가?"

"그렇습니다. 여기 이 나무가 이상하지요?"

정염은 상하로 가로질러 있는 나무 언저리를 손으로 훑었다. 그랬더니 흙이 부스스 흘러내리고 나무판 같은 게 나타났다. 어쩌면 문 같다. 정염은 두 손으로 힘껏 밀었다. 꼼짝도 않는다. 장시후가 살펴보니 나무 위 흙이 듬성듬성 붙어 있는 곳에 이상한 고리 같은 게 흘깃 보였다.

"정 도령, 저기 고리 같은 게 있는데. 수상하지 않은가?"

뒤에 서 있는 장시후가 손가락질하며 말하였다.

"아, 그런 게 있네."

정염은 뒤늦게야 고리를 보고 손을 올렸다. 키가 작아서 잡히지가 않았다.

"최대목, 저 고리를 왼쪽으로 두 번 오른쪽으로 세 번 돌려보세요."

"왼쪽으로 두 번 오른쪽으로 세 번?"

"네."

최대목이 고리를 정염이 말한 대로 움직이자 삐걱하는 소리가 들렸다. 정염과 최대목이 함께 나무판을 밀었다. 디디디디, 둔탁한 소리가 나고 문이 안으로 열렸다. 컴컴한 통로가 입을 벌리듯 나타났다.

그때, 최대목이 중얼거렸다.

"이게 무슨 냄새지?"

그 말에 둔쇠가 대뜸 큰 소리로 답하였다.

"내 냄새요."

"내 냄새라니?"

최대목이 뭔가 느낌이 뻥하고 와 닿는 게 있어 급히 되물었다.

"뭔가 타는 냄새란 말이오."

"뭐야?"

"집이 불타고 있나?"

나무문 안으로 들어가려던 정염도 놀라 외쳤다. 최대목이 그 말에 목청을 높였다.

"맞았어. 놈들이 불을 지른 거다. 우리 초가집에 불을 지른 거요. 이런 빌어먹을 놈들, 이 집이 어떤 집인데 불을 질러!"

최대목은 눈은 통방울만해지고 얼굴은 빨개지고 목의 힘줄은 불끈 솟으며 재차 소리쳤다.

"이 빌어먹을 놈들이 우리 초가에 불을 지르다니! 쳐죽일 놈들! 문화재가 뭔지도 모르는 무식쟁이들. 다 죽여버리리라!"

최대목은 두 손을 마구 흔들어대며 온몸을 부르르르 떨었다.

"한데 왜 우리 노 포교님은 안 오실까요?"

장시후 옆에 애처롭게 붙어 있는 연지가 걱정 어린 목소리로 말하였다.

"그래요. 우리 노 포교님이 혹 적과 싸우다가 부상이라도 당한 건 아니실까?"

정염이 집에 불이 붙은 것보다 노 포교가 걱정이 되어 맞장구치는데,

"안 돼 안 돼! 이 집에 불이 나면 안 돼! 이 집은 국보란 말이야. 불타면 안 돼! 불을 꺼야 해!"

흥분으로 숨까지 할딱이는 최대목은 들고 있던 삽은 던지고 장시후가 들고 있는 몽둥이를 뺏어들더니 지하도 입구로 허둥지둥 달려갔다. 정염이 보기에 그의 온몸은 분노와 격정으로 활활 타오르는 것 같았다.

"최대목 최대목, 함부로 나가지 마요! 동태를 보면서 나가요!"

정염의 외침에도 불구하고 최대목은 컴컴한 지하도를 허청허청 경황없이 달려나갔다.

불이 탄다, 불이 탄다. 우리 조상이 만드신 작품, 아름다운 집이 불에 타

고 있다. 아, 있을 수 없는 일이야. 불을 꺼야 해! 불을 꺼야 한다!

정신없이 외치며 달려간 최대목은 아까 둔쇠가 마지막으로 들어오면서 막아놓았던 황토문을 벌컥 열고 토방으로 올라갔다. 부엌은 연기로 꽉 차 있었다. 노 포교는 어데 있는지 보이지 않았다.

최대목은 노 포교는 보이건 말건 하나도 괘념치 않고 부엌 밖으로 뛰쳐나갔다.

"불을 지르지 마라! 불을 지르지 마! 이 집은 우리나라의 국보급 초가야! 국보란 말이다!"

앞마당에 나온 최대목은 앞에 적이 있는지 포교들이 있는지 아예 신경은 쓰지 않고 불이 타오르고 있는 처마를 바라보며 발은 동동 구르고 두 팔을 사방으로 휘저으며 꽥꽥 소리를 지르기 시작했다.

지붕에 붙은 불은 처마 아래로 해서 방안으로 옮아가고 있었다.

"불을 꺼라 불을 꺼!"

최대목이 어디라 할 것 없이 소리지르며 사방을 왔다갔다 했다. 울 너머에 우물 같은 게 보여 달려갔다. 우물은 우물이되 두레박이 있을 리 없다. 최대목은 다시 집 쪽으로 허둥지둥 달려왔다.

"불을 꺼라, 불을 꺼!"

최대목은 앞 마당 좌우를 노루가 들을 달리듯 왔다갔다 하며 악을 썼다. 다 부서진 싸리나무 빗자루를 보자 최대목은 몽둥이 대신 주워 들고 사방으로 번지는 불길을 때리기 시작했다. 그러나 엉성한 빗자루는 불길을 잡기는커녕 외려 불이 붙을 지경이었다. 초가 전체를 감아 올리고 있는 화염은 갈수록 충천해서 아우성치는 최대목의 몸둥이까지 삼킬 판이었다.

최대목이 그렇게 경황없이 소리치며 불을 끄자고 발버둥치고 있을 때 퓨우웅, 화살 날아오는 소리가 들렸다. 그렇지만 아끼고 자랑스러워하는 조상의 유물이 불에 타는 것에 화가 천둥같이 나고 가슴이 터질 듯 미어지는 최대목에게는 화살소리가 들릴 리 없다.

"불을 꺼라! 불을 꺼! 물을 부어서 불을 꺼야 해!"

계속 소리지르던 최대목은,

"으윽!"

비명과 함께 쓰러졌다. 야리야리한 몸빠진살은 사람의 급소 중의 급소인 최대목의 왼쪽 귓바퀴 바로 뒤 풍지혈을 날카롭게 꿰뚫고 들어갔다.

최대목은 고꾸라지는 동시 대번 정신을 잃었다.

불은 방안으로 번지는 즉시 사방으로 퍼져서 앞 마당과 뒷뜰이 온통 화염과 열기와 내로 그득하였다. 그 연기 사이를 뚫고 노린내가 제비처럼 날아와 쓰러져 있는 최대목을 안아 들었다. 그는 또 하나의 화살이 날아오는 소리를 들으며 화염이 낼름대는 부엌으로 펄쩍 뛰어 들어갔다. 그가 부엌 옆의 토방 쪽으로 가자, 살짝 열려 있는 황토문 사이로 외눈이 밖을 내다보다가,

"노 포교님, 일루 일루! 빨리 들어오시지 않고 뭐하세요?"

둔쇠가 최대목을 허리에 껴안은 노린내를 부르며 근심 그득한 목소리로 외쳤다.

"가세!"

노린내가 지하도로 들어서자 둔쇠가 황토문을 닫았다. 그들은 저쪽에서 아슴프레 비쳐오는 횃불을 바라고 앞으로 걸어갔다. 정염이 발소리를 듣고 앞으로 홰를 들고 마중나왔다.

"노 포교님, 최대목이 밖으로 나갔습니다. 그분을 찾아야 합니다."

"최대목은 여기 데려왔네. 한데 화살을 맞았네."

"뭐요?"

정염은 급히 쫓아와 최대목을 들여다보았다. 귀밑 언저리가 피로 범벅돼 있었다. 정염은 홰를 둔쇠에게 넘기고 화살이 박힌 풍지혈 부근을 살펴보기 시작했다.

풍지혈 주변에는 역시 사람의 급소인 규음혈, 완골혈, 예풍혈이 둘러 있

는데 모두가 핏줄이 엇갈린 예민한 곳이어서 날카로운 화살이나 칼을 맞으면 대번 절명하는 요처였다.

콧김을 쐬어 보니 최대목의 숨은 아직 살아 있다. 허나 화살을 뽑아낼 수가 없다. 뽑는 순간 피가 분수처럼 쏟아져 나오고 그 즉시 죽을 것이기 때문이었다. 지금 살아 있는 것도 기적이었다.

정염은 고개를 들고 지하도 천장을 바라보며 후우, 깊은 한숨을 뿜었다.

"어떤가?"

노린내가 물었다.

"방법이 없습니다. 화살을 뺄 수가 없습니다."

"화살을 안 빼면 살릴 수 없잖은가?"

"그렇습니다. 빼지 않으면 이대로 죽는 수밖에 없지요."

"그나저나 죽는다는 이야긴가?"

"그렇습니다."

"이런 빌어먹을 놈, 몸빠진살 너 이놈, 내 필연코 천참만륙으로 찢어죽이리라!"

절규를 토해낸 노린내는 후회가 막급이었다. 저들이 불을 지르는 순간 노린내는 최대목이 이를 알면 발광하리라는 생각을 퍼뜩 했었다. 일찍 지하도로 들어와 최대목이 토방으로 다시 나오는 것을 막았어야 했다.

그러나 노린내는 나름대로의 영리한 생각이 난 것이다. 불타는 초가 밖으로 나와서 몇 차례 검을 휘두르고 들어가면 집을 탈출하려고 바둥거린다는 인식을 줄 것이고 그러다가 지하도로 들어가면 저들은 불이 다 타도록 우리가 불에 타 죽는 줄 알고 기다려줄 것 아닌가. 그렇다면 많은 시간을 벌 수 있다. 어느 면에서는 순진한 노린내가 기특한 꾀를 생각해내었던 것이었다.

한데 그 사이를 못 참고 조상이 만든 초가에 홀딱 반해 있는 최대목이 불이 난 걸 알아버린 것이다. 그렇다면 최대목이 앞마당에 뛰쳐나오고 안타까운 맘에 몸부림을 치며 불을 끄려 덤빈 것은 순리일 터였다. 소대규의 화살을 맞고 쓰러지는 것은 예상하기 싫은 일일 뿐이고!

"여하튼 안쪽으로 들어갑시다."

정염이 홰를 건네 받으며 말했고 둔쇠는 최대목을 안고 안쪽으로 따라 들어갔다. 그들이 나무문쯤 왔을 때 최대목이 꿈틀하였다.

"오, 대목수님이 눈을 뜨셨네!"

둔쇠의 탄성에 앞서가던 정염과 뒤따라오던 노린내가 발걸음을 멈추었다. 나무문 쪽에 있던 장시후와 연지도 다가와 근심 어린 눈초리로 살펴보았다.

"최대목, 정신이 드십니까?"

정염이 물었다.

"그래, 정신이 들었네."

"움직이지 마시고, 통증은 어떻습니까?"

"허허, 머리가 빠개질 것 같아. 정신이 황황하구만. 통증이고 잣이고 나는 이제 죽는가 봐!"

"무슨 마음이 그렇게 약하십니까!"

"아니야. 난 알아. 내가 이 집서 죽는 걸 꿈에서 보았지. 지금에사 생각이 나는구만. 하하하, 꿈이란 그런 거야, 인생도 그런 거구!"

"느닷없이 무슨 꿈 이야기요?"

"으음, 며칠 전 해인사 큰 역사에 일나간 내 아들이 꿈에 나타나길래 마구 쫓아가, 이녀석 애비가 보고 싶지도 않던! 하고 꾸지람을 하였더니 외려 화를 내는 거야. 자식이 외려 우리 조상이 만든 그 초가를 왜 빨리 구입하지 않느냐, 호통을 치지 않겠나. 그래서 자세히 보니 우리 애가 아니라 아버님이시데. 돈이 없어서 그렇습니다, 했더니 흠, 그런 핑계는 필요 없다. 네가 빨리 그 집을 구처했으면 잘 되었을 것을 이제는 다시 그 집에 가지도 마라! 하질 않나. 지금 생각하니 이렇게 될 줄을 아버님이 알려주신 게야. 허나 후회하지 않네. 사결이!"
　최대목의 부르는 소리가 하도 절절해서 정염은 후딱,
　"네?"
하고 대답하였다.
　"고마웠네. 그대가 나를 의식 있고 뜻 있는 참된 소목이 되게 해주었네."
　"무슨 말씀을요."
　"아니야, 사결이는 나를 인도해 준 스승이었어. 사결이, 고맙네. 마지막으로 내 부탁 하나 들어주겠나?"
　"물론이지요."
　"우선 날 저 뒤쪽 지하도 쪽에 데려다 주게."
　"그러지요."
　정염이 고개를 끄덕이자 둔쇠가 최대목을 안아서 왼쪽으로 휘어 도는 지하도 끝쪽에 데려다 내려놓았다. 최대목의 뒤쪽에 휑한 지하도가 뚫려 있었다. 포교들이 지하도로 내려온다면 최대목은 동료가 간 길을 막아서고 있는 것처럼 보이리라.
　최대목이 약해진 목소리로 힘들게 말하였다.
　"사결이, 내 눈을 보게."
　"보고 있소."
　정염이 최대목 얼굴을 가까이서 보고파하는 것을 보고 장시후가 홰를 대신 들어주었다. 정염은 두 손으로 최대목의 손을 붙잡고 대목수의 눈동자를 들여다보았다. 큰 눈동자에 장시후가 들고 있는 홰가 활활 타오르고 있고 그 가운데에 아름다운 초가가 아스라히 보이는 것 같았다.
　그때까지 만사 늠름하던 정염도 처음으로 속으로 울먹이었다. 이 훌륭한 대목수가 이 소용돌이 속에 죽다니. 아까웁도다. 있을 수 없는 일이도다! 인재가 허무하게 가는구나. 이럴 수가 있을까!
　"사결이, 부탁은 내 아들을 진정한 대목수로 키워달라는 걸세. 나를 훈

계하였듯 내 아들을 지도해서 좋은 목수로 키워주겠는가?"

최대목의 목소리가 잦아들고 있었다. 대목수는 죽어가고 있는 것이었다. 평소 그렇게 여유롭던 정염도 다급하게 대답하였다.

"물론이요. 걱정하지 마시오."

"고맙네. 그럼 난 행복하게 가겠네. 자, 빨리 가시게. 내 여기서 놈들이 오면 혼을 내겠네. 내 조상의 아름다운 작품을 불태웠으니 나도 가만히 있을 수 없지."

그때 연지가 경황없이 흐느끼면서 앞으로 나와 최대목의 손을 잡았다.

"대목수님, 죄송합니다. 저희들 때문에 이렇게 되었습니다. 대목수님, 죄송하와요! 대목수님같이 훌륭하신 분이 이렇게 갑자기 변을 당하시다니요!"

최대목은 눈동자를 흐느껴 우는 연지의 얼굴에 맞추며 희미하게 웃었다.

"아니야, 내가 죽는 것은 우리 조상이 저 초가를 내가 제대로 보존하지 못했다고 혼을 내시는 때문이야. 내 아들에게의 경고일 수도 있고. 그리고 조상의 명품과 함께 운명하는 것은 나의 행복 아니겠는가! 아씨는 괘념 마오. 그대들은 아름다운 사랑이 있으니 그 사랑을 잘 보듬어 안고 행복하게 사시오."

옆에 함께 다가온 장시후도 덥석 최대목의 손을 잡았다. 연지가 잡고 있는 최대목의 손을 함께 쥐었다. 이 몇 시진 사이 최대목네 건축술에 반한 장시후는 연지보다 더 절절하게 흐느꼈다.

"대목수님, 존경하옵니다. 대목수님네가 남긴 작품들은 우리나라에 영원할 것입니다. 대목수님, 정말 죄송하옵니다!"

"장 상경님, 고마웁소. 행복하십시오."

그러자 정염도 울먹이는 목소리로 말하였다.

"대목수, 잘 가시오. 아들 걱정은 하지 마시고."

"알겠네. 노 포교님, 이들을 잘 돌봐주시고 빨리 가시오."

노린내는 눈물 맺힌 눈으로 끄덕이고 최대목은 퀭한 눈으로 앞을 뚫어질 듯 쳐다보며 계속 혼잣말처럼 말하였다.

"오, 어둠이 온다. 천지가 캄캄하도다. 빨리들 가시오. 컴컴한 암흑 속에 하얀 빛살이 보이는도다. 빨리들 가오. 빨리들 가오. 내 영혼이 하얀 빛살로 날아 들어가고 있소. 잘들 사시오. 나는 가오. 내 죽어도 귀신이 되어 놈들을 혼을 내리다. 가시오, 가시오!"

그 말을 마지막으로 최대목은 머리를 약간 앞으로 숙이고 눈을 뜬 채 숨을 거두었다. 반짝반짝 빛나는 눈동자는 살아 있는 듯 앞쪽을 응시하고 있었다. 왼쪽 귓바퀴 뒤에 박혀 있는 몸빠진살이 횃불에 비치어 유난히 번쩍거렸다. 몸빠진살은 순직한 자, 최대목의 이력의 훈장이요 보호신인 양 으스스해 보였다. 정말로 기묘한 모습이었다.

눈을 뜨고 죽은 최대목의 얼굴은 백지장처럼 하얗게 변하였다. 둔쇠가 나이값을 하려는 듯 최대목의 눈을 감아주려 다가가자 눈물 범벅이 된 정엽이 울먹이며 말렸다.

"그냥 놔 둬요. 최대목은 저들이 오면 혼을 내려고 일부러 눈을 뜨고 죽은 거요!"

그들은 눈을 뜬 최대목을 놓아 두고 나무문 있는 쪽으로 발을 떼었다. 홰를 들고 맨 앞서 나무문을 들어간 둔쇠나 맨끝에서 문을 닫은 노린내까지 지하도로 들어가기 전 모두 반대쪽 지하도를 막아서며 늠름히 앉아 있는 최대목을 마지막으로 한번씩 뒤돌아보았다. 최대목이 잘 가라고 그들을 바라보며 전송하고 있는 것 같았다.

곽 포교는 멀리서 불꽃을 바라보고 있었다. 그 화염은 그가 평생 본 초가 중 가장 아름다운 집을 허무하게 태우는 불꽃이었다. 저 불꽃의 결과는 자신이 겪은 인생 허무 중 가장 큰 허무일 것이 분명하였다.

미련한 무인. 세상을 모르는 자들. 오로지 칼을 휘두르는 팔의 힘과 화살을 놓는 깍지손의 기교만을 논하는 자들! 그들이 어찌 문화를 알고 나라의 값진 재산이 무엇인지 알 수 있을까.

파아란 하늘을 보며 허무를 곱씹고 있는 곽재홍 포교.

그는 아버지가 상민이었다. 포졸도 될 수 없는 신분이었다. 주인집 작은 도령의 도움으로 무술을 배웠다. 무술이 빼어난 공으로 외거노비가 되었다. 열여덟에 양민으로 풀렸다. 연산조 때 포도청이 생기고 좌포청 우포청으로 갈리면서 사람이 필요할 때 작은 도령은 그를 포도청 고위 인사에게 천거했다. 포졸의 길이 열렸다. 그의 능력은 누가 보아도 빼어났으므로 승승장구할 수 있었다.

그러나 상민출신은 원래 관직을 받을 수 없는 법. 포청의 부장포교만 해도 직급이 종육품에 해당하는 터라 그는 그 자리도 오를 수 없었다. 중종반정 때 졸자로 동원된 덕에 포교까지는 올랐으나 그 이상 오를 수 없는 불행의 소유자였다.

좌우포청을 오가며 온갖 궂은 일을 다 하는 중에 그는 궁궐이 소장하고 있는 시정비록까지 접하게 되었다. 해탈문 성벽의 비밀통로를 알게 되면서 최대목의 조상, 작금의 최소목의 행보도 훤히 관찰하는 위치에 있었다.

누구보다 먼저 친군위의 중요 조직에 들어왔다. 직급은 낮아도 조 천총의 신임을 얻어 호현동 분임의 참모일을 보게 되었다.

이틀 전 그는 은밀한 전갈을 받았다. 그리고 은밀한 사람을 만났다. 은밀한 임무를 부여받았다.

한데 일은 그가 생각하는 것과 반대로 꼬이고 있었다. 아까도 마찬가지였다.

곽 포교는 진중한 표정으로 말렸다.

"천총 어른, 초가는 태우지 맙시다. 저 초가는 겉으로 보기에는 별 게 아니지만 목수에 의하면 아주 귀한 집이라 합디다. 저들은 곧 저 집서 나오지 않고는 배기지 못할 것입니다."

"그럴 수 없소."

원 천총은 고개를 살레살레 저었다.

"노 포교란 자의 무술이 아무리 고절하다 해도 혼자의 힘으로는 감당할 수 없을 거요. 저들은 아침밥도 못 먹었고 점심이 멀지 않았으니 두끼를 걸러 힘이 팽길 때 급습하십시다."

"시간이 없다 하였지 않소."

원 천총은 조 천총의 친구답게 성질이 외골수였다. 천총의 하는 짓이 마음에 안든 곽 포교는 높은 위치서 저들의 도망을 살핀다는 핑계를 대고 이 떡갈나무 숲으로 나아왔다.

하긴 시간이 없다는 말은 맞는 말이었다. 여러 조직이 지금 이 초가로 접근해 오고 있고 그 행보들은 어떤 결과를 낳을지 자신도 알 수 없는 일이었다.

그리고 그는 알고 있었다. 경복궁에 비장돼 있는 시정비록에 의하면 이 초가에는 비밀지하도가 있다. 앞쪽과 뒤쪽 두 군데이다.

어제 저녁부터 하는 짓을 보면 저 정염이라는 천재도령은 틀림없이 비밀지하도를 발견할 것이다. 불이 나지 않아도 저들은 비밀지하도로 도망할 게 분명하다. 한데 불까지 나면 그 도망시간은 앞당겨질 것이고.

곽 포교는 자기도 모르게 웃었다. 허나 그 웃음엔 뭔가 찝어내기 어려운 정과 조소가 얼크러져 있었다.

곽 포교는 어제부터 정염이 하는 짓이 손바닥 위에서 놀고 있었지만 그래도 찬사를 보내고 싶어 미칠 지경이었다. 경복궁의 시정비록을 접해 보지 않은 자가 어쩌면 그런 비밀스런 일들을 사소한 목수집의 기록으로 간파해낸다는 말인가. 천재라는 소문이 헛소문은 아닌 게 분명하였다.

좋은 재목이야. 정염 저 도령은 나중 과거에 들면 문관으로 영의정을 하고도 남을 인물이야. 그것뿐인가. 의술을 담당하는 전의감 장관인 정(正,

정삼품)을 맡아도 잘 할 게고, 천문을 보는 관상감의 정 역할도 잘 할 게고, 군수물자를 관리하는 군자감의 정을 맡겨도 잘 할 게고, 전함사의 정이 되면 좋은 배를 잘 만들 거야.

곽 포교가 열거한 벼슬은 정삼품짜리에 불과하지만 진취성이 있고 창의력이 있는 충성스런 사람이 책임을 맡으면 나라가 튼튼해질 그런 자리였다.

그러나 요즘 세상에 그런 자리에 적임자가 몇이나 있을런지. 똑똑한 사람은 육조와 삼사의 낭관 자리나 가지 그렇게 후진 자리는 가지 않는 게 기본 아닌가. 그리고 이 후진 자리에는 한참 격이 떨어지는 자들이 아구다툼을 하며 자리 차지와 보전에 급급하고.

나라를 생각한다면 정말로 가슴이 답답한 일인 것이다.

곽 포교는 정염이 어느 지하도로 나올까 잠깐 생각해보았다. 틀림없이 앞쪽이겠지. 곽 포교는 간단하게 판정하였다. 그는 뒤늦게 합류한 나장 둘을 달고 왔는데 바로 소대규와 공가였다.

곽 포교가 소대규에게 물었다.

"오는 도중에 무슨 과갈이 있었다고?"

"네, 사소한 사건이 있었습니다."

"무슨 사건인데?"

"저희와 함께 움직인 야행복 차림의 무사 둘이 백양나무 숲에서 그들을 조우하였는데 한 사람이 놈들한테 당했습니다."

"노 포교와 접전한 겐가?"

"아닙니다."

"노 포교가 아니라면?"

"노 포교란 자는 성벽 통로에서 우리들 다른 분임과 칼부림을 하느라 늦었구요. 우리 일행 하나는 목수와 머슴의 협공에 머리를 몽둥이로 맞고 절명했답니다. 머슴하고 목수가 어찌나 힘이 센지 감당할 수 없었답니다."

"그런가."

곽 포교는 상처 입은 곳을 만져 보았다. 수시로 통증이 짜르르 전해오곤 하였다. 노 포교가 아닌 머슴과 목수한테 당하였다고. 그럴 수도 있지. 무술을 아는 자만이 이기는 게 세상 이치는 아니니까.

"지금 우리는 저들이 도망오는 곳을 차단하기 위한 별동대네. 소 나장과 공 나장은 저쪽 덤불 있는 곳에 숨어 있게."

"알겠습니다."

소대규가 지시한 곳으로 가자 곽 포교는 혼자 왼쪽 언덕진 위쪽으로 올라갔다. 그는 사방을 살펴보았다. 며칠 전 초가를 보러 왔을 때 알아낸 지하도 출구를 다시 확인하였다. 그리고 소대규 등과 지하도 출구의 삼각지점에 몸을 숨겼다.

곽 포교는 저 초가를 사고 싶었다. 백 냥 정도라면 은거한 뒤에 살 집으로 사두고 싶은 마음이 있었다. 집 주인은 이백 냥을 달라 하였다. 백 오십 냥으로 하자고 말을 넣었더니 거꾸로 삼백 냥이 되어야 팔겠다는 엉뚱한 흥정이 건너왔다. 알고 보니 그 사이에 둘이 더 붙어서 집값이 마구 올라가고 있었다. 사람을 시켜 뒤를 캐보니 문안의 부자 하나가 붙은 데다 장흥동 대목수까지 흥정에 끼어든 것이었다.

그 때문에 대목수 최소목을 눈여겨보게 되었고 다시금 해탈문과 숭례문을 만든 집안인 것을 확인하게 되었다. 그것이 어제의 일에 큰 역할을 한 것이다. 이런 사연을 알 턱 없는 정염은 하루 내내 곽 포교의 손아귀에서 노는 꼴이 되었던 것이다.

남곤은 납작 엎드리어 고개를 바닥에 박은 채로 말하였다.

"전하, 옛 성현과 선대의 명철함을 본받으소서. 태종대왕의 사병혁파는 무엇을 위함이옵니까. 나라를 지키는 무신의 중요함은 고려 말의 혼란이 웅변한 바, 익히 헤아리시올 일, 그러함에도 태종대왕께서는 무신을 문신의 아래에 두셨습니다. 그것은 평화로울 때의 무신은 화의 근원이 될 수 있음을 헤아리신 현명한 처사, 그 외에 무엇이었겠나이까.”

“이판 대감이 말하는 바는 과인도 잘 아오. 허나 작금의 궤격함은 종사가 위태로울 지경이요. 무인들이 떼를 지어 혁파해야 할 일과 개혁해야 할 일을 논할 지경이니 이를 어찌 그냥 보고만 있을 것인가.”

“하오나 그들의 말은 충성이옵지 변혁을 도모하는 것은 아니옵니다. 이 며칠 문안과 문밖에서 벌어진 사건은 모두가 칼을 중시한 탓이 아니오이까. 자꾸 칼의 힘, 무의 힘이 중시되오면 장래가 걱정되와 말씀 올리는 바입니다. 전하…….”

“…….”

“전하…….”

“이판은 말을 하라!”

“전하, 윤음을 내리셔서 친군위를 원상으로 돌리소서.”

“친군위?”

“전하, 소신은 그 말씀밖에 드릴 수 없나이다. 화천군 심정 지사를 불러 자문하오소서.”

임금은 잠시 멍한 표정을 짓는다. 갑작스런 이조판서 남곤의 독대요청도 그렇지만 그가 말하는 모두가 은유법이요, 요령이 모호한 중에 가리키는 방향은 뚜렷하게 한 방향인 것이다.

친군위! 자신의 비밀조직이요, 정권 유지의 밑바탕. 그 삼엄하고 은밀한 조직을 이 남곤 대감이 어떻게 알아내었는지 놀랄 일이요, 게다가 날카롭게도 친군위의 책임자인 심정을 최종 지목하고 있다. 그렇다면 남곤은 친군위의 대체를 알고 있는 것 아닌가. 그리고 심정에게는 뭣을 자문하라는 것인가.

“전하, 소신 신명을 바칠 각오로 간하는 바이옵니다. 몸둘 바를 모르겠나이다. 전하, 이 세상은 전하의 것이옵니다. 망설이지 마시옵소서. 부리실 사람이 필요하오면 모든 사람을 부리시오면 되옵나이다. 힘을 한 곳에 두지 마시옵소서. 전하, 힘을 칼날 위에 두지 마소서. 힘을 왕도의 덕 위에 두소서. 칼보다는, 무(武)보다는, 덕(德)이 훨씬 크고 세고 오래 가나이다. 소신, 떨리는 가슴 안고 중족*으로 물러가옵나이다."

임금은 남곤이 깊은 절을 하고 물러나갈 때까지 아무 말도 하지 않았다.

조금 있자 부산한 발소리가 들리고 상전 내시의 목소리가 낭랑히 들려왔다.

"전하, 화천군 지의금부사 심정 입시이옵니다!"

"들라 하라."

"네이!"

심정 대감이 남곤 대감과 짜고 연속적으로 나를 뵈러 드는 겐가? 임금은 순간 대신들의 속셈이 왠지 두려워지는 것이었다. 마음이 넓어야 할 임금의 가슴속에 심약한 우려와 간사한 생각이 동시에 일고 있었다.

원 천총은 곽 포교가 괘씸하였다. 초가를 태우지 말라고 우기다가 그 말을 들어주지 않자, 멀리서 저들이 도망가는 전망대 노릇을 하겠다고 슬그머니 빠져나가? 두고보자. 내 그렇게 저를 평가하고 존중해주었거늘. 흥, 이번 일이 끝나면 저를 필히 혼내주리라. 도총부의 천총을 뭘로 보는 게야. 조 천총이 사람을 잘못 길들였군.

야행인 복장에 장검을 찬 자객이 급히 다가왔다.

"천총 어른, 뭔가 좀 이상한 생각이 듭니다."

"뭐가?"

"초가에 자그만치 여섯이 숨어 있었지 않습니까? 그들이 아무 저항 없이 모두 불에 타 죽을 리는 없을 것 아닌가요?"

"그래서?"

종족 종종걸음 즉, 벌벌떨며.

"어딘가로 도망갔거나 숨었을 것이다, 이거지요."

"한 사람도 빠져 나오지 못한 것은 확실하잖은가."

"그렇습니다. 그러기에 문제지요. 땅 속 어딘가로 숨어 있을 순 있잖습니까."

"땅 속으로?"

"그렇습니다."

"그럼 빨리 집 안쪽을 뒤져보게!"

"아직 불이 타고 있어서 들어갈 수는 없습니다."

"그런가. 그럼 뭔가……."

"맞습니다. 뭔가 조치를 해야지요. 지금 이러고 있을 게 아니라 집 주변을 살펴봐야 한다는 이야깁니다."

그 순간 영리하지 못한 원 천총의 머리에도 와 닿는 게 있었다.

곽 포교, 곽 포교는 이것을 미리 알았구나! 놈은 뭔가를 알아채고 어디 수상한 데를 노리기 위해 뒤로 빠졌던 게야. 그자가 그냥 물러날 리 없지. 맞아!

"여보게, 곽 포교가 어느 쪽으로 갔지?"

"저 앞쪽으로 갔는데요."

원 천총은 야행복이 가리키는 쪽을 바라보았다. 숲이 우거진 곳이다. 사람은 보이지 않는다. 맞았어. 집 안쪽에 비밀통로가 있다면 숲으로 연결된 저 앞쪽 언덕 밑으로 뻗어 있겠지.

"그럼 두세 조로 나눠서 이 부근을 훑으세. 불꺼진 뒤에 집 안쪽에서는 통로가 있는지 조사하고!"

"알겠습니다."

야행복이 부하들을 안배하고 있는 사이 원 천총은 왼쪽 소나무가 방풍림을 이룬 곳으로 갔다. 그는 풀숲에 대고 물었다.

"좀 쉬었는가?"

“잠깐 잠이 들었습니다.”

어젯밤 최대목 집에서 여종을 납치했던 흑의의 사내였다.

“잘 하였네. 애들이 판단해낸 건데 놈들이 집 속에 있는 땅굴 어딘가로 숨었을지 모른다는 게야.”

“그럴 수 있지요.”

“한데 그 노 포교란 자가 이렇게 조심해야 하는 건가?”

“조 천총과 채 사직이 일검에 버렸습니다. 곽 포교 말에 의하면 그가 쓰고 있는 단검도 심상한 무기가 아니라는데요.”

“아무리 그렇다 해도 일개 포교 아닌가.”

“엊그제만 해도 일개 포졸이었지요. 한데 저 뒤켠 숲에 있는 자들은 누구입니까?”

“그들은 나도 모르겠네.”

“저들 때문에 어젯밤 일을 망쳤지 않습니까.”

“글쎄. 곽 포교는 삼호 쪽 인물로 보고 있더군.”

“그들이 우리를 방해하는 겁니까 감시하는 겁니까?”

“그걸 모르겠네.”

“허참.”

“내 곽 포교 있는 곳으로 가서 동태를 볼 터이니 이쪽을 맡고 있게.”

“알겠습니다.”

원 천총은 곽 포교가 간 곳으로 발걸음을 옮겼다. 그는 두리번거리며 곽 포교가 어데 있는지 찾았다.

소대규는 이상한 소리에 깜짝 놀라며 사방을 살폈다. 그들이 숨어 있는 덤불 앞쪽은 불타는 초가이고 그들 뒤는 숲이었다. 초가는 불이 사그라들어 흙담 같은 잔재가 내비치고 있었다. 곽 포교는 어디 있는지 보이지 않는다.

소대규는 아까부터 곽 포교가 이상하다고 느꼈다. 그들 마을에서는 곽 포교를 한신이라고 불렀다. 대단한 능력이 있음에도 출신 때문에 출세를 못하는 아까운 인물이어서 그렇게들 부르고 있었다. 검술도 상당한 수준이고 지혜도 깊은 사람이라는 평판이었다.

한데 어제부터 곽 포교가 하는 짓은 소대규에게 의문덩어리였다. 조금 전 몰래 엿들은 원 천총과의 대화도 수상하였다.

저 초가가 굉장한 가치가 있는 집이라고? 목수들이 그렇게 말하고 있어? 허면, 곽 포교는 그걸 어떻게 알았을까. 저 노 포교 일당이 이곳으로 피신한 것도 수상하고 우리네가 이곳을 알고 쫓아온 것도 이상하고.

그렇게 중얼거리던 소대규는 문득 외삼촌 허 판관을 생각하였다. 이럴 때 외삼촌이 계시면 좋은 조언을 해주실 텐데. 하지만 눈앞을 스치는 외삼촌 허 판관은 얼굴이 왠지 어두워 보였다. 소대규에게 조심하라고 당부하던 그 근심 어린 모습인데, 한층 더 수심이 어려 있었다.

들릴 듯 말 듯한 묘한 소리가 다시 났다. 소대규는 아까보다 더 긴장된 자세로 소리난 곳을 살폈다. 공 나장은 소대규가 긴장하는 게 이상하다는 투로 동료를 바라보았다.

"여보게 무슨 일인가?"

"조용히 하게!"

"뭐야?"

소대규는 눈을 부라렸다. 공 나장은 깜짝 놀라 입을 다물었다. 적만 보면 벌벌 떠는 주제에 쓸데없는 소리까지 내어 저들이 혹시 들었을까 봐 마음이 불안하였다. 쓸모 없는 놈을 괜히 달고 다녀서 화만 자초하는 것 아닌가.

소대규의 민감한 경각심은 정확한 예지였다. 무술이 빼어난 만큼 육감도 좋았다.

출구의 돌문을 살그머니 밀던 노린내는 작지만 확실한 말소리를 들었다. 그는 뒤에 붙어 있는 정염에게 속삭였다.

"사결이, 누군가가 우리 입구에 진치고 있는가 보네."

그 말에 정염은 놀라는 한편 고개를 끄덕였다. 그럴 법하였다. 저들은 우리가 하는 짓을 어제부터 죄 알고 있다. 이 지하도라고 모를까. 이제 정염은 무언가 확실한 추측의 실체가 그의 뇌리에 정립되고 있음을 확인하였다.

맞다. 상대는 최대목네 비사를 전부 아는 자이고 초가를 살리려는 경합자이고 그리고 우리를 쫓는 추적자이다. 친군위의 소속인 것도 자명하고.

그렇다면 앞으로 어떻게 한다지? 잠시 생각을 굴린 정염은 빠르게 속삭였다.

"노 포교, 저들이 몇인지 알아낼 수는 있겠어요?"

"글쎄."

노린내는 돌문 사이로 밖을 살폈다. 숲만 보인다. 사람은 보이지 않았지만 숲이 멀리서 보기보다 우거진 게 마음에 든다. 냄새를 맡아보았다. 하나, 둘, 셋. 둘이 한군데 있고, 나머지 하나는 따로 떨어져 있다. 한데 한 놈은 몸빠진살이다. 역시 놈은 끈질기군. 추적 솜씨가 활 솜씨 못지않은 녀석이다.

노린내는 뒤에 대고 말하였다.

"세 명쯤 되네."

"단칼에 다 버힐 수는 없군요."

"물론."

"둘은요?"

"할 수 있겠지. 해보아야 하고."

"숲의 지형은 어떻습니까?"

"나가서 오른쪽으로 틀면 되겠어. 그쪽이 숲이 깊네."

"그럼 노 포교는 나가자마자 저들을 치십시오. 우리는 오른쪽 숲으로 돌진하겠소이다."

"알았네."

"우리는 유일하게 힘을 쓰는 자가 외눈박이란 걸 아시지요?"

정엽은 둔쇠가 외눈이 된 것을 갖고 익살스럽게 말하였다. 둔쇠에게는 가슴 아픈 일이지만 그것도 여유일까. 묘한 여유 속에서 정엽은 자기들은 보호받아야 되는 힘없는 존재임을 깨우치고 있었다.

소대규는 재빨리 몸을 날렸다. 날아오는 빛살 같은 몸체와 자신의 몸이 엇갈렸다고 생각하는 순간 왼팔이 뜨끔하였다. 오른손의 환도는 놓치지 않았다. 그는 풀섶에 떨어지는 순간 한 번 돌며 숲을 굴렀다. 왼팔을 살폈다. 검이 살짝 긋고 지나갔다. 참을 만하다. 그는 다시 옆으로 몸을 뉘였다. 그리고 덤불 속으로 숨었다.

과연 노 포교는 무서운 자이다. 우리의 고수들이 벌벌 떠는 것도 무리는 아니다.

오른쪽 저쪽에서 신음소리가 들렸다. 공 나장의 목소리다. 어젯밤부터 하루 내내 벌벌 떨더니 결국 죽는군. 소대규는 그래도 석 달 간 사귄 동료에게 눈꼽만큼도 연민의 정을 주지 않고 있었다.

무인의 세계에서는 오로지 무술밖에 없는 것. 무술이 없을 제는 떠나던가 겨루다 죽던가. 둘 중의 하나밖에 길이 없지.

소대규는 소나무 사이로 몸을 일으키며 앞을 살폈다. 아무도 없다. 노 포교는 어디로 갔을까?

60. 제사대 보강무당

보욱은 욱자의 보고를 듣고 눈을 때글때글 굴렸다. 보욱이 신이 날 때의 표정이다. 윤보가 알려준 와요현 옆 둔지산 가는 길이란, 그 앞에 있는 산맥을 타고 넘어 이태원 쪽으로 빠지라는 이야기다. 그쪽에 포졸이 배치돼 있지 않다는 언질이다.

보욱이 항슬에게 손짓하였다. 둘은 동료들과 떨어져 숲가에 앉았다.

"항슬이, 최윤보 포졸이 알려준 곳은 추적포교가 배치돼 있지 않은 곳이란 뜻일 거야. 그런 것 같지?"

"물론."

"그러면 우리도 여기서 최종 계획을 세워보세. 상길이 문제도 끝났으니까 말이야."

"차라리 문안으로 들어가자는 이야기를 할려고?"

"그렇네. 허나 문안이 아무리 사람이 많아 숨기 좋다 해도 저 아씨를 한동안 숨겨줄 마땅한 곳이 있느냐, 하는 생각을 해봐야 하고."

"자네가 어제 말한 그 집은 어때?"

"아니, 그런 이야기를 하기 전에 우선 저 아씨가 가서 있을 좋은 곳이 어디일까 생각해보세. 무슨 말이냐면 저 아씨는 숨기에 불편한 여자다, 하는 이야기야."

"그 무슨 말인가?"

보욱은 항슬의 눈길을 피해 눈을 꿈쩍거리며 앞쪽 하늘을 본다. 구름이 뭉게뭉게 피어나고 있다. 오늘도 날씨가 좋을 모양이다. 보욱이 말하였다.

"저 아씨가 너무 이쁘고 너무 특출나단 이야기지. 어디에 가든 드러난단 말이야. 저런 아씨가 몸을 숨겨서 좋을 곳이 어딜까. 그런 생각을 해봐야 한다는 말일세."

"자네 이론대로라면 어디간들 눈에 안 띄겠나."

"그 얘기라니까. 시골에 있어서는 절대 안 되는 처자일 뿐더러 문안에서도 너무 눈에 띄지."

하긴 그렇다. 보욱이 말이 맞고말고. 그러고 보니 앞으로 어떻게 처리해야 좋을지 조금은 난감하다. 어제 보욱이 말한 집은 하루 이틀은 괜찮을 것이다. 그러나 오래 머물 수는 없다. 둘은 망연한 마음에 잠시 앞만 쳐다보았다.

고추잠자리 수십 마리가 그들 앞에서 날고 있었다. 어, 잠자리가 빨리도 나왔네. 빨간 꼬리가 정말로 아름답군그래.

항슬은 고추잠자리만 보면 왠지 가슴이 아팠다. 저 야리야리한 잠자리가 얼마나 오래 살까. 비가 억수로 오거나 바람이 세게 불면 어디 가서 피하고 지낼까. 까치와 제비가 번개같이 날아와 그 무서운 부리로 채어가면 그 순간 목숨을 잃는 고추잠자리. 생각만 해도 가슴이 애려온다.

밝은 태양 아래 시원하게 날던 고추잠자리 한 마리가 다른 고추잠자리에 달려들더니 교미 형태를 취했다. 세로로 나란히 붙은 두 마리 고추잠자리는 숫컷이 앞에서 끌고 암컷이 뒤를 따라서 물가 쪽으로 날아가고 있었다.

저것들도 사랑을 하네. 사랑 한번 못하는 우리보다 낫군그래. 어제 새벽이던가, 자향 아씨와 함께 보강무당 이야기를 하다가 우리 같은 무지렁이의 사랑은 한여름의 고추잠자리처럼 붙었다가 떨어지면 그만이라고 말한 게 생각난다. 하지만 지금 보니 잠깐 붙었다 떨어지는 고추잠자리의 사랑도 보람이 있어 보이잖아. 둘이서 다정히 날아가는 게 보기 좋구. 고추잠자리가 사이좋게 꼬리와 머리를 대고 물가로 날아가는 게 정말 아름다워 보였다.

항슬이 그렇게 고추잠자리의 사랑을 이쁘게 승화시키고 있는데 보욱이도 고추잠자리를 보고 있었던가 보았다.

"항슬이, 저 고추잠자리 좀 보아! 벌써 잠자리가 나왔네."

"그게 어때서?"

"교미하잖아."

"맨날 보는 거 뭐 새삼스럽다고."

생각과는 다르게 엉뚱하게 대답하였다.

"저걸 보고 못 느껴?"

"뭘 느껴? 계희 생각 나냐?"

"항슬이, 넌 무슨 생각이 그렇게 천박하냐!"

"니가 천박하게 만들잖아. 흐흐흐."

항슬이 응큼스레 웃어도 보욱은 딴 생각을 잠시 하더니 항슬이 왼쪽 무릎을 타악 쳤다.

"고추잠자리를 보다 생각났다. 자향 아씨가 아무리 이뻐도 시집가서 낭군과 함께 살림을 차리고 산다하면 사람들이 이상하게 생각하지 않겠지?"

"그래서?"

"자향 아씨를 시집간 여자처럼 꾸미는 거야. 낭군이랑 함께 시골서 이사 온 것처럼 해서 허름한 동네에 가서 사는 거라고."

"낭군이 있어야 말이지."

"그야 만들면 되지."

항슬은 눈치가 빨랐다. 보욱이 요 녀석이 나를 저 고추잠자리처럼 만들려고 하네. 한데 그런 보욱의 말이 기분은 나쁘지 않았다. 그리고 응큼을 떨어야겠다고 생각하였다.

"누군가를 저 아씨 낭군으로 만들자 이거지?"

"그렇지. 누군가를 낭군으로 만들고 아씨한테는 설명을 해주면 되지. 어때, 항슬이?"

"괜찮을 것 같다. 그렇게 해볼까?"

"그러면 결정났다. 허면, 계획대로 와요현을 넘어 전생서 옆으로 해서 북상해서 오늘 밤은 어디선가 새고 내일 아침 일찍 숭례문으로 들어간다. 만일 여차직하면 흥인지문으로 돌구."

보욱은 당장 항슬이 네가 낭군 노릇을 해야 해, 하는 말은 하지 않았다. 어쩌면 시간을 두고 생각할 필요도 있겠지만 항슬이 그 역할을 맡는 걸 기

정사실로 생각하는 건지도 몰랐다.

보욱이 욱자에게 손가락으로 방향을 가리켰다. 욱자는 하늘 높이 오른 태양 아래 햇살이 찬란한 풀밭을 걸어가기 시작했다. 아침은 가고 끼니를 때워야 하는 정오가 오고 있었다.

그들은 새벽 인시에 을조가 간 길로 산을 넘어갔다. 저 건너편에 와요현이 보이고 길이 앞으로 냇가를 따라 뻗어 있었다. 잠깐 길을 따라 가기로 했다.

백여 보를 갔을까, 언덕 저켠에서 이상한 소리가 들려왔다. 욱자는 풀숲에 숨어 멀리서 따라오는 보욱과 동료들을 돌아보았다. 그들도 나무 사이에 몸을 숨기고 있었다.

이제 기왓골 북쪽을 무사히 돌파하여 그곳서 오른켠으로 꺾어 산맥을 타고 넘으면 전생서 숲이 나온다. 최윤보 포졸이 알려준 가장 안전한 길이다.

한데 이상한 소리는 그치지 않고 계속 났다. 소리가 갑자기 더 커지는 것 같았다.

일행은 더 깊은 숲으로 잽싸게 달려가 숨었다. 자향은 그런 동료에 뒤질세라 열심히 달리다가 치마가 나무에 걸려 두 번이나 굴렀다. 첫 번째는 항슬이 제때에 잡아주었으나 두 번째는 관목에 걸려 옆으로 쓰러지는 바람에 석수한테 안겼다. 석수는 이쁜 자향을 너무나 아끼어 꽉 붙들어준다는 게 그만 꼭 껴안고 말았다. 욱자가 그런 석수를 놀렸다.

"두 사람은 계속 껴안는 걸 잘해!"

경황없는 도망길에 웃음이 터져 나왔다. 꽃술이 미풍에 흩날리듯 사방에 흐드러지게 퍼지는 아름다운 웃음이었다.

숲에 숨어 한동안 동태를 보고 있는데도 은은한 소리는 여전히 들려온다.

"묘한 소릴세. 항슬이 먼저 가서 뭔가 살펴봐라. 우리는 살살 뒤따라 갈 테니."

　보욱의 제안에 항슬은 끄덕이고 숲을 게걸음해 소리나는 쪽으로 다가갔다. 언덕을 넘자 화려한 상여가 눈앞에 들어왔다. 은은히 들리는 노랫가락은 상여 행렬에서 퍼져나오는 저승노래였다.

　상여는 멈춰 있었다. 어이 어이 어허이, 어허 어허 어허이, 침중한 저승노래가 상여꾼의 뱃속에서 우러나와 대지에 깔리듯 퍼지고 있었는데 그 소리가 조금은 이상하다. 화려한 상여 대열과는 맞지 않는다.

　항슬은 길가 주변을 살피며 상여 가까이 다가갔다.

　상여 행렬은 맨 앞에 방상시가 길을 열고 그 뒤를 곡비 행자 제상 교의 향상 향로 향합 향대 진기 명정, 그리고 상여가 따랐으며, 상여 뒤에는 상주 셋과 조문객이 삼 열로 줄을 지어 나아가고 있었다. 조문객이 상당히 많다. 위의를 갖춘 품이 여느 재상가의 장례 행렬 못지않다. 바람에 펄럭이는 만장이 백 장 저쪽까지 훤히 보일 정도로 휘황 우뚝하다.

　한데 좌우에 열 명씩이 넘게 이십여 명의 상여꾼이 메고 있는 상여는 길 가운데에 서서 어이 어이 어허이, 저승울음만 울 뿐 앞으로 나아가지 않고 있었다.

　항슬은 더 앞으로 나아가 살폈다.

　북망산이 머다더니 저 건너 안산이 북망일세.

　앞소리꾼의 선창은 힘차게 나오는데,

　어허 넘차 어허 넘어, 관살에보살에 남무 애비타불.

　뒷소리의 목청은 큰 상여의 저승노래답지 않게 힘이 없다. 항슬은 맨 뒤 조문객 사이로 살짝 끼어들었다. 앞쪽에서 두런거리는 소리가 들렸다.

　“왜 앞으로 안 가는 거지?”

　“발이 떼어지지 않는다는 거야.”

　“그 무슨 말인가?”

　“상여꾼들의 발이 떨어지지 않는다니까. 소리도 잘 나오지 않고.”

　“저승 행전 내라는 건가?”

"그것도 아니야."

"그럼 뭐야?"

"앞으로 가고 싶어도 발이 나아가지 않는대."

"호오, 이상한 일이로고."

항슬은 사람들 사이로 서빙고 군관 강한을 보았다. 어, 저 어른이 왜 저기 있지?

상여의 휘장인 앙장이 펄럭이고 앙장에 맞닿을 듯 운삽*이 따르는데 그 뒤, 상주 위치에 강한 군관이 상복을 입고 곡을 하고 있었다. 옆에는 역시 상복을 입은 여자 둘이 좌우에서 허리를 굽히고 슬피 울고 있다.

여상주 가운데 왼쪽은 틀림없는 옥년이었다. 그렇다면 이 상여는 보강무당의 상여로구나! 보강무당이 끝내 죽은 모양이다. 삼일장으로 치면 바로 우리가 떠나온 날 말이야. 오, 자향 아씨의 말이 맞았잖아!

한데 강한 군관은 왜 서빙고로 돌아가지 않고 보강 댁에 남아 상주노릇을 하고 있을까? 내 추측대로 저 양반이 정말로 신들렸는가 보다. 사실 수상하였지. 그렇다! 우리 자향 아씨도 수상한 게 확실해! 수상하고말고. 더욱 잘 살펴봐야겠는걸. 큰일났다!

그렇게 의문과 걱정이 중첩되고 있을 때 곡을 하던 강한 군관이 갑자기 고개를 들고 사방을 휘이 둘러본다. 항슬은 그의 눈과 마주칠까 봐 빈객 등뒤로 후딱 머리를 움추렸다.

조금 있자 휘이 후이, 귀신 부르는 듯한 이상한 소리가 귀청을 때린다. 빈객들의 두런거리는 소리가 퍼져났다. 항슬은 살짝 고개를 들고 앞을 바라보았다.

금방까지도 상주 위치에 서 있던 강한 군관이 상여를 빙빙 돌며 요상한 소리를 내고 있었다. 마치 신들린 무당 같다. 군관의 눈에서는 광기가 폭사되고 있었다. 사방을 휘둘러보며 누구를 기다리는 듯 오른손을 휘저으

운삽 雲翣 널판지로 길다랗게 만든 구름 무늬의 부채. 상여 앞뒤에서 상여를 부쳐주는 상징 기구.

며 빨리 옵시오, 하는 시늉을 하고 있다. 아무리 상여가 멈추어서 나아가지 않는다 해도 저건 상주가 해서는 안 되는 행위 아닌가. 저런, 저게 무슨 변고인고!

항슬이 놀라 멍하니 바라보는데 오른쪽으로 상여를 돌던 강한 군관이 휙허니 뒤로 돌아섰다. 그의 귀기 어린 눈길이 어떻게 알아챘는지 항슬을 향해 쏘아왔다. 항슬은 움찔, 얼굴을 숨기려 했으나 강한 군관과 눈길이 마주치고 말았다.

"어허허, 자네로군, 문상왔는가?"

강한이 급하게 다가오며 큰소리로 항슬에게 인사인지 호통인지를 내뱉는다. 얼굴에 반기는 기색이 역력하다.

"지나가다가 우연히 보게 되었습니다. 보강무당께서 작고하셨습니까?"

항슬은 멍하니 서서 엉겁결에 대답한 게 예의 모르는 선머슴이었다.

"작고는 아니고 대감대신 뵈러 가셨네. 이승이 저승이고 저승이 이승 아닌가. 한데 문상을 왔으면 상주한테 조문을 해야지 도둑같이 숨어 있는 건 뭔가?"

"아, 죄송합니다. 경황이 없어서요."

항슬이 마지못해 앞으로 나아가 강한 군관에게 기역자로 절을 하며 문상의 말을 개어올렸다.

"훌륭하신 무당어른께서 유고하심에 심려 깊으시겠습니다."

"심려는 없고 상산거리 액풀이가 필요하네. 삼대 보강무당은 어디 계신가?"

"네?"

"삼신할매가 저승길 액풀이를 하라고 명하시어 상여꾼이 한발짝을 떼지 못하고 있네. 삼대 보강무당이 어디 계시냐니까?"

"네에? 삼대 보강무당요?"

"삼대 보강무당, 자향 아씨는 어디 계신가?"

"네에?"

항슬이 놀라 뭐라 응대해야 할지 모를 때 그의 등 뒤에서 날카로운 자향의 목소리가 들려왔다.

"삼대 보강무당이 여기 있소!"

자향의 날카로운 목소리에는 어쩐 일인지 귀기가 서려 있다. 무당 같은 요사스런 힘도 서려 있다. 그리고 도전적이었다.

윽, 저건 뭐야, 아씨는 왜 나타나는 거야! 항슬이 놀라 자빠질 지경인데, 우와, 잔 탄성이 일고 사람들이 왠지 웅성거리며 소리난 곳을 바라본다. 아마도 무당이라고 자처한 처자가 너무 아름다운 것에 놀란 모양이었다.

하얀 저고리에 검정 치마를 펄럭이며 자향이 머리를 곧추세우고 빈객 행렬 뒤쪽에서 나타났다. 조문객들이 누가 말한 것도 없는데 두 쪽으로 나뉘어 길을 연다.

자향의 자태는 옷은 시골처녀 차림이되 눈에 요기가 선뜩선뜩 내비치고 얼굴이 창백하리만큼 뽀얀 게 신들린 무당 영락없는 그 형상이다. 게다가 그녀 뒤를 보호한답시고 따라오는 시커먼 석수와 욱자가 마치 저승사자의 호위처럼 몰풍스럽게 보였다.

어느 결에 강한의 곁에 옥년이 서 있고 그 옆에 또 다른 제자인 듯한 여자 하나이 상복을 걸치고 나란히 시립해 있었는데 자향을 보자 셋은 동시에 머리를 깊이 숙이며 절을 한다. 강한이 허리를 꺾어 머리를 늘어뜨린 채 광기 어린 목소리로 읊어대었다.

"상주 강한이 삼대 보강무당을 뵈옵니다. 대감대신 삼신할매 명을 받아 상산거리 한 대목을 청하옵나이다!"

"알았노라. 삼대 보강무당 감히 대감대신, 삼신할매의 명을 받자옵나이다!"

자향은 신들린 듯이 외치고는 두 팔을 하늘 높이 들어올린다.

"저승고깔과 신물을 주시거라!"

항슬은 그런 자향의 태도에 너무나 놀라 입을 벌린 채 망연자실하여 바라보고 있었다. 저런, 저 아씨가 드디어 신들렸나? 아니, 신들린 건 일찍이고 이제 마각을 드러내는가?

누군가가 고깔을 자향의 머리에 씌우고 노랑 빨강 파랑 술이 달린 부채를 오른손에, 요령을 왼손에, 쥐어주었다.

신물을 받아든 자향은 앞으로 쓱쓱 걸어나갔다. 강한 일행도 뒤를 따른다. 갑자기 무당처럼 현신한 자향은 하얀 얼굴에 귀기가 섬칫하고 굳게 다문 붉은 입술이 귀신처럼 웃고 있다.

자향은 만장 깃발이 가지런한 상여 앞에 나오자 대번에 삼색부채를 펄럭이고 요령을 요란하게 흔들어댔다. 손의 율동에 맞추어 대기가 바람에 흩날리고 땅이 지진에 흔들리듯 요동을 친다. 그 위를 자향의 굿거리 소리가 낭랑하게 울려 퍼졌다.

안산은 여덟에 밧산은 열세워라
일급지 명산에 제불지 제천이라
신덕물 후덕물산에 송악은 상지
어마장군에 백마신령 아니시리
대사마 대장군님!

소리만 무당 같은 게 아니라 부채를 흔들며 왼손의 요령을 흔들어대는 게 법제가 있고 신기가 넘친다. 갑자기 회오리바람이 부는지 만장깃발과 명정이 펄럭펄럭 소리도 요란하게 흔들리고 자향은 펄쩍펄쩍 원을 그리며 훨훨 날아 춤을 춘다. 춤 매무새가 천하 으뜸의 무녀였다. 뽑아 올리는 상산거리 목청도 온 들에 쩌렁쩌렁 울려 퍼진다.

나라충신에 대사마장군님!

강화도 바닷가 연개소문 장군님

황산벌 계백 장군님

경주 토함산 김유신 장군님

황해도 구월산 김방경 장군님

제주 한라산 김통정 장군님

덕물산 최영 장군님

아하 아하 검은 땅에

흰 백성 마님의 백성 아니시랴

오늘날 이 정성 저 세상 정성이라

가라 이승이여 오라 저승이여

가자 이승이여 온다 저승이여!

드리는 이 몸 받아

저 세상 받들어주시노라!

삼천육백오십일 삼천육백오십일

포한어린 이십 년

님은 가고 오지 않네

님은 오마고 오지 않네

삼천육백오십일 삼천육백오십일

칠천삼백일

내가 가리 내가 가리

님 맞아 내가 가리!

가자 이승이여 오라 저승이여!

간다 간다 간다!

　자향이 마지막 굿사설과 함께 삼색부채를 앞쪽으로 세차게 휘두르자 그
동안 어이 어이 어허이, 두 다리를 땅에 박은 채 몸체만 꺼떡이고 상여만

흔들어대던 상여꾼들이 목청도 사납게 저승노래를 읊어대며 앞으로 술렁
술렁 걸어나갔다.

간다간다 이승세계
온다온다 저승세계
어허 넘차 어차 넘어
관살에보살에 남무애비타불

상여꾼의 우렁찬 목청과 힘차게 나아가는 상여의 진군이 정말로 신들린
그것이었다.
항슬은 너무나 어이없었다.
이게 어떻게 된 셈판이냐! 저 아씨는 정말로 신들렸잖아. 으메, 큰일났
다. 강한 군관도 저의 아버지처럼 신기가 든 모양인데 그건 그렇다치더라
도 우리 아씨가 문제 아닌가.
자향의 신기 어린 지휘를 받은 상여는 앞으로 나아가고 강한 군관과 다
른 상주들은 상여를 따라 어이 어이 곡을 하며 뒤따르고 있었다.
그때 보욱의 속삭이는 말이 항슬의 귓바퀴에 벼락처럼 들려왔다.
"항슬이, 포교들이 나타났다!"
뭐? 놀란 항슬이 보욱이 가리키는 옆쪽을 보니 가근방 동네에서 나온 구경
꾼들이 논틀 밭틀을 따라 상여와 함께 걷는 중에 창을 든 포졸 둘이 눈을
부라리며 상여를 따라오고 있었다. 그 옆에 평복에 패랭이를 쓴 자가 자향
을 가리키며 포졸들과 뭔가를 속닥이고 있다.
패랭이는 한강독사였다. 그는 언덕 아래의 삼거리에서 포졸들과 잠복하
고 있다가 상여 구경을 하게 되었다. 대가집 상여인가, 화려한 장례 행렬
에 감탄하고 있었는데 앞쪽에서 삼색부채를 휘두르는 무당이 눈에 익지를
않은가?

자세히 살펴보니 아름다운 얼굴 매서운 눈초리 빠알간 입술, 으이크, 저 건 그 처자다. 자향이라는 도타하는 박 참의의 딸! 우리들의 멋진 아름다 운 목표물!

한강독사는 흥분된 마음을 가눌 수 없어 소리를 웅어리지게 낮추며 포 졸들을 불렀다.

일루들 와봐, 일루들! 뭔데, 뭔데. 저 무당 춤 추는 여자가 바로 우리가 쫓는 비자, 그 처잘세! 정말이야? 정말이구말구. 그 이상하다. 무당이잖 아. 이상할 것 없어. 틀림없다구, 틀림없어!

흥분과 긴장으로 도배를 한 한강독사와 포졸 둘은 자향 옆쪽 길가 끝을 나란히 걷고 있었다.

한강독사는 자향이 굿거리만 끝내면 냉큼 붙잡을 심산이었다. 한데 도 타한 양반집 딸이 어째서 무당같이 굿거리를 한단 말인가. 어떻게 무당이 되었는지 알 도리가 없다. 황당한 일이로다. 한강독사가 그렇게 헤매고 있 는데, 당장 달려들어가서 잡아야 하는 거 아니야? 함께 걷는 포졸 하나이 다급한 마음으로 한강독사에게 채근한다. 굿거리를 끝내고 나올 때 잡자 구. 지금 붙들어내다가는 상가에서 화를 내고, 우 몰려들 수 있어. 한강독 사는 근리한 논리로 포졸을 말렸다.

항슬은 다급했다. 큰일났다 큰일났어. 이를 어찌한다지. 그는 놀란 마음 을 눌러 잡으며 자향 쪽을 바라보았다. 그러나 자향은 이런 상황을 아는지 모르는지 또 다시 상산노랫가락을 읊으며 상여를 이끌고 있었다.

그늘이요 용하신데 수이로다
수이라 깊수건만
만경창파가 수이로다
마누라 영검수로만 기피 물까
복만 국이연마는 지마당에 전이로고

시절은 시절인데 높으신 장군 시절이라
성신이 오동입하니 갈길 몰라라
삼천육백오십일 삼천육백오십일
이승길 지쳐 저승길 오르나
성신이 오동입하니 갈길 몰라라
어허 가자 이승이여
어허 온다 저승이여
열려라 가시문아 열려라
열린다 가시문아 열리는다!

자향의 목청은 이제 조선 으뜸의 무당처럼 권위가 있어 보였다.

보욱이 항슬의 귓바퀴에 속삭였다.

"욱자와 자네가 아씨와 포졸들 사이에 막아서게. 아씨가 상여 행렬서 나오면 말이야. 내가 소리를 질러 사람들을 경동시키겠네. 사람들이 놀라고 분위기가 어지러워지는 틈새를 타서 왼켠 숲이 우거진 곳 있지, 그 어름에서 숲으로 들어가세. 석수한테는 뒤에서 덮쳐오는 포졸놈들을 급습하라 할 테니까."

"알았네. 한데 포졸들이 저들 셋뿐일까."

"건 모르지. 여하튼 저 셋을 뿌리치고 원래 예정대로 기와동네 위쪽 당마루로 가세."

그러나 한강독사나 보욱이 계획한 안은 실천하기도 전부터 어긋나고 있었다.

상여 앞쪽에서 갑자기 말발굽 소리가 요란하게 들리고 먼지가 뽀얗게 일었다. 붉은 철릭에 투구를 쓰고 검을 찬 이십여 명의 기마군사가 노도처럼 달려오고 있었다. 상여 따위는 아랑곳하지 않는 대질주였다.

붉은 웃옷 검은 치마에 가짜 창을 들고 상여 행렬의 앞장을 서던 좌우의 방상시가 똑같이 걸음을 우뚝 멈추었다. 광중(壙中, 무덤속)의 악귀를 쫓고 저승의 길을 연다는 방상시(方相氏)는 저승길의 걸리적거리는 것은 죄 물리쳐야 하거늘 번쩍번쩍하는 군복에 날랜 기마를 타고 사납게 달려오는 힘찬 기마병에는 그만 기가 죽고 말았다.

그 바람에 자향의 상산거리로 잘 나가던 상여행차가 다시 한 번 제자리걸음을 하게 되었다.

기마병은 길 옆으로 바짝 붙어선 상여 옆을 풍우처럼 달려갔다. 뭔가 긴급한 일이 있는 성싶었다.

상여 주변이 왼통 먼지로 휩싸여 사람들은 모두 눈을 감고 숨을 멈춘 채 몸을 움추리었다.

그때 항슬은 순간 누구에게 끌려 옆으로 달려나갔다. 보욱이였다. 둘은 먼지 사이로 달렸다.

오른쪽, 오른쪽! 보욱의 외침에 항슬은, 아씨는 아씨는? 하고 소리질렀다. 보욱은 오른손으로 앞쪽을 가리켰다. 저기 저기 욱이랑, 뭐 욱자와 함께 가고 있어? 눈을 가늘게 뜨며 먼지 사이로 앞을 바라보았다. 욱자가 자향을 업고 날래게 달려가는 게 보였다.

그들은 오른쪽 소나무가 우거진 숲으로 달려가고 있었다. 아, 보욱이 순간적으로 꾸민 계략이군. 항슬은 보욱의 꾀에 감탄하면서도 고개는 뒤쪽 상여 행렬을 바라보았다. 아직 먼지가 가라앉지 않아 자향이 사라진 걸 모르는 것 같았다.

그러나 그들이 상여 행렬서 완전히 벗어나기도 전에 창칼이 앞쪽에서 번뜩이었다. 포졸은 창을 들고 한강독사는 칼을 들고 자향을 안고 뛰는 욱자를 덮쳐가고 있었고, 다른 포졸은 항슬과 보욱에게 달려들고 있었다.

보욱이 외쳤다.

"석수, 앞이다. 아씨를 구해라!"

그러나 그 말이 끝나기도 전에 은빛 검영이 들판 위를 수놓았다. 퍼런 검날의 스침은 순간이었다.

"아악!"

"으윽!"

포졸의 창과 한강독사가 들고 있던 환도가 허공 중에 날고 단말마의 비명이 동시에 대기를 가르는데, 그 비명 못지않게 빠른 외침이 바로 옆 구경꾼 틈에서 들려왔다.

"그 사람은 죽이면 안 돼요! 그 사람은 말고!"

새되고 앙칼진 목소리에 이어 키가 큰 여인이 쓰러진 사나이, 한강독사를 향해 정신없이 달려간다. 그와 동시 항슬의 옆을 스치고 바람같이 쏘아간 석수가 삼인검을 위에서 아래로 내려쳤다. 창을 꼰아들고 항슬을 향해 찔러오던 포졸이 으억, 비명과 함께 옆으로 풀썩 쓰러졌다.

세 마디의 비명과 하나의 외침이 끝났을 때 사안은 거짓말처럼 끝나 있었다.

상여 행렬 옆을 기마병이 뿌연 먼지를 날리며 지나간다. 보욱의 지시를 받은 욱자가 굿거리하는 자항을 먼지 속에서 나꿔채어 업고, 기마대가 달리는 반대쪽인 오른켠 소나무숲으로 달린다. 자항을 호시탐탐 노리던 포졸과 한강독사가 번개같이 자항을 급습한다. 구경꾼들 사이에서 소리 없이 나타난 자객이 퍼런 검날을 은빛으로 뿌리며 한강독사와 포졸을 버힌다. 보욱의 뒤에 있던 석수가 항슬을 공격하는 포졸을 내려친다. 구경꾼 속에 있던 키 큰 여인이 자객에게 소리친다. 그리고 연이어 들리는 비명! 그리고 놀란 환성.

두 포졸과 한강독사가 쓰러짐과 동시, 자객은 흔적도 없이 사라지고, 항슬, 보욱, 욱자, 석수는 자항을 데리고 숲 사이로 들어가 버렸다. 키 큰 여인이 쓰러져 있는 한강독사를 안아들며 오열하는 게 보였다. 여인 뒤에는 어린아이 하나이 큼지막한 방물을 안고 있었는데 금방 뒤로 물러앉을 것만 같이 힘들게 서 있다.

상여 행렬에서는 느닷없이 벌어진 살풍경에 정신을 잃고 경황이 없다가 뽀얀 먼지가 가라앉자 다시 정비를 하며 정신을 차렸다.

한데, 상산거리를 멋지게 펼치던 삼대 보강무당, 자향이 보이지 않는 것이다.

"무당이 없다. 무당이 사라졌다!"

"상산거리는 끝났는가?"

"살인났다!"

"뭐야 무당이 없어졌어?"

"살인났다니까, 살인났어!

"오메, 모두 죽었는가베!"

"버힌 게 모두 포교와 포졸인가 봐!"

"이거 큰일났다. 상행에 살인났으니 큰 말썽이 일지 않겠어!"

아우성이 새우젓패가 숨어들어간 소나무숲까지 들려왔다. 일행은 백여 보쯤 경황없이 달려간 뒤 잠시 숲 속 바위 사이에서 걸음을 멈추었다. 항슬이 욱자를 붙들어 세우고 자향을 살핀 것 때문이었다.

욱자가 자향을 강제로 업을 때 자향은 왠지 정신을 잃었다. 그러나 그녀는 이상한 여자의 외침소리에 정신을 차리고 있었다. 그 외침은 그녀에게 놀람만이 아니고 기다리고 기다리던 님의 그리운 목소리였다.

자향은 항슬이 붙들어 일으키자 세 사내를 두리번거리며 돌아보았다.

"지금 그 외침 어디서 났어요?"

항슬은 그러나 대답하지 않고, 그녀의 눈만 멀그러미 들여다보았다. 아직도 이 아씨가 무당인지, 아니면 정상적인 자향인지 확인하는 거였다.

"왜 그렇게 쳐다봅니까?"

"금방 전에 아씨가 무당노릇 한 것 기억하세요?"

"무당요? 기억하지요."

"정말 기억합니까?"

"기억한다니까요. 그보다 그 여자의 외침이 어디서 났냐니까요?"

"바로 저 앞에서요. 상여 바로 옆에서요. 아씨를 체포하러 포졸과 보부상 하나가 덤벼들다 둘 다 칼을 맞고 쓰러졌지요. 그때 어떤 여자가 누군가를 죽이면 안 된다고 소리지릅디다. 왜요, 그 여자가 어때서요?"

"가을나무 가을나무 언니였어, 가을나무 언니! 그 목소리는 가을나무 언니였다구요!"

자향은 그렇게 소리치다시피 말하고는 벌떡 일어나 항슬이 가리킨 숲 밖으로 뛰쳐나가려 했다. 항슬이 그녀 앞을 막아섰다.

"가시면 안 됩니다."

"왜요?"

"다른 포졸들이 또 있을 수 있으니까요."

자향은 숲 밖으로 못 나가자 몸을 이쪽으로 갔다 저쪽으로 갔다 하며 어쩔 줄 몰라했다.

"아씨, 그 목소리의 주인공이 누구라고 했습니까?"

보욱이 물었다.

"가을나무 언니요. 노고산 산길과 보부상 산길에서 나를 구해준 방물장수 언니 말예요!"

"아, 그 여자. 한데 그 여자가 왜 갑자기 여기 나타났고 왜 그런 소리를 질렀을까요? 여길 왔으면 우리 아씨와 접선을 해야지. 그 이상하지요?"

"그걸 모르니까 나가서 만나봐야겠어요."

"그건 안 됩니다. 더구나 저쪽에는 무서운 자객이 있습니다."

"자객이?"

"그렇습니다. 아씨를 체포하려는 포졸들을 버힌 자는 자객이었습니다. 그가 아씨를 도와준 건 확실하지만 지금으로써는 우리도 경계를 해야 합니다."

"그가 또 나타났어요?"

자향은 항슬을 돌아보았다. 항슬은 고개를 저었다. 그것은 저번 보강리에서 나타나 자신들을 구해준 그 자객인지 확실히 모르겠다는 의사표시였다. 그러나 자향은 따지듯이 물었다.

"우리를 구해준 그 자객이었어요?"

"모르겠어요. 언뜻 보아서."

"그런 게 어딨어요. 가서 보아야겠어요."

"안 된다니까요."

이번에도 항슬이 앞을 막았다. 그리고 그는 계속 자향의 눈동자만을 유심히 바라본다. 지금, 자객과 가을나무와 포졸들보다 그는 아씨가 신들렸는지 아닌지가 더 궁금하고 급했다.

자향이 고개를 빠딱 들고 항슬에게 사납게 말하였다.

"항슬이. 난 말예요, 신들리지 않았어요. 하지만 자꾸 신들릴려고 해요. 이제 궁금증이 풀렸습니까? 시원합니까?"

그 말에 항슬은 얼음처럼 굳어버렸다. 드디어 올 것이 왔구나. 이 아씨가 신들릴려고 한다고? 말하는 품새로 보아 상당히 신들린 것은 틀림없는가부다. 아이쿠, 정말로 큰일났다!

항슬은 끅끅대는 소리로 반문했다.

"신들릴려고 한다니요? 그게 무슨 말입니까?"

"그건 지금 설명할 시간이 없어요. 우선, 당장의 일이나 처리하구요!"

그렇게 말한 자향은 옆에 있는 보욱의 얼굴에 자기의 얼굴을 들이밀고 오른손을 흔들어대며 명령하듯 말하였다.

"욱자를 빨리 상여 행렬이 있는 곳으로 보내 정탐을 시켜요!"

"아, 그럽시다. 욱자야, 빨리 가서 저들 상태가 어떻게 되어 있는지 살펴보고 와. 그 가을나무 언니는 어떻게 됐는지 그것도 알아보고. 퍼뜩 갔다가 와야 한다. 은밀하게!"

"알았어!"

욱자가 바람처럼 사라지자 자향은 또 보욱한테 말하였다.

"석수를 시켜 이 앞에 가서 망보라고 하세요."

"아차, 그것도 필요하겠군."

석수는 두 사람의 실랑이 같은 대화를 듣자 기다리릴 것도 없이 숲 바깥쪽으로 나갔다.

옆에서 가만히 두 사람의 거래를 보던 항슬은 어리둥절하였다.

이 아씨는 지금 신들려 정신이 오락가락하는 상태가 아니네. 지금 취한 조치는 보욱이보다 더 모사꾼 같고 냉철하잖아. 눈빛도 초롱초롱하고.

그런 항슬에게 자향이 다가오더니 오른손을 쓰윽 내밀었다.

"내놓으세요."

"뭘요?"

"옥주비전."

"옥주비전…… 왜요?"

"돌려줘야 하니까."

"누구한테요?"

"주인한테."

"아씨가 주인 아닙니까?"

그 말에 자향은 비아냥거리는 투로 묘하게 웃는다. 그리고는 항슬을 노려보며 말하였다.

"내가 그 책의 주인이라고 했어요? 좋아요. 한데 왜 항슬이가 갖고 있는 거죠?"

"그야, 보호 차원에서……."

"보호 차원? 그렇게 항슬이가 잘 보호해서 내가 신이 들렸나요?"

할말이 없다. 아니, 할말도 있다. 그날 숲에서 옥주비전을 읽지만 않았어도 이렇게 되진 않았을 것이다.

맞아, 그렇게 된 거야. 아씨는 그날 옥주비전을 읽는 족족 다 외웠던 거야. 딱 한 번 보면서 다 외운 거야. 오늘 상산거리를 읊어대는 걸 보면 확실하잖아. 허면, 그날 책을 읽게 해 준 내가 잘못 아닌가. 빌어먹을!

그러고 보면 아씨가 신들린 것은 항슬이, 바로 나의 잘못이다. 새벽에 둘이서 숲길을 달리면서 나는 섬광처럼 뻗쳐오는 영감을 받았다. 저 이상한 강한 군관. 그를 인도하는 옥년이. 속일 수 없는 무당 핏줄. 그리고 죽어 가는 보강무당이 점찍은 자향 아씨.

그런 아씨를, 옥년이는 허리를 기역자로 꺾으며 삼대 보강무당이라고 개어올리지 않았던가. 그것은 무엇이냐? 그렇다! 바로 그 순간은 대감마님이 나한테서 자향 아씨를 뺏어가는 사기극을 연출하고 있었던 것이다!

그것은 나와 대감마님 사이의 싸움이었던 거야!

전날 어두운 밤에 수우신은 대감마님과 한판을 겨뤘다. 그 언덕에서, 강한 군관은 머리를 싸메고 쓰러지려 하였고, 나와 자향 아씨는 그런 군관을 안타까운 마음으로 지켜보고 있었지. 그때는 강한 군관이 수우신과 대감귀신의 싸움 사이에서 고통받고 있는 것을 몰랐다.

그리고 다섯 시진도 안 되어, 수우신 대신 나는 대감귀신하고 맞붙었는데 나는 그걸 명쾌히 몰랐던 거야. 그래서 자향 아씨에게 옥주비전을 보여주고 말았고. 그 결과 자향 아씨는 신들린 거구.

위험은 내가 느낀 대로 코앞에 박두해 있었다. 나는 온몸을 떨며 그것을 막으려 하였고, 자향 아씨를 윽박질렀고, 옥주비전을 빼앗다시피 압수하지 않았던가. 거기까진 잘 했지.

한데 아씨가 잠깐 보여달란다고 옥주비전을 선뜻 내어 주다니! 아, 나는 역시 큰일을 할 수 없는 놈인가. 폭포처럼 쏟아졌던 영감과 불안, 그것을 훤히 알면서 그까짓 거 하나 제대로 처리하지 못하다니!

자향의 독촉하는 소리가 들렸다.

"옥주비전을 내놓으라니까요!"

"옥주비전요?"

항슬은 혼잣말처럼 응수하고는, 에라, 모르겠다. 이제 아무 짝에 소용없는 옥주비전, 달라는 대로 줘버려라.

항슬은 품에서 옥주비전을 꺼내 자향에게 주었다.

그때 욱자가 돌아왔다.

"어떻게 됐어요?"

자향이 먼저 물었다.

"상여 행렬은 고개를 넘어갔구요. 포졸들은 죽지 않고 부상하였는데 중상이래요. 마을사람들이 동네에 데려다 치료를 해주고 있는 모양입니다. 한데 포졸같지 않은 한 사람은 어떤 여자가 안고 가버렸다는데요. 바로 가을나문가 봐요."

"어디로요?"

"왼쪽 산 쪽으로 갔다고 해요. 어린 애랑 같이 가더랍니다."

"애랑요?"

"네."

항슬이 자향을 쳐다보았다. 그녀는 말없이 뭔가를 생각하는 듯하더니,

"항슬이, 지금 빨리 가서 상여 행렬을 따라잡으세요. 그리고 강한 군관에게 내가 잠깐 만나잔다고 하세요. 우리는 길에서 조금 떨어진 오른쪽 숲을 갈 테니까요."

"그가 만나러 올까요?"

"틀림없이 올 겁니다. 난 뭔가 느끼고 있고 강한 군관도 그걸 기다리고 있을 겁니다."

"알았습니다."

항슬이 뭔가 미심쩍으면서도 판단이 안 되는 어쩔 수 없는 마음에 숲을 나가려고 하자 보욱이 거든다.

"항슬이, 욱자를 데리고 가게. 우리는 석수와 함께 아씨 말대로 숲을 병행해서 가겠네."

“알았어.”

“여기 지하도가 있다.”
백양나무 숲에서 싸우다 도망쳐온 김 형이라 불리운 야행복의 사내가 소리쳤다.
구레나룻의 사내는 소리나는 곳으로 달려갔다. 토방이 있던 곳에 작은 구멍이 보였다. 구멍 속에서 연기가 꾸역꾸역 솟아나고 있었다.
“김 형, 안쪽으로 들어갈 수 있을까?”
구레나룻이 물었다.
“글쎄요. 한번 들어가 보지요.”
야행복은 씩씩하게 말하고 구멍을 삽으로 넓혔다. 집이 불에 타며 무너져 내린 탓에 지하도 입구를 정리하는 데는 약간의 시간이 걸렸다. 입구가 사람이 들어갈 수 있을 정도로 커지자 야행복이 고개를 들이밀고 안을 살폈다.
“횃불이 있어야겠는데.”
그 말에 구레나룻의 뒤에 있던 탑삭부리 동료가 뛰어가더니 홰를 하나 만들어 왔다. 야행복이 앞장 서고 구레나룻이 뒤를 따랐다. 그들은 무너져 내린 지하도를 기다시피하여 나아갔다. 매케한 연기가 흐릿하게 깔려 있어서 숨쉬기가 불편하였다. 켁켁 기침을 해대며 힘들게 전진하였다. 다행히 연기는 밖으로 빠른 속도로 새어나가고 있었다.
그들이 사오 장을 들어갔을 때 지하도는 서서 걸을 수 있을 정도로 넓어졌고 공기도 숨쉴 만하였다. 앞서 가던 야행복이 어! 놀란 소리를 지르며 뒤로 주춤 물러났다.
“왜 그래?”
구레나룻이 묻자,
“저기 사람이 있소. 우릴 노려보고 있는데!”

“뭐야?”

구레나룻은 야행복의 어깨 너머로 앞을 살폈다. 작은 횃불에 비친 지하도는 흐릿하였으나 얼굴이 허연 사내가 그들을 노려보고 있는 것을 환히 볼 수 있었다. 구레나룻은 예의 날카로운 칼을 비켜들었다.

“비키게, 내가 감세!”

용맹한 구레나룻은 두 손으로 칼을 거머쥐고 다리에 힘을 주며 서서히 앞으로 나아갔다. 하얀 얼굴은 그래도 여전히 움직이지 않고 그들을 바라보고만 있다. 이상하다. 더욱이나 앉아 있는 게 묘하다. 하지만 차가운 한기를 뿜어내듯 하얗게 노려보는 얼굴이 너무나 삼엄하다. 흠, 무슨 권모술순가. 누가 무서워할 줄 아느냐! 구레나룻은 기가 죽지 않고,

“간다!”

하는 고함과 함께 펄쩍 뛰며 짓쳐나갔다. 퍼런 도광이 좁은 지하도를 휩쓸며 섬광처럼 적의 머리를 쓸어칠 때 쿵, 소리와 함께 천장에서 바위가 쏟아져 내렸다. 구레나룻은 바위에 왼쪽 어깨를 맞으며 오른쪽으로 풀썩 쓰러졌다. 그와 함께 그의 날카로운 칼은 최대목의 목을 후려치고 있었다.

칼을 맞은 최대목의 경직된 목은 잘려나가는 대신 오른쪽으로 스르르 무너져 내렸다. 그 사품에 왼쪽 귀밑 풍지혈에 박힌 몸빠진살이 부르르 흔들렸다. 그와 동시 최대목의 시신 속에서 쉬잇하는 으스스한 소리와 함께 하얀 기가 쏟아져 나왔다.

그것은 조상의 걸작을 잃고 목숨을 함께해야 했던 최대목의 가슴에 서리서리 뭉친 포한이었을까. 차디찬 한기는 왼쪽 어깨에 육중한 바위를 맞고 넘어지는 구레나룻의 온몸을 일시에 얼어붙게 하였다. 구레나룻은,

“으으윽!”

묘한 비명을 지르며 쓰러지더니 대번 정신을 잃었다. 그의 뒤를 따라오던 야행복과 두 명의 동료가 멈칫하는 사이 언제 뒤쫓아왔는지 흑의인이 앞으로 써억 나서며 최대목의 몸을 뒤집어 보았다. 몸빠진살이 박혀 있는

목과 볼을 쥐어보고는,

"죽은 지 오래인데. 이런, 또 헛다리를 짚고 있는 거 아냐!"

화증을 내는 그의 침침한 목소리가 갱내를 울렸다.

야행복과 탑삭부리가 쓰러진 동료를 일으켜 주고 있었다. 한데 동료가 이상하다. 온몸이 차디차다. 꼭 얼어붙은 것 같다.

"정 사맹 정 사맹, 정신을 차려요!"

"여보게, 정 사맹의 몸이 이상하이! 차가운 것만이 아니야."

몸을 만져본 탑삭부리가 얼굴을 찡그리며 말을 흐렸다. 정 사맹(정팔품 무관)이라 불리운 구레나룻의 몸체는 여전히 차가울 뿐더러 얼음처럼 굳어 있었다. 절친한 동무인 야행복이 애절한 목소리로 다시 불러본다.

"정 사맹, 정신을 차리시오!"

"뭐야? 정 사맹이 어때서?"

흑의인이 물었다.

"얼음처럼 차가운데요. 이상합니다."

"그래?"

흑의인은 구레나렛에 다가가 그의 목덜미를 만져보았다. 짙은 눈썹이 칼날처럼 올라가더니 구레나룻을 가까이 들여다보던 눈빛이 처연해진다.

"정 사맹은 이미 죽었는걸!"

"그래요? 이상하다! 크게 다친 바가 없었는데."

야행인은 울쌍이 되더니 이를 악무는 각오와는 달리 금세 눈물을 뚝뚝 흘렸다. 하룻밤 사이에 동무를 둘이나 잃고 있는 입장에, 마음이 처절하지 않을 수 없었던 것이다.

강한 군관은 항슬을 따라 숲 속으로 성큼성큼 들어왔다. 아마 욱자는 외부의 동태를 보느라 숲 밖에 남아 있는가 보았다. 잠시 풀섶에 앉아 있던 자향은 일어나 그를 맞았다. 보욱과 석수도 그녀 뒤에 시립하듯 섰다.

　강한은 그들 앞에 오자 고개를 몇 번 끄덕이며 자향을 뚫어져라 쳐다보았다. 두 사내는 쳐다보지도 않는다.

"포졸 때문에 잠깐 몸을 피한 건가요?"

　삼대 보강무당임을 감안한 탓인지 강한은 준존댓말을 쓴다. 역시 눈에 신기가 흐른다.

"그렇습니다. 죄지은 몸이 어디간들 그렇게 경황없는 일이 벌어집니다. 중요한 상행중에 오시라 해서 죄송합니다."

"그렇지 않소. 상산거리를 너무 잘 해주어서 감사해야 할 의무가 나에게 있지요."

"인사가 늦었습니다만 보강무당 어머님이 돌아가신 것 가슴이 아프옵니다."

"어머님은 평안하게 숨을 거두시었소. 빼어난 전인을 둔 게 그렇게 행복할 수 없다 하시었소. 삼대 보강무당이 오거든 정말로 행복하게 눈을 감았노라고 전해달라 하였소. 아까는 너무 경망중이라 그 말씀을 전하지 못하였소. 그대가 다시 올 줄을 알았지요."

　자향은 슬프고도 엄숙한 얼굴로 고개를 끄덕이었다. 그리고 잠시, 자향은 강한을 보던 눈길을 들어 하늘로 쭉쭉 솟은 소나무를 바라보았다. 그녀의 눈길이 위로 올라가는 데로 강한도 따라서 눈길을 올렸다.

　자향은 소나무 끝 하늘 쪽에 눈을 둔 채 귀기 서린 목소리로 말하였다.

"어머님과 헤어진 그날 밤 저는 하늘을 보다가 그분 목소리를 들었습니다. 자향아 자향아, 저를 부르더군요. 저는 네, 하고 대답하였습니다. 그리고 알았습니다. 그분이 돌아가신 것을. 그분의 넋이 제 주위를 맴돌고 계신 것을. 어머님께서는 뭐라 말씀하시었는데 마음이 너무 슬픈 탓인지 잘 들리지 않더이다. 그런데 어젯밤 그분이 내 꿈에 나타났습니다. 자향아, 내가 가는데 멋진 굿거리를 해줄 제자가 없구나. 네가 와서 한번 해주지 않으련, 하고 부탁하지 않으시겠어요. 어디로 가시는데요? 하고 물었더니, 기왓골로 오거라, 하더군요. 기왓골에 선산이 있었더군요."

자향은 거기서 말을 끊고 고개를 바로해 강한을 바라보았다. 강한도 따라서 그녀를 바라본다.

"바로 이 건너에 선산이 있습니다. 일대 보강무당 어머니가 잠든 곳이랍니다."

강한이 말하였다.

"그렇군요. 저는 어젯밤 어머님 말씀을 듣고 깨어나 상산거리를 외웠습니다. 잘 외워지지가 않더군요. 제 곁에는 악귀가 하나 있어서 제가 무당 몸받는 것을 방해하고 있거든요. 어렵게 상산거리를 다 외우고 나서 어렴풋이 잠들었는데 또 어머님이 나타나셨습니다."

자향은 다시 말을 끊고 이번엔 잠깐 항슬을 바라보았다. 항슬은 뜨끔하였다. 이 아씨가 금방 나를 악귀라고 하였지. 신들리는 걸 방해하는 악귀. 나를 쳐다보는 것은 강한에게 내가 악귀라는 것을 알려주려는 걸까.

그러나 자향은 항슬의 그런 우려와 상관이 있는지 없는지 내색하지 않고 고개를 돌리더니 강한을 뚫어지게 쏘아본다. 강한도 뭔가 느낌이 있는지 얼굴이 굳어진다.

"제 앞에 현신하신 어머님이 이런 분부를 하시었소."

자향의 말하는 억양이 갑자기 삼엄해지고 어투는 반말로 바뀌었다.

"삼대 보강무당 자향은 들거라! 내일 나를 위해 처음이자 마지막인 상산거리를 끝내거든 강한에게 이르거라. 나 이대 보강무당은 저승에서 너무 행복하도다. 자향이 너를 전인으로 둔 행복이 넘치는데 또 너를 능가하는 신기를 지닌 다음 대 전인을 얻었도다! 그가 바로 내 아들 강한이로다. 그를 사대 보강무당의 전인으로 임명하노니 삼대 보강무당은 내일 상산거리 굿거리가 끝나는 즉시 의발을 강한에게 넘기거라!"

목청에 힘이 들어간 탓인지 아니면 몸에 들어온 대감대신을 주체하지 못해 힘이 드는지 자향은 숨을 약간 할딱이며 이마에서는 땀이 송글 솟아

났다. 그녀는 더욱 얼굴을 꼿꼿하게 세우며,

"강한은 무릎을 꿇고 이 책을 받으라!"

추상 같은 명령을 내렸다. 그 말에 강한은 기다리고 있었던 듯 당장 무릎을 꿇었다. 자향은 품에서 옥주비전을 꺼내 오른손에 들고는,

"삼대 보강무당 자향은 이대 보강무당 명숙의 명을 받아 강한을 사대 보강무당으로 내림을 주노라. 그 증표로 이 옥주비전을 내리노라!"

자향이 두 손으로 옥주비전을 내밀자 강한이 고개를 숙이고 역시 두 손으로 비급을 받아들었다.

강한은 비급을 받아들고 한동안 기도하듯 무릎을 꿇은 자세로 있었다. 그 사이 그들의 분위기는 엄숙하였다.

이윽고 자향이 부드러워진 목소리로 강한에게 말하였다.

"상주께서는 이제 빨리 가셔서 어머님을 지하에 잘 모시십시오. 이 제자는 이생의 죄인이라 모시지 못하는 불초를 범합니다."

"알겠사옵니다. 어젯밤 어머님이 제 꿈에 나타나 삼대 보강무당이 올 것이라고 그분의 뜻을 받으라고 하더이다."

"그리 하셨지요? 아버님이 이루지 못한 조선 으뜸의 박수무당이 되소서."

"고맙습니다. 그러면 사대 보강무당은 물러갑니다."

강한은 허리를 깊숙이 숙여 예를 표하고는 돌아서 소나무 숲을 나갔다. 자향도 강한만큼 허리를 숙여 답례한다. 떠나가는 강한을 바라보는 그녀의 얼굴엔 착잡한 표정이 드러난다.

항슬은 물론이지만 보욱과 석수는 한바탕 꿈을 꾸는 것만 같았다. 이게 어떻게 된 일일까. 도대체 상상도 할 수 없는 일이 이 숲에서 벌어진 게 아닌가.

더구나 항슬은 도저히 이해할 수 없는 상황에 넋이 나갈 지경이었다. 그는 지금도 계속 자향을 쳐다보고 있었다.

아까 자향이 상여 앞에서 굿거리를 할 때부터 이 어처구니없는 일을 어떻게 처리해야 할지 어떻게 받아들여야 할지 난감하였다. 나중에 석 주사를 만나면 어떻게 변명한단 말인가. 한데 강한이 왔다가 간 지금은 그런 정도가 아니었다. 이것은 정말로 엄청난 재변이었다.

이 아씨가 무당 내림을 받은 것은 물론이고 조금 전의 말 한마디, 행동 하나가 몸받은 무당 그것을 능가하고 있지 않은가. 형식상으로 보강무당 전인은 넘겨주었지만 어느 순간 또 신들린 짓을 할지 알 수 없다. 정말 감당 못할 일이었다.

그러나 이상한 느낌도 있었다. 이것은 시작이자 끝이며 해결을 위한 과정이다. 뭔가 잘 되기 위한 길인지도 모른다. 여하간 전인은 넘겨주었으니까, 하는 묘한 안도감도 드는 것이었다.

욱자가 부리나케 달려와 보고했다.

"형님들, 상여는 신나게 나아가데요. 한데 털복숭이 상주는 근엄한 얼굴을 하고 가던 걸요. 여기서 뭔 일이 있었수?"

"뭔 일이 있었네."

보욱이 대답하였다.

61. 혈류(血流)의 일섬(一閃)

노린내는 관목과 큰 나무들이 어울어진 숲을 빠르게 달렸다.

지하도에서 숲으로 쏘아나올 때 노린내는 두 나장을 확인하고 있었다. 그는 먼저 살기가 뿜어나오는 자, 몸빠진살을 향해 일검을 뿌렸는데 놈은 번개같이 나무숲 사이로 도망쳤다. 다른 나장은 벌벌 떨며 몸을 움추리고 나무 사이에 쪼그리고 있었다.

도망간 놈는 필히 죽여야 할 자, 이녀석은 너무나 불쌍한 자. 노린내는 나장의 뒤통수 아래 풍부혈을 검 등으로 후려쳤다. 사내는 비명과 함께 기절하였다. 불쌍한 녀석, 겁이 많긴! 반나절은 기동이 안 되겠지.

그 사이 몸빠진살은 흔적도 없이 사라졌다. 최대목을 생각하면 당장 몸빠진살을 찾아 복수해줘야 한다. 그야말로 천참만륙을 해야 직성이 풀릴 것이다. 어제 오후부터 내내 애를 먹였고 끝내는 인간문화재 최대목까지 죽인 흉수! 생각만 해도 이가 갈린다. 그러나 지금은 일행이 걱정이 돼 몸을 번개같이 빼쳐 뒤를 따르고 있었다.

불쌍한 연지와 장시후를 보호해야 한다! 그들을 행복하게 해주어야 한다! 그것이 나의 최소한의 의무요, 의리이다!

그들은 저 언덕으로 갔겠지. 그 좋은 정염이랑 같이 갔겠지. 둔쇠는 한쪽 눈을 잃고도 의연해. 정말 쓸 만한 머슴이야. 무사가 되고도 남을 놈이지!

삼십여 장을 달리자 눈에 익은 눈동자가 나뭇잎 사이에서 반짝이었다. 노린내는 망설임 없이 다가가 눈동자 옆의 숲으로 스치듯 스며들어갔다. 옆에 누으며 물었다.

"내 뒤에 누가 따라오는 게 보이는가?"

"네, 보여요. 한데 내가 여기 있는 걸 어떻게 아시었소?"

"눈동자를 보았지."

"내 눈동자가 보여요?"

"사결이 눈동자는 유난히 크지 않은가."

"그래요? 거 참, 신기하다."

정염은 계속 앞을 응시하고 있었다.

"따라오는 사람이 보이는가?"

"네."

“몇 사람?”

“한 사람요.”

“허허허!”

“왜 웃습니까?”

“사결이가 하룻 사이에 경각심은 좋아졌지만 아직은 한계가 있구만.”

정염은 자기 왼켠에 드러누워 있는 노 포교를 돌아보며 속닥이는 목소리로 물었다.

“두 사람이우?”

“최소한.”

그렇게 말한 노린내는 몸을 앞으로 누이고 지나온 쪽을 노려본다. 정염은 그런 노린내의 눈동자를 옆에서 들여다보았다. 갈색 얼굴에 약간 마른 윤곽이 사나운 포교임을 알려준다. 더구나 날카로운 눈매는 사람의 폐부를 찌를 만하다.

천생의 무인이다. 검솜씨도 좋고 내가 가르쳐준 용호비결을 어쩌면 그렇게 잘 익혀 날로 고수가 되어 가고 있는지. 경탄할 일이었다. 환경만 좋았더라면 일찍이 멋진 무사가 될 사람이었다. 아니, 지금 상태로도 이 사람은 빼어난 무인이다.

정염은 그런 노 포교가 왠지 좋았다. 하루가 다르게 더 좋아지는 것이다. 정염은 그런 자신이 이상하다고 생각하였다. 내가 사람을 이렇게 좋아한 적이 있었던가. 별일이야.

“왜, 그렇게 열심히 쳐다보는 게야?”

노린내는 정염의 눈총을 보지 않고도 알아채고 물었다. 정염은 싱겁게 미소지으며 작은 목소리로 속삭였다.

“노 포교가요, 괜히 좋아져서.”

“뭐야?”

“ㅎㅎㅎ.”

"놀리는 건가?"

"아니, 정말 좋아져서요. 주천화후가 하루하루 달라집니까?"

"하루하루 달라지지. 열심히 연찬하니까."

"어제보다도 더 잘됩니까?"

"물론이지."

"그럼 내 용호비결을 책으로 써서 후세에 남겨야겠네."

"그럼 여태 써놓지 않았단 말인가?"

"써놓기야 했지요. 허지만 해설도 곁들이고 그림도 그려서 자세히 책으로 남겨야겠다 이거요."

"그렇게 하게. 사결의 용호비결을 제대로 익힌 사람은 나밖에 없나?"

"그런 셈이지요. 둔쇠한테 알려주었지만 녀석은 힘만 셌지 비법을 체득하지 못하니 갑갑해요. 제 직전제자는 노 포교 한 사람뿐이오."

"거봐. 혹여 내가 죽어버리면 그 비법이 끊어질라. 책에 써 놓게."

"하하하, 노 포교. 적을 앞에 두고 죽는다는 이야긴 하는 게 아니요. 관운장이 제갈량한테 형주를 넘겨 맡을 때 죽음으로 지키겠노라 했다가 정말 죽었답니다."

"그거야 관운장이 실력부족으로 죽은 거지, 말 땜에 죽었겠는가. 그리고 사람이란 언젠가 다 죽게 마련이고. 일찍 죽건 오래 살건 그게 무슨 큰 문제될까."

"또 그런 소리하네."

"쉬잇!"

노린내는 정염을 풀숲으로 밀어 넣었다. 은밀한 목소리로 소근댄다.

"사결이 최대목을 사랑하였지?"

"좋아하였지요."

"사랑한 게 좋아한 거지 뭔가. 좋아하면 사랑한 거구. 최대목을 위해 복수하고 싶지?"

"물론이요."

"최대목을 쏜 몸빠진살이 왼쪽 숲에 들어왔네. 내가 죽여주지."

"노 포교, 부탁이요. 우리 최대목의 눈을 감게 해주시오."

"사결이 울고 있나?"

"최대목이 죽은 걸 생각하니까요."

정염의 큰 눈에 대번에 눈물이 고인다. 노린내의 지적을 받자 눈물이 주르르 뺨을 흘러내렸다. 노 포교는 그런 정염의 보석 같은 눈물을 잠시 쳐다보더니,

"좋아. 최대목을 위해 저놈을 필히 죽여주지! 그대의 눈물을 보니 내 솥뚜껑 같은 가슴도 애려오는군. 다른 사람은 어디 있는가?"

"우리 뒤쪽 관목숲이요. 은밀하지 않고 오히려 허름하여서 거기에 숨어 있으라고 하였지요."

"허름한 곳에 숨었다. 잘 하였네. 하지만 자네는 움직이지 말고 여기 있게. 나이든 포교가 오른쪽으로 돌아갔네. 저자는 상당한 자야. 조심해야해. 움직이면 노출될 위험이 있어. 그리고 그 큰 눈도 조심해. 고수는 눈도 알아본다구."

"그래요? 알았습니다."

노린내는 옆으로 눕더니 왼쪽으로 굴러 나갔다. 정염은 꼼짝하지 않고 풀숲 사이로 밖을 내다보았다. 노 포교는 어디로 갔는지 흔적도 없다.

앞쪽에서 희끗, 사람의 옷이 스치는 듯한다. 정염은 그래도 움직이지 않았다. 저자가 내 눈은 보지 못하겠지. 노 포교처럼 말이야. 정염은 노린내의 경고에도 불구하고 그렇게까지 걱정하지 않고 있었다.

그러나 곽 포교는 정염의 눈을 보고 있었다.

저 눈. 반짝반짝 빛나는 동그란 저 눈. 저 애가 정염이지. 어제 오늘 온갖 수수께끼를 다 풀어제키고 있는 정염. 형조참의 정순붕의 장남. 사서삼경만이 아니라 의술 서화에 역술까지 빼어나다는 천재. 저녀석이 노동팔

포교와 한 통속이 되니 천하무적 동아리라. 그럴 만하지. 허나, 흐흐흐. 너희들 움직임 하나하나를 내 다 보고 있느니라.

곽 포교는 정염이 최근 창안해낸 용호비결만은 알지 못하고 있었다. 그래서 노린내의 무술이 하루가 다르게 세어지고 있는 이치는 이해하지 못하고 있었다.

노 포교가 큼지막한 비자나무 옆으로 도는 게 보였다. 곽 포교는 후박나무 잎새 사이로 그의 움직임을 살폈다.

유인하는구나. 소대규란 놈을 유인하고 있어. 소대규가 속을까. 속을 거야. 놈은 욕심이 너무 많으니까. 무술의 최고 경지는 평명한 마음이거늘 저녀석은 욕심이 너무 앞서. 어쩌면 영원히 평명한 마음은 갖지 못할 게야.

노 포교가 기를 넣고 있다. 소대규의 위치를 파악한 게다. 움직임도 알고 있을까. 소대규가 지금 어디쯤 있나? 옳지, 저쪽이다. 음나무가 축 처진 저 그늘에 숨어 있군. 옆으로 움직이나. 환도는 허리에 차고 동개활을 꺼내들었군.

노 포교는 움직이지 않는다. 아직은 움직일 필요가 없지. 소대규를 맘놓게 할려면 살짝 움직여야 하는데. 그렇지. 빠르게 두 번 위치를 바꾸는군. 활을 쏘는데 애간장을 먹이는 거다.

소대규, 너는 노 포교한테 속고 있는 게야. 너는 그를 화살로 노리지만 너도 그의 표적이 되고 있는 거다. 그 이치를 모르느냐. 오른쪽을 확보해야 한다. 한 대를 쏘자마자 오른쪽으로 움직이며 또 한 방을 먹여야 해! 한 자리서 두 대를 쏘면 위험해. 한 대로는 노 포교를 거꾸러뜨릴 수 없어. 연속 두 대를 먹여야 한다구. 최선은 속사로 세 방이고! 그럴라면 전나무와 음나무 사이에 위치해야 한다. 위치를 바꾸면서 쏘아야 하고!

어, 벌써 활을 당기고 있나. 당기고 있군. 한데 놈이 조금 겁을 먹고 있는걸. 너무 긴장하고 있어. 겁을 먹으면 활을 제대로 겨냥할 수 없는데. 연속 두 대를 쏘아야 한다구!

저런! 그렇게 해서는 안 된다!

그 순간 몸빠진살은 피르르르 소리도 싸느랗게 나무들 사이를 날아갔다. 음나무를 출발한 화살은 잣나무 전나무 소나무 관목 위 그리고 비자나무 옆을 스치며 날았다.

화살보다는 소리가 더 빠를 터! 노 포교는 저 화살의 비상소리를 듣고 있다. 저 자세, 저 허리, 저 눈의 움직임, 옆으로 번개같이 나르는 몸짓!

비자나무 옆을 횡허니 쏘아나온 노 포교는 날아오는 몸빠진살 옆을 지나 정면으로 소대규한테 날아갔다. 그것은 밤을 나르는 한 마리 박쥐였다. 자기가 쏜 전파로 적의 위치를 한 치의 오차도 없이 알아낸다는 박쥐!

노동팔 박쥐가 하늘을 날 듯 쏘아나갈 때, 또 하나의 몸빠진살이 잣나무 옆에서 날아나왔다. 그렇지! 잘 한다. 걸렸다! 노 포교, 조심하라! 몸빠진살은 정면으로 맞는 순간 세 치 이상 꿰뚫기 마련. 그대의 목숨이 여기서 끝나는가!

두번째 화살이 소나무에 다다를 때 노동팔박쥐도 그 옆을 지나고 있었다. 화살과 노 포교의 몸은 일직선상. 양쪽 속도는 쾌속. 화살과 사람이 부딪치는 순간 그것은 명중일 것, 모든 것은 끝난다.

두 번째 몸빠진살이 노린내의 가슴을 꿰뚫으려는 찰라 챙경, 금속성도 요란하게 화살은 관포검의 섬광에 의해 퉁겨나갔다.

오! 곽 포교는 탄성을 내었다. 그리고 탄성과 동시에 들리는 비명,

"으윽!"

비명에 이어 대기를 가르는 뜨거운 혈류(血流)의 일섬(一閃)! 소대규는 음나무 옆에 널브러졌다.

단 한 검에 갔을까? 곽 포교는 서 있는 자세를 흐트리지 않고 음나무 쪽을 바라보았다. 그래, 일검이면 충분하겠지. 욕심많은 소가네 인재가 한많은 인생을 마감하는군. 하눌님은 무심도 하시지! 저만한 인재도 찾자면 힘든데.

노 포교는 아직 음나무 옆에 서 있다. 나, 곽 포교는 후박나무 아래에 서 있다. 나무와 나무 잎들이 가려서 두 사람 사이는 확실히 알아보기가 어렵다. 그러나 노 포교는 지금 이쪽을 보고 있다. 내가 자기를 보고 있는 것처럼.

틀림없이 내가 아까부터 지켜보고 있는 것도 알고 있을 게다. 이상하게 생각하겠지. 왜 내가 움직이지 않았는지. 왜 소대규의 죽음을 수수방관하는지. 그리고 내가 앞으로도 계속 움직이지 않을런지.

노 포교, 소대규란 놈은 상관도 업신여기는 불령(不逞)한 자요. 그래서 도웁지 않고 그대 손을 빌려 응징한 거요. 그런 나의 심오한 배려는 결코 이해하지 못하겠지.

흐흥, 세상은 무서운 것. 그대도 조금 있으면 이 무서운 세상의 이치를 알게 될 것이다.

노 포교, 보고 느끼고 있을 거다. 지금 그대와 나는 저 정염과 삼각관계의 거리에 있다. 그것도 내쪽이 더 가까웁다. 걱정이 되겠지. 내가 움직이는 순간 정염의 목숨은 위태롭다. <u>흐흐흐</u>, 세상은 그런 거다. 항상 우려와 두려움과 의문이 중첩하는 것. 그것이 바로 무인의 일생이지.

무악에서 남쪽으로 흘러내린 물은 모화관 서쪽에서 개울이 되어 서문과 숭례문을 왼켠으로 바라보며 흐른다. 개울은 청파역을 지나 배다리서 큰 시내가 되고 배다리를 건너 전생골 시냇물과 합쳐 만초천이 된다. 물은 맑고 아름답다. 흠이라면 물이 넉넉하지 못해 겨울이면 물이 마르는 수가 있다.

김수인은 배다리주막에 앉아 있었다. 오른쪽으로 시내가 내다보이고 왼켠으로는 길가 풍경이 한눈에 들어오는 자리다.

유건에 옥색 두루마기가 뽀오얀 얼굴과 잘 어울려 지체 있는 집안의 선비 같다. 그러나 그의 찌끗째끗한 눈은 오늘따라 유난히 반짝여서 유심히 보는 사람은 약간은 섬칫할 터였다.

패랭이에 배자를 입은 삼십대 초입의 사내가 주막으로 들어와 맞은편 자리에 앉았다. 김수인은 고개를 끄덕이며 아는 체를 해준다. 주모가 차를 날라오자 사내는 한모금 차를 마셨다. 김수인의 앞에는 아무 잔이 없다.

"말씀하신 대로 다 조치하였습니다."

"잘 하셨소."

"아침 공양은 하셨습니까?"

"아니."

"그럼 동동주라도 한잔 드셔야지요."

"그럴까."

사내는 주모에게 손짓하였다. 주모가 다가왔다.

"상전 어른께 동동주 한 잔을 올리시게."

"안 드시겠다고 하셨는데요."

"지금은 드신다고 하셨네."

"아, 그렇습니까."

주모의 길쭉한 은빛 비녀의 붉고 파란 꽃술이 걸을 때마다 차랑차랑 흔들려 성숙한 여인의 매력을 뿌린다.

주모는 준비한 듯 빠르게 동동주 한 잔을 대령하였다. 안주로 육회 한 그릇이 따라왔다. 육회 그릇에 나란히 접어놓은 젓가락이 멋이 넘친다. 담양 소산 대나무 저(箸)로 인두로 지진 낙죽(烙竹)의 용 문양이 힘차다.

동동주 맛보다 낙죽의 묘미가 더욱 멋이 있는가. 김수인의 밤을 샌 뇌리는 오늘따라 사소한 사물의 언어를, 그 언어가 함축한 운치를 놓치지 않고 있었다.

"드시지요."

배자 사내가 권하고 김수인은 말없이 대포를 든다. 술잔을 내려놓자 사내가 말하였다.

"그렇게 해야만 하나요?"

"가슴은 아프지만."

"알겠습니다. 한데 어젯밤에는 질서가 좀 없던데."

"내가 원래 술을 들면 이성과 정 사이를 오락가락하지 않던가."

"그럼 지금은요?"

"금방 전만 해도 냉철한 이성 편이었지. 한데 그대가 동동주를 권하였으므로 다시 정 쪽으로 기울 수밖에."

배자 사내는 웃었다. 잠시 고개를 갸웃하며 뭔가를 생각하는 것 같더니 다시 입을 뗀다.

"어른께서는 하오 늦게 청파골로 오실 모양입디다."

"그러시겠지."

"어디서 만날 계획인가요?"

"글쎄, 그분의 마음에 달렸겠지."

"지금이라도 정리를 하면 어떨까요?"

"여보게 이 호군.* 어느 여인이 이런 이야길 하데. 부처님의 자비에도 두 종류가 있다. 첫째는 일반적인 자비인데 그것은 말로만 하는 것이니 별 게 아니고 다른 하나는 특별한 자비인데 가끔 사랑하는 사람에게만 내리는 것이다. 상전 어른, 당신도 어느 순간 부처보다 나을 수 있게 남에게 은혜를 베풀어 보세요. 사소한 하나의 자비가 그들에겐 인생의 전부가 되니까요. 그 말이 어떤가?"

호군이라 불리운 사내는 대답 대신 눈자위에 주름을 만들며 웃었다. 나이가 만든 주름이 아니라 얼굴 형태가 만들어내는 작품이었다.

김수인 상전은 정말로 지혜로운 분이야. 무슨 말을 하면 꼭 은유법으로 그윽하게 말을 한단 말이지. 어느 때는 무슨 말인지 잘 모르겠지만 말야. 그리고 저 비유는 틀림없이 명례골 안침술청의 유 주모가 했을 거구.

호군 護軍 정사품 무관

아, 유 주모! 음식 솜씨와 머리가 빼어난 여자, 사랑을 중시하는 여자, 정을 뿌리지 않고는 못 배기는 여자, 그리고 나와 김수인 상전을 똑같이 사랑하는 여자.

내시부의 상전과 도총부의 호군은 같은 정사품이다. 그러나 임금을 모시고 그분의 말을 전달하는 상전과 도총부의 일개 호군과는 그 격과 값이 달라서 어투부터가 상전과 부하처럼 층하가 지게 마련. 더구나 두 사람 사이는 은혜와 존경의 관계가 있어 말투가 크게 달랐다.

둘은 더 이상 말이 없이 동동주와 차를 마셨다. 아침 시간이라 술청엔 단 둘뿐이어서 고즈넉하다. 졸졸졸 시냇물 흐르는 소리가 귀를 간지려준다.

그렇게 차 한 잔과 동동주 반잔을 비웠을 때, 밭은 기침소리가 밖에서 들려왔다. 이 호군은 옆자리 문 입구로 옮겨 앉았다. 주모가 후딱 찻잔을 옮겨준다.

술청인데 똑똑 문소리를 내고 사내 하나가 들어왔다. 윤가였다. 그는 들어와 김수인을 향해 허리를 기역자로 굽히며 인사를 한다.

"안녕하신지요?"

"어서 오게. 일루 와서 한잔 들게."

윤국충은 조심스럽게 다가와 맞은편 자리에 엉거주춤 앉았다. 김수인이 손짓을 하자 주모가 동동주 한 잔을 윤국충 자리에 가져다 놓는다. 윤가를 보며 주모는 얼굴에 미소가 해당화처럼 피어올랐다. 윤국충도 주모의 미소에 화답하여 하회탈처럼 웃었다. 주모가 물러나자 김수인이 말을 떼었다.

"노동팔 포교하고는 어떻게 연락을 하기로 하였는가?"

"홍가주막을 통해 연락키로 하였습지요."

"여기서 홍가주막을 왔다갔다 할 수 있는가?"

"사람을 보내던가 제가 직접 가면 됩니다."

"오늘은 급박하고 사태가 크게 바뀌었네."

"알고 있습니다."

"아마도 노 포교와 어른이 만날 필요는 이제 없을 게야. 노 포교는 지금쯤 전생골 언저리에 있을 거네."

"알고 있습니다."

"어젯밤엔 어디 있었는가. 한참 찾았네."

"저들의 동태를 살피고 조심하느라 몸을 맘대로 빼치지 못하였습니다."

"북쪽마을은 일을 제대로 하던가."

"그자는 제대로 하는데 얼굴이 길쭉한 자는 누구인지요?"

"왜?"

"좀 이상해서요."

"노 포교를 잡자는 것인지 돕자는 것인지 잘 몰라서?"

순간, 윤가의 눈빛이 묘하게 바뀐다. 그러나 재빨리 얼굴의 인상을 바꾸었다.

"아닙니다."

"지난번 함지박귀 포교를 만났을 때 선을 만들기로 하였지?"

"그렇습니다. 저희와 협조하기로 하였고 돌아가는 진행 상황을 자주 보고해 달라고 당부하였습니다."

"보고는 딱 한 번 올라왔네. 마포를 통해서."

"인편이 없었던 것 같습니다."

"그럼 선을 만들어야지."

"급하신 일이 있다면 지금이라도 다시 만들 수 있습니다."

"그럴 필요 없다. 그 선은 지우기로 하였다."

"네?"

"일이 이뤄지지 않는 것은 저절로 지워지는 법. 바람이 불지 않아도 시간이 지나면 모래 언덕은 깨끗이 정돈되지 않던가."

그 말에 윤가는 얼굴이 굳어진다. 김수인은 마지막 말을 하면서 윤국충을 유심히 살폈다. 얼굴은 잠을 자지 않았으나 하나도 피곤하지 않다. 노력하지 않았고 고민하지 않았다는 증좌. 눈동자가 평소보다 더욱 번뜩이는 것은 우려가 있다는 증거.

고변은 정확했고 판단은 옳을 것이었다. 변경할 필요는 없다.

"알겠습니다. 책임을 통감합니다."

목소리가 속으로 떨고 있다. 두려움이 있다는 것은 뭔가 배신하였고 그것을 내가 알고 있지 않을까 걱정하고 있다는 징후.

"자향이란 아이를 재꺽 잡아내지 못하는 이윤 뭔가?"

"그 애를 돕는 사람이 많은가 봅니다."

"새우젓패 애들?"

"그들도 그렇지만."

"자객?"

"네 그렇습니다. 또 다른 부류도 있는 것 같구요."

"자객의 솜씨가 보통이 아니라며?"

"아주 대단한 자입니다."

"자네보다는 못하겠지."

"장담할 수 없을 정도인 것 같습니다."

"이팔수는?"

"약조를 받았습니다."

이 대목에서는 자신감이 넘친다. 이팔수를 조심해야겠군.

"실패하면 아니 되네."

"물론입니다."

"한잔 쭉 들게. 아침 식사를 제대로 안 하였을 터인데. 안주도 들고."

"고맙습니다."

윤가는 상전의 눈치를 잠깐 보더니 고개를 끄덕이는 것을 보고는 대포

잔을 들어 시원하게 마신다. 걸쭉하게 마시고는 자기도 고개를 끄덕였다. 긴장을 푸는 듯하면서도 긴장을 늦추지 않는다. 뭔가 복선이 있다는 증표.

"정오까지는 끝내야 하네. 유사시엔 긴급히 연락하고."

"알겠습니다."

윤가는 일어나 꿉벅 절을 하고는 밖으로 나갔다. 걸어나가는 모습, 문밖에서 들려오는 발걸음 소리, 모두 일사불란하다. 걸음에 힘이 들어가 있다는 것은 사방을 경계한다는 증거.

배자 차림의 이 호군은 한동안 입구 자리에 그대로 앉아 귀를 기울인다. 윤가의 발자국 소리가 멀어진 것을 확인한 뒤 입을 열었다.

"그대로입지요?"

"그럼. 그렇게 부탁하세."

62. 한강독사

가을나무는 한강독사를 안고 언덕 위쪽에 있는 숲으로 들어갔다. 스무 발짝쯤 들어가자 평평한 풀밭이 보였다. 풀밭에 한강독사를 뉘었다. 한강독사는 정신을 잃고 있었다.

비쩍 마른 다리로 무거운 방물을 안고 끙끙거리며 따라온 아이는 방물을 내려놓고 가을나무 뒤쪽에 오도마니 서 있었다.

가을나무는 한강독사의 상처 부위를 살펴보았다. 칼이 가슴을 비스듬히 긋고 지나갔고 상처에서는 아직도 피가 솟아나고 있었다. 지금까지 흘린 피만으로도 생명은 건질 수 없을 것이었다. 가을나무는 방물보따리에서 헝겊을 꺼내 상처난 곳을 동여매었다. 상처 부위가 너무 넓고 깊어 피는 계속 배어나오고 있었다.

한강독사가 무거운 눈꺼풀을 들고 흐릿한 눈동자를 드러내었다.

"아, 대모 씨 정신이 들어요?"

가을나무가 물었다. 대모는 한강독사 양가의 이름인가 보았다.

"응, 추수 당신이구료."

"네, 저예요."

"미안하오. 정말 미안하오."

"대모 씨, 왜 그렇게 살았어요? 당신은 나쁜 사람이 아니었잖아요."

그 말에 한강독사는 미미하게 웃었다. 웃음 속에는 허망한 슬픔이 젖어 있었다. 그가 말하였다.

"추수, 나는 나쁜 놈이요. 원래가 나쁜 놈이지."

"당신은 나쁜 사람이 아니어요. 왜 그렇게 일부러 나쁜 사람처럼 나쁜 짓을 하며 살았어요? 난 잘 알아요. 당신을 억지로 장가 보낸 건 당신 어머니잖아요."

"꼭 그렇지는 않아. 내가 싫다고 하였으면 장가 안 갈 수도 있었지."

"그렇지 않아요. 난 다 알고 있다구요."

"아니야. 나도 울 어머니처럼 그 집의 돈을 탐내었어. 그건 숨길 수 없네. 이제 죽는 마당에."

"당신은 죽지 않아요. 정신을 차려요. 여기 구급약이 있으니까 드릴게요."

가을나무는 방물 속에서 약을 꺼내고 작은 사발 하나를 꺼냈다. 그녀는 사발을 옆에 물끄러미 서 있는 아이에게 주며,

"이거 갖구 가서 물을 떠와라. 이 아래 개울이 있단다, 알았지? 빨리!"

아이는 사발을 받아들더니 잽싸게 달려갔다.

"추수, 내 마지막으로 사과할게. 용서는 빌지 않겠네. 그대에게 정말 잘 못하였네. 그대의 처녀까지 범하여 놓고 배신한 나는 나쁜 놈일세."

"그런 이야긴 허지 마세요. 전 원망하지 않습니다. 말씀드릴 게요. 전 지금도 당신을 사랑하고 있어요. 사랑하는 사람한테는 원망하는 마음은 없는 거예요. 아셨어요?"

"추수, 정말 미안허이. 장가들고 며칠이 안 되어서 나는 잘못된 것을 알았네. 내가 사랑하는 사람은 오로지 당신이었어. 그대를 배신한 것을 정말 후회하였지. 나 홀로 얼마나 애통해했는지 모른다네. 죽어버릴까도 생각하였지."

"너무 자책하지 마세요. 나는 다 이해하고 있어요. 당신이 어느 날 갑자기 심보 나쁜 사람처럼 변했을 때, 나는 느꼈지요."

"그래, 난 추수를 배신한 나쁜 놈이었기에 이 세상을 사는 한, 나쁜 놈이 되기로 작정하였어. 정말 난 나쁜 놈이야. 울 어머니를 탓할 게 없어."

아이가 물을 담은 사발을 디밀고 있었다. 가을나무는 약을 한강독사에게 먹였다. 한강독사는 먹지 않으려 입을 돌렸다.

"이거 드세요. 마지막 제 부탁입니다."

가을나무는 환약 세 알을 거의 강제로 한강독사의 입에 넣어 주었다. 끄윽대며 약을 억지로 받아먹은 한강독사는,

"추수, 날 용서할 건 없고 나의 사죄만 받아주어. 아, 당신과 함께 마포 강가를 거닐던 생각이 나는구료. 버드나무가 쭉 나 있는 언덕말이야. 애를 다섯만 낳자고 약속했었지. 삼남이녀로."

한강독사는 흐릿한 눈을 가을나무의 얼굴에 고정시킨 채 뭔가를 보고 있다. 옛날 그들이 정분 나누던 시절을 회상하는 모양이었다.

"그래요. 당신은 오남삼녀를 원했지만 제가 너무 많아서 싫다고 삼남이녀로 하자고 우겼지요."

"그래, 삼남이녀가 좋지. 아들 셋에 딸 둘이면 충분하지. 당신은 그 대신 똑똑한 아들과 이쁜 딸을 낳아주겠다고 약속했었지."

"그랬어요. 당신같이 잘생긴 아들과 나 닮은 이쁜 딸을 말예요."

그 대답을 할 때 가을나무는 눈물을 쏟는다. 가져보지도 못한 아이들 이야기를 하자니 정말로 가슴이 북받쳐 온다. 그 시절에는 그런 생각만 갖고도 얼마나 행복했던가.

"맞아. 좋았지, 좋았어. 그때가…… 추수 당신은 당찬 여자였고 나는 야심 있는 사내였고…… 생각나지 그날, 자하문골 배꽃이 하얗게 흩날릴 때 우린 사랑을……."

한강독사의 목소리가 희미해진다. 놀란 가을나무가 한강독사를 주시하며 몸을 흔들어본다. 사랑하는 여인이 자기 몸을 흔드는 걸 한강독사는 알아보는 듯하였다. 고개를 끄덕이고는,

"추수, 내가 잘못하였네, 용서해주어……."

금방 전만 해도 용서하지 말라더니 죽음이 임박하자 용서해달라고 한다. 한강독사의 눈에서 한 줄기 눈물이 주르르 흘러내렸다. 눈물을 마저 다 떨구지 못한 눈이 가을나무를 바라본다. 애틋한 정감이 눈빛에 아롱진다. 그리고는 이내, 눈동자의 반짝임이 멎어버린다.

그 눈동자에서 주마등처럼 흘러가던 그 옛날, 사랑하던 여인과의 영상이 멈춰버린 것이다.

가을나무는 한강독사의 가슴을 흔들고 애인의 이름을 부르다가 끝내는 범벅이된 눈물을 줄줄 흘리며 오열한다.

"용서하기는 누가 용서를 빌어야 하는데…… 당신을 버린 자객이 누군 줄 알아요? 내가 고용한 사람이라구요…… 송이를 구하기 위해 석 주사랑 내가 구한 자객이라구요…… 그 자객이 당신을 죽인 거예요. 아, 나야말로 나쁜 여잡니다. 당신을 죽인 나쁜 여자예요! 으흐흐!"

자향과 항슬이 일행은 나무숲 사이에서 보고 있었다. 가을나무가 마지막으로 읊조리기 전까지 그들은 낭만적인 사랑의 슬픔을 애달파했다. 그러나 마지막 말, 송이를 구하기 위해 석 주사와 가을나무가 고용한 자객이

란 말을 듣는 순간, 그들은 벼락을 맞은 듯 멍하였다.

뭐라구, 뭐라구! 한강독사를 죽인 사람이 자객이고, 그 자객을 석 주사와 가을나무가 고용하였다구? 그렇다면 보강리에서 자기들을 구해준 그 자객, 그 의문도 동시에 풀리는 것이었다.

자향은 항슬을 바라보았다. 항슬은 자향과 눈이 마주치자 고개를 끄덕였다. 그동안 자향과 항슬의 뇌리에서 떠나지 않던 의문점, 그것은 가을나무가 쥐고 있었던 것이다.

자향이 천천히 발걸음을 떼어 풀밭으로 나갔다. 항슬과 보욱도 뒤를 따랐다. 한강독사의 가슴 위에 엎어져 울던 가을나무가 고개를 들었다. 자향과 눈이 마주치자 가을나무의 슬픈 눈동자에 기쁨이 교차된다.

"아, 송이! 송이, 고생 많았지?"

그녀는 앉은 채로 두 팔을 펼쳐든다. 그리고 슬픔의 눈물과 기쁨의 눈물을 함께 쏟아낸다.

자향은 송이라는 이름이 저 멀리에서 들려오는 것 같았다. 그 새벽 사직동 집을 떠나올 때 석 주사가 길가에서 지어준 이름, 송이. 그 송이가 이 여드레 사이 얼마나 많은 일을 겪었던가. 그 험난한 사연과 사건들이 번개같이 머리를 스치고, 그 고난 속에 경황없이 질주하던 송이는 풀썩 가을나무 앞에 주저앉으며 그녀를 꽉 껴안았다.

"가을나무 언니! 정말 보고 싶었어요!"

"송이야, 나도 보고 싶었다!"

두 여자는 죽음과 슬픔과 고통을 넘어 서로를 꼬옥 안고 마냥 그렇게 있었다.

정신을 먼저 차린 자향이 가을나무의 어깨를 놓으며 말하였다.

"이분은 착한 분이었군요."

"그러엄."

"어떻게 여길 오시게 됐어요?"

"송이를 구하고 싶어서 왔지. 삼개에서 노량나루 동작진 서빙고 그리고 두뭇개 넘어까지 헤매었어. 송이를 찾으러 얼마나 헤매었다구……."

가을나무는 포옹을 풀며 한동안 자향의 얼굴을 들여다본다.

"얼굴이 많이 야위었네. 그 이쁜 얼굴은 여전하지만."

자향은 배시시 웃을 뿐 대답하지 않았다. 가을나무는 왼손으로 자향의 오른손을 놓지 않고 잡은 채로 자기 옆에서 눈감고 있는 애인을 내려다보았다. 오른손으로 한강독사의 두 뺨을 어루만지며 말하였다.

"원래 좋은 분이었지. 나를 버리고 딴 여자와 결혼한 게 미안하여 일부러 나쁜 사람이 된 거야. 자기학대를 하면서 나한테 사죄를 한 건데 최근까지도 나는 그걸 몰랐어. 그 뜻을 겨우 알았을 때 이 사람은 가버리는군. 다 내 잘못이지."

자향은 그런 가을나무를 물끄러미 바라보았다. 묘한 사랑의 비틀림, 그 비틀림이 가져 온 슬픈 사연, 자향은 뭐라 말을 할 수 없었다. 당장 석 주사 안부를 묻고 싶었으나 참았다.

"송이와 내가 보부상 산길로 도망할 때 이 사람이 포교들을 데리고 쫓아왔더군. 그건 아마, 송이를 잡으려는 것보다도 자기 모르게 나를 쫓아왔는지도 몰라. 수시로 나를 쫓아와 가까이 하고 싶은 어떤 충동과 슬픔이 아마도 그런 행동을 하게 했는지, 정말로 그랬는지 몰라."

"그래요?"

자향은 이해할 듯도 하고 도무지 이해할 수 없기도 하였다.

그때 옆에서 아이가 끅끅대는 소리를 냈다. 가을나무의 방물을 낑낑거리며 들고 왔고 재빠르게 개울에서 물을 떠온 아이였다. 다 떨어진 옷에 꾀죄죄한 아이는 유난히 작은 눈을 껌벅거리며 자향에게 뭔가 말을 하려고 하였다. 아이는 오른손을 흔들며 떠듬거렸다.

"저어, 말씀 좀 물을게요."

아이의 눈동자와 눈이 마주치자 자향은 조금은 의아해하며 말하였다.

“응, 무슨 일이니, 말을 해봐.”

아이는 열 살쯤 되어 보였는데 허름한 옷에 몸은 비쩍 말라서 키가 커 보였다. 세수를 언제 하였는지 얼굴에 땟국물이 흘렀다. 눈동자도 초롱초롱하지가 못하다.

“언니를 찾고 있어요. 울 형이 언니를 찾아가라고 했어요. 형아 이름은 안방이어요.”

그 말에 자향은 가슴이 철렁하였다. 모방이, 모방이구나!

“너, 모방이지? 모방이 맞지?”

자향이 큰 소리로 물었다. 생김새가 안방이하고는 영판 다르다. 같은 데가 있다면 말할 때의 입술이 묘하게 오기 있게 움직이는 거였다.

“걔가 모방이에요.”

옆에서 가을나무가 말하는 동시,

“네, 모방이에요.”

아이도 대답하였다.

“오마나, 모방이구나! 일루 와라, 일루 와!”

자향은 무릎걸음으로 다가가 모방이의 두 손을 꽉 끌어 잡았다. 모방이는 놀라서 그런 자향을 동그란 눈으로 내려다본다.

자향의 눈에는 단번에 눈물이 고였다. 나 때문에 죽은 안방의 동생이 형아를 찾으러 왔나! 시신을 보냈는데 왜 형아를 찾으러 왔을까. 덕구 할배가 안방이를 집에 제대로 데려다 주지 않은 걸까?

“너 누구를 찾으러 왔다구?”

“언니를 찾으러 왔어요. 자향이 언니를요.”

“뭐야? 나를 찾으러 왔어?”

“네. 언니가 자향 누나예요?”

“그래, 내가 자향이다.”

그 말에 안방은 다시금 자향을 뚜릿뚜릿 처다본다. 뭔가 좋은 듯 입을 벌리면서 안도하는 표정을 짓는 한편으로 놀란 표정도 뜬다. 그러더니 갑자기 고개를 푹 숙이고 찔끔찔끔 눈물을 흘렸다.

"모방아, 왜 우니? 날 찾아왔다면서 왜 울어?"

모방이는 고개를 살짝 들고 자향을 보며,

"안방이 형아가 밤마다 날 찾아와서 자향 언니를 찾아가래요. 그러면 뭔가 줄 거래요. 꼭 찾아가래요. 뭔가 줄거라구요. 한데요……."

오, 안방이! 부적을 말하는 게다! 아버지를 회심케 하는 부적을 아직 모방이에게 전해주지 않았다고 안방이가 모방을 보냈구나! 아, 이럴 수가, 이럴 수가 있을까!

"그래, 너한테 줄 게 있단다. 한데, 무슨 할 말이 또 있니?"

"아니요. 다만 울 엄마가 걱정이 돼서요. 울 엄마는 지금 부짱해요."

"엄마가 왜?"

"엄마는요, 지금 많이 아프거든요. 안방이 형아를 산에다 묻은 다음날 울 아빠가 어딜 나갔는데요, 다시 돌아오시지 않았어요."

"너의 아버지가?"

"네. 그래서 엄마는 아버지가 안 오신다, 안 돌아오신다. 왜 그럴까. 어디를 가셨을까. 니 형아는 죽고 아버지는 집에 안 돌아오시고, 엄마는 아프고 왜 이럴까, 왜 이럴까. 그러면서……."

"그러면서?"

"절보고 아빠를 찾아오래요."

"아빠를?"

"네."

"찾아보지 그랬어?"

"어디 계신지 알 수 없어요. 한데……."

"한데?"

"안방이 형아는 자꾸 자향 언니를 찾아가라고 하잖아요. 그래서 왔어요."

그 말을 해놓고 모방이는 또 눈물을 찔끔 흘린다.

"왜 또 울어?"

"제가 아빠를 안 찾고 언니를 찾으러 온 걸 알면 엄마가 화를 내고 섭하게 생각할 것 같아서요. 엄마는 정말 많이 아파요. 한데 저는 죽은 형아가 더 부짱해서 엄마 말씀보다 형아 말을 들었거든요."

"알았다, 모방아 알았다. 잘 했어. 걱정 마! 아빠는 조금 있으면 돌아오실 거야. 안 돌아오시면 우리랑 같이 찾자, 응? 잘 왔다, 잘 왔어!"

자향은 아까부터 두 팔을 잡고 있던 모방이를 꼭 껴안았다. 껴안는 순간 눈물이 자향의 뺨을 주르르 흘러내린다. 그러다가 문득 생각이 나서 자향은 보퉁이에서 부적을 꺼내 모방이의 품속에 넣어 주었다.

"이게 뭐예요?"

"부적이란다. 네 형아가 품고 다니던 부적인데 너한테 주고 싶어한 거야. 이걸 줄 거라구 형아가 말한 거란다. 이 부적을 네가 몸에 지니고 있으면 아버지가 훌륭하게 되는 거야. 알았지? 집에 가면 바늘로 옷에 꿰매서 땀에 젖지 않게 이 사이에 잘 꿰매서 지니고 다녀요. 그러면 아버지가 정말로 훌륭한 분이 될 테니까."

"울 아빠는 훌륭한 사람은 아닌데."

"무슨 말을. 아버지는 곧 훌륭한 사람이 될 거예요."

"아빠는 훌륭한 사람은 아니어요. 허지만 아주 나쁜 사람도 아니어요. 그건 제가 알아요. 형아도 그랬는데 울 아빠는 부짱한 사람이래요."

"그래, 나쁜 분이 아니고말고."

"한데, 엄마가 너무 부짱해요. 너무 아파요. 그런데두 아빠를 찾아오라고 그렇게 애를 태우고 있어요. 아버지가 이상하다 이상하다 하면서 정말 걱정하고 계셔요. 엄마가 아빠를 그렇게 걱정한 건 첨이어요. 뭔가 이상한 느낌이 있는가 보아요. 엄마는 제가 아빠를 찾으러 간 줄 아실 텐데 제가 언니를 만나러 온 걸 알면 정말 슬퍼할 거예요. 화도 내실 거구!"

그 말에 자향은 왠지 찡하는 슬픔에 자기도 모르게 또 눈물을 흘리고 있었다. 모방이 하는 말마다 왠지 슬퍼지는 것이었다.

"그럼 모방아, 빨리 집에 돌아가 아버지를 찾아봐야겠다. 그치?"

그 말에 모방이는 눈물을 훔치며 고개를 끄덕였다. 자향은 보퉁이에서 가장 값이 나가는 금팔지를 꺼내 모방이의 품속에 넣어주었다.

"이게 뭔데 저한테 주셔요?"

모방이 순진하게 묻는 말에 자향은 소리를 죽여 말하였다.

"금팔찌란 거야. 이거 가져다 엄마께 드려. 알았지?"

"네, 알았어요. 굉장히 비싼 것 같은데, 이런 걸 왜 주셔요?"

"그래, 비싼 거란다. 하지만 착한 모방이를 보니까 언니가 너무 좋아서 주고 싶어졌단다."

"형아가 이걸 알면 좋아할 텐데."

"그래? 안방이 형아가 좋아할 거라구?"

"네, 형아는요. 우리 집이 부자면 아빠가 나쁜 짓 안 하고 좋은 사람 될 수 있다고 했어요."

"그렇구나."

"그리구 엄마도 좋아할 거예요. 엄마는 돈밖에 몰라요. 돈만 보면 좋아하거든요."

"그래 그래, 엄마만 아니라 세상 사람들은 모두 돈을 좋아한단다."

자향은 모방이의 말과 표정이 뭐라 형언할 수 없이 알쓸하여 다시 꼬옥 안아주었다.

"잃어버리지 않도록 조심해서 갖고 가. 알았지?"

"네에."

"한데, 여긴 어떻게 찾아왔니?"

"형아 동무인 까치 형이 알려줬어요. 삼개 가서 거지들한테 물어보면 혹시 알 수 있을지 모른다고 했는데 가을나무 언니를 만났어요."

가을나무는 항슬이네와 인사를 나누고 한강독사의 시신을 정리하고 있다가 그 말을 듣고 힘없이 웃었다.

"그 애가 삼개에서 헤매고 있더라구요. 왜 거길 왔느냐고 했더니 자향 언니를 만나야 한다고 이상한 소릴 하길래 내 데려왔지."

"잘 하셨어요."

자향은 그렇게 대답하고 모방이를 또 꼬옥 껴안았다.

"이 애가 안방이 동생이군. 한데 안방이와는 닮은 데가 별로 없네."

계속 옆에서 그들의 대화를 듣고 있던 항슬이 아이의 볼을 만지며 말하였다.

"그래도 자세히 보면 입술 언저리가 닮았는데요. 안방이의 오기 있는 그 입술을요."

"그렇긴 하군."

"제가 안방의 부적을 저 동생한테 전해주지 않으니까 모방이의 꿈에 나타나 날 찾아가라고 했는가 봐요. 안방이는 정말로 유별난 애예요. 죽어서까지도!"

63. 긴급보고서

극비문건 1)

<u>유혈충돌과 무관 연쇄 참살건</u>

지난 삼사일 문안과 문밖에서 무사들 사이에 일련의 유혈충돌이 있은 바 지금까지 확인된 바에 의하면 십 명이 넘는 무인과 민간인이 참살 내지 중상을 입음.

사안은 주최위왕과 관련되었다고 소문난 무수리 연지와 이를 비호한 내시 장시후를 보이지 않는 조직이 죽이려한 사건임.

이들은 친군위의 일부 무인들로 추정되며 궁궐서 주초위왕과 관련된 무수리를 체포한 포교 노동팔과 연관이 있음. 노동팔은 궁궐서 무수리를 체포하는 데 공헌을 세웠음에도 궁을 나온 뒤에는 무수리를 비호하여 관과 대치, 다섯이나 되는 무인을 죽였음. 노 포교는 필살해야 하는 대역죄인임.

노 포교와 무수리 내시를 추적한 친군위의 무인은 성세와 관직에 비해 무술이 허약한 탓에 노 포교의 처참한 희생물이 됨.

현재 친군위의 일부조직은 숭례문 밖에서 노 포교와 그 일당을 추적중이나 오히려 실력부족으로 사상자가 속출하고 있음. 이들을 급히 처치하여야 함과 동시 유언비어를 엄단해야 할 것으로 사료됨.

극비문건 2)

<u>도타한 박 참의 딸 추적 포교 비리건</u>

대역죄를 지은 박운 참의의 딸 박자향이 비자가 아니 되려고 문안을 빠져나가 도타하였는 바, 이를 도총부 소속 성일한 포교가 추적하였음. 그는 동료 장작눈썹 노동팔 이대치와 함께 추적하였으나 곳곳에서 실패와 죄악을 저질렀음. 토정서 마포로 가는 길에서 장작눈썹은 서강의 포졸과 함께 자향을 체포하지 않고 겁탈을 하려다 정체불명의 궁수한테 살을 맞고 둘이 동시에 절명하였음.

성일한 포교는 마포 초입 안골의 만수림에서 박자향과 그를 비호하는 새우젓패를 완전포위하고도 그들을 놓쳤음. 부하 이대치는 다른 포졸 둘과 함께 삼개 버드나무여울서 비자 등과 조우하였으나 한낱 새우젓패의 왈패에게 칼을 맞고 모두 중상을 당하고 범인을 놓쳤음.

두모포 뒷골에서는 도타한 자향을 체포하였는 바, 하룻밤을 못 버티고 새우젓패에게 범인을 탈취당하였음. 비자를 지키던 포졸 다섯은 죄 크고 작은 부상을 입었음. 기왓골에서는 자향 일행을 완전포위하였으나 실포(失捕)하였음. 이 작전서 부하 이독수는 사건과는 관계없이 민간인을 함부로 도륙하였으며 이독수와 최윤보 포졸은 중상을 입음, 송피 포졸과 협조자 부상은 행불됨. 둘 다 피살된 것으로 사료됨.

이상, 도총부 포교 성일한의 무능과 추한 행위는 관의 권위를 실추시켰고 무고한 인명까지 살상해 엄히 징치해야 할 것임.

(참조 대사간 이빈은 박자향을 첩을 삼기 위해 필히 체포해달라고 심정지의금부사에게 청탁하였다는 소문이 있음. 국정과 사익을 혼동하는 행위로 사료됨.)

극비문건 3)

<u>주초위왕과 유언비어건</u>

조광조가 왕이 되려한다는 주초위왕이 벌레의 예고가 아닌 궁궐의 무수리가 조작했다는 유언비어가 날조되고 있음.

이 유언비어는 무수리 연지와 내시 장시후를 관의 지령을 받은 무인이 죽이려한다는 내용으로 전파되고 있어 나라의 위신을 떨어뜨리고 있음.

특히 자향이라는 박 참의 딸과 그 일당이 그들을 돕기 위해 북상, 합류하고 있는 것으로 소문나고 있음. 두 여자의 관련설은 노동팔 포교가 두 사건에 연관된 때문으로 파악됨. 노동팔이 서강에서 박자향을 쫓을 때 그녀를 일부러 도와 안 잡았다는 주장도 있음.

더욱 이 유언비어는 홍희빈이 사주한 것으로 그 뒤에는 왕비가 있다는 말도 나오고 있음. 유언비어를 하루 빨리 없애기 위해서는 노동팔 포교와 연지, 장시후, 박자향을 없애야 할 것임.

임금은 비밀문건을 다 읽기도 전에 얼굴이 하얘지고 있었다. 평소 총기가 부족한 임금은 마지막 문건을 읽을 때는 눈꼬리가 축 쳐져 마치 글을 읽다가 조는 듯하였다.

문서를 내려놓는 임금의 손은 보일 정도로 떨리고 있었다. 눈동자도 상당히 헤매고 있다.

"이 문서는 어디서 올라온 것인가?"

임금은 부복해 있는 이처현 상선에게 낮은 목소리로 물었다. 혹 문밖의 내시들이 들을까 저어하는 표정이었다.

"친군위의 특별감시조에서 올라온 것입니다."

"조정에서는 이 일을 아는 사람이 얼마나 있을꼬?"

"아직은 거의 없을 것이옵니다."

"이 상선, 그렇지 않을 것이야. 아까 전에 독대를 요청하여 탑전에 나아온 남곤이 뭐라 한 줄 아는가. 친군위를 원상으로 돌리라 하였네. 과인을 보고 심정 지사에게 자문하면 아실 일이라 하였소."

"전하, 알고 있사옵나이다."

"알고 있다고?"

"그렇사옵니다. 이조판서는 나름대로의 정보조직을 갖고 있는 바 그들 귀를 통해 작금의 사실들을 취집해 가는 것을 확인하였습니다."

"그러면 이판이 상소문을 올리면 물론이 일 것 아닌가."

"이판은 그런 상소문은 올리지 않을 것이옵니다. 그래서 탑전 충간을 한 것입니다. 그런 상소를 올리지 않고 충성하는 길을 아는 유일한 대신일 것입니다."

"정말인가. 걱정하지 않아도 되겠는가?"

"그렇사옵나이다. 이판 밑에 일하는 사람과 연이 있어 확인한 바이옵니다. 그자가 절대 그런 일은 없을 것이라 하였습니다. 심정 대감은 상께 뭐라하였나이까."

“당분간 친군위의 일을 없는 일로 하면 어떠하옵시냐고 말하였소.”

“저간의 사건은 보고하지 않았사옵나이까?”

“말을 하는 걸 두려워하더군.”

“그럴 것이옵니다. 이번에 소신이 관찰해본 바에 의하면 친군위의 일은 심기가 깊고 침착 섬세한 사람이 맡아야 할 직무였사옵나이다. 외려 이판 대감 같은 분이 적임일 것이었습니다.”

임금은 잠시 말이 없다. 눈꼬리가 살짝 치켜 올라간다. 사람 볼 줄 모르는 자신의 무능을 이처현이 지적한 사실이 싫었는지 모를 일이다.

이처현은 얼굴을 올려 상감을 더 가까이 바라보았다. 상감은 뭔가 피로한 기색으로 눈을 찌푸렸다. 고뇌의 빛이 눈동자를 스친다. 인자한 듯 너그럽지 못하고 총기 있는 듯 빼어나지 못한 본연의 모습이 드러난다.

이처현은 이런 상감이 싫었다. 좀더 깊이를 갖추기만 하면 훌륭한 임금이 되실 분이 어찌 저 경지를 뛰어넘지 못할까. 안타까움이 가슴에 응어리져 온다.

상감의 저 얼굴 표정도 내가 잘못 모신 때문이야. 저 태도도 물론이고.

이처현은 스승인 의부의 엄한 얼굴이 생각났다.

처현아, 임금은 환관이 모시기 나름이니라. 훌륭한 왕이 되느냐 못 되느냐는 오로지 우리들, 가까이 있는 환관이 어떻게 모시고 인도하느냐에 달린 것, 그것을 한시라도 잊어서는 아니 되느니라.

이처현은 다시 고개를 숙이며 아주 작은 목소리, 그러나 또렷한 목소리로 말하였다.

“상감마마, 더구나 친군위 속에는 이번 일을 키워서 내외에 말을 크게 내려는 자가 숨어 있나이다.”

“그게 무슨 말인고?”

임금은 놀라 긴장한다.

“저들 일당은 일부러 말썽을 내려는 것이옵니다. 특히 주초위왕의 소문으로 일을 키워 분란을 일으키고 여기에 관여한 자들을 내쳐 자신들 자신이 권력을 잡자는 흉계를 벌이고 있사옵니다."

"뭣이, 저번에 말한 그런 흉계를 말하는 건가?"

"그렇사옵니다."

"그게 누구인가. 고이언지고! 그렇다면 바로 역적모의가 아닌가!"

"그렇사옵나이다. 역적에 준하는 짓거리이옵지요. 지금 그들 정체를 파악하는 중이오니 곧 확인이 될 것입니다."

"흐음, 괘씸한지고! 그들을 정확히 파악해내 엄벌해야 하느니라."

"물론 엄하게 징치해야 하옵니다. 그런 자들이 공공연히 개혁을 논하는 자들보다 더욱 위험하옵니다."

"그러면 이번 상황의 조치는 어찌하면 되겠는가? 분란 없이 빨리 처리해야 할 거 아닌가."

"상감마마, 너무 심려하실 필요는 없사옵니다. 심정 지사 말씀대로 친군위의 비밀조직을 당분간 없는 것으로 하오시면 만사 해결되리라 믿사옵니다."

"주최위왕의 소문은 어찌한단 말이요?"

"주초위왕을 조작한 사실은 이 세상에 없사옵니다. 주초위왕은 벌레가 갉아먹어서 나타난 글일 뿐입니다. 바로 이 나라의 사직을 지키려는 천기 아니겠습니까. 소문은 걱정할 일이 없습니다. 저들 무인들이 쓸데없이 잘못 덤빈 탓에 그 소문이 적실한 것이 되어가고 있을 뿐입니다."

"그렇다면?"

"친군위의 활동을 즉각 중단하옵고 지금 숭례문 밖으로 옮겨가고 있는 칼부림과 살육을 비롯해 그동안의 무력충돌을 없었던 일로 하오면 해결되올 것입니다."

"그럼 조치를 어떻게 취하면 되겠소?"

"특사를 보내오서 관여한 자들을 모두 불러들이시고 그들의 직무로 돌아가라는 엄명을 내리소서. 그래도 듣지 아니하는 자는 반역행위로 다스리옵소서."

"이런 사연이 소문이 아니 날 수 없지 않은가."

"일을 벌이고 있는 세 군데에 특명을 내리시오면 이 모든 상황은 그 상태로 정지되옵고 소문은 그저 소문으로 끝나게 되올 것으로 사료되옵나이다. 그 뒤로는 순종하지 않는 자와 말을 만들어내는 자들은 극비로 제거하시고 지금 일을 맡고 있는 몇몇 중심인물은 응징과 회유를 병행하시면 되오리다."

"지금 상황으로 볼진데 그걸 친군위에 맡겨둘 수 없지 않은가."

"그렇습니다. 일도양단하는 과단성과 읍참마속*하는 독기로만이 이 어려운 상황을 처리할 수 있을 것이옵니다."

"그럼, 이 일은 오직 한 사람밖에는 내 맡길 도리가 없는 것 아닌가. 누군 줄 알겠는가. 내시감?"

"알고 있나이다."

그 말과 함께 둘은 한동안 말을 하지 않는다. 임금은 내시감을 내려다보고 이처현은 고개를 숙인 채 있다.

이윽고 임금이 입을 떼었다.

"궁안에도 불령의 무리들이 있다 하였지?"

"그렇사옵니다."

"그럼 과인은 내시감이 없는 사이 누구의 말을 믿으면 되겠는가?"

"하 상전을 옆에 두소서."

그 말에 임금은 고개를 끄덕이었다.

"알았도다. 내시감은 몸을 보중하며 일을 엄히 처리하라. 나라를 다스림에는 너그러움보다 무서움이 앞서야 하는 것. 늘 그대가 과인에게 강조한 말이렷다."

읍참마속 泣斬馬謖 중국 촉나라 제갈량이 군령을 어겨 가정 싸움에서 패한 마속을 울면서 참한 고사에서, 큰 목적을 위하여 자기가 아끼는 사람을 응징하는 것을 비유한 말.

"소신 명심하겠나이다."

"내시감의 명쾌한 처리를 기다리고 있겠노라."

"상감마마의 명령, 목숨을 걸고 시행하겠나이다. 일이 조금이라도 어긋나 소문이 낭자할 경우는 소신을 도륙해 깨끗이 처리하오면 될 줄로 아옵나이다."

"알았소. 은밀히 처리하여야 하오. 전권을 내리니 내시감이 즉시 실시할지라."

"특명을 받자옵나이다. 그럼 소신 물러가 특명을 시행하겠나이다."

"잠깐. 아까 그 문서 중에 박 참의의 딸이라는 애는 어떤 연고로 무수리들과 연계가 되는고? 혹여 일맥이 닿고 있는 것은 아닌가?"

"노 포교란 자가 그 애를 쫓다가 궁에 들어왔는데 도망행보가 노 포교네와 길이 맞아서 이상한 소문이 난 것으로 사료되옵니다."

"여하간 이상한 소문을 내고 있지 않은가?"

"그러하옵니다. 소문나지 않게 엄처하겠나이다."

"알았도다. 저번에 이빈 대사간이 거기에 관여되어 있다 한 것도 적실하지 않은가."

"그렇사옵니다. 이 대사간을 그 일에서 손을 떼게 할 수 있는 방책이 있나이다."

"그 일도 말썽 없이 처리해야 할 것이야. 이빈을 다시 보아야 하겠군."

"알았사옵나이다."

이처현은 납작 부복했다가 일어나 뒷걸음으로 나오며 속으로 한탄하였다.

결단이 문제로다. 연지와 장시후를 붙잡은 즉시 처치하였으면 이런 궁지에 몰리지 않을 것을. 살려주라는 임금의 우유부단한 결정, 그것이 이런 사태를 가져오지 않았는가. 나라 일이란 예리한 칼로 매섭게 치듯 만사 사납고 무서워야 하는 법이라고 그렇게 강조하여 충언했거늘. 그럴 때는 왕비보다도 못한 임금이로다!

어찌 저런 임금이 백성의 마음을 알꼬! 어찌 백성의 고통을 알꼬! 오호라, 의부님이시어, 저의 잘못이옵니다!

64. 포졸의 명예

함지박귀는 최윤보 앞에 앉아 있었다. 주인 아낙은 함지박귀가 부탁한 술을 받으러 건넛동네로 넘어갔고 집엔 아무도 없었다. 최윤보와 단둘이 있는 것이다. 조금 전까지만 해도 복작이던 이 골 포졸도 다 배정받은 곳으로 사라진 뒤였다.

조선시대 관이나 포청이 동네 집을 접수 사용할 때는 항상 단출한 집을 선택하곤 하였다. 그것은 비밀이 새어나가는 것을 예방하기 위한 방편이었다. 그중 과수댁이나 할매 혼자 사는 집을 좋아하였다. 동네 부가에서 행전을 얻어 조금만 주어도 좋아하고 열성으로 일을 보아주는 이점도 있었다.

함지박귀들이 든 집도 이 고을 포졸들이 자주 사용하는 과수댁이었다.

함지박귀는 뻘정하게 큰 최윤보가 어울리지 않게 누워 있는 앞에서 한동안 눈을 끔벅거리며 뭔가를 생각하고 있었다.

"윤보, 이젠 아프진 않는가?"

함지박귀는 목청이 터지지 않는 억양으로 물었다.

"죽지는 않겠지요. 포졸하다 보면 이럴 때도 있지 않겠습니까."

"그야 그렇지."

둘은 간단히 한마디씩 나누고는 한동안 서로를 쳐다보았다. 최윤보는 순진한 눈매로 선배를 바라보았지만 함지박귀는 그렇지가 않다. 뭔가 헤매고 매듭을 짓고 싶어하는 복잡한 눈길이다.

독랄한손이 자객의 계산 깊은 손속에 당해 인사불성이 되어오더니, 이 날렵하고 발빠른 최윤보가 누군지 모르는 자에게 기습을 당해 떼매왔다. 그리고 반시진도 안 돼서 기왓골 오른켠 둔지산 가는 길목에서 한강독사와 이 골 포졸 둘이 당했다는 보고가 들어왔다. 마치 예정된 정확한 수순에 의해 자기의 모든 조직이 차례로 무너지는 것 같다. 그의 손발을 누군가가 순차로 잘라버리고 있다고 볼 수밖에 없는 것이다. 지난 여드레 동안 처자 하나 쫓으며 이 무슨 망신일까. 이런 곡경은 세상에 다시 없을 터이었다.

더구나 그 속에는 뭔가 음모가 있는 것처럼 느껴진다. 그래, 뭔가 석연치 않는 것들이 내재돼 있다. 뭐라고 찝어 말할 수는 없지만 묘한 게 숨어 있어. 그걸 뭐라 해석해야 옳을까. 그걸 뭐라 변명해야 내 속이 풀릴까. 그걸 뭐라 설명해야 내 마음이 희망을 가질까.

그러고 보니 노동팔을 경복궁에 출두시키라고 전갈을 가져온 윤국충이란 자가 묘한 말을 한 게 마음에 걸려온다.

성 포교, 그대는 이제부터 성명의 지시를 받는 게요. 큰 일이 있을 때마다 보고를 해주시오. 긴밀한 연락이 있는 자체로 성명의 고임을 받으리라.

한데 함지박귀는 그 사이 한 차례밖에는 기밀보고를 하지 않았다. 그것이 잘못된 걸까. 고임을 발로 찬 결과일까.

오천래 경력 같은 거물 무사가 이 일로 나타난 것도 이상하였다. 자향이란 애가 아무리 절색이라 해도 오 경력까지 동원할 필요는 없어 보였다. 그렇다면 이번 사건에 뭔가가 있는 게 분명하다. 지금 생각하니 이런 모든 일, 사소하다면 사소하고 중요하다면 중요한 이런 모든 일들이 가시처럼 톡톡 쏘아오는 것이었다.

함지박귀는 약간은 가시를 넣은 목소리로 입을 떼었다.

"여보게 최윤보!"

"네?"

"우리가 이번 저 자향이라는 처자를 추쇄하러 나온 게 잘못인가?"

"무슨 말씀이십니까?"

"꼭 그런 것 같애. 노동팔이가 문안으로 들어갈 때 나한테 이런 이야기를 하였지. 저 애는 잡지 마시오. 형님이 잡으려 해도 잡히지 않겠지만 억지로 잡으려 하는 우를 범하지 마시오. 동티를 입을 위험이 있습니다."

"노 선배가 그런 말을 했습니까?"

"으음."

"그게 뭐 꼭 맞는 이야긴 아니잖습니까."

"그래. 나도 그렇게 생각하였지. 동팔이가 그런 이야길 할 때 나도 그저 웃어주었다."

최윤보는 함지박귀 형님이 과거형을 쓰며 이야기하는 게 이상하였다. 다친 아랫배를 쓰다듬으며 함지박귀의 눈치를 살폈다. 함지박귀는 한동안 고개를 숙이고 있더니 고개를 끄덕이고는 말하였다.

"윤보, 내 평생에 이런 실패, 아니 이런 낭패는 처음이야."

"……."

"내가 실력이 딸리는 것은 인정하네."

"무슨 말씀이요. 형님의 실력은 천하가 알고 있지 않소."

"아니야."

"……?"

"내 실력은 내가 알아. 과대평가되었지."

"……."

"윤보!"

"네."

"장작눈썹을 어떻게 생각하나?"

“그 무슨 말씀이세요?”

“아니, 자네가 생각하는 그대로를 알고 싶어서 묻는 거네.”

“그 형님은 성질은 깝깝한 데가 있지만 무술이 신통하고 깨끗한 성미가 있는 훌륭한 선배 아닌가요?”

“그렇게 생각하는가?”

“그렇지요.”

“그 동무의 과거를 아는가?”

“그건 잘 모르는데요.”

“그 동무는 사람을 여럿 죽인 왈패였어. 천 수문장이 자기 수족으로 쓰느라 이것저것 잘못을 다 덮어주어 괜찮았지.”

“그렇습니까?”

“그럼. 그러고도 성깔이 고약해 참 애를 먹였네. 그래서 천 수문장은 꼭 내 짝패로 묶어주고는, 날 보고 그 동무를 잘 건사하고 말썽나지 않게 억누르라고 신신당부하였지.”

“그랬습니까. 그럼 지난번 토정서의 사건도 그 형님 땜에 일어난 잘못이군요. 결국엔.”

“물론이지. 그 동문 평소엔 괜찮다가 술만 먹으면 걷잡을 수 없이 형편없어지는 단점이 있어. 여자와 폭행, 그것 땜에 내 큰 곤욕을 여러 번 치뤘지. 결국엔 그렇게 끝났지만.”

“그렇군요.”

“하지만 그런 그를 잘 알면서 관리를 잘못한 나도 문제가 있지.”

“건 형님 잘못이 아니지 않수?”

“아니야. 천 수문장이 그렇게 당부한 걸 내가 관리하지 못했으니 내 잘못이야.”

“천 수문장은 솔직히 말해서 전 존경하지 않습니다.”

“그건 나도 아네. 나도 존경하지 않으니까. 하지만……”

“하지만 뭐요?”

“여보게 윤보. 사람은 여러 가지로 평가를 해야 하네.”

“무슨 말씀이어요?”

“사람은 능력이 젤 중요하고 그 다음이 인품이라고 나는 생각하네. 이 세상을 살아가고 운영하는 대목에서는 말이야. 안 그런가?”

“그렇게 말씀하면 그렇지만요.”

최윤보가 고개는 끄덕이면서 마음으로는 승복하지 않자,

“여보게 윤보, 사람이 어떻게 다 구비할 수 있는가? 자네가 천 수문장을 존경하지 않는 것은 어느 누가 탓하겠어. 하지만 천 수문장이 일을 잘 하는 것도 어느 누가 부정하겠나? 최윤보, 안 그런가? 자넨 천 수문장이 무능하다고 생각하는가?”

“……”

“천 수문장은 청렴하지는 않지만 유능한 건 확실해! 아무도 이 말을 부정하지는 못할 게야. 그리구…… 세상은 그렇게 더러우면서 유능한 사람이 빛을 보는 거구. 최윤보, 안 그런가?”

“……”

최윤보는 계속 대답하지 않았다. 그는 함지박귀의 말이 옳다는 것도 인정하고 그가 뭔가를 말하고자 하는 것도 알 것 같았다. 물론 그 옳은 속에 동의하고 싶지 않은 게 있긴 하지만.

최윤보는 함지박귀를 슬금 쳐다보며 이 형님이 무슨 말을 하려는 걸까, 눈치를 살폈다. 함지박귀도 고개를 들어 천장을 쳐다보며 조금은 뜸을 들인다. 그러더니 목청을 차분하게 깔며 속삭이듯 말하였다.

“최윤보, 난 이 세상을 이렇게 보네. 이 세상은 정의보다는 성실이 양심보다는 요령이 청렴보다는 타협이 의리보다는 아부가 더 잘 통한다. 그렇게 생각하지 않나?”

“그렇습니까?”

최윤보는 덜떨어진 녀석처럼 명청하게 응수했다. 역시 승복하기 싫은 반응이다. 함지박귀는 그런 그를 쳐다보지도 않고 이번엔 대청 마루바닥을 무심히 바라본다. 이제 함지박귀는 최윤보의 반응과는 관계없이 나름의 웅변을 읊어내고 있었다.

머리가 잘 돌아가는 최윤보는 이제 선배가 이야기하는 게 뭔가 노림이 있음을 간파하고 있었다. 함부로 맞장구를 쳐서는 안 된다는 생각도 들었다.

그런 최윤보의 약삭빠른 타산을 아는지 모르는지 함지박귀는 다시 물었다.

"최윤보, 저 이독수는 어떤 사람인가?"

"네?"

"자네는 이 형하고 많이 다녔잖은가. 어떤 사람이냐고?"

"그거야, 형님도 잘 아시잖아요."

"아니 자네가 말해보게."

"글쎄요."

최윤보가 도망가는 응수를 하자,

"윤보, 오늘은 우리 허심탄회하게 이야기 한번 하세. 내 아까 이야기했잖은가. 내가 무능해서 이 꼴이 되었고, 뭔가 결심해야 할 일이 있는 것 같애. 자네하고 나하고 평생 한번도 맘 트고 이야기해본 적 없지? 그런 점에서 한번 탁 터놓고 이야기해보자구."

그렇게 말한 함지박귀는 앞에 놓여 있는 대포잔을 집더니 술잔 속을 들여다보고는 입에 대고 쭈욱 들이켰다. 대포잔에는 술이 바닥을 기고 있어서 마시나마나였다. 그래서 함지박귀도 아까부터 술잔을 잡지 않고 있었다. 그러나 함지박귀는 무언가 말이 깊어지자 술도 없는 술잔을 기울이는 척하며 분위기를 돋우는 것이었다. 어쩌면 말이 많아지면서 속이 컬컬하였고 그 탓에 그예 술잔을 들지 않을 수 없었고 시늉이나마 술을 마시는 척한 것이리라.

한데 맘 깊은 놈한테는 귀신도 탄복한다더니 마침 술 받으러 갔던 아낙이 부지런한 발걸음으로 마당을 들어서고 있었다.

"아이고, 포교님. 오래 기다리셨지요. 여기 술 받아왔습니다."

아낙은 함지박귀가 술이 없는 술잔을 기울이는 것을 알아챈 양 대번에 빈 술잔에 술을 따랐다. 시커멓지만 성실하고 착해 보이는 아낙이 술을 따르는 것을 지켜보던 함지박귀는 감사하는 억양으로 말을 했다.

"아주머니 술잔 하나 더 주시오."

"누가 드시게요?"

"여기 누워 있는 사람."

"환자가요?"

"환자면 어떤가."

"하긴요."

아낙은 뿌르르 가더니 술잔을 대령해 뽀글뽀글 따라서 누워 있는 윤보 앞에 밀었다.

"들 수 있겠지?"

함지박귀의 물음에 최윤보도 더는 아프다고 누워 있을 수만은 없어서 부시시 일어났다.

"그러문요."

최윤보는 술잔을 잡아 앞으로 내밀었다. 둘은 대포잔을 마주치고는 한 모금씩 시원히 들었다.

"자, 이야기해보게. 이독수를 어떻게 생각하는가?"

최윤보는 동동주 덕에 목청이 좋아진 함지박귀의 목소리를 받아 대답하였다.

"형님이 그렇게 진지하게 말씀하시니까, 제 느낀 소감을 그대로 이야기하겠습니다."

"그래, 솔직하게 한번 터놓고 이야기해봐."

"이독수 형님은 깨끗한 사람은 물론 아니고 포졸의 임무를 열심히 하는 분도 아니지요. 쉽게 말해서 콩고물을 밝히는 사람입니다. 허나, 형님 말씀대로라면 무능하기보다는 외려 유능한 면도 있지요."

"어느 면?"

"어느 면요."

"좋네. 그건 인정하네. 하지만, 그게 해악을 끼치는 바탕이 된다는 것도 인정하겠지?"

"그렇습니다."

"최윤보, 우리 포졸이 아무리 공로가 많다 해도 함부로 백성을 해쳐서는 아니 되지?"

"물론입니다."

"이독수는 무고한 백성을 죽였네."

"네."

"그 책임은 누가 지는가?"

"……."

"내가 져야지. 이독수는 이미 졌고. 그건 물론 자객이 문책한 거지만 말이야."

"……."

"그럼 다음 이야길 하세. 이대치는 어떻게 생각하나?"

"그 형님은 착한 분이지요."

"좋아. 그럼 우리 주변 세 사람 중에 한 사람은 착한 사람이군그래. 그렇지?"

"그렇습니다."

"그럼 우선 중간 결론을 내보세. 처음에 이야기했듯이 나의 무능은 이제 천하가 알고 있을 정도로 소문이 쫘악 나 있네. 통감하네. 변명할 여지가 없어. 변명할 마음도 없고. 문책을 당해서 싸지. 책임은 온통 내 거야. 거기에, 세 사람 중에 둘은 질이 나쁜 사람이 있는 거네. 그들에겐 미안하지만 그렇게 쉽게 이야기하세. 그래서 우리는 아니 나는 그들 둘 때문에 더 큰 곤욕, 더 큰 책임을 치뤄야 하네. 엄청난 문책이 곧 들이닥치겠지.”

“…….”

“난 알고 있네. 그 책임문책이 저 문안에서 크게 논란이 되고 있고 그 추궁의 칼날은 이미 날아오고 있어!”

거기서 함지박귀는 잠시 말을 끊었다. 그의 말은 갈수록 준엄했지만 어투는 진중하였다. 오히려 싸늘하기도 하였다. 최윤보는 뭔가 말을 해야 하는 입장이라고 생각하였다. 아니 뭔가 말을 하지 않으면 안 된다는 강박관념을 느끼고 있었다. 최윤보는 대포잔을 세차게 잡으며 외치듯 말하였다.

“형님!”

“아니, 내 말이 다 끝나지 않았네. 윤보, 듣게. 저들을 생각해보세. 새우젓패놈들 말이야. 그들은 어떤 놈들이라고 생각하는가? 자네 어떻게 생각해? 저들을 말이야.”

“새우젓패요?”

“음.”

“무슨 뜻에서요?”

“아무거나.”

“네?”

“아무거나 이야기해봐. 저들에게서 느낀 거 말이야. 뭔가 있을 거 아니야?”

“뭔가 있지요.”

최윤보는 드디어 뭔가를 알 것 같았다. 이 형님이 뭘 노리고 지금까지 장황하게 이야기하고 있는지 느낌이 삐잉 오는 것이었다.

“저들은요, 괜찮은 놈들입니다. 우선 도망하는 처자는 훌륭한 여자구요,

그녀를 도와주는 항슬이라는 애는 동료들의 존경을 받고 있고요, 그를 따르는 동료들은 의리있는 애들이지요. 그리구 형님이 우리네 조직의 심성에 대해 말씀하셨는데 그런 관점에서 본다면 저놈들은 다 좋은 놈, 멋진 놈들입니다.”

“그렇지?”

“그렇습니다.”

“죄를 지었다고 쫓기는 자들은 다 괜찮은 놈들인데 그들을 쫓는 관(官)인 우리들은 대부분이 나쁜 자들이고 무능하다 이런 결론이 나왔네. 그치?”

“그런 셈이지요.”

“그런 셈이 아니라 그런 거 아니냐구? 말은 정확히 하세!”

“그렇습니다!”

“더군다나 말이야 거기에 방기포 송골매 같은 놈을 넣고 생각해봐. 우리네 포졸 세계는 왼통 더러운 자들일세. 그렇지?”

“……”

최윤보는 응수하지 않았다. 응수할 수 없는 것이, 함지박귀의 얼굴이 너무나 일그러지고 있었다. 금방 울 것 같은 인상이었다. 한데 그 울쌍이 금방 험악해지더니,

“한데 자네는 어떻게 저녀석들이 근사한 놈들이란 걸 그렇게 잘 아는가?”

함지박귀는 눈을 반듯이 세우고 최윤보의 눈동자를 빤히 들여다보았다. 대답을 기다리는 눈이 사나워진다. 최윤보도 눈을 피하지 않고 함지박귀를 반듯이 마주보며 굳은 입을 떼었다. 뭔가 말을 해야 할 때가 된 것이다.

“말씀드리지요. 저들 중에 잘 달린다는 놈이 있다고 하였지요?”

“있지.”

“그놈과 이야기를 나눴습니다.”

"단둘이서?"

"네. 정말로 잘 달리기에 맘에 들어서 아니 홀딱 반해서 말을 걸었습니다. 대화를 나눠보았더니 참 맘에 듭디다. 왜요, 화가 나십니까?"

"아니, 얘기해보게"

"이것저것 말을 해봤더니 맘에 쏙 드는 것이 포졸을 시켜서 데리고 다니면 좋겠습디다. 큰 재목으로 키우고 싶은 맘까지 나데요."

"흥."

"미안합니다. 여하간 그 애하고 두 번 만났지요."

"두 번?"

"네. 마포 어름에서 한 번 만났고 오늘 새벽 깊은골 안에서 만났습니다."

"……"

"쫓다보니까 녀석이었어요. 마포에서 만나 이야기한 끝에 우리 둘은 형님 동생 하기로 하였거든요. 그 점은 죄송합니다. 잡아야 할 놈하고 형님 동생하고 비밀히 만나고 한 건요. 일이 끝나면 형님하고 조용히 말할려고 하였지요. 한데 오늘 쫓다보니 또 동생 삼기로 한 녀석이지 뭡니까. 그래서 동생아 나다, 서라, 했더니 섭디다. 그래서 또 대화를 나눴지요.

그걸 뒤늦게 쫓아온 송피가 들었습니다. 송피는 저를 보고 배반자라고 하더군요. 간자라고도 하고. 그리고 그 잘 달리는 아이 욱자를 체포해 오라고 윽박질렀습니다. 서라고 해서 선 놈을 어떻게 체포합니까? 더구나 녀석은 절보고 자기를 잡아가라고 하구요. 형님 같으면 그런 앨 잡아올 수 있겠습니까? 체포할 수 있어요?

송피한테 이야기 좀 하자고 하였지요. 한데 녀석은 창을 꼰아들고 날 간자라고 몰아세웠습니다. 격한 마음이 일고 둘이 싸우게 되었지요.

저는 그를 죽일 마음이 없어 슬슬 싸우는데 송피는 죽자사자 덤비더군요. 그러다가 제가 창을 맞았습니다. 중상으로 거의 죽을 지경으로 몰렸습니다. 송피도 제 칼을 맞았는데 그것보다 옆에서 보던 욱이가 덤벼서 송피를 쓰러뜨렸습니다. 창을 빼앗아 두 번 찔렀구요. 그 애가 나를 위해 송피를 마저 죽이려는 걸 제가 말렸습니다. 동료가 죽는 건 차마 볼 수 없잖습니까. 욱이가 절 업고 일루 오는 샛길까지 왔습니다. 제가 기절하니까 지나가던 약초할배랑 죽을뚱살뚱해서 절 깨어나게 만들었습니다. 그런 참에 김 형이 와서 구원받았지요. 송피는 죽지 않았습니다. 왜 발견되지 않는지는 모르겠습니다만.

형님, 죽을 죄를 지었습니다. 저를 한칼에 죽여 주십시오. 단 하나 부탁이 있습니다."

최윤보가 이야기하는 사이 뭔가 묘한 표정을 짓던 함지박귀는 이제 평안한 얼굴이 되어 물었다.

"부탁이 뭔데?"

목소리도 착 가라앉아 있었다.

"욱이한테 제가 약속하였습니다. 포졸을 시켜주마고. 너처럼 잘 달리는 놈은 나라를 위해서도 포졸이 되어야 한다고, 약속했습니다. 제가 책임을 통감하고 죽는 건 좋습니다만, 그 애한테 약속한 것은 지키고 싶습니다. 우리 포졸의 명예를 걸고 말예요!"

"우리 포졸에게도 명예가 있는가?"

함지박귀는 입을 악물고 뭔가에 화가 난 표정으로 물었다. 잠시 그런 함지박귀를 쳐다보던 최윤보는,

"물론, 있지요!"

느닷없이 큰 소리로 대답하고는 두 손으로 방바닥을 짚었다. 고개를 푹 숙이며 죄를 인정하는 자세로 한동안 있더니 눈물이 주르르 흐르는 얼굴을 들고,

"형님, 우리가 아니 제가 아무리 죄를 지었기로소니, 우리에게 포졸로서의 명예가 없겠습니까?"

최윤보의 눈물을 타고 나온 목소리는 단호하였다. 죄지은 놈이 뭐 잘났

다고 큰소리치는지는 모르지만 포졸의 명예가 있는 것도 확신하였고 약속을 지키고 싶은 신념도 확고하였다. 오히려 눈물이 그걸 보증하고 있었다.

함지박귀는 화가 난 표정을 조소 어린 얼굴로 바꾸고는 착 가라앉은 단호한 목소리로 말하였다.

"최윤보, 자네 말이 맞네. 우리 조직은 구질구질하고 치사하고 더럽고 개좆 같지만 자네가 말한 명예, 포졸의 명예는 있지. 있구말구. 자네가 있다고 자신한다면 있는 거야! 알았는가?"

함지박귀는 오른손을 흔들어대며 소리쳤다.

그 처절한 외침은 한마디로 눈물 어린 절규였는데 그것은 포졸 우두머리 포교로서의 마지막 발악 같았다. 한데 그 발악이 최윤보한테는 마냥 아름답게만 들렸다.

"알았습니다. 형님, 고맙습니다. 제 부탁 들어주시는 거지요? 그저 욱이한테 약속한 것만 형님이 들어주시면 여한이 없습니다! 죽여주십시오!"

"허허허, 최윤보! 내가 자넬 군법으로 죽이면 나는 권위가 서는 겐가?"

"물론 권위가 서지요."

"권위가 서?"

"네."

아까 멀리까지 술을 받으러 가서 삽삽하게 들어오고 흥이 나게 술을 치던 과수댁은 갑작스런 두 사람의 변환에 놀라 정지 쪽에서 얼굴은 내밀지 못하고 귀를 대청 가까이 들이밀며 두 사람의 말을 엿듣고 있었다. 듣고 보니 별 희한한 이야기가 나오는 게 아닌가. 저게 무슨 일이다냐. 들을수록 기찬 이야기가 전개되고 있었다.

최윤보는 계속 울먹이고 있었다.

"여보게, 최윤보!"

"네."

"난 권위를 세우고 싶은 생각 하나 없네. 허지만……"

“……”

“끝까지 내 임무는 다 하겠네. 내 힘이 닿는데까지 그 계집은 잡을 거야. 잡을 거라구. 그게 내 임무니까. 난 아네. 문안에서는 이미 나를 징치할려고 벼르고 있고 아니 벌써 나를 처벌할려는 금부도사가 오고 있을 거야. 허나 난, 그가 오든 말든 가겠네. 그 훌륭하다는 자향이란 아이를 잡으러 말이야!”

“형님 저도 따라가겠습니다.”

“자넨 안 가도 되네. 다친 사람이 어떻게 기동하는가?”

“아닙니다. 제가 따라가야 합니다. 저들이 둔지산 오른쪽 산맥을 타고 넘어가는 것도 제가 알려준 때문입니다. 그쪽에 천라지망의 어살을 치지 않은 걸 알고 훈수해주었지요. 한데 형님이 거기에 한강독사를 배치하였더군요. 그건 몰랐습니다. 그래서 사단이 난 거구요. 제가 같이 가서 그 계집애를 잡겠습니다. 저를 지금 처치해도 좋고 그 애를 잡은 뒤 징벌하셔도 좋습니다. 저는 그저 형님을 따라 백의종군하겠습니다.”

“최윤보!”

“네?”

“자넨 배신자야!”

“알고 있습니다. 인정합니다. 송피 말이 맞았습니다.”

“허지만 최윤보!”

“네?”

“자넨 의리 있는 배신자야!”

그 말에 최윤보는 함지박귀의 무릎을 잡고 그 앞에 엎드리면서 소리내어 울기 시작하였다.

“으흐흐, 그렇습니다. 저는 배신자이고 배반자이고 간잡니다. 형님, 죽을 죄를 지었습니다!”

최윤보는 꺼이꺼이 소리를 크게 내며 울었다.

65. 파도 급류를 타다

흑의인이 비밀통로를 나왔을 때 원 천총은 공 나장을 살펴보고 있었다. 공 나장은 풍부혈을 세게 얻어맞아 그때까지도 정신을 잃은 상태였다.

"천총 어른, 놈들은 이쪽으로 나왔습니다. 어디로 사라졌는지 못 보셨습니까?"

흑의인이 물었다.

"못 보았네. 나도 한 발 늦었네."

"그자는 죽었습니까?"

"아니. 뒷덜미만 쳐서 죽지는 않았네. 칼에 정을 두었구만."

"그자 혼자 있었던 게 아니잖습니까?"

"그렇네. 곽 포교랑 같이 있었지……."

흑의인은 말하는 투가 이상한 원 천총을 빼꼼히 쳐다보았다. 원 천총은 허리를 쭉 펴고 앞쪽 전생서 넘어가는 산을 응시하고 있었다. 눈꼴이 이상했다.

"저들이 저 산을 넘어갔나요?"

"아니, 아직은."

원 천총의 눈초리가 더욱 매서워지며 산허리 쪽을 노려본다. 뭔가를 포착한 눈매다.

"곽 포교는요?"

"저들을 쫓아갔네. 저기에 그들이 있네."

"그렇습니까. 그렇다면 우리도 가야 하잖습니까."

"물론이지. 가야 하지."

원 천총과 흑의인의 뒤에는 지하도에서 나온 부하 셋이 따랐다.

그들이 비자나무가 있는 숲에 도착했을 때 노린내와 소대규의 접전은 끝나 있었다.

숲은 그러나 접전 중에 형성된 긴장과 기의 포화가 팽팽히 살아 있는 듯 뭔가 이상한 분위기를 풍기고 있었다.

흑의인은 몸을 나무 사이로 숨기며 원 천총에게 눈짓하였다. 원 천총도 몸을 은폐된 곳으로 옮기며 사방을 눈여겨본다.

정염은 몸빠진살의 둔중한 신음소리가 날 때 살그머니 몸을 빼어 장시후와 둔쇠가 숨은 덤불 속으로 기어갔다. 보름보기가 된 둔쇠의 외눈과 연지의 놀란 눈이 정염을 무슨 구세주인 양 쳐다보았다. 장시후가 뭔가 말하려 하자 정염이 손으로 말렸다.

정염은 감각적으로 느끼고 있었다. 노 포교와 오른쪽으로 돌아간 무인 사이에 뭔가 미묘한 기의 싸움이 벌어지고 있는 것을. 게다가 그들은 우리 주변의 삼라만상을 죄 꿰뚫어보고 있는 것을.

정염은 나무와 풀 사이로 노 포교와 무인이 숨어 있는 곳을 응시하였다. 어디쯤에 그들이 있는지 잘 모르겠으나 뭔가 느낌이 오는 것만 같았다. 그들이 기이한 쟁투를 벌이고 있다는 생각이 나는 것은 왜일까. 정염은 고개를 갸우뚱하며 두 사람이 있는 쪽을 계속 응시하였다.

정염은 자기도 모르게 노 포교에게 말하고 싶은 생각들이 떠오르고 있었다.

노 포교, 이럴 때는 주천화후를 발동해요. 기의 상승 위에 주천화후를 두시오. 단검을 오른손으로 꽉 쥐고 주천화후를 발동하면 온몸의 기가 그 무서운 관포검에 집중되리다. 관포검은 그때 자기의 위엄과 사나움으로 적을 응시할 것이고 그 순간의 검기는 천하를 절단낼 수 있을 것이요. 바로 무인의 마음과 무인의 검이 일치조화해 한몸이 되는 거지요.

노 포교, 알았지요. 신검합일 말이요. 주천화후를 기의 상승 속에 놓아 최상의 승화를 시켜요!

노린내는 관포검을 가슴 앞에 꽉 끌어 쥐며 주천화후를 끌어올렸다. 온몸의 기가 가슴을 통해 머리로 올라가고 있었다. 숨도 끌어 올렸다. 기는 팽창할 대로 부풀어 올라서 몸을 한없이 키워올린다. 하눌님이 돕는지 모든 게 마음먹는 대로 잘 풀린다.

몸이 거위털처럼 가벼워진다. 마음은 백록담의 물처럼 청량하다. 눈앞의 모든 것이 거울처럼 환히 보인다. 그리고 뭔가 새로운 감흥이 인다. 주천화후가 안겨주는 검기의 상승. 그 상승이 일깨워주는 무술의 극치, 그리고 그 경지.

좋다. 주천화후는 내 몸이 되고 검기는 관포검 자신이 된다. 그리고 내 몸과 검기는 일체가 되고 일체는 한눈에 사방을 본다.

후박나무 밑에 서 있는 저자. 저자는 그 포교다. 관포검의 전제를 알아낸 학식 있는 포교. 아니지. 그것만은 아니지, 저자의 냄새와 기의 움직임은 상상을 절하는 극치를 지니고 있다. 안가에서 나의 검을 맞을 때의 그런 포교는 아니다. 결코 아니다. 그때 저자는 왜 나의 검을 맞았을까? 나의 검을 맞을 사람이 아닌데. 저 포교는 이 며칠 내가 만난 사람 가운데 가장 무서운 사람이다.

포교의 기가 살아 있다. 기가 살아서 유동한다. 커지고 있다. 팽창한다. 한데 저자는 왜 이 몸빠진살이 나의 일검에 죽는 걸 보고만 있었을까. 한동아리요 부하임이 분명한데.

흐음, 나이든 포교의 기가 더욱 힘차게 움직인다. 율동하며 상승한다. 저 포교는 내가 주천화후를 상승의 경지에 끌어올리고 있는 걸 아는가 보다. 알고 있는 거야. 내 주천화후에 맞서서 기를 끌어올리고 있는 거다!

왼쪽. 잡것들이 나타났군. 하나 둘 셋…… 다섯 명. 그 중에는 무공이 아주 센 녀석이 있다. 검은 옷을 입고 있다. 청포철릭도 있군. 계급은 높아도 무공이 흑의인만은 못하다. 저자들은 최대목의 집에 나타나 우리 뒤를 쫓아온 무리이다.

그리고 저 왼켠 멀리에도 한 덩어리의 기가 움직이고 있다. 여러 조직이 모여들고 있고나! 드디어 오늘 여기 이 얕은 산허리에서 결전이 벌어지는가. 최상승의 결전이!

주변의 나무들이 떨리고 있었다. 잎새는 바람에 불리우듯 요동한다. 두 무인의 기와 기가 부딪치고 그들 사이의 공기가 팽창하면서 대기는 긴장으로 폭발 전이다. 흑의인은 밀어닥치는 기를 거부하며 숨을 깊이 들이쉬었다.

맞다, 저 노 포교란 자는 과연 무서운 무공의 소유자이다. 조 천총을 일검에 버힐 만한 고수이다. 한데 저 곽 포교는 어떤 사람이란 말인가. 노 포교에 못지않은 검기를 세우고 있지 않은가. 오늘, 나는 세상을 다시 보아야 하는가 보다! 세상이 이렇게 넓은 줄 내 몰랐구나. 그리고 조심해야 한다.

곽 포교는 놀라고 있었다. 저자의 기가 어쩌면 이렇게 격하단 말인가. 숲의 모든 나무와 풀을 한꺼번에 응축시킬 것 같구나. 어제 낮 호현동 안가에서 느낀 저자가 아니다. 결코 아니야.

노 포교, 그대는 어찌하여 이런 높은 경지에 이르러 있는고. 대단하도다. 오호, 무서운 경지에 가 있도다. 하루 사이에 이렇게 다를 수 있단 말인가. 나에게 쏘아오는 기뿐만 아니라 원 천총과 흑의인의 접근까지도 허용하지 않고 있다.

이것을 뭐라 할까. 스승은 늘 이런 기의 상승을 말씀하시곤 하였다. 기의 최상승에는 자연을 승화할 수 있는 무한의 경지가 있다고 하셨지. 하지만 나는 그런 경지는 실현불가능이라 생각하였고. 한데 오늘, 이 숲 속에서 저 노 포교가 그것을 실천하는구나! 무서운 일이요 감탄할 일이요 경하할 일이로다. 다만 저자가 반역도로서 우리와 맞서는 게 가슴 아플 뿐이고.

앞산 꼭대기에 정탐 나갔던 욱이가 허둥지둥 뛰어 내려오고 있었다. 보욱이 달려가 그를 맞았다. 둘은 한동안 속닥이더니 동료들에게 왔다.

"무슨 일이야?"

항슬이 물었다.

"저 아래켠에서 털벙거지들이 이쪽으로 오고 있다는 거지. 빨리 여길 떠야겠다."

"몇인데?"

"보이는 것은 셋."

"그럼 어떻게 할까?"

"아까 이야기한 대로 한강독사 시신의 가매장이 끝나는 즉시, 두 조로 나누어 떠나자."

"가을나무한테 이야기해야지."

그때 석수가 흙투성이가 되어 고개를 디밀더니,

"다 묻었소. 한데 가을나무는 여길 안 뜨겠답니다. 연인 무덤 곁에서 삼일삼야를 지새겠다는데."

"그래? 못 말리는군. 자향 아씨가 좀 이야길 하지요?"

보욱의 말에 자향이 가을나무한테 갔다. 항슬이들이 바라보고 있자니 자향이 하소연하듯 이야기하는데도 가을나무는 아니라고 고개를 흔들고 있었다. 오히려 가을나무가 자향을 설득하고 있는 것 같았다. 보욱이 다가가자 가을나무가 빠르게 말을 보냈다.

"우리 송이를 데리고 빨리 안전한 곳으로 가세요. 여러분이 도와주어야 해요!"

"그건 알겠습니다만 가을나무는 어떻게 하실라구요?"

"나야 우리 대모님 모시고 하루라도 밤을 새워줘야죠. 안 그래요? 보욱이라면 그렇게 안 하겠어요?"

"그렇게 하지요."

"그렇지요? 난 여기 남겠어요. 송이를 부탁해요."

"그럼 저 애는요?"

보욱이 가을나무 뒤에 무심하게 앉아 있는 모방이를 가리켰다. 가을나무는 모방이의 머리를 만지며,

"이 애는 내가 집에 데려다 줄게요. 그건 걱정 말구요. 자, 빨리들 가세요. 포교들이 오는가 본데."

"그럼 가겠습니다."

보욱이 재빨리 말끝을 마무리지으며 자향을 독촉하였다. 자향은 보욱의 말을 듣자 가을나무를 꼬옥 껴안았다.

"쫓기는 몸이라 같이 밤을 못 새워주고 갑니다. 가을나무 언니, 너무 고마웁고 너무 미안합니다. 그리구 너무 상심하지는 마시고요."

"알았어요. 빨리 가요. 빨리 가! 몸조심하고!"

"네. 언니의 은혜는 잊지 않을게요."

"무슨 말을. 내가 곧 송이를 찾아갈게! 송이가 이 세상 천지 어딜 가도 난 찾아갈 수 있어. 그때 만나자구!"

"그래요. 꼭 다시 만나요. 아까 말씀대로 석 주사님 잘 부탁하구요."

"그래. 그 마름어른이 오래 살지는 못하겠더라고. 그건 그렇구, 빨리 가요, 빨리!"

자향은 석 주사가 염라대왕한테 무섭게 얻어맞고 몸이 망가진 이야기를 들은 바 있어 갑자기 콧등이 시큰해졌다. 그녀는 눈물을 참고 모방이한테 말하였다.

"모방아, 잘 가. 이 언니는 가야 한단다. 그 부적은 잘 지니고 다니구. 아빠가 훌륭한 분 되시게!"

"네, 자향 언니, 안녕히 가세요!"

가을나무는 자향을 송이라고 불렀으나 꾀죄죄한 모방이는 자향이라고 또릿또릿하게 불렀다. 자향은 비쩍 마르고 눈은 퀭한 모방이가 볼수록 가여워서 눈물이 또 날려고 하였다. 죽은 안방이 생각에 더 슬펐을 것이다.

자향은 보욱의 뒤를 따라가다가 뒤돌아 서서 가을나무와 모방이에게 손을
흔들었는데 그것도 만족할 수 없었던지,

"모방아! 가을나무 언니!"

또 다시 뛰쳐 달려와 가을나무와 모방이를 번갈아가며 꼬옥 껴안았다.

"언니, 너무 슬퍼하지 말고 몸조심해요. 모방이는 잘 가라, 응! 가을나무
언니 말씀 잘 듣고 집에 잘 가요!"

"네.. 언니가 준 거 엄마한테 잘 갖다 드릴게요. 언니가 주신 거라고 이야
기할게요."

"그래 그래."

볼수록 가여운 모방이는 품에 넣은 값비싼 금팔찌를 두 손으로 꼬옥 누
르고 있었다.

이대치가 허둥지둥 들어왔다.

"잘 갔다 왔는가?"

최윤보보다 먼저 평상심을 찾은 함지박귀가 급히 물었다.

"잘 갔다가 왔지요. 허지만 그 애 외숙모가 난리가 났소. 느닷없이 낭군
이 송장으로 오고 조카가 고아로 나타나자 경황이 없을 밖에요. 미칠 것
같이 통곡을 하고 사람 잡을 듯이 포악을 떨어서 동네가 발칵 뒤집혔소."

"쯧쯧, 그럴 수밖에."

이대치는 아직도 끅끅대며 울고 있는 최윤보를 보고 이상한 얼굴로 살
펴본다. 함지박귀는 그런 최윤보는 상관하지 않고 물었다.

"여보게 대치, 그 애는 진정이 됐던가?"

"애 말이요?"

"그래."

"모르겠어요. 멍하니 있는 꼴이 애가 넋이 나간 것 같기도 하고. 여하간
촌장한테 아이건 외숙모건 잘 좀 따독이라고 부탁은 하였는데 모르겠습니

다. 한데 윤보, 자네 뭐하고 있나?"

"보시다시피 울고 있습니다."

최윤보는 아무렇지도 않게 대꾸하였다.

"왜 우는데? 아파서 우나?"

"아프진 않소."

"그럼?"

"서러워서요."

"서러워서? 뭐가?"

"그 뒤 한강독사 소식도 들었는가?"

함지박귀는 최윤보와의 대화는 무시하고 또 물었다.

"그 뒤 소식은 못 들었는데요. 아직도 행불이죠? 윤보, 자넨 왜 그러는
거야?"

"윤보는 지금 인생타령 중이야. 저 새우젓패 놈들은 알아보니 죄 근사한
놈들인데 우리들 포졸 중에는 어쩌면 그렇게 더러운 놈들이 많은지. 처자
를 강간할려고 하질 않나 공연히 사람을 죽이지를 않나 마구 해코지를 않
나, 창피해서 못 살겠다는 게야."

"허참, 그래요?"

이대치는 무언가 알아들을 것 같기도 하고 요상하기도 해서 사방을 두
리번거리며 눈치를 보는데 부엌의 아낙까지도 눈치가 이상하다.

"이 형은 여전히 위독합니까?"

"위독하겠지."

"가망이 없습니까? 아직도 저 건너편 집 할매가 보살피고 있습니까?"

"그래, 지금 당장 출발해야겠는데 가서 들여다보세. 그 자객 녀석 솜씨
라면 죽지는 않을 거야. 죽지 않을 만큼 베니까."

"어디로 가는데요?"

"그 계집을 잡으러 가야 할 거 아닌가?"

“가야지요. 윤보 괜찮은가?”

“윤보는 괜찮다니까. 자, 일루들 와봐. 계획을 짜자고.”

여각 아닌 여관과 술청 노릇을 해준 이 집 과수댁이 뭐가 어떻게 돌아가는지 궁금한 눈으로 부엌 쪽에서 살펴보고 있을 때 함지박귀, 이대치, 최윤보는 머리를 맞대고 작전을 짜는 것이었다.

아낙은 혀를 찼다. 참 이상한 포교들이네. 이랬다 저랬다, 울었다 호통쳤다, 종잡을 수도 없고, 이상하기두 하고. 그러나 뭔가 재미있는 사람들이기두 해. 그 무서운 포교들 같지는 않아. 뭔가 다른 사람들이야.

대사간 이빈은 인상을 쓰며 서간을 받아들었다.

“이 봉서를 누가 주었다고?”

“갓을 쓴 나이 든 양반이 가져왔는데 선비는 아니어도 깔끔하게 생긴 분이었습니다.”

“누구라고 이야기는 아니하고?”

“그렇습니다.”

“알았네.”

이빈은 녹사가 나간 뒤 봉서를 뜯었다.

〈제번하옵고, 썩은 쌀 일백 섬을 처리한 사람이옵니다. 한 번의 부탁은 천금같이 들어주시겠다는 대감 어른의 약속을 하늘같이 믿고 이 글을 올리나이다.〉

서두를 읽던 이빈은 살그머니 사랑 밖을 내다보았다. 혹시 누가 들어오는 기척이 있는지 살피는 것이었다.

서한을 계속해 읽는 이빈의 얼굴이 조금씩 바뀌더니 얼굴이 벌개졌다. 청탁 건이 마음에 안 드는 모양이었다. 분기가 솟아오르는 게 누가 봐도 역력하다. 이빈은 그러나 분기를 억지로 참는가 보았다. 얼굴이 부어올랐으나 입을 꼭 다물고 서한을 봉서 안에 다시 넣는데 봉서 안에서 종이 하나가 나풀 떨어진다.

깜짝 놀란 이빈이 종이를 들고 들여다 보았다. 전표다. 이런, 이건 뭐야. 액수를 읽어보니 자그만치 일천 냥이다. 이빈은 벌개졌던 얼굴이 평상으로 돌아오면서 입에 비굴한 만족감이 어른거린다. 할 수 없이 하나를 잃어도 두 개를 얻을 때 드러나는 비굴한 만족감! 설렁줄을 힘차게 잡아당겼다.

"부르시었습니까?"

청지기가 문밖에서 소리를 늘이자,

"이 녹사 있지?"

"네, 한데 잠깐 나갔다 오마고 하고 두루마기를 입고 나가셨는데요."

"무슨, 어디 갔는지 빨리 찾아서 날 좀 보자고 전하게. 시간이 없네. 급한 일이야!"

"알겠습니다."

사내는 말을 다 전하자 허리를 굽신하고 뒤를 돌아 마당을 나간다. 심정은 서안에 앉아 앞창문을 통해 대문을 나가는 사내를 지켜보다 벌떡 일어났다.

이러고 있을 때가 아니지. 지정 대감을 뵈어야지 도저히 침착할 수가 없구나.

심정은 하얀 두루마기를 챙기며 청지기를 불렀다.

"부르셨습니까?"

"가마를 대령해라. 지정 대감 댁에 좀 가야 할 일이 있다.

"알겠습니다. 제가 모시겠습니다."

"아니네. 오늘은 나 혼자 가겠네. 누가 오거든 공사로 마을에서 늦게 나오는가 보다 말을 하게."

"마을에서 나온 분은요?"

"그건 그대가 좀 알아서 처리하면 안 되는가? 그런 것까지 묻긴!"

"알았습니다."

뭐가 급한지 얼굴까지 굳어진 심정이 대문을 나서 안국동 쪽으로 삼십 여 장도 가기 전에 승전색* 복장의 관리가 급한 발걸음으로 다가오고 있었다.

승전색은 가마 안을 슬쩍 훑어보더니 그럴 줄 알았다는 듯,

"심 대감님, 왕명을 받으시소서!"

하고 목청을 돋우었다. 심정은 깜짝 놀라 가마에서 허둥지둥 내렸다.

"왕명을 받자옵니다."

심정이 허리를 기역자로 꺾자 승전색은 엄숙한 얼굴로,

"심 대감님은 즉시 입궁해 탑전에 들라는 어명이시오!"

전하는 내용은 별 게 아니지만 목소리가 유난히 진중하고 위엄이 서려 있어 심정만이 아니라 가마를 메던 교꾼까지 얼굴색이 대번에 변하였다.

남곤은 이 진사를 보자 벌떡 일어났다. 만면에 웃음을 가득히 담고 덕담을 넘긴다.

"과천 현감님 경하드리오."

그 말에 이 진사는 넙죽 엎드려 절을 한다. 남곤은 무릎을 꿇고 같이 맞절로 답했다.

"대감님, 감사하옵니다. 백골난망이로소이다. 결초보은하겠습니다."

"자네와 나 사이에 무슨 그런 말이 필요한가. 편안히 앉게. 이쪽으로 말이야."

"네, 네."

"근데 이 진사. 이번 자네 현감은 내가 붙인 게 아니라 항재(유운의 호)가 붙인 걸세. 자네 사소한 경력까지도 소상히 말하며 자급을 하나 올려

승전색 承傳色 조선시대 내시부 관직. 왕과 왕비의 명령을 출납하는 일을 맡았다. 색은 해당 임무의 담당자란 뜻.

116

대번에 현감으로 보내야 한다고 주장까지 하고 말이야."

"하지만 서울서 가까운 과천을 찍어주신 것은 대감 아니오이까."

"그거야 어려울 일이 없지. 참판이 내 기분을 알아서 어련히 했을라구. 결원난 동네 중에 제일 좋은 뎁니다, 하고 나한테 말하데. 한데 항재가 지난번 나를 말밥에 올려서 소까지 올려 적이 기분이 안 좋은 참인데 자네를 천하는 것을 보니 옳은 소리는 하는 사람이야."

"죄송스럽지만, 물론이라고 생각되옵니다. 지난번 소의 내용도 틀린 것은 하나도 없습니다."

"흠, 자네가 그렇게 이야기할 줄 알았지. 벼슬 하나 얻었다고 마냥 아부할 사람이 아니니까."

"죄송하옵니다. 다 대감어른을 위해서 말씀 올리는 겁니다."

"그렇겠지. 앞으로도 그렇게 하게. 하두 아부하는 사람만 있어서 나도 판단이 흐려지고 있는 건 아닌가, 하는 두려운 생각도 나네. 자네같이 빳빳한 사람의 충언도 들어야 정신이 번쩍 나니까."

"무슨 말씀을요. 더욱 죄송스러운데요."

이 진사, 아니 신임 과천현감 이명현은 속으로 놀라웠다. 지정 대감이 오늘은 웬일로 이렇게 옳은 소리만 한단 말인가. 이렇게 듣기 싫은 소리를 제대로 들으면야 훌륭한 재상이 될 수 있지. 암 되구말구. 그게 내가 바라는 바 아닌가. 잘 되었다. 이 참에 생각하고 온 걸 죄 이야기해야 하겠다.

"한데 지난번에 이야기한 거 있지. 이빈이 말이야."

"아, 네."

"자네 말대로 달라질 게야. 내 준절히 타일렀지. 저가 대사간이 됐다고 법도 없는 행실을 해서야 쓰겠는가."

"알겠습니다. 이빈 대간에 대해서는 새로 접수한 소식을 하나 말씀해 올리겠습니다. 그 외에도 몇 가지 긴요한 이야기가 있습지요."

"그런가. 기탄 없이 이야기해주게. 자네 부임처가 바로 코앞이어서 서경만 끝나면 금방 내려가 버릴 것 아닌가. 그 사이에 내게 듣기 싫은 소리 다 하게. 자넬 자주 만나야겠기에 가까운 곳으로 낙점했지만 그렇다고 해서 지금처럼 수시로 만날 수는 없지 않은가."

"그러하옵니다. 허지만, 과천이 엎디면 코가 닿는 가까운 곳이니 말씀 계시거나 올릴 게 있으면 기어서라도 오겠습니다."

"허허허, 그 말 한번 재밌군. 겁나서 과천서부터 기는 게 아니라 열심히 날 보기 위해 기어서라도 온다니 자네 표현력 한번 좋으이. 과천현감을 공짜로 딴 게 아닐세."

당금에 가장 세력 좋은 이조판서와 모기 다리만한 힘을 얻은 과천현감은 그 말과 함께 동시에 껄껄대며 웃었다. 그리고는 머리를 맞대고 은밀한 이야기를 나누는 것이었다.

동지중추부사 유운은 마을에 앉아 명상에 잠겨 있었다.

이 며칠 자기 주변에서 오간 몇 사람들과의 접촉이 왠지 뜻밖이고 묘하게 엮어진 것에 대해 그는 계속 아리송함을 떨칠 수가 없었다.

우선 김수인 상전. 그제 저녁 조정 회랑을 지나가다 만난 김 상전이 자기에게 여느 때보다도 깍듯이 인사하는 게 인상적이었다. 그렇다고 그냥 지나치면 될 것을 그 별감을 불러 세운 것은 어쩐 일이었을까.

평소 김 상전이 빼어난 환관이라는 평에 대해 괘념하고 있었을까. 그랬을지 모르지. 그래서 그에게 퍽이나 호의가 있었겠지. 우리들 조신은 환관과 거래해서는 아니 되는 것을. 하지만 환관과 한두 마디 인사말을 나누는 정도야 큰 문제될 건 없을 터.

김 상전, 요즘 안녕하시오? 아, 유 대감님, 안녕하신지요. 소신이야 매일 전전긍긍하면서 지내옵지요. 무슨 말씀을. 김 상전같이 총기 좋은 분은 매일 임금님을 충실히 보필하고 계시겠지요.

아니옵니다. 요즘 성명께서 너무 심려하시는 것이 많아 황송할 뿐입니다. 상께서 무슨 심려가 그리 많으신지요? 새 사람으로 유능한 인재를 쓰시고 싶은데 그런 사람 추천이 없다고 상께서는 안타까워하십니다. 그렇습니까. 또 이번 징벌이 빨리 끝나고 평온한 조정이 되었으면 하시는데 조신들이 그걸 애쓰지 않는다고 안타까워하시지요. 그러신가요. 누가 강직하고 옳은 충간을 하는 조신인지 그것을 분별하고자 노심초사하십니다. 그렇습니까. 그리고 유언비어가 많아 심려가 삼처럼 어지럽사옵니다. 무슨 유언비어요? 그런 일이 있사옵니다. 유 지사께서 행여 들은 바가 있더라도 탑전충간만 하시는 게 어떨런지요. 중인이 있는 곳에서는 그런 말을 밀막아주시는 게 좋으시구요. 그 무슨 말인지 알겠소.

그들의 대화는 간결무쌍하였다. 마치 약조된 은유법을 비밀스레 나누는 것 같았다.

거기까지 이야기했을 때 저켠에서 홍포 입은 조신이 오는 게 보여 둘은 그 선에서 말을 끊고 서로 눈을 나누며 은근하게 헤어졌다.

그것은 참 이상한 대화였다. 둘은 평소 이런 대화를 할 정도로 친분이 있는 사이는 아니었다. 물론 그날까지는 유운이 대사헌 직에 있었고 김 상전은 그런 으스스한 자리에 있는 자기에게 정을 붙이려는 생각을 할 법도 하였다.

그리고 어제 아침 대사헌 감투가 날아가고 한직인 중추부의 지사가 되었는데, 그 때문인지 김 상전의 묘한 말들이 자꾸 뇌리에서 휘돌고 있는 것이었다.

한데 오늘 아침 상이 부르신다는 전갈이 온 것이다. 지중추부사로 좌천당한 조신을 갑자기 임금이 친히 부르는 것은 없는 일이었다.

놀란 마음에 탑전에 나아가니 임금은 이상하게도 다정하게 말을 건네오는 것 아닌가.

유 지사같이 강직한 사람이 대사헌을 오래 해야 했을 것을, 가슴이 아프오. 유운은 가슴이 철렁하는 동시 감격이 인다. 상감마마 황송하옵나이다.

신이 모자란 탓으로 성명을 밝게 보좌치 못하였나이다. 그렇지 않소. 유지사의 잘못은 어디에도 없는 걸 잘 아오. 나에게 좋은 말을 해줄 일이 있으면 해주시오.

유운은 그 순간 감동하였다.

그리고 그 순간 김수인 상전이 빠르게 주워섬기던 모습이 생각났다. 맞다. 성명께서 나를 부르신 것은 김 상전이 내 말을 임금께 한 때문이 아닌가. 그리고 김 상전은 임금이 원하는 바를 나에게 귀뜸해 준 것이고. 그렇다면, 성명께서는 지금 이번 사화 때문에 맘이 상해 여러 가지를 헤매고 있다는 뜻 아닌가.

유운은 자기도 모르게 임금께 고언을 올리기 시작했다. 지금까지 흉중에 담고 있던 여러 가지를 거침없이 말해 올렸다. 임금은 어인 일인지 그런 모든 말을 고개를 끄덕이며 신중히 듣는 것이었다.

탑전을 물러 나왔을 때 유운은 자기 자신에게 놀라고 있었다. 생각 밖의 말까지 해올린 게 스스로도 놀라웠다. 허, 임금님의 너그러운 용납에 내가 경황이 없었구나!

그나저나 김수인 상전, 대단한 지혜를 지니고 있는 환관이야. 이 모든 것이 김 상전의 안배 아니던가.

그리고 정오 못 미쳐. 이명현 진사, 그를 현감으로 강력하게 추천하고 나오는데 전령이 편지쪽을 전하는 것이었다.

〈지사님, 행여 유언비어에 대한 말을 들었을지라도 탑전 외에는 언급을 하지 마소서. 무인들의 충돌 건이 조정에서 거론되면 증거 없이는 말해서는 안 된다고 간언하소서. 자세한 것은 나중 말씀해 올리겠습니다. 진사 이명현〉

유 지사는 깜짝 놀랐다. 이 무슨 공교로움일까. 이 진사를 과천 현감을 만들어 놓는 그 순간 이 진사의 충언이 나에게 날아오다니!

더구나 이것은 오늘 아침 내가 임금께 올린 이야기의 골자가 아닌가. 김수인 상전이 말한 대체와도 일치하고. 이명현 지사는 내가 저를 현감에 추천한 줄은 아직은 모를 터인데 나에게 웬 조언을 보내오는 걸까?

어제 만난 정리로 나를 위하는 말을 전한다? 그것만은 아닐 것이야. 이 진사, 아니 이 현감은 남 대감 사람 아닌가. 허면, 지정 대감한테도 이런 정도의 간언은 할 게 아닌가. 무언가 내가 모르는 복선이 있는 게다.

아까 추천은 내가 하였으되 남곤은 은근히 좋아하며 그 좋은 과천 자리를 찍어주지 않았는가. 그래, 남 대감은 지금 박두하고 잇는 어떤 일인가에 나와 공조를 하고 싶은 게지. 하기야 지난 십 년 사이 내 지정 대감 덕을 보았지. 저번에 내가 사소한 일로 지정 대감을 말밥에 올렸지만 우리들 사이가 그것으로 원수될 일은 없는 것.

한데 지금 조정에서, 아니 조정 밖에서 무슨 일이 벌어지고 있는 걸까. 뭔가 긴박하고 험악한 일이 벌어지고 있는 것은 확실한 모양이로다.

좋다. 오늘 밤 안으로 이명현을 만나야겠다. 하지만 내가 그를 천하였다고 해서 오라 가라 하기는 그렇지. 이 현감이 경우가 있는 사람이니까 어쩌면 나한테 인사올지도 모르겠다. 그때 이 험악한 상황이 뭔가를 알아보아야지.

그때 문이 열리고 조심스럽게 들어오는 눈길과 마주쳤다. 내시로서는 높은 직위인 상전 직책의 환관이었다.

"하 상전 무슨 일이 있으신가요? 우리 마을에 다 나오시고."

"아닙니다."

깔끔하게 말을 끊은 하 상전은 조심스럽게 다가오더니 허리를 깊숙이 숙이고 낮은 목소리로 말하였다.

유 대감이 탑전서 올린 말씀은 상께서 모두 옳다 하시고 일이 모두 그렇게 돼야 한다고 말씀하시었습니다. 이 말씀을 필히 전하라는 이 상선의 지시로 왔사옵니다. 고마운 말씀. 그런 일로 직접 와서 전할 것이야 뭐. 김수인 상전은 무슨 일이 있으신가? 개인적인 일이 있어 잠시 궁궐 밖을 나갔습니다. 아, 그러한가. 그리고 하나 더 말씀올릴 게 있습니다. 무언가? 만약 호현동 안가와 전생서에서 일어나는 일들이 조정서 거론되오면 증거 없이는 말씀하지 않도록 해주십사 하는 당부입니다. 그건 누구의 당부인가. 그렇습니다. 윗분의 당부입니다.

하 상전은 윗분이 누구인지는 지목하지 않는다. 유 지사도 더는 묻지 않았다. 하 상전은 마지막 말을 하기 위해 온 것이었다. 그렇다면 호현동 안가와 전생서에 무슨 일이 있는 게로군.

하 상전은 다시 허리를 굽신하더니 마을을 나갔다. 녹사 하나이 마을에 들어오다가 환관을 흘깃 보고 유운에게 물었다. 하 상전이 무슨 말씀을 가져왔습니까? 그렇네 윤음이 왔네. 유운은 여운을 끌며 대답하고는 눈을 감았다.

눈을 감으니 퍼뜩 생각이 떠오른다. 그렇지. 임금의 말씀을 전하는 상전이, 그 중요한 측근이 사소한 말을 가지고 올 때는 그것같이 중요한 게 없다는 뜻 아니겠는가.

김중수는 남쪽 숲 멀리서 초가를 바라보고 있었다. 초가에 불이 붙었을 때, 그는 조금은 놀랐다.

저들은 숫자가 많은데 초가 밖으로 어떻게 도망나올까? 의문으로 눈쌀을 찌푸리고 있을 때 노린내가 밖으로 나와 검을 휘두르는 걸 보았다. 한데 검을 휘두르는 모습이 조금은 이상하다.

저건 뭘까. 시늉만 하고 있는 거 아닌가. 뭔가 복선이 있군.

최대목이 부엌에서 뛰쳐나와 아우성치는 게 보였다. 저건 복선이 아니군. 진정으로 화를 내고 있는 걸 보니.

최대목이 몸빠진살을 맞고 쓰러지는 것을 보며 김중수는 재차 눈쌀을 찌푸렸다. 오, 아까운 사람이 죽는구나. 저런 대목수는 결코 해쳐서는 아니 되는데. 세상 이치와 덕을 모르는 자들은 어쩔 수 없는가.

가슴이 답답한 그는 사방을 둘러보았다. 북촌은 어디 있을까. 왜 자꾸 나를 감시하는 자리를 차지하려 노력하는 것일까. 내가 모르는 음모가 있는 걸까.

김수인 상전의 명령을 똑같이 받은 두 사람. 한데 지금 북촌과 남촌은 명령은 한 사람한테 받았어도 하는 행동이 달랐다.

목표도 다르다. 남촌 김중수는 어젯밤 명례방 안침술집에서 상전의 밀명을 받을 때부터 이상한 감회가 서리는 것이었다. 장흥골 최대목 집에 가면서 김득수 형님과 나눈 대화는 차치하고라도!

세상에는 해야 하되 해서는 안 되는 일이 있다. 그것을 지금 남촌은 절감하고 있다. 김수인 상전과 김득수 형님의 차이. 그것을 어떻게 조화한다는 말인가. 바로 이 고민이 북촌과 뭔가 틀리게 가는 길이기도 했다.

그리고 또 하나 이상하게 다가오는 수수께끼. 지난 육개월을 가슴앓이한 유 주모의 사랑은 어떻게 되는 걸까. 이대정 호군과 김수인 상전의 관계는 여전히 안개 속에서 진행될까. 그리고 금방 전해온 기밀 지령은 어떤 연유일까. 이런 일을 과연 해야 하는 건가.

김중수는 후우, 긴 한숨을 대기속에 뿜어내었다.

윤국충은 버드나무가 우거진 개울을 지나 한 채밖에 없는 초가로 들어갔다. 갓을 쓰고 하얀 두루마기를 입은 선비는 왔다 갔다 하는 품이 마음이 정갈치 못하다. 나이는 삼십대 중반. 한일자로 다문 입술에 심상치 않은 술수를 느끼게 한다. 특히나 눈빛이 예사롭지 않다.

"그대의 우려가 맞던가?"

선비가 물었다.

"그렇습니다. 천하의 검술고수인 이대정 호군이 나타났던데요. 김 상전의 눈빛이 범상하지 않고요. 저의 행적이 그분들께 드러난 것 같습니다. 어제 노 포교가 한 말, 그것과 궤를 같이 하는 것 같더군요."

"걱정 말게. 저들이 눈치챘다 한들, 하루 이틀이면 다 끝날 일이야. 이번 사안이 천하에 시끄러워져서 물론이 일면 어떻게 되겠나. 친군위의 중심에 있던 자들이 임금의 눈밖에 나지 않겠는가."

"그렇긴 하지만."

"그대는 너무 소심하군. 궁궐의 권력은 권불오년일세."

"네?"

"권불십년이라고 하지 않았는가. 허나 궁궐의 권력은 권불오년이란 말이네. 그만큼 오래가지 못한다는 뜻이지. 그대는 금군에서 근무해본 사람이 그런 이치를 모르는가."

"그야 이해가 갑니다만, 이처현 상선은……."

"너무 오래 권력을 잡고 있지. 더구나 우리쪽에는 심정 대감 남곤 대감 이빈 대사간 등 권신 대감이 쭈르르 다 있네. 일이 성사만 되면 자네의 출세는 따 놓은 당상이야."

"그것은 알겠으나 오늘 하루가 중요한 것 아닙니까?"

"그러하네. 그게 바로 자네가 해내야 하는 일이고."

윤국충은 알 듯 모를 듯 고개를 끄덕였다. 두루마기 선비는 몇 마디 은밀한 이야기를 하고는 초가 토방을 나갔다. 선비치고는 행동거지가 칼날이다.

윤국충은 고개를 갸우뚱하고 멀어져 가는 선비의 발자국 소리를 듣는다. 무술을 모르는 문인의 발검음치고는 힘과 절제가 있다. 기가 꼿꼿한 선비는 무사 못지않은 강단이 있군.

풀을 밟는 은은한 소리가 사라지고 시간 흐르는 소리만이 들릴 때 윤국충은 고개를 들어 천장을 본다.

이처현 상선과 김수인 상전의 얼굴이 어른거린다. 윤국충은 눈길을 게슴츠레히 모으면서 중얼거렸다. 두 분은 나를 잘못 보시었소. 나는 이런 일은 싫어하는 사람이요. 나를 왜 당당한 무사로 써주지 않는 것이요. 나의 실력을 알아보시면서 말이요!

김득수는 육주비전 앞에 서 있었다. 그는 금방 받은 서찰을 다시 꺼내 읽었다. 왼켠 광화문 쪽을 바라보았다. 다시 한 번 육조 쪽을 갔다가 올까. 그러나 지금은 갈 필요가 없을 것이었다.

그렇다고 이제서야 나귀를 얻어 타고 숭례문을 나간들 일이 다 끝난 뒤 아니겠는가.

노동팔 포교를 생각한다. 사귄 지 며칠 되지 않지만 참 좋은 사내였다. 그의 느낌으로 노 포교는 이번 사안으로 목숨을 잃을 것이다. 대쪽같이 짜 개지는 그의 성깔을 감안하면 뻔한 일이었다. 먼 동생뻘 되는 김중수같이 좀 탄력이 있으면 얼마나 좋을까. 왠지 끌리는 마음이 있어 사귄 동무가 며칠 사귀지 못한 채 큰일을 당한다 생각하니 마음이 쓰라리다.

사실 내가 할 일은 다 하였다. 저가 몸만 멀리 빼친다면 무사할 수 있을 것을. 왜 그렇게 대범하지 못한가 말이다.

그나저나 내가 선물한 단검이 맘에 걸린다. 그 검이 노 포교를 지켜도 주겠지만 왠지 결국에는 큰 사단을 낼 것만 같다.

관포검이라고 이름을 지었다고?

김득수는 희미하게 웃었다. 이름 하나는 멋있게 지었군. 관중과 포숙아 의 의리, 그리고 그대와 나의 의리! 내 예감이 맞지 않으면 얼마나 좋을까.

깨끔한 두루마기를 걸친 중인 차림의 삼십대가 그에게 다가왔다.

갔다 왔습니다. 일은 잘 되었는가? 말은 정확히 넣었는데 결과는 헤아리 기 어렵군요. 왜 무슨 일이 또 있는가. 그건 아닙니다만 도총부 안에 친군 위에 관여한 자가 누구누구인지 정확히 알 도리도 없고 기실은 그런 조직 이 있는지도 잘 모르며 오늘 당장 무슨 조치를 취할 방략도 없다 합니다. 다만 박자향 사안은 말씀하신 대로 처리할 수 있다 하였습니다. 알았네. 그것만이라도 좋지.

66. 석수 깨우치다

석수는 산을 넘어서며 이상한 냄새에 코를 벌름거렸다. 왜 이런 냄새가 날까. 이건 비린내인데!

그는 잠시 멈춰 서서 앞쪽을 유심히 바라보았다. 저 멀리에 초가들이 점점이 있고 큰 막사 같은 집이 두세 채 보였다.

바람은 그쪽에서 불어오고 있었는데 바람 결에 비린내가 물씬 풍겨오고 있었다. 저 동네에서 무슨 짐승을 많이 잡아서 이렇게 비린내가 날까. 이상하다.

석수는 혼자 그렇게 중얼거리다 평평한 돌이 있는 걸 보자 뒤에 따라오는 자향과 보욱을 기다렸다. 잠시 쉬기에 좋은 곳이었다. 둘은 뭔가 열심히 이야기하며 언덕을 넘어오고 있었다.

보욱이 석수의 손짓을 확인하며 물었다.

"그러니까 보강무당 상여 나갈 때 상산거리를 한 것과 사대 보강무당을 강한 군관한테 넘겨준 일련의 아씨 행동은 궁리한 대로 한 것이다 이거예요?"

"그럼요. 그게 이상해요?"

"이상하다뿐입니까. 기절초풍할 일이었답니다."

"그럴 거예요. 저도 처음 유심현 지사님이 이리 저리 하라고 말씀하실 때 정말 의외였고 가능한 일일까 겁을 먹었으니까요."

"유 지사님은 어떻게 그런 걸 다 예상하신 거지요?"

"유 지사님은 멀쩡하게 무당 신들리려는 사람을 여럿 고쳐주었다고 해요. 대개 신들리는 것은 자기의 마음이 그쪽으로 솟치어서 이뤄지는 거래요. 마음이 맑고 단정하면요, 귀신은 범접을 못한데요."

"하지만 상산거리를 부탁하리라는 것을 어떻게 알 수 있었습니까?"

"그것은 유 지사님이 지나가는 길로 가르쳐주시기도 하였고, 저도 나름대로 순발력을 발휘한 거지요. 상산거리 대사는 옥주비전에 있는 것과 보강무당의 사랑을 결합시킨 거구요."

"상여와 부딪치리라고까진 생각하지 못하였을 거 아닙니까?"

"그렇긴 하죠. 허나 유 지사님은 혹 보강무당이 죽었다면 그분을 위해 상산거리 같은 걸 해주며 전인을 넘겨주면 좋겠다고 하셨습니다."

"강한 군관이 계시를 받은 것도 유 지사님은 내다 보셨나요?"

"그래요. 유심현 지사님이 제 설명을 듣고 추측하고 예단한 거지요. 지사님은 보강무당이 틀림없이 죽었고 강한 군관이 신들리는 증세가 확실하다면 보강무당과 교감이 있을 것이다. 자향이 네가 그런 교감을 함께한 것처럼 단호하게 이야기하면서 어둠의 유혹을 거꾸로 그에게 던져주어라, 하는 게 유 지사님의 훈수였지요. 이것저것 예상하시면서 방략을 들려주시더군요. 결과적으로 그게 맞아떨어졌구요."

보욱은 한동안 뭔가 궁리하는 듯한 표정을 지었다. 이윽고 뭔가 하나의 단서를 잡아낸 듯 눈빛을 세우면서,

"보강무당의 이름이 명숙이라는 건 어떻게 알았습니까?"

"그것도 기억하고 있어요?"

"그럼요. 그게 얼마나 중요한 단선데요. 강한 군관은 그것으로 해서 아씨가 확실히 보강무당과 교감하였다고 믿었을 겁니다."

자향은 웃었다. 보욱의 초롱초롱한 눈을 관찰하듯 쳐다보았다. 역시 머리가 빼어난 보욱이다! 그런 사소한 것을 놓치지 않다니.

자향은 은은히 미소지으며 말하였다.

"보욱이는 정말로 머리가 좋군요. 유 지사님이 그러시더군요. 이럴 때는 이름자 하나가 중요한 거다. 명숙이란 이름을 쓰면 저들이 꼼짝없이 믿을 것이다, 하더군요.

유 지사님에 의하면 보강무당은 원래 양반집안 출신으로 언니가 한 분

있데요. 언니는 이름이 영숙이고 보강무당은 명숙이라고 했어요. 영숙 언니도 일찍이 무당끼가 있었는데 그분은 그것을 떨치고 인물이 정말로 좋아서 반가집에 시집가 잘 사신다고 해요. 아들만 셋을 낳았는데 너무나 머리들이 좋아서 큰아들이 과거급제를 하였다더군요. 지사님이 경기도 광주에 사는 그 언니집에 가신 적이 있어서 소종내력을 들었답니다."

"듣고 보니 신비스러운 건 아니군요."

"그렇지요? 하지만……."

이번에는 자향이 말꼬리를 흐렸다.

"하지만 뭡니까?"

눈치가 빠른 보욱이 궁금증을 해결하려고 자향을 독촉하였다. 그들은 석수가 가리킨 바위 위에 앉았다. 자향은 허리를 펴고 눈을 들어 앞에 펼쳐진 전생서 풍경을 바라보았다. 그러더니 갑자기 머리를 숙인다. 왠지 눈물이 주르르 흘러내린다.

어, 아씨가 왜 이러지! 보욱은 놀라 얼굴을 가까이 하며 살폈다. 갑자기 눈물을 쏟던 자향은 두 사람의 눈총을 의식하였던지 잠시 후, 눈을 훔치고 고개를 들었다. 그리고는 미안한 표정을 지으며,

"제가 우니까 이상하지요?"

"네."

보욱은 엉겁결에 대답하였다. 자향은 계속 흘러내리는 눈물을 훔치며 말하였다.

"제가 요즘은요 제 정신이 아닙니다. 양반집에 태어나 그저 편안히 살다가 어느 날 쫓기는 몸이 되고 보니 정말 경황이 없어요. 저한텐 이 어려운 세상을 살아본 경험이 없잖아요. 이 며칠 정신없이 쫓기고 보니 마음이 가지런해지지 못하고 온갖 사악한 생각이 나는 거여요."

"그거야 누구나 어려움을 겪으면 다 그렇지 않겠어요."

"그렇지 않아요. 보욱이와 항슬이는 얼마나 침착하고 냉철합니까. 전 지

금 너무나 헤매고 있어요. 그리고 왠지 구슬퍼요. 너무 슬퍼요."

자향은 계속 울먹이며 말하는 것이었다. 보욱은 그런 자향을 보는 자신이 미안하였다. 이 처자를 내가 슬프게 했을까. 내가 뭘 잘못했을까.

"아씨 아씨, 우지 마세요. 제가 뭔가 잘못하였군요."

"아니어요. 보욱인 아무 잘못 없어요. 모든 게 제 잘못이지요. 저 때문에 안방이 죽었구요, 포졸이 둘이나 죽고 많이 다쳤구요, 석수가 중상으로 고생했구요, 채홍이란 기생은 저 때문에 슬펐구요, 여러분들은 너무 너무 고생하고 있어요. 그리고……."

자향은 눈을 들어 나무 사이 저 멀리 하늘을 본다. 그녀의 눈이 이상한 광채를 띤다. 이슬 같은 눈물이 초롱초롱 맺힌 눈빛이 묘하게 섬뜩해진다. 그녀는 이윽고 고개를 돌려 두 사람을 돌아보며, 조금은 매서운 목소리로,

"저는 이즈막에서야 알았습니다. 제가 나쁜 년이라는 것을."

"아씨, 그 무슨 말씀이세요. 아무리 어렵다 해도 너무 자기 비하는 하지 마세요. 우리가 보기에 아씨는 천녀(天女)같이 아름다운 분입니다."

"아니어요. 저는 아까 강한 군관에게 거짓말을 했습니다. 보강무당과 대화한 적도 없으면서 가슴을 쿵쿵치며 다가오는 검은 그림자를 떨치기 위해 거짓말을 했습니다. 보강무당과 무슨 교감을 한 양 거짓말을 했잖아요. 착하고 의리 있어서 우리를 도와준 강한 군관한테 사기친 거예요. 그래서는 안 되는 건데. 거짓말을 했어요. 정말로 전 나쁜 여자예요."

자향은 두 손으로 얼굴을 감쌌다. 보욱과 석수는 어쩔 줄을 몰라 하며 그런 그녀를 지켜볼 밖에 없다. 석수가 보욱에게 눈짓하였다. 무언가 좋은 말로 아씨를 달래보라는 뜻이다.

보욱이 말하였다.

"아씨, 그건 거짓말도 사기도 아닙니다. 강한 군관은 기다렸다는 듯이 옥주비전을 받아갔잖습니까. 보강무당의 계시를 받았다고도 하고요."

"그분은 계시를 받았지만 저는 거짓말을 한 거예요. 난 나쁜 년이에요."

"우리가 보기에 아씨는 하나도 나쁜 게 없습니다."

드디어 석수도 한마디 하였다. 그는 아름다운 자향이 슬피 울고 자책에 못 이겨 가슴 아파하는 것을 보자 마음이 너무 쓰렸다.

"아씨, 어둠의 혼이 아씨한테 다가왔잖아요. 보강무당 땜에요. 그렇담 강한 군관도 책임있는 거 아닙니까. 강한 군관은 무당 신들리는 핏줄이잖아요. 책임이 큰 거라구요. 아씨 잘못은 하나도 없어요! 사실상 거짓말한 것도 아니구!"

자향은 고개를 들어 그렇게 강변하는 석수를 바라보았다. 그러더니 힘이 하나 없이 웃는다.

"석수는 나를 그렇게 위로하고 싶어요?"

"위로가 아니라 사실이 그렇잖습니까. 그리고 아씨의 그런 행동은 신들리려는 것을 막아주려는 유 지사님의 궁리를 실천한 것뿐이고요."

생각 밖으로 단호하게 마음을 쓰는 석수의 행동에 자향은,

"석수, 고마워요. 정말 고마워요. 석수의 고운 마음 알았어요. 다친 곳은 아프지 않으세요?"

"다친 곳은 안 아픈데 아씨가 괴로워하니까 내 가슴이 아픕니다."

그 말에 자향과 보욱은 함께 웃었다. 보욱은 석수의 말주변에 놀라 웃었고 자향은 진정 고마워서 웃었다. 착한 석수. 어쩌면 마음씨가 이렇게도 고울까. 자향은 다시 고개를 끄덕이며,

"그래요. 언젠가 기회가 오면 강한 군관에겐 사죄도 하고 은혜진 거 갚기도 하지요. 그러면 제 잘못 고치는 게 되겠지요. 하지만……."

말을 잠시 끊은 자향은 바위 앞의 풀들을 보며 뭔가 또 생각에 잠긴다. 보욱과 석수는 진득하게 기다렸다. 자향이 말을 이었다.

"하지만, 어느 순간 묘한 생각들이 나곤 합니다. 신들리는 것과는 또 다른 광기 같은 건 아닌지. 걱정이 되어요."

"……."

"나는 가야 한다. 어머니가 가라는 곳, 그곳으로 나는 가야 한다. 아버님이 원하시는 곳, 그곳으로 나는 가야 한다. 그곳에서 나는 이 어려움을 무사히 벗어나야 한다. 그리고 필히 우리 집안을 일으켜야 한다. 우리 집안을 위해 뭔가를 해야 한다. 어머니와 형제들은 모두 종으로 끌려갔을 테니 나는 그들을 위해서라도 뭔가를 해야 한다. 그런 생각들이 가이 없이 납니다. 더구나 며칠 전에는요, 무서운 꿈을 꾸었습니다. 시집 안 간 저의 언니가 한 분 계시거든요. 이름이 수련인데요. 어머님이 연꽃을 좋아해서 그렇게 이름을 지었는데요. 그 수련 언니가 자결하는 꿈을 꾸었답니다. 언니는 이렇게 절규했어요. 자향아, 난 더 이상 이 세상을 살 수가 없구나. 너는 알 거야. 내가 여종으로는 살 수 없는 기질인 것을. 아, 사랑하는 자향아. 부디 잘 살거라. 어머님이 부탁하신 대로 넌 우리 집안을 이어야 한다. 우리 집안을 꼭 이어야 해! 알았지! 하면서 은장도로 가슴을 찔러 자결하는 꿈을 꾸었답니다."

자향은 거기서 말을 끊고 망연히 앞을 바라보고 있다. 마치 바로 앞에 수련 언니라도 있는 듯 서러운 눈빛으로 뭔가를 간구하듯 바라보고 있다.

보욱이 부드러운 목소리로 그녀를 위로하였다.

"아씨, 그건 아씨가 너무 집 걱정을 해서 꾼 꿈일 겁니다. 언니가 자결한 건 아닐 겁니다. 너무 걱정하지 마시고 좋은 생각을 하십시오. 영 마음에 걸리면 우리가 집안 소식을 알아오겠습니다."

"고마워요, 보욱이. 하지만 아무리 마음을 독하게 먹어도 밤이건 낮이건 그런 환상에 자꾸 젖는답니다. 그 꿈 생각을 안 할려고 노력했습니다. 그러나 저절로 생각키워지는 것은 어쩔 수 없어요. 그런 생각을 하면 마음이 불안해지고 가슴은 떨리고 천지가 아드막해지지요. 이 세상 경험 하나 없는 내가 집안을 위해 뭔가를 해야 하는데, 그것을 어떻게 해야 한단 말인지. 어디 가서 어떻게 해야 우리 집안을 일으켜 세울 수 있는 건지…… 뭔가를 해야 하긴 하는데 말예요……."

보욱은 고개를 끄덕였다. 석수도 덩달아 고개를 끄덕였다.

맞아 이 아씨는 그런 어려움도 있는 거였어. 우리는 그런 건 생각도 못 하였다. 얼마나 마음 고생이 심할까. 가슴은 얼마나 아프구. 평소 웃고 침착해 보였던 아름다운 얼굴 저 깊숙한 곳에 그런 고통 그런 어려움 그런 갈구가 있었던 거야.

그렇다면 우리는 더욱 열심히 도와줘야 한다. 어딘가 안전한 곳에 데려다 주고 잘 살 수 있게 안배도 해줘야 해. 이렇게 착한 아씨가 헤매게 놓아둬서는 안 되지, 안 되구말구.

그런 안타까운 생각에 몰두하던 석수는 갑자기 몸을 휘감는 이상한 느낌에 고개를 들었다. 빠르게 사방을 훑어보았다.

그들은 두 조로 나누어 산을 오르고 있었는데 서쪽이 포교들의 포진이 있을 가능성이 있어 욱자와 항슬에게 정탐하도록 안배하고 있었다. 한데 동쪽에서 이상한 소리가 난 것이다.

석수는 풀숲에 엎드리며 두 사람에게 손짓하였다. 보욱과 자향도 재빨리 바위 옆 풀숲에 몸을 숨겼다. 석수는 엄숙한 얼굴로 앞을 노려보았다.

오천래 경력은 호기심과 오기가 많은 무인이었다. 그의 호기심은 무술에 관한 것이었다. 당금에 활은 누가 가장 잘 쏘며 검은 누가 잘 쓰는지 말은 누가 가장 잘 타는지, 항상 그것이 그의 주 관심사였다. 나보다 검을 잘 쓰는 자가 있는가? 있으면 그 누구누구인가. 그리고 어떻게 연찬하면 그들을 이길 수 있을까. 노상 그런 물음 속에서 나날을 궁리하는 무사였다.

그는 지난 봄철 무과 과거장에도 삼일째 출근하다시피하며 신진 한량의 솜씨를 예의 관찰하였다. 금년에는 활은 빼어난 자가 없고 검은 특출한 자가 있었다.

최흔. 여주의 유명한 검술가 황병의 수제자. 활은 마음에 안 들어서 열심히 연찬하지 않았지만 검술에서는 스승의 직전을 받았다는 천생의 무

사. 그의 사나운 검 솜씨는 한다하는 오 경력도 감탄하였다.

그 때문에 황병과 한번 검술을 겨뤄보고 싶다는 생각을 또 다시 하게 되었다.

오천래는 일찍이 황병에게 한번 만나자는 서한을 보낸 적이 있었다. 무사끼리 한번 만나자는 것은 검술을 겨뤄보자는 도전. 황병은 정중히 거절하였다. 최흔의 검술 솜씨를 보는 순간 재차 황병을 생각하게 된 것이다.

한데, 이 이틀 동안. 오 경력은 새로운 검술가의 뒤를 쫓고 있었다.

그가 함지박귀를 만난 것은 어제 새벽. 함지박귀는 자향을 체포하였다가 밤 사이 자객의 습격으로 넷이 중경상을 당하고 겨우 잡은 비자는 탈취당하였다.

노비추적을 격려 겸 감사하러 나왔던 오 천래는 함지박귀에게는 밝히지 않고 그 자객을 추적키로 하였다. 자객이 칼을 쓴 솜씨를 살펴보니 보통 고수가 아니었다. 송골매의 허리를 벤 자국을 보고 오천래는 눈을 의심하였다.

이놈 봐라. 보통놈이 아니다. 한꺼번에 다섯을 상대하면서도 하나도 죽이지 않고 필요한 부분만 버힌 솜씨. 상상을 절하는 놈이 나타났고나. 최흔보다 외려 윗길 아닌가. 계집 체포보다는 요놈을 잡아야 겠는걸!

이틀 동안 열심히 찾았다. 자객은 어디에 있는지 오리무중이었다. 그와 맞닥뜨리지 않더라도 그의 무술만이라도 한번 보고 싶었다.

오천래는 데리고 나온 수족 두 녀석을 동서로 나눠서 정탐케 해 셋이 각기 자객을 추적하였다.

함지박귀와 자향, 두 동아리의 움직임은 항상 그의 눈 아래에 있었다. 어느 경우 일격을 가하면 자향을 잡을 수도 있을 것 같았다. 그러나, 그 애를 잡는 것은 급하지 않았다. 그 애를 잡았다가 놓친 함지박귀처럼 대결하는 것은 맛이 나지 않는다. 산야이건 초원이건 정정당당하게 만나 한번 겨뤄보고 싶었다.

나를 당할 자, 그 누가 있는가. 호군 이대정? 흥, 사람들은 이대정을 높이 평가한다. 그러나 오천래는 크게 괘념하지 않았다. 이 세상서 겨뤄야 할 사람은 오로지 하나. 황병!

한데 오천래는 그 황병에게 무언가 모를 두려움을 느끼고 있었다. 얼마 전 여주와 양평을 지나다가 드높은 용문산을 바라보고 황병을 생각하였다. 황병이 저 어둑컴컴한 용문산처럼 무서운 존재일까. 왜 나는 황병을 이토록 괘념하는 걸까. 그래, 내가 모자란 탓이야. 아직은 완벽하지 못해. 완벽하지 못하고말고. 부단히 연찬하여야 한다, 오천래!

그런 뜻에서 사람의 목숨을 괘념하며 칼을 쓴 자객은 좋은 연습상대가 될 것이었다.

그들은 만날 뻔하였다. 어제 오후, 오천래는 한강을 내려다보는 한강진 옆 갯가 술청에 앉아 있었다. 졸개 하나가 재미있는 소식을 가져왔다. 새우젓패들이 배를 타고 한강을 건너갈 것이라고 하였다.

한강을 건너가? 뭣 땜에. 웃기는 녀석들이군. 하여튼 여러 가지를 해. 함지박귀가 감당하기는 어려운 상대라. 그것 참!

그렇게 중얼거리고 있었는데 술청 안에서 사내 하나가 나오더니 보강리 쪽 길로 사라지는 것이었다. 오천래는 무심히 보고 있었다. 그렇게 조금 뒤, 많은 시간도 아니었다. 이상한 검기가 눈앞에서 어른거리는 느낌을 받았다.

"저자다, 저자야!"

오천래는 벌떡 일어났다. 길가로 나갔다. 사내는 천천히 걸어 보강리 쪽으로 걸어가고 있었다. 한데 걷는 품이 아니다. 저건 무인의 발걸음이 아닌데. 그렇게 망설이는 사이 사내는 멀어졌다.

"경력 나리, 왜 그러십니까?"

졸개가 놀란 눈으로 묻고는 오천래가 쳐다보는 사내의 뒷모습을 바라보았다.

“저자가 이상합니까?”

“그러네.”

“그래요? 어제도 우리가 두뭇개 쪽으로 올 때 우리 뒤에서 왔는뎁쇼.”

“그래?”

오천래는 큰 소리로 되묻고는 사내를 보았다. 없다. 천천히 걷고 있는 것 같았는데 사내는 벌써 사라지고 없었다.

그리고, 어젯밤 사가에서 잠시 눈을 붙일 때 사내의 모습이 어른거려 잠을 제대로 자지 못하였다. 마치 아주 가까운 근처에서 자기를 감시하는 것 같은 느낌이었다.

한데 오늘 졸개가 가져온 소식에 의하면 두 군데서 자객이 나타났다. 하나는 만초천 가는 길목에서 이독수라는 포졸을 버혔고, 또 하나는 둔지산 길 상여 옆에서 포졸 둘을 상해하였다. 시차가 약간은 있었지만 한 사람의 소행은 아닌 듯하였다.

만초천 가는 길목의 사내는 칼을 뽑는 듯 집어넣었고 이독수가 쓰러지기도 전에 사라졌다고 했다. 그렇다면 그놈이 그놈이다. 저번 보강리 때처럼 이독수는 죽지 않을 만큼 중상을 입고 있었다. 고수의 수법이다.

그리고 다른 졸개에 의하면 조금 전 자객 같은 자가 전생서 넘어가는 산자락에 나타났다고 하였다.

바로 이 고개를 녀석은 넘어갔다는 것이었다. 새우젓패들은 지금 우리 뒤쪽에 있는 게 분명하였다. 한데 자객은 이 산허리를 넘어갔다. 왜 그랬을까?

그렇게 의심을 궁글리고 있을 때 세 녀석이 나타났다. 새우젓패 놈들이다. 여자 하나가 끼어 있다. 바로 자향이란 애임이 분명하였다.

오천래들은 조용히 지켜보기만 하였다. 셋은 오십여 보쯤 되는 저켠 바위 위에 앉아서 쉬었다. 옆에 자기들을 쫓는 포교가 있는 것은 상상도 못하고 뭔가 말들을 나누고 있었다. 심각한 말들을 하고 있는 것 같았다.

오천래는 나무숲 밑에 느긋하게 앉아서 생각을 굴렸다. 저 계집애를 잡아버려? 그럼 그 자객은 나타나지 않고는 못 견딜 것 아닐까. 하긴 그게 쉬운 방법인지 모르지. 함지박귀로는 저들을 잡는 게 무리인 것은 이미 환히 드러났으니까.

"한 놈이 알아챈 것 같습니다."

포교 복장이 보고하였다.

"우리가 여기 있는걸?"

"네."

노린내는 이제 기의 최상승 속에 있었다. 그것은 그가 겪어보지 못한 무한의 경지였다. 한없이 뻗어나가는 자신의 마음을 읽을 수 있었다. 이것은 무엇이냐. 바로 정염이 말한 최상승의 경지인가. 주천화후, 용호비결이 이렇게 좋은 심법이던가.

노린내는 정염을 생각하였다. 넓적한 얼굴에 항상 웃음을 잃지 않는 얼굴. 늘 자신 있고 당돌한 눈매. 이지적인 눈동자. 녀석은 내가 좋다고 하였지. 사실은 나도 사결이 네가 갈수록 좋아진다. 너는 나의 스승이로다. 배우면 스승, 그 자세가 좋았던가.

몸은 가벼웁고 힘은 충일하고 마음은 넓어진다. 보이는 것은 삼라만상, 그리고 그 속에 내재돼 있는 모든 것까지.

저 오른켠에 나이든 포교가 있고 왼쪽에 정염과 연지 장시후 둔쇠가 있고 나이든 포교 뒤에 흑의인이 있다. 나는 저들 순수하고 착한 젊은이들을 보호해야 하고 그럴려면 저들 관군을 격패시켜야 한다. 내 힘이 부칠지 모르지만 지니고 있는 모든 용맹을 다 떨쳐내야 한다!

곽 포교는 마음속으로 헤매고 있었다. 내가 이십 년을 걸려 이룬 성과를 저 노 포교는 단 이틀 만에 이루는가. 어제 낮의 노 포교가 아닌 것은 틀림없는 사실이다. 어떻게 해서 저렇게 고도의 상승경지에 이른다는 말인가.

혹시 어떤 특이한 계기가 있는 걸까. 하지만 특이한 계기라 한들 이렇게 달라질 수 있단 말인가. 불가능한 일이야.

그렇지만, 그렇지만이다. 세상은 가늠할 수 없는 것. 무한의 경지가 우리들 육신을 싸고돌지 않던가. 그런 경이로운 일을 저 노 포교가 실현해내고 있단 말인가.

흑의인은 더욱 긴장하고 있었다. 지금 저 범인과 곽 포교가 무언가 쟁투를 벌이고 있는 것은 확실하였으나 그것이 어떤 형태로 이뤄지고 있는지는 감이 잡히지 않았다.

더구나 놀라운 일은 곽 포교. 노 포교란 범인은 그렇다 쳐도 저 곽 포교는 언제 저런 상승의 경지에 올랐단 말인가.

무술인들 사이에 곽재홍이 범상치 않은 포교란 것은 잘 알려진 일이다. 마흔이 다 되어서도 출신 때문에 출세하지 못하는 그를 보고 사람들은 말이 많았다. 그렇다 해도 저런 경지까지 올라 있으리라고는 상상도 하지 못했다. 조 천총이 곽 포교를 애지중지하였는데 그는 곽 포교의 저런 실력을 알고 있었을까.

흑의인은 고개를 저었다. 저 정도의 비범한 무인인 줄은 몰랐겠지. 그러나저러나 저 연지와 장시후를 놓쳐서는 안 된다. 오늘 나의 임무는 저 두 남녀를 없애는 일이니까.

흑의인은 두 사람의 기 싸움보다도 연지와 장시후의 동태에 더 관심을 쏟고 있었다.

노린내는 기를 몸 밖으로 밀쳐내었다. 그것은 어쩌면 기를 뿜어내는 것과 같은 것이리라. 가슴이 시원해지고 몸은 더욱 가뿐해진다. 오른손에 든 관포검을 반듯이 들고 바라보았다. 파아란 기가 검을 싸고 있는 듯 보였다.

갑자기 검에서 격랑이 일었다. 노린내는 검을 더욱 힘차게 쥐었다. 그래도 팔이 떨렸다. 부르르 떨리는 관포검에서 검기가 쏟아져 나오면서 노린내는 참을 수 없는 욕구를 느꼈다.

가자, 가자, 가서 치자! 관포검은 부르짖고 노린내의 마음은 부화해 대답하고자 한다. 알았다 알았다 알았어, 조금만 기다려! 그렇게 검을 달래던 노린내도 더는 참지 못하고 번개같이 달려나갔다.

노린내가 전나무 옆을 지날 때 곽 포교는 이미 오른쪽으로 바람같이 움직이고 있었다. 노린내는 예상했던 듯 급히 방향을 바꿨다. 회오리와 같은 바람과 기와 충격이 그를 감쌌다.

그는 어느 순간 정염의 앞에 서 있었다.

왜 정염의 앞에 서 있느냐구? 그렇지, 이것은 사랑하는 사람을 보호하기 위한 일념. 몸과 검이, 마음과 검기가, 자신도 모르게 함께한 행동이다.

노린내도 왜 자신이 이렇게 그 자리에 와 있는지 의아할 정도였다. 어쩌면 곽 포교도 놀라워하리라. 혹여 이런 행동을 이해할지도 모르고.

노린내는 몸을 반듯이 해서 서 있었지만 왠지 이상해 보였다. 정염이 노린내 뒤에서 속삭이는 소리로 물었다. 노 포교 괜찮소? 괜찮네. 충격을 받은 것 같은데요? 약간. 그래요? 저자도 충격을 받았겠지. 검과 칼을 교환하지 않고도 피차 공격을 하였단 말이요? 그렇네. 정말이요? 물론, 기와 기로 싸웠지. 누구랑 싸운 거요? 저 나이든 포교와. 나이든 포교요? 응, 어제 만난 사람이지. 관포검의 전제를 알아냈다는 포교말이요? 그렇네. 사결이, 그 사람 말고 또 다른 추적자가 뒤에 있으니 내 기력을 회복하는 순간 돌진할 때 먼저 이 능선을 넘어가 은밀한 곳에 숨어 있게. 알았습니다만 적은 수가 많은데 괜찮겠어요? 숫자는 중요하지 않아. 자, 나는 가네. 기회를 보아 능선을 넘어가!

그 말과 함께 노린내는 재차 앞쪽으로 몸을 날렸다. 관포검이 하아얀 섬광을 흩뿌리고 있었다.

곽 포교는 왼편 가슴에 큰 충격을 받았다. 그가 자신도 모르게 정염 등이 있는 곳으로 날아갈 때 하얀 섬광이 쏘아오더니 보이지 않는 대기 속에서 충격을 안긴 것이다. 그 순간, 곽 포교는 으윽, 비명과 함께 굵직한 소나무 옆에 몸을 기댔다.

무서운 검기다! 이렇게 검기로 싸워본 적도 처음이지만 검기에 충격을 받은 것도 처음이었다.

더구나 노 포교는 어찌 알았는지 정염이 있는 곳으로 바람처럼 날아오지 않는가. 나의 성동격서 기습전법을 본능적으로 간파하고 있는 것이다. 어쩌면 저 단검이, 광풍의 정이, 알려준 것일까.

곽 포교는 숨을 골랐다. 흑의인과 원 천총이 가까이 다가와 있었다. 곽 포교는 왠지 맘에 들지 않았다. 저들은 검기를 느끼지 못할 터. 아차 잘못하면 목숨을 잃을 수도 있는데!

다시 하아얀 검광이 쏘아온다. 곽 포교는 숨을 깊이 들이쉬고 모든 기를 끌어 모으며 칼을 들어 가슴을 보호하였다. 검광은 칼날에 부딪쳐 양쪽으로 흩어져 날고 곽 포교는 세 걸음이나 뒷걸음질쳤다.

노린내는 몸을 비틀어 곽 포교의 뒤쪽으로 날아갔다. 그것은 그가 하고자 하는 바가 아니었다. 이상하게 관포검은 뒤쪽 저켠의 자객들을 향해 날아가는 것이었다.

그가 저들 앞에 도착하기 전에 등 뒤에서 검기가 쏘아왔다. 왼쪽으로 세 걸음, 돌아서며 관포검으로 맞받아쳤다. 그때 노린내의 왼쪽에서 또 다른 검광이 날아왔다.

흑의인. 그의 몸은 날랩고 검광은 힘이 넘쳤다. 노린내는 관포검을 좌우별전법으로 흩트러쳤다.

흑의인은 앞으로 나아오다가 뒤로 다섯 걸음 물러나 겨우 섰다. 그 뒤에 약간 몸체가 큰 청포철릭이 나타났다. 그는 파란 도광이 번쩍이는 칼을 들고 있었다. 잠시 흑의인을 살펴보고는 얼굴을 찡그렸다. 그는 노린내를 쏘아보며 뚜벅뚜벅 걸어왔다.

저러면 안 되는데, 곽 포교의 마음이 다급한 것은 순간. 노린내의 관포검과 원 천총의 파란 칼이 엇갈리는 찰라 청포철릭은 옆으로 고꾸라지고 노린내는 뒤로 두 발짝 물러나더니 무릎을 꿇고 허청거렸다.

두 사람의 검과 칼이 부딪치는 것과 거의 같은 시각 곽 포교의 칼과 흑의인의 검이 무지개를 그리며 노린내를 포위공격했다. 세 갈래서 뿜어 나온 검기를 받아치는 노린내에게도 허점이 노출, 왼쪽 허리에 일검이 스쳤다.

정염은 장시후와 연지에게 빨리 이곳을 떠서 능선을 넘어가라고 재촉하였다. 도령님은요? 연지가 물었다. 나도 따라가지요. 말만요? 아니요, 노 포교가 싸우는 걸 보고 혹시 위태로우면 도와야지요. 그럼 우리도 남겠어요. 아니요, 그대들은 오히려 짐이 되오. 나는 둔쇠가 있고 형낭이 있으니까 여차하면 힘으로 작은 도움도 되고 구급해줄 수 있는 의원도 되오. 그대들은 빨리 가시오.

장시후는 정염의 말이 일리 있음을 인정하였다. 연지의 팔을 끌고 소리 내지 않고 능선을 바라고 올라갔다.

노린내가 무릎을 꿇었을 때 정염은 보고 있었다. 어, 큰일났다. 노 포교가 일격을 당하였다. 적은 셋이고 노 포교는 혼자이다. 달려가 도와야 하나. 잠시 기다렸다. 노 포교는 아직 무릎을 꿇고 있다.

정염은 끝내 참지 못하고 쫓아갔다.

무릎을 꿇고 있는 노린내를 손으로 부축하려다 멈칫 멈추고는 얼굴을 들여다보았다. 노 포교는 눈은 뜨고 앞을 내다보고 있었다. 숨이 여름의 파도처럼 거칠다. 주천화후를 발동하고 있나? 얼굴이 점차 불그스레해지고. 느낌도 뭔가 다르다.

정염은 노린내를 들여다보고 노린내는 앞만을 바라본다. 둔쇠는 그들 뒤에 서서 나름대로 사방을 훑어보고 있었다. 언제 쥐어 들었던지 참나무 뭉둥이가 오른손에 쥐어 있었다.

오른쪽 풀밭에 사람 둘이 쓰러져 있다. 곽 포교를 뒤쫓아온 포졸들인가 본데 흑의인은 보이지 않았다.

정염은 흑의인까지는 알 길 없었으므로 나이든 포교가 어디 있는지만 궁금하였다. 정염은 노 포교처럼 눈을 앞쪽에 가지런히 두고 누가 보이는지 살펴보았다.

보인다. 나이든 포교가 저켠에 있고 흑의인은 나무에 기대어 서 있다. 청포철릭의 무인은 넘어져 있다. 지금 이들 고수는 검과 기를 동시에 뽑아내며 싸웠구나. 그리고 그 뒷처리를 뭔가 기로써 하고 있는 거구나. 아무리 보아도 노 포교가 일격을 크게 받은 게 분명하였다.

정염은 궁리하였다. 그렇다면 노 포교가 기를 일깨우는 즉시 여길 뜨는 게 수다. 저쪽도 상당히 다쳤을 터. 잠시 위기지지(危機之地)를 벗어나 운기조식을 해야 한다. 이런 지경으로 운기조식해서는 안 된다.

노린내는 기를 다시 끌어올리고 있었다. 혈기가 거꾸로 도는 현상에 잠시 숨을 고르고 있었다. 걱정되던 정염이 뒤에 와서 아무 행동 없이 지켜보고 있는 게 마음에 들었다. 역시 생각이 민첩하고 깊이가 있는 도령이다.

왼쪽의 흑의인이 움직이고 있었다. 그러나 그는 공격이 아니라 옆으로 몸을 빼고 있었다. 저자가 어딘가로 가고 있구나. 어디로? 정염과 둔쇠는 내 뒤에 있고. 연지와 장시후를 쫓는 건가? 저자의 목표는 연지와 장시후로구나! 그들 둘을 보호해야 하는데! 게다가 저 건너편에서 한 웅큼의 기가 서서히 다가오고 있다. 저 웅크린 기, 무게를 가늠할 수 없는 저 기는 어제부터 왜 우리 근처에만 얼씬거릴 뿐 가까이 다가오지는 않는 걸까? 저들은 누구인가. 누구란 말인가.

석수는 처음으로 기에 눈을 뜨기 시작했다. 스승한테 배운 검술은 지난 이레 사이 그 자체만으로 엄청난 힘을 발휘해 주었다. 자신도 이렇게 자기의 검술이 고강한 줄은 미처 몰랐다.

그러나, 그러한 자신감 속에 석수는 느끼고 있었다. 검술의 극치는 이것만이 아니다. 내 온몸에 숨어 있는 힘, 즉 기(氣)를 모으지 않고는 절정고수가 될 수 없다. 맞아, 스승님 말씀이 맞는 거야. 내 이제 그 경지를 느끼는 거야.

얼마 전까지만 해도 스승이 그런 이야기를 할 때 석수는 비웃었다. 무슨 헷소리야. 검술은 검법을 익히고 거기에 힘과 속도만 겸비하면 이뤄지는 걸. 천지와의 조화, 음양오행의 섭리, 몸 속의 기? 좋아하시는군!

하지만 검과 칼을 부딪치며 휘둘러 본 이 며칠 사이, 그는 많은 것을 체득하고 있었다. 항슬이 형을 위해, 저 아름다운 아씨를 위해, 무아의 경지로 검을 휘둘렀을 때, 그 검의 위력은 상상을 절하였다. 석수 자신도 놀랐다.

그는 느꼈다. 무한의 경지는 무한하다. 이 세상은, 이 세상의 검술은, 나의 생각 나의 힘으로만 이뤄지는 게 아니다. 몸 속의 기도 검술의 극치를 이룰 때 극히 필요한 것이다.

이제 석수는 그것을 되씹고 있었다. 그는 자신이 기에 대해 이처럼 몰두하는 것이 새삼스러웠다.

석수는 심호흡과 함께 기를 끌어올리며 풀숲 건너 적을 응시하였다. 마음의 기를 세워 앞을 뚫어져라 살폈다.

자향이 고뇌하던 조금 전의 그 애처러운 모습이 석수에게 자극을 주었을까. 뭔가 간절한 마음이 그를 재촉한다.

기를 모아라. 보이지 않는 것도 보아야 한다. 자향 아씨를 위해 최선을 다하자. 아씨는 훌륭한 여자다. 아씨의 고뇌를 들었지. 아씨의 가늘 수 없는 고통과 절규를 들었지. 아름다운 아씨의 솔직한 고백을 들었지!

아씨가 얼마나 고통받고 있는지를 우리는 너무도 생각 안 했어. 그 얼마나 처절하겠느냔 말이야. 아마도 아씨가 말한 그 이상일 거야.

그런 아씨를 위해 내 뭔가를 해줘야 한다. 그러기 위해서라도 내 검술의 극치를 구현해야 해! 알았지!

그렇게 온 정신을 모으고 있는 석수에게 갑자기 뭔가 영감 같은 게 느껴졌다. 그것은 갑작스레 왔다. 석수는 느꼈다. 아니 자연스레 느껴지고 있었다.

저 앞에 있는 무사, 그는 내가 이길 수 없는 고수다. 기가, 검기가, 저절로 뿜어 나오고 있다. 자칫 잘못 쳐들어갔다가는 그 검기에 퉁겨나오며 엄청난 부상을 입으리라. 무서운 무사이다!

석수는 뒤돌아서 바짝 뒤에 옹상거리고 있는 보욱에게 속삭였다.

"보욱이 형, 저자는 무서운 무인이요. 내가 이길 수 없는 상대요."

"그러면 뒤로 도망갈까?"

"도망은 못 가요. 저자는 아까부터 우리를 관찰하고 있었어요. 마음만 먹으면 우리는 단번에 처참하게 살육당할 거요."

"그럼 어떻게 해?"

"글쎄……."

그들은 한동안 침음하고 있었다.

석수는 스승을 생각하였다. 돈밖에 모른다고 치부하였던 스승이 지금은 아쉬웠다. 그분의 말씀을 좀 더 신중하게 들을 것을.

우리의 몸 속에는 내 의지만이 있는 게 아니라 내 힘만이 있는 게 아니라 내 검법만이 있는 게 아니라 우리를 만든 조물주의 무한한 힘이 있는 것을, 왜 일찍 몰랐을까.

스승이 보고 싶었다. 그분과 이것에 대해 이야기하면 삼일삼야를 새울 수도 있으리라. 갑자기 스승이 그리워졌다.

스승님, 스승님께 그동안 너무 잘못했나이다. 이제 그 뜻을 받들겠습니다. 그리고 저는 지금 저 아씨를 위해 검술의 극치를 실현해내야 합니다. 스승님, 저를 도와주소서!

자향 아씨를 위해서라도 검술의 극치를 시현해내야 한다고 생각하니 마음이 더욱 절절해진다.

석수는 반듯이 자세를 고쳤다. 스승이 말씀하던 것을 생각해내려 무진 애를 썼다. 스승을 생각하며 검기가 느껴지는 곳을 향해 바로 무릎을 세웠다. 마음도 세웠다. 눈은 앞을 보고 마음은 사방에 열었다.

느껴진다. 더 확연히 느껴진다. 나도 모르게 느낌이 온다. 눈과 마음이 환히 열린다. 스승의 말씀이 맞았어! 맞았다구! 이것이 바로 스승의 가르침이다!

석수의 가슴이 갑자기 쿵쿵 뛰었다. 그것은 환희와 감동의 결정체요 검술의 극치로 가는 고동이었다. 한데 그 극치는 석수 자신도 모르게 상승의 경지로 이어지고 있었다.

그렇게 정신을 차려 사방을 쏘아보는 석수의 눈에 세상은 달라져 있었다. 조금 전의 세상과 세상은 같으되 보이는 세상은 달라 있었다.

좋다! 저 앞에는 기를 내뿜는 무사 외에 또 두 사람이 있다. 둘은 이쪽을 향해 있고 하나는 산등성이 건너편에 있다. 살기는 이쪽 왼켠에서 뿜어 나온다.

보인다, 보여. 모든 게 내 심안을 통해 보이는구나!

그렇다면 싸우자. 싸워야 한다. 싸울 수 있다.

스승 말씀대로 정신을 한곳에 모으면 무한한 힘이 나오리라. 나의 일천한 검술로는 기계(奇計)를 쓰는 수밖에 없지만 내 몸 속에 축적돼 있는 모든 힘을 끌어내면 저 강적도 당해낼 수 있으리라!

석수가 뒤에 대고 속삭였다. 보욱이 형, 내 저들한테 갈 거요. 한번 멋지게 싸울 거요. 내가 앞으로 돌진하는 순간 아씨와 함께 항슬이 형이 있는 곳으로 도망가세요. 왜? 위험하니까. 그럴 수 없다! 아니요. 아씨가 제 뒤에 있으면 난 더 불안하여 싸울 수 없어요. 그럼 아씨만 보내고 내가 뒤에 있을게. 형, 부탁이요. 아씨랑 같이 가요. 아니야, 난 너와 같이 있겠다. 위험하다니까요. 너만 위험하면 되니. 우리는 같이 살다 같이 죽기로 한 형제 아니냐! 하지만 아씨를 구하자는 것 아닙니까? 아씨 혼자 보낼 수는 없잖아요. 부탁합니다, 보욱이 형. 항슬이 형을 위해서라도, 아씨를 데리고 멀찍이 가줘요! 그래? 알았다, 알았어.

그리고 잠시. 마음을 결정하였다.

석수는 천천히 일어나 앞쪽으로 걸어갔다. 덤불 속에 앉아 있는 두 무사가 보였다.

오천래는 저들이 우리의 존재를 알아챈 것 같다는 부하의 보고에도 크게 신경을 쓰지 않고 있었다. 놈들이 하는 수작을 보자는 생각이었다. 앞쪽을 감시하고 있는 부하에게 조심하라는 주의만을 주고 있었다.

시커먼 녀석이 뚜벅뚜벅 걸어오는 게 보였다. 이놈 봐라. 겁이 없다. 흠흠, 녀석 두고 보자꾸나.

석수는 오천래가 앉아 있는 십여 보 앞에 와서 멈추어 섰다.

"왜 우리들을 추적하고 계시오?"

당돌한 질문에 오 경력 뒤에 있던 졸개가 눈꼬리를 세웠다.

"네, 이놈. 어디에 대고 큰소리치느냐?"

"당신 같은 졸자에게 말한 것이 아니외다!"

"뭣이!"

"우리는 아무 죄 없는 사람들이요. 나라에 죄를 지은 적이 없는 깨끗한 백성이요!"

"도타한 비자가 죄가 없다구!"

"저 훌륭한 처자는 도타한 적이 없소. 시골집을 가는 중이요. 다시 말하지만 아무 죄가 없소!"

"건방진 놈, 당장 오라를 받아라!"

"홍, 나쁜 놈! 나라의 녹을 먹으면서 죄 없는 민초를 핍박하다니!"

그 말이 끝나기도 전에 석수는 돌진해가고 있었다. 어, 이놈 봐라! 앉아 있던 오천래는 벌떡 일어나며 칼을 뽑았다. 그러나 이미 검을 뽑고 달려드는 검사와 앉아 있다가 일어나 칼을 뽑는 무사의 차이는 분명하였다.

더구나 지상에서 유일하게 존경하는 항슬이 형을 위해 그 형님이 돕고자 하는 아름다운 아씨를 위해 스승의 그 훌륭한 가르침의 실천을 위해, 지고무상한 삼인검을 휘두르는 석수의 경지는 상상을 초월하는 그 무엇이었다.

간다! 무왕불수! 대기를 쪼개고 천하를 절단한다. 받아라, 숭고한 나의 일검을!

지글거리는 불덩어리 같은 눈을 부라리며 석수는 삼인검을 번개같이 좌에서 우로 위에서 아래로 돌려쳤다.

스승의 가르침을 실천하는 숭고한 사명, 생사를 초월한 무사정신, 번개 같은 몸놀림. 석수의 삼인검은 오 경력의 오른 허리를 그었고 연이어 오른쪽에서 큰소리치던 졸개를 쓸어버렸다.

그러나 오 경력의 칼은 뒤늦었다 해도 일월성진을 싹쓸이하는 횡소일검의 위력은 대단하였다. 더구나 오천래의 몸에 내재돼 있는 방탄력이 동시에 폭풍처럼 쏟아져 나왔다. 천군만마를 한꺼번에 휩쓸어버리는 횡소일검과 이십 년을 갈고 닦은 조선 제일 무사의 내공. 환도의 폭풍과 내공이 뿜어내는 방탄력은 가히 절정의 위력을 뿌려냈다.

시퍼런 환도의 폭풍과 내공의 방탄력에 부딪친 석수는 바람에 날리듯 뒤로 날아갔다. 다섯 장을 날아간 석수는 풀 위에 힘없이 떨어져내렸다. 오 경력의 방탄력은 사방으로 쏟아져 나왔으므로 아직도 도망하지 않고 뒤에서 빼꼼히 동정을 보던 보욱과 자향도 동시에 급습을 당하였다.

보욱은 으윽, 비명도 처량하게 뒤로 날아가 언덕 아래로 떨어져내렸다. 그러나 석수가 오 경력의 방탄력에 날아오는 것을 본 자향은 그를 구하고 싶은 욕망에 자기도 모르게 앞으로 쏘아나가고 있었다. 은인을 구하겠다는 일념, 자기를 버린 살신성인의 자세, 그 성스러움 앞에는 오 경력의 방탄력도 무력화된 것일까.

자향은 거침없이 달려가 석수를 안았다. 석수는 입에서 피를 토하고 있고 눈은 꼭 감고 있었다. 오른쪽 어깨에도 피가 번지고 있었다. 창상이 터진 모양이었다. 자향이 작은 소리로 석수를 불렀다.

"석수 석수, 괜찮아요?"

석수는 금방 눈을 뜨고 고개를 저었다.

"창상이 터졌나 봐요. 무지 아파요."

자향은 후딱 앞을 내다보았다. 이상하게 포교들도 보이지 않는다.

"우리 여기서 빨리 피합시다. 내가 부축할 게요."

"보욱이 형은 어디 갔어요?"

"뒤로 날아갔는데 큰 일은 없을 거예요. 당장은 우리 석수가 급하잖아요. 우리 빨리 피해요!"

자향은 석수의 왼팔을 어깨로 부축하여 왼쪽 숲으로 들어갔다. 석수는 정신이 없는 중에도 삼인검은 꼭 쥐고 있었다.

오천래는 무술을 닦은 이십 년 래 이런 참혹한 변은 처음이었다. 그는 오른쪽 허리를 두 손으로 눌러 잡고 쏟아져 나오는 피를 멈추게 하고 있었다. 석수가 조금만 힘을 내어 재차 검을 휘둘렀으면 조선 제일의 무사도 어쩔 수 없었으리라.

졸개는 중상을 입고 널브러져 있었다. 목숨이 온전할지도 분명치 않았다. 오 경력은 피가 약간 멈추자 품에 넣고 다니던 구급 가루약을 꺼내 상처에 발랐다.

그는 마음속으로 외치고 있었다. 오천래 오천래, 경적필패를 잊었느냐! 놈의 눈빛이 다르고 죽음을 초월한 그 무엇이 있는 걸 왜 빨리 알아채지 못했는가. 놈은 무언가 초월한 깊이가 있었지 않은가. 몸동작 하나하나에 기가 서려 있지 않던가!

흥, 무술에서 가장 경계하여야 할 경적필패! 오천래, 천하의 네가 경적필패로, 이 지경이 되다니!

그때서야 뒤쪽에서 망을 보던 졸개가 뭔가 수상하였던지 달려왔다. 그는 상관이 다치고 동료가 넘어져 있는 것을 보자 사방을 살폈다. 마침 그때 자향이 석수를 부축해 산을 넘어가는 게 언뜻 보였다. 얼굴이 길쭉한 졸개는 포교복장이었는데 의기 못지않게 성질이 급하였던지 환도를 뽑아 들고 벼락같이 쫓아갔다.

"네 이놈들, 게 섰거라!"

석수는 포교가 오 경력을 살필 때부터 알아채고 있었다. 그가 허리를 쭉 펴고 이쪽을 바라보는 것을 보고 석수는 숨을 깊이 쉬며 마음을 다잡고 있었다.

포교의 환도와 석수의 삼인검이 산 능선에서 교차하였다. 그것은 단순한 교전인 듯하였지만 석수에 있어서는 목숨을 건 일전이었다. 반대로 포교는 천하무적 상관이 다친 것에 격분하여 눈에 보이는 게 없었다. 오 경력이 아무리 경적하였다 해도 크게 다친 것에 착목하였다면 이렇게 가벼히 덤비지는 않았을 것을.

포교의 환도가 무지개빛을 발하며 능선을 훑고 나갈 때 석수의 삼인검은 능선 위에 파란 섬광을 토했다. 검과 칼이 부딪치는 순간, 포교는 벌렁 뒤로 날아 넘어지고 석수는 능선 아래로 굴러 떨어졌다. 석수의 어깨를 놓친 자향이 자기보다 석수가 걱정이 돼 크게 소리치고 있었다.

"오마나, 석수 조심해요!"

그녀는 석수를 잡기 위해 달려가다가 똑같이 능선 아래로 굴러 떨어졌다.

67. 전생서 대회전(大會戰)

보욱이 굴러 떨어진 곳은 낮은 경사였지만 길었다. 떼굴떼굴 굴러 떨어지다가 무심결에 나뭇가지를 붙잡았다. 그 바람에 벼랑 바로 위에 대롱대롱 매달렸다. 벼랑은 높이가 다섯 장도 넘었다. 나무를 잡지 않았으면 자갈밭에 떨어져 죽거나 중상을 입었으리라.

젖 먹던 힘까지 다 내어 겨우 바위에 걸터앉았다. 석수와 자향이 있는 곳하고는 은근히 먼 곳이었다. 올라가자니 바로 위쪽 경사가 심하고 돌아가자니 바위 옆을 한참 도드고 서서 곡예를 해야 할 판이었다.

석수가 걱정이 돼 귀를 기울여보았다. 아까 나무를 잡고 겨우 몸을 멈추었을 때 무슨 호통소리가 들리는 듯하였는데 지금은 조용하다.

숨을 돌린 보욱이 바위 옆을 열심히 돌고 있는데 아래서 이상한 소리가 들려왔다. 무슨 소리일까? 궁금하고 불안한 마음에 밑을 쳐다보는데 누군가가 이쪽을 향해 손을 흔들고 있었다. 나를 보고 흔드네. 누굴까.

오마, 저건 막실이 아냐! 착하고 부지런한 막실이가 보욱을 향해 손짓하고 있었다. 보욱은 기다리라는 뜻으로 손짓을 하고 바위 옆을 돌아 한참만에야 막실이 있는 곳으로 내려갔다.

막실이 쫓아와 보욱을 껴안았다.

"보욱아, 니들 큰일했더구나. 두뭇개 앞강에서 포교들을 혼냈다며!"

"그걸 어떻게 알았어?"

"삼개방 거지들이 어디서 들었는지 마포에 소문이 쫘악 났다."

"그래?"

"그래갔구, 포청에서 배 내준 사람이 누구냐구 무시무시하게 들볶고 있다."

"그래서?"

"최부자네가 찍힌 것 같애."

"최부자네가? 왜에?"

보욱은 막실이가 믿을 만한 동료지만 지금은 모르는 척 슬쩍 물었다.

"그 시간에 기수 행수님의 배가 삼개에 없었다는 게 드러났데요. 그래서 최부자가 포청에 들어가서 해명하구, 기수 행수와 배는 강화도 나갔다고 했는데 누가 고자질했다나. 살수가 강화도서 오는 척했지만 사실은 노량진 쪽에서 오더라고."

"언놈인지 쳐죽일 놈이네."

"그치? 기수 아저씨가 맞지?"

"아니야!"

"아니야?"

착한 막실이는 이상하다는 듯 되물었다. 영리한 보욱은 말을 돌렸다.

"너 여기 왜 왔니?"

"아차, 그렇지. 우리 이팔수 두목이 널 찾아오라고 난리났어."

"왜에?"

"몰라. 오늘 일찍 우리 새우젓패가 총동원되다시피해서 여기 전생골로 왔다. 나는 뭔 일인가 해서 들러리로 따라왔는데 너를 빨리 찾으라고 해서 우리 애들이 사방으로 퍼졌다구."

"그래? 이팔수 두목은 어디 계신데?"

"날 따라와. 데려다 줄게."

"하지만 막실아, 지금 석수가 무시무시한 고수와 저 위에서 싸우고 있어. 우리가 돕고 있는 자향 아씨와 같이 있단 말이야. 저들을 놓아두고 갈 수가 없다."

"하지만 보욱이 형이 석수를 도울 수 있소?"

"도울 수 있냐구?"

"응."

"도울 수는 없지. 허지만 뭔가 도와야지."

"참, 형도 깝깝하우. 도울 수 없으면서 엉기적거리면 외려 짐이 되잖수. 그 사이에 우리 이팔수 두목에게 가서 구원을 요청하는 게 낫지."

"그런가?"

늘 영리하던 보욱이 이번에는 막실이의 냉정함에 눌려서,

"빨리 가자니까. 빨리 가요. 조 군사도 와 있으니까 그분한테 이야기하면 석수를 도울 수 있는 방법이 있을 거 아냐."

성화를 부리는 막실이의 손에 끌려 숲을 달려갔다.

하긴 이 방법이 나을지 모르겠다. 석수가 강적을 만났지만 그의 단호한 모습이 뭔가 듬직한 면도 있으니까. 당장은 괜찮을지 몰라.

그렇게 생각하자 보욱은 두목과 조 군사를 만나는 것이 오히려 긴요한 것처럼 느껴졌다. 그렇게 마음을 먹자 두목을 만나더라도 빨리 만나는 게 좋을 것 같아 보욱은 막실이가 마구 끌고 가는데도 탓하지 않고 엄벙텀벙 온 힘을 다해 달렸다. 그렇게 죽을 둥 살 둥 달려본 적이 없는 보욱은 숨이 턱까지 솟아올라 금방 죽을 것만 같았다.

유 봉사는 오늘 기분이 좋았다. 이번에 검정소가 이쁜 새끼를 낳아 전생서*에 둘도 없는 경사가 난 때문이다. 좋은 검정소 한 마리 얻기가 그 얼마나 어려운 일인가. 그런 걸 저 암컷이 두 해째 이쁜 새끼를 낳아주니 그것같이 고맙고 좋은 일이 어디 있을까.

좋다, 좋아. 너 흑치상지를 위해 맛있는 여물을 만들어주마. 잘 먹고 새끼를 이쁘게 길르거라. 알았지?

유 봉사는 새끼를 낳고 지쳐 드러누워 새끼를 핥고 있는 흑치상지의 등을 툭툭 두드려주며 싱글벙글하였다. 마침 지나가던 김 참봉이,

"유 봉사님, 오늘 한턱 낼 거지요?"

하고 술턱을 챙긴다. 꺼떡하면 술을 뺏어먹을 생각밖에 않는 김 참봉이라 평소라면 '여보게, 자네가 한번 사보게!' 하고 핀잔을 주련만 오늘은 기분이 너울너울하여,

"물론이지. 이따 퇴청할 때 한잔하세!"

전생서 典牲署 조선시대 제물용 가축을 기르는 일을 맡아보던 관청.

기분 좋게 응대한다.

마음씨 곱고 성실한 유 봉사는 전생서에서 가장 신경을 써야 하는 검정소 관리의 책임자였다. 전생서에서 기르거나 구비해놓아야 할 가축은 양 돼지 거위 오리 닭이 있고 특별히 흑소와 황소가 필요한데, 그 중에서 흑소가 가장 문제였다. 흑소는 종묘제 문선왕석전제 문소전별제의 중요 제사에서 가장 중시하는 희생*물이다. 조정에서도 이들 제사에 신경을 쓰는 만큼 좋은 흑소를 올리지 않았다가는 까다로운 제관의 타박을 면할 길이 없다.

삼년 전에는 나라에 기근이 심하고 풍기사범이 많은데다 상감이 수시로 미령하여 종묘제를 어느 때보다 근엄하게 올리게 되었다. 그때 올린 흑소가 영 몰골이 좋지 못해 제조(정삼품)가 문책을 당하여 갈리고 전생서 관리 둘이 목이 달아났다. 그나마 벼슬이 안 떨어진 관리도 공히 곤장 스무 대씩을 나라에 바쳐야 했다. 말이 스무 대지 곤장을 안 맞아 본 사람은 그 아픔을 알 턱이 없다. 더구나 워낙 위의 질책이 엄하여 헐장 없는 곤장이었다. 아무리 건장한 사람도 한 달은 자리보전을 해야 할 정도로 죄 곤욕을 치루었다.

그 이후 흑소 관리가 엄해졌는데 새로 온 주부는 유 봉사에게 흑소 하나만을 책임지라고 신신당부하였다.

전생서 관리란 모두 해야 다섯. 우두머리인 종육품 주부에 종칠품 직장 하나, 종팔품 봉사 하나, 종구품 참봉 둘이다. 당하관이 우두머리일 경우는 제조를 두게 돼 있어 정삼품 제조가 있지만 전생서가 숭례문 밖 남묘 건너편 둔지방에 있는데다 별로 생길 것이 없는 자리인지라 큰 제사가 있을 경우만 살짝 코빼기를 뵐 뿐이어서 어떻게 생긴 자가 제조인지 기억도 나지 않을 정도였다. 따라서 우두머리인 주부는 허름한 동네의 장인 것은 좋으나 그 사건 이후 아차하면 모가지가 위험하고 곤장을 맞아서는 안 되

희생 犧牲 신 또는 초자연적 존재에게 바치는 산 제물을 일컬음. 한자의 원 뜻은 살아 있는 소를 바치는 것을 말함. 소 대신 양 거위 닭 돼지 오리 등을 바치면서 희생물의 범주가 늘어났음.

는 책임도 큰지라 가장 성실하고 경력이 좋은 유 봉사에게 매달리는 것이었다.

그 전에는 그래도 몇 푼 안 되는 예산서 콩고물 떼어먹을 게 없나 눈이 벌겠으나 곤장 사건이 있은 뒤부터는 어뜨거라 하고 콩고물보다는 빨리 임기 채우고 물 좋은 다른 마을로 도망갈 날만 손가락으로 세었다.

흑소 하나 기르는 것은 조금만 신경을 쓰면 어려울 일도 아니었다. 허나 관리라는 것은 어느 시절 어느 마을이나 생기는 것만 바라보고 더 좋은 자리를 쳐다보는 게 일인지라 이까짓 전생서에 애착이 있을 리 없고 열심히 할 염이 없어 잘될 일이 없었다.

유 봉사는 혼자 중얼거리며 사육장을 나왔다. 쌀겨 짚 시래기 건초. 그렇지 이 네 가지만 있으면 우리 흑치상지가 좋아할 텐데. 쌀겨가 없으면 밀기울도 좋고 보리겨도 조오치. 콩과 옥수수까지는 밝히지 않아도 말이야. 한데 빌어먹을 공가*를 하도 적게 주니 좋은 여물을 먹일 수 있나. 그리고는 좋은 흑소는 되게 찾아요.

유 봉사는 새끼 잘 낳는 흑소를 흑치상지라 이름지어 부르고 있었다. 백제 부흥을 위해 용맹을 떨친 장군의 이름이 검정소에 딱 어울리는 것 같아 그렇게 이름 지은 것이다. 그 흑치상지를 먹일 맛있는 여물을 궁리하며 마굿간을 나오던 유 봉사는 뭔가 이상한 느낌에 눈살을 찌푸렸다.

두 젊은 사내가 정신없이 질주해 오더니 유 봉사를 보자 우리 입구에 우뚝 서는 것이었다. 우리 안으로 들어오려다가 밖으로 나오는 관리를 보고 멈춰선 것이다. 그중 한 사내가 눈치를 보며 유 봉사 앞에 와서 숨찬 목소리로 말하였다.

"어르신네, 잠깐만 우리 이 안에 머물게 해주시오."

목소리가 갸날프고 여자같이 잘생긴 사내였다. 저쪽에 엉거주춤 서 있는 사내는 더욱 잘생겼다. 계집처럼 잘생긴 것들이 어디서 나타났어? 마

공가 貢價 공물 구입대금.

음은 잘생긴 녀석들에게 정이 가는데,

"뭣 땜에?"

대답은 유 봉사 자기도 모르게 퉁명스럽게 나왔다.

"무슨 일이 있어 잠시 몸을 피하고자 합니다."

"뭐요? 여긴 그런 일로 들어오면 안 되오!"

유 봉사는 대번에 단호하게 말을 끊었다. 그러나 다급한 장시후는 그런 것에 물러설 여유가 없었다. 뒤에 멍하니 서 있는 연지에게 손짓하고는 그녀의 손을 끌고 사육장 안으로 돌진하다시피 들어갔다. 조금이라도 늦다가는 추적자의 눈에 띌 염려가 있었다.

"이 사람들이 뭐하는 거야! 나가쇼 나가! 여긴 들어오면 안 돼요. 우리 애가 새끼를 낳았단 말이요!"

유 봉사는 쫓아 들어가며 두 사람을 밀막았다.

"영감 어른, 잠깐만 여기 있다가 나가게 해주세요! 부탁입니다."

장시후는 그렇게 말하고 흑소가 있는 우리 쪽으로 다가갔다. 그것은 흑소 우리 옆에 밖으로 나가는 작은 문이 있는 걸 본 때문이다. 여차하면 그 쪽문으로 도망갈 수 있을 터이었다.

장시후는 생각보다 이곳이 숨기 좋은 것에 속으로 쾌재를 불렀다. 저 관리만 조금 구워삶으면 되겠다. 그 사이 노 포교가 그 무서운 무사들을 물리치고 오면 어떻게 방법이 있겠지, 하고 타산하는데,

"여보쇼, 나는 일개 봉사밖에 안 되는 사람이요. 그런 사람한테 어찌 영감*이라면서 능을 치는 거요. 빨리 나가시오. 나가요! 여긴 우리 흑치상지의 성지요. 새끼를 낳았단 말이요."

"흑치상지가 누굽니까?"

장시후가 물었다.

"흑치상지는 우리 흑소요."

영감 令監. 대감은 정이품 이상, 영감은 정삼품 이상의 고급 관리를 높여 부르는 칭호. 다만 영감은 종오품까지도 대접하여 존칭으로 썼음.

"흑소라구요? 아, 저 검정소를 말하는군요."

눈치가 빠른 장시후는 소로 해서 이 봉사한테 아부하면 통할 것을 대번에 알았다.

"좋은 소네요. 우와, 이쁜 새끼를 낳았네."

장시후가 그렇게 아양을 떨며 새끼소 곁으로 연지를 끌고 다가갔다. 그러자 유 봉사가 기겁을 한다.

"여보쇼, 떨어져요 떨어져. 새끼를 낳은 소는 외부 사람을 보면 난리납니다. 특히 저 흑소는 제 새끼를 얼마나 아끼는 줄 아쇼?"

"아, 그렇습니까. 그러면 떨어지겠습니다. 여기쯤 있겠습니다."

그러고 보니 누워 있던 흑소가 눈을 부라리며 몸을 곧추세우는 게 보였다. 여차직하면 일어나 뿔로 뜰 태세다. 벌써 새끼 보호본능이 작동되고 있었다.

"연지, 가까이 가면 안 되겠다. 우리 떨어져야겠어."

둘은 흑소한테서 약간 떨어졌다. 그러나 이쪽 켠에도 흑소와 황소 두 마리가 여물을 먹고 있었다. 그 중에 흑소는 먹던 여물을 계속 씹으며 두 사람을 바라보고 있었다. 그 흑소는 새끼의 아빠소인데 그걸 모르는 장시후는 암컷 흑소만 조심하고 있었다.

유 봉사가 달려와 장시후 앞에서 삿대질을 하며 열을 올렸다.

"여보쇼, 당신네들 정말로 큰일낼 사람들이군. 빨리 나가요, 빨리 나가! 여기 있다가는 저 흑소가 어떻게 화를 낼지 알 수 없다오!"

그때였다. 밖에서 시끄러운 발자국 소리가 나고 두런거리는 말소리까지 들려왔다. 연지는 깜짝 놀라 장시후의 손을 끌며 소 우리 구석으로 몸을 숨겼다. 둘이 소 우리 건초더미 있는 곳으로 숨자 우리 입구에 사람 둘이 나타났다.

장시후가 건초더미 사이로 보니 포졸 복장과 흑의인이었다. 흑의인은 어젯밤 최대목 집에 침투해 연지를 납치한 자객 아닌가. 장시후는 흑의인이 금방 전까지도 노 포교와 곽 포교의 대결을 눈여겨본 고수란 것은 알 턱이 없었다.

그들은 우리 안으로 들어와 휘휘 사방을 휘둘러보았다. 유 봉사 따위는 눈에도 들어오지 않는 태도다.

유 봉사는 기분이 나빴다. 불법침입자지만 자기 흑소를 잘생겼다고 하고 새끼를 이쁘다고 추켜준 장시후는 그래도 보아줄 수 있는데 이 뻣뻣뭉툭한 자들은 첫눈에 마음에 안 들었다.

"당신들은 뭐요?"

유 봉사는 장시후와 연지는 모른 체하고 두 사내한테 대들 듯이 물었다. 사내들은 말이 없이 성큼성큼 들어왔다. 사방을 눈을 부라리며 살핀다. 더구나 허리에 무기를 차고 있는 게 언뜻 기분이 나쁘다. 유 봉사는 그래도 흑소를 낳은 주인이었다. 오늘만은 기세가 좋아서 하나도 거칠 게 없었다.

"여기서 나가시오. 어딜 함부로 들어와서 뻣뻣두름하긴!"

유 봉사는 여물을 퍼주는 나무삽을 들어 두 사람이 들어오는 걸 막았다.

"여기 남녀 두 사람이 안 나타났소?"

흑의인이 물었다.

"그런 사람 안 왔소. 여길 왜 오겠소!"

"금방 이쪽으로 오는 걸 보았는데."

"안 왔다고 했잖소."

"우린 금부서 나온 사람들이야. 우리 말을 함부로 무시했다가는 경치리라. 이깟 전생서 따위는 한칼에 싹 쓸어버릴 수도 있어!"

유 봉사는 움찔했다. 사내의 눈초리에 불길이 솟는 듯 번뜩이었다. 흑의인의 기세가 너무나 험악하여 흑소의 기세를 탄 유 봉사지만 간담이 서늘해지는 것이었다.

석수는 옆에서 정신을 잃고 있는 자향을 보듬었다. 아름다운 아씨의 두

볼에 생채기가 나고 왼쪽 어깨에 피가 흐르고 있었다. 치마는 너풀너풀하고 저고리에 피가 얼룩져 있다.

아, 아름다운 자향 아씨가 다치다니! 석수는 너무나 가슴이 아팠다. 우리 항슬이 형이 애간장을 태우며 보호하려 애쓰는 아씨를 한 오라기도 다치면 아니 되는데. 우리가 이 여자 하나를 보호하지 못하다니!

그런 생각을 하자 석수의 가슴은 분노로 들끓었다. 지금 자기들이 강력한 적의 일격을 맞고 능선에서 처박힌 것 따위는 이제 문제되지 않았다. 석수는 벌떡 일어났다. 어느 놈이건 다 죽여주겠다. 우리 선녀 같은 아씨를 다치게 한 놈이 어떤 놈이냐!

산능선을 바라보며 반듯이 섰다. 그때 자향이 정신을 차렸다. 그녀는 석수가 이상하게 분노에 떠는 것을 보았다.

"석수, 괜찮아요?"

"참을 만합니다. 아씨는 가만히 여기 계세요. 내 저놈들을 혼을 내리다!"

"아니, 석수! 부상당했잖아요. 조심하셔요. 저 무관은 검술이 무서운 분이잖아요."

"무서울 것 없어요. 아씨를 이 모양으로 만들다니! 가만 두지 않겠어요!"

"석수, 나는 괜찮아요. 내가 좀 다치면 어때요. 무리하지 마셔요!"

"아닙니다. 우리 아씨를 다치게 하다니! 내 목숨을 걸고라도 저놈들을 박살낼 겁니다."

"아니어요. 우리 여기서 잠시 피해요!"

"아닙니다. 가만 계세요! 영원히 도망갈 수만도 없잖아요."

석수는 갈수록 더욱 분기탱천해 능선 쪽을 노려보았다. 눈이 지글지글 타고 있었다. 석수의 그런 표정에 자향도 놀랄 지경이었다. 이 착한 석수가 이렇게 무서운 데가 있다니!

오 경력은 오른쪽 허리를 만져 보았다. 비상용 헝겊으로 동였건만 피가 뭉클 손에 잡힌다. 흐음, 경적필패라더니 내가 그 꼴이 났나. 그렇다고 천하의 오 경력이 이 자리서 물러설 수는 없다.

그렇게 다짐하는데 아까 날아와 넘어졌던 포교가 힘겹게 일어나는 게 보였다. 포교는 겨우 손을 짚고 일어섰다. 온몸이 욱씬거린다. 여러 군데가 절단이 난 것 같다.

"선 포교, 괜찮은가?"

오천래의 묻는 말에 포교는 고개를 들고,

"버틸 만합니다. 경력 어른은 많이 다치셨습니까?"

"조금 다쳤네."

오 경력이 조금 다쳤다면 그것은 상당히 다친 것을 뜻할 터이었다. 선 포교는 환도를 찾아들고 오 경력한테 다가갔다. 오천래의 상처를 보더니 크게 놀란다.

"아니, 부상이 심하시네! 다시 동여매야겠는데요."

"괜찮네. 놈은 이 아래로 내려갔는가?"

"그렇습니다."

선 포교는 풀섶에 쓰러져 있는 포졸을 살펴보았다. 포졸은 숨이 끊어져 있었다. 동료의 주검을 보자 갑자기 분노가 솟아오른다. 눈동자에 힘이 들어가고 칼을 쥔 손이 경직될 것만 같다.

"경력 나리, 정 포졸이 당했습니다!"

"그랬는가."

"저놈들을 가만 둘 수 없습니다!"

"그렇지!"

오 경력이 일어나 산 능선에 서자 선 포교는 칼을 들고 그의 앞으로 쓰윽 나섰다.

마침 위를 노려보고 있던 석수의 성난 눈과 마주쳤다. 석수는 포교와 눈이 마주치는 동시 오천래가 그 뒤에 우뚝 서 있는 게 보였다.

석수는 숨을 깊이 들이 쉬었다. 가만 두지 않겠다. 단칼에 요절을 내리라. 석수는 아까 놀란 오천래의 무술에는 이제 겁이 나지 않았다. 자향 아씨를 다치게 한 자, 무조건 박살을 내야 할 자, 놈이 바로 위에서 칼을 뽑아들고 있다.

석수는 마음속으로 외쳤다. 무사는 싸울 때는 죽음을 불사해야 하는 것. 내 무지렁이 시골 무사지만 용맹하게 싸우리!

간다! 석수는 삼인검을 들어올리는 순간 앞으로 돌진하였다. 놀란 포교가 칼을 옆으로 휘두르며 옆걸음을 칠 때 검은 질풍이 그 옆을 날아가고 있었다. 오천래의 날랜 몸이 석수를 바라고 짓쳐간 것이다. 검과 칼이 요란한 소리를 내며 허공에서 부딛치고 둘은 동시에 뒤로 튕겨 날아갔다. 오천래는 바로 위 언덕 아래로 떨어지고 석수는 자향이 숨어 있는 둔덕에 다시 꼴아박혔다.

석수는 철퍼덕 무너지듯 떨어져내렸다. 격한 숨을 헐떡이었다. 일어설 기력이 없다. 온 힘을 다한 일격에 상대도 격중하였지만 석수도 크게 격상한 것이다.

"석수, 괜찮아요?"

불안한 마음에 바들바들 떨고 있던 자향이 걱정이 넘쳐 울먹이는 소리로 물었다. 석수는 고개만 끄덕이었다. 말할 기력까지 없는 상태였다. 자향이 그런 석수를 안아 올리자 석수가 고개를 저었다.

"잠깐만 가만 놔두세요."

석수의 말은 힘이 하나 없다. 이제는 포졸 정도가 나타나 창을 들이대도 꼼짝없이 당할 밖에 없을 터이었다. 한데 저쪽도 아무 소리가 없다. 아니 조용조용한 소리가 들린다. 저쪽 역시 크게 다친 적과 포교가 무슨 이야기를 하는 모양이었다.

자향은 고개를 들고 오천래가 날아가 떨어진 방향을 살폈다. 아무도 안 보인다.

그때 능선 저 너머에서 사람의 발자국 소리가 들려왔다. 자향은 다급하였다. 틀림없이 다른 포교들이 오는 소리일 것이다. 자향은 앞쪽을 보았다. 백여 보 저쪽에 무슨 우리 같은 게 보였다. 그 건너편에도 약간 작은 우리가 보였다. 자향이 보고 있는 것은 전생서의 희생물 사육장이었다.

자향이 석수에게 속삭였다.

"요 옆으로 내려가면 작은 도랑이 있고 백여 보를 가면 우리 같은 게 있어요. 우리 그쪽으로 가서 잠시 숨어요."

석수는 고개를 끄덕였다. 아직도 석수는 헐떡이고 힘이 하나 없었으므로 자향이 어깨로 석수의 왼쪽 팔을 부축해 주었다. 그들은 우리를 바라고 도랑을 살살 기어 내려갔다.

흑의인은 유 봉사를 오른손으로 세차게 밀어버렸다. 사십대의 유 봉사가 그런 힘을 당해낼 도리가 없다. 뒤로 주춤주춤 물러나다가 엉덩방아를 찧고 벌렁 넘어졌다. 유 봉사는 넘어지면서도 소리쳤다.

"이러시면 안 됩니다. 우리 흑치상지가 새끼를 낳았단 말입니다. 새끼를요!"

"저리 비켜!"

"아닙니다. 흑치상지를 건드리면 안 됩니다. 사나운 소요. 무시무시한 소란 말이요!"

"필요 없어!"

"아닙니다. 임금님께 바치는 귀한 소입니다. 건드리면 안 됩니다."

"안 되긴 뭐가 안 돼!"

포졸과 흑의인은 유 봉사 따위는 귀찮다는 듯 호통치고는 우리 안을 이곳저곳 살폈다. 그들이 흑소 가까이 가자 암컷 흑소가 '으으음, 으험' 하며 노려보는 것이었다. 눈빛에 살기가 돋고 콧김이 수상한 게 조금은 마음에 걸린다. 흑소가 까만 새끼를 보호하며 퉁방울만한 눈을 끔벅이는 게 수상하긴 하였다.

그럼에도 두 사람은 도망자 찾기에만 정신이 없었다. 뭔가 급박한 상황에 놀란 유 봉사는 흑치상지 옆으로 급히 기어서 다가갔다. 여차하면 흑치상지의 코뚜레를 잡을 생각이었다.

그때 장시후와 연지가 숨어 있는 건초더미 안쪽에서 찍찍찍 쥐소리가 요란히 나고 드르르르 쥐가 달려가는 소리가 들렸다. 펄쩍 놀란 포졸이 환도를 꼰아들고 건초더미 뒤로 잽싸게 돌아갔다.

눈이 마주쳤다. 포졸은 깜짝 놀랐다. 그러나 장시후는 담담하다. 그는 건초를 찍어 나르는 쇠스랑을 들고 있었다.

이제 막다른 골목, 힘 하나 없는 환관 출신이지만 사랑하는 연인을 위해 마지막 사내의 힘을 써야 하리. 그 힘이 아무리 허약하다 한들, 나의 이 투쟁은 성스러운 것. 이제 마지막 힘을 다해 연인을 지키고, 지키지 못할 제는 용맹히 싸우다 죽을 수밖에 없으리.

이 며칠, 장시후는 무술을 배우지 않은 것을 얼마나 탄하였는지 모른다. 궁중의 환관 가운데는 무술이 빼어난 사람이 많았다. 임금의 신변보호를 위해 금위군사 중에서 내시 지망생을 뽑기도 하였지만 내시가 된 뒤에 무술을 연마한 사람도 있었다.

처음 궁중에 들어와 무술을 연마하는 내시들을 보고 얼마나 비웃었는지 모른다. 그럴 시간에 책 한 권을 더 읽어 교양 있는 환관이 되는 게 훨씬 낫다고 생각했다. 그러나 이런 어려운 일을 겪고 보니 무술이야말로 사내가 갖추어야 할 첫 번째 덕목이었다.

하지만 지금은 그걸 후회할 마음도 시간도 없다. 이제 그것은 사치일 뿐이다.

무공이 세다 해도 이렇게 몰려서는 영원히 도망할 수도 없을 터. 차라리 한 차례 용감히 싸우다 부끄럽지 않게 깨끗이 죽는 게 나을지 몰랐다.

겉으로는 고매해 보이나 사실은 편협하고 용렬한 임금, 권모와 술수밖에 모르는 앙큼한 왕비, 출세를 위해서는 물불을 가리지 않는 고관, 돈밖에 모르는 시정(市井)의 천박한 군상. 이 세상은 추악하다. 더럽다. 치사하다. 싫다! 그렇다, 이 세상은 근사한 세상이 아니다. 결코 살고 싶은 세상은 아닌 것이야! 싫다, 싫어!

이 환멸의 세상 속에서 나 홀로 깨끗하자고, 옳은 마음을 갖자고, 아름다운 생각을 하며 살자고 해본들, 되지 않는 것. 그것을 나는 이제야 아는구나! 아, 가엾은 우리 연지, 연지! 연지를 어찌하면 좋단 말인가!

장시후 뒤에는 남장한 연지가 부들부들 떨고 있었다. 그녀는 떨리는 손으로 장시후의 허리춤을 잡을 듯 말 듯 주춤한 자세로 뒤에 서서,

"장 상경님, 장 상경님!"

장시후에게도 들릴 듯 말 듯 안타까운 중얼거림을 내뱉고 있었다. 무술과는 아무 인연이 없는 우리 장시후님. 우리 장시후님.

연지는 이 존경하는 애틋한 연인이 쇠스랑을 엉성하게 꼰아들고 우리들의 목숨을 지키고자 나서는 모습, 그 애련한 모습을 차마 볼 수가 없었다. 왠지 너무 슬펐다. 그것은 결코 보고 싶지 않은 정경이었다. 처절함 그 자체였다.

"거기에 뭐가 있나?"

악마 같은 흑의인의 목소리가 물었다.

"여기에 그놈이 있소. 여자도 있고!"

"그래?"

흑의인은 갑자기 화색이 돌았다. 도총관의 길쭉한 얼굴이 생각났다. 여보게, 오늘은 더는 생각 말고 연지와 장시후 두 놈만 없애고 오게. 노 포교는요? 그건 나중이야. 딴 문제라고. 두 사람만 처치하고 와. 그럼 우리 임무는 끝난다! 그러면 그대는 큰 공로를 세우는 거구!

흑의인은 자신의 임무가 무사히 끝날 수 있음에 만족해하며 검을 빼어들고 뒤에서 엉기적거리는 유 봉사를 노려보았다.

"네 이놈, 아까 뭐라고 했지?"

으름짱 한마디에 움쏙해진 유 봉사는 뒤로 주춤주춤 물러났다.

그때 자향이 석수를 부축해 우리 안으로 들어왔다. 뒤로 물러나는 유 봉사를 단칼에 버힐 듯이 덤비던 흑의인은 자향과 석수를 보고 의아한 표정을 지으며 떨떠름하게 물었다.

"너희는 웬 놈들이냐?"

자향은 너무나 놀랐다. 야행복 차림이었지만 언뜻 보아 으스스한 무인이었다. 호랑이같이 무서운 자를 피해 도망해온 우리 속에 그 못지않은 야차가 버티고 있는 것이었다. 그러나 석수의 부상이 워낙 중해 저자와 말썽이 나서는 안 된다는 생각이 났다. 잠시라도 석수가 회복할 시간을 주어야 한다.

"지나가는 길손인데 몸이 다쳐 잠시 쉬려고 들어왔습니다."

자향같이 머리 좋은 아씨도 급하다 보니 둘러대는 게 영 어리숙하였다. 피칠갑을 한 석수는 물론이고 데리고 들어온 자향까지도 저고리에 피가 낭자하였다. 그런 주제에 길손이요, 쉬러 들어오다니.

흑의인은 껄껄 웃었다.

"으허허, 맹랑한 놈들이구나. 어디서 큰 사고를 내고 들어와서는 길손이라고? 쉬러 들어왔어? 저것 봐, 검도 갖고 있잖은가. 흥, 이놈들. 어디서 살인을 했느냐?"

자향은 우선 석수를 내려놓았다. 석수는 입구 문옆의 기둥에 기대어 앉았다. 자향이 공순하게 대답하였다.

"우리는 살인한 바가 없습니다. 도적이 덤벼서 싸우다가 도망오는 길입니다."

"도적? 대낮에 무슨 도적이야!"

그때 뒤쪽에서 쾅, 하는 요란한 소리가 들려왔다. 자향을 다그치던 흑의인은 그 소리에 민감하게 뒤를 돌아보았다.

포졸과 장시후의 드잡이질이 시작돼 장시후가 뒤로 물러나다가 우리 안의 공구 시렁을 등짝으로 세게 들이받는 바람에 와르르 공구가 떨어져 내리고 있었다. 장시후는 덜퍼덕 쓰러졌다가 연지가 화급하게 끌어주는 힘에 벌떡 일어나고 있었다.

시끄러운 소리에 황소가 음메에, 하고 울었다. 숫흑소는 눈을 뛰룩거리며 뒷발질을 톡톡 해대고 싸우는 두 사람을 노려보고 있다. 흑치상지는 불안한 눈빛을 세우더니 슬그머니 일어나고 있었다. 양수가 아직도 마르지 않아 반짝반짝 빛나는 새끼도 주위의 시끄러움에 경계심이 돋았는지 어미 젖 밑으로 따라 숨는다.

그 옆의 닭과 거위 우리에서는 꼬고댁 꼭꼭, 꽈악꽈악하며 백여 마리의 잘 먹인 닭과 오십여 마리의 통통한 거위가 웅성거리며 요란을 떨었다.

흑의인의 으름짱에 놀라 우리를 나가려던 유 봉사는 옆쪽으로 해서 공구가 떨어져 내린 곳으로 달려가고 있었다. 봉사에게 있어 값진 공구를 잃는 것은 자기의 생명을 잃는 거와 마찬가지. 비싸고 귀한 공구를 챙겨야 했다.

포졸은 이때다 싶어 환도를 현란하게 휘두르며 장시후를 궁지에 몰아넣고 있었다. 장시후는 떨어뜨렸던 쇠스랑을 들고 환도를 멀찌감치서 막아내는데 엉덩이를 쭉 뺀 자세가 싸움꾼하고는 거리가 멀다.

연약해 보이는 사내가 포졸에 몰리는 걸 본 자향은 자기도 모르게,

"오마나 저 사람 잘못하다 죽겠다. 석수, 저 사람을 도와줘야 하는데!"

하고 엉거주춤한 목소리로 애를 태웠다.

"뭐야! 지나가는 길손이 관의 범인포착을 방해할려는 겐가!"

"저 사람이 범인이어요?"

"물론이지!"

흑의인은 대답과 함께 안쪽으로 큰 걸음에 다가갔다. 포졸과 장시후가 엉성하게 싸우는 걸 보자 흑의인은 성이 안찼던지 직접 잡으러 간 것이다.

흑의인은 검을 휘두르며 펄쩍 뛰어 장시후의 뒤쪽을 엄습하였다. 장시후
와 연지를 같이 노리는 일격이었다. 쳐가는 속도가 폭풍처럼 빠르다.

그러나 그 일격이 장시후의 뒷덜미에 닿기 일보직전, 파아란 검광이 흑
의인의 뒤를 화살보다 더 빠른 속도로 쏘아갔다.

"으윽!"

비명이 둔중하게 터지고 흑의인은 황소 옆에 풀썩 쓰러졌다. 파아란 검
광, 석수도 몸을 가누지 못하고 연지 옆에 툭 떨어져 나뒹굴었다. 포졸과
장시후는 너무 놀란 나머지 멀찌감치 간격을 벌리고 섰다.

이 일검의 교차는 그 우열이 순식간에 났다. 흑의인은 오른쪽 등짝을 버
혔고 석수는 아무 이상이 없어 보였다. 그러나 이 일검의 충격은 석수가
더 크게 받고 있었다. 기가 거의 고갈되다시피한 상태에서 검을 휘두른 석
수는 완전히 정신을 잃을 지경이었다.

자향이 지친 몸을 뗑그적거리며 달려가 석수를 보듬어 안았다. 그녀는
흑의인이 알아들을 수 없는 작은 목소리로 불렀다.

"석수, 괜찮아요? 석수, 정신을 차려요!"

석수는 대답이 없다. 연지가 언제 왔는지 옆에서 속삭였다.

"고맙습니다. 저희를 도와 주셔서 고맙습니다. 정말 고맙습니다. 두 분
은 저희들의 은인이십니다!"

말씨가 여리고 절절하다. 그러나 마음이 다급한 자향은 흑의인 쪽을 흘
끔 보고 연지에게,

"여기 머리를 들어주실래요?"

하고 황급히 부탁하였다. 자향은 연지를 남자로 알고 있었다.

"네."

연지가 석수의 머리를 들어주자 자향은 재빠르게 석수의 손발을 번갈아
가며 주물렀다. 아직도 쇠스랑을 든 장시후가 그들 옆에 와 서서는 흑의인
쪽을 감시하듯 지켜섰다.

황소 옆에 쓰러진 흑의인은 즉시 일어났다. 그러나 등짝에서 피가 줄줄 흘러나오는 데다 힘을 쓰는 오른팔이 크게 다쳐 금세 사기가 저하된 듯 즉시 반격할 생각은 못하고 있었다. 흑의인은 언덕을 넘어오기 전 노린내의 일격을 받은 데다 석수의 기습에 싸울 능력을 잃어버린 것이다. 황소가 뭔가 기분 나쁜 표정으로 으르렁거리자 서둘러 옆으로 물러났다. 급히 다가온 포졸이 물었다.

"사직 어른 괜찮습니까?"

"괜찮네."

흑의인은 무뚝뚝하게 대답하였다. 사직이라면 오위영에 속한 정오품 무관이다. 굉장히 높은 직위에 있는 자가 야행복을 입고 연지를 납치하는데 동원되었으니 놀라운 일이다. 포졸은 지니고 있던 헝겊을 꺼내 사직의 상처를 동여주고 있었다.

밖에서 시끄러운 소리가 나더니 우리의 문 입구에 서너 사람의 그림자가 얼씬거렸다.

자향은 경황이 없는 중에도 소리나는 곳을 얼른 쳐다보았다. 아, 자향은 소스라치게 놀라며 얼굴이 굳어졌다.

오 경력이 함지박귀와 이대치 그리고 포교 하나와 함께 우리 안을 들여다보고 있었다.

자향은 너무 놀라 석수를 주무르던 것도 중단한 채 망연한 표정을 지었다.

"저들을 아세요?"

연지가 다급하게 물었다. 자향은 대답 대신 고개만 끄덕였다.

이제 모든 게 끝나는구나! 우린 저들에게 붙들리고 석수는 감방에 갇히겠구나. 한데 이 옆의 사내는 목소리가 여자네. 남자가 아니구나. 서 있는 사람은 인물이 훤하여도 남자인 게 분명한데. 이들 남녀는 무슨 연유로 관의 쫓기는 몸이 되었을까?

함지박귀가 안으로 들어오더니 흑의인과 몇 마디 이야기를 나누고 있었다. 함지박귀는 흑의인이 사직 직책을 지닌 높은 무관인 걸 아는 듯 아주 겸손하다. 둘은 고개를 끄덕이며 이쪽을 본다.

유 봉사는 아직도 흑소 뒤쪽에서 이런 정경을 죄 바라보고만 있었다. 사람들이 많이 들어오자 닭과 거위들이 놀라 재잘대고 우는 소리가 더욱 시끄럽다. 이렇게 우리 안이 소란스러운데 우리 관리들은 하나도 나타나지도 않고 뭐하는지 화가 나서 미칠 지경이었다. 그렇다고 여길 뜨자니 이젠 그럴 수 없는 지경 아닌가. 큰 사단이 벌어지고 있는 참, 몸을 뺄 계제가 아니었다.

더구나 흑치상지가 차츰 흥분하며 몸을 이리저리 왔다갔다 하는 게 영 불안하였다. 숫흑소도 동태가 이상하다. 애인인 흑치상지를 보며 코를 벌름거리고 몸을 부르르 떨고 있는 게 여간 수상한 게 아니다.

사직과 몇 마디 대화를 마친 함지박귀가 이쪽으로 오려는 태도를 보였다. 그때 자향의 뒤쪽에서 다급하게 부르는 소리가 들렸다.

"이쪽으로 와요, 이쪽으로!"

자향은 재빨리 뒤돌아보았다. 우리의 칸막이 사이로 욱자가 보였다. 아, 우리 새우젓패가 왔구나. 항슬이 보욱이도 같이 왔겠지. 자향이 갑자기 힘이 솟아 없는 힘에 석수를 안고 뒤로 달아나려는데,

"어딜 가려느냐!"

호통이 터지고 사직이라 불리운 흑의인이 벌같이 쏘아왔다. 그의 시퍼런 검이 석수를 안은 자향의 가슴팍을 향해 날아왔다. 아마도 마지막 있은 힘을 다해 일격을 가하려는가 보았다. 그 옆으로 함지박귀가 여우보다 빠르게 다가오고 있었다. 역시 손에 칼을 들고 있었다. 둘이 동시에 기습작전을 펼치기로 한 모양이었다.

다급한 자향은 왼쪽으로 몸을 비틀며 일부러 뒤로 넘어졌다. 그 길밖에 흑의인의 검을 피할 방법이 없었다.

챙그렁, 하는 소리가 들리고 검이 빗나갔다. 한데 빗나간 것은 함지박귀의 칼이었다. 흑의인의 검은 노도처럼 날아오더니 갑자기 방향을 틀어 뒤쪽에 있는 연지를 찔러갔다. 전광석화, 시퍼런 검은 연지의 오른쪽 가슴을 뚫고 붉은 피를 분수처럼 뿜어내었다.

"아악!"

연지의 비명이 터지고,

"연지!"

장시후의 고함이 함께 울부짖으며 쇠스랑이 날았다. 장시후한테 무슨 힘이 그렇게 있었던지 쇠스랑은 야행인의 가슴을 적중하고 있었다. 그것은 사랑하는 애인을 위한 마지막 헌신, 영원히 잊을 수 없는 연인을 위한 최후의 희생, 그 총체의 집합이었다.

쇠스랑에 가슴팍을 격중당한 흑의인은 오른쪽으로 주춤주춤 물러나더니 숫흑소 옆에 풀썩 주저앉았다.

그러나 이 순간의 경악은 그것으로 끝난 게 아니었다. 함지박귀의 칼은 자향이 보듬고 있는 석수를 향해 날아갔는데 어느 순간 하얀 검광이 일고 그 검광에 부딛친 칼은 퉁겨나고 함지박귀는 아랫배에서 우러나오는 신음 소리와 함께 왼쪽으로 날아갔다. 그는 쿵하는 소리와 함께 우리의 나무벽에 부딛쳐 쓰러졌다.

함지박귀를 격중한 하얀 검광은 주춤해 서 있는 흑의인의 졸개를 쓸어치고 우리 입구로 계속 뻗어나갔다. 검광은 안으로 물밀 듯이 쏟아 들어오고 있는 오 경력 선 포교 이대치를 향해 날았다. 으윽, 챙그렁 쿵, 하는 비명과 무기 부딛치는 소리가 동시에 이어졌다. 하얀 검광은 우리 밖으로 날아가고 있었다.

이 모든 움직임은 거의 동시였다. 한 차례의 접전이 끝났을까 하는 순간 음메, 으엉, 하는 굉음이 터지고 두 개의 몸체가 우리의 공중에 튕겨 올라가는 것이었다.

그것은 드디어 폭발한 분노, 흑소와 숫흑소의 뜸베질이었고 튕겨 올라
간 사람은 숫흑소 옆에 떨어진 흑의인과 하얀 검광에 무너져 내린 선 포교
였다. 성난 흑치상지는 선 포교를 뿔로 뜨고는 울 밖으로 뛰쳐나오더니 이
대치를 뿔로 뜨려 덤비고 있었다. 놀란 이대치는 칼도 놓친 채 옆쪽 건초
더미로 몸을 던졌는데 흑소는 어딜 가느냐는 식으로 쫓아가 건초더미를
사방에 동댕이치고 있었다.

"아악!"

건초더미에 숨어 있던 이대치의 비명이 들리는가 싶더니 흑치상지는
그러고도 성질을 못 이겨 오 경력을 쫓고 있었다. 선 포교와 이대치도 하
얀 섬광에 부상했지만 오 경력의 부상은 한층 심한 것이었다. 석수한테
허리를 다친데다 전광석화로 흐르는 하얀 섬광에 왼쪽 팔뚝까지 버혀 피
가 줄줄 흐르고 있는 터에 흑소가 덤벼오자 기력을 잃고 바닥에 넘어지고
말았다.

"흑치상지, 흑치상지! 사람을 죽이면 안 된다. 흑치야, 진정해라. 진정
해!"

아까까지 험악한 무사들의 기세에 억눌려 있던 유 봉사는 이젠 기가 살
아나서 큰 소리로 외쳐대며 달려오더니 오 경력을 마저 뿔로 뜨려는 흑소
의 고뚜레를 쥐어 잡았다. 흑소는 주인의 손에 코뚜레가 잡히자 헉헉대며
뒤로 물러났다. 콧김은 여전히 씩씩 뿜어내고 있었다.

"그래, 흑치상지야, 이쁘지. 참아라, 됐다. 됐어요, 우리 흑치상지. 니 이
쁜 새낄 돌봐야지!"

흑소는 주인의 말을 알아듣는 듯 조용해지더니 유 봉사가 끄는 대로 새
끼 있는 곳으로 쓱쓱 걸어갔다. 마치 개선장군의 발걸음이었다. 흑소의 뿔
에 떠서 날아간 선 포교는 온몸이 피투성이가 되어 바닥에 널부러져 있고
이대치는 겨우 몸을 가누고 일어나 오 경력을 보살펴 주고 있었다.

두 소가 용맹을 떨칠 때 거위와 닭들의 놀라 외치는 소리는 절정에 달하

었다. 흑소와 황소들이 난리를 치는 것에 맞추어 거위와 닭들은 꽈악 꽉 꼬꼬대꼬꼬댁 응원을 하는 양 부산을 떨고 있었는데 흑치상지가 늠름하 게 제 자리에 돌아가자 꽈악 꽈악 우우우 꼬고댁, 더욱더 소리들을 질러 댔다.

한데 흑소의 응징이 끝나기도 전에, 작은 외침이 우리 안으로 날아 들어 왔다.

"일루들 나와요, 빨리 일루 나와요! 빨리빨리!"

그 목소리는 정염의 새된 외침이었는데 어느 결에 나타났는지 항슬이 석수를 업고 밖으로 나가며 자향의 손을 잡아끌었다. 자향이 소리쳤다.

"이 여자가 크게 다쳤어요. 도와줘야 해요! 항슬이, 이 여자를 도와줘야 해요!"

연지는 장시후의 품안에 안겨 있었다. 자향의 외침에 뒤에서 바람같이 나타난 욱자가 연지를 장시후로부터 빼앗다시피 안아 업고는,

"나가서 치료합시다! 나오세요."

하고 대답도 기다리지 않고 달려나갔다. 자향은 갑작스런 변환에 정신을 못 차리는 장시후의 손을 잡아끌었다. 그러면서 자향은 함지박귀가 나가 떨어진 곳을 바라보았다.

함지박귀는 벌떡 일어나 두리번거리며 칼을 찾아 쥐고는 밖으로 쏘아 놓은 화살처럼 달려나가고 있었다. 그는 크게 부상한 건 아닌 모양이었다. 그렇다면 함지박귀는 회오리바람 같은 대소동에서 부상하지 않은 유일한 적이었다.

자향이 우리 밖으로 나왔을 때 밖은 밖대로 또 이상한 일이 벌어지고 있 었다.

항슬이 석수를, 욱자가 연지를 업고 달리자 둔쇠가 연지가 어찌 되었나 궁금한 눈빛으로 바투 쫓고, 정염 자향 장시후가 그 뒤를 따르는 중에 왼 켠 또 다른 우리 앞에는 일련의 사람들이 육칠 명이나 모여 있었다. 관복

이 아닌 평복 차림인 게 포졸이나 무인은 아닌 듯하였다. 그들은 우리에서 달려나오는 사람들을 유심히 바라보고만 있었다.

항슬과 욱자는 무슨 약속이 있었던 양 오른쪽으로 달려가고 있었다. 아까 자향이 내려온 그 언덕 쪽이었다.

한데 함지박귀는 왼켠으로 마구 달려가고 있었다. 누군가를 쫓아가고 있는 모양이었다.

항슬과 욱자는 아까 자향과 석수가 숨어 있던 옆 계곡을 지나 언덕을 넘어갔다. 왼쪽에 우거진 숲이 있고 사람 옷자락이 슬쩍 보이다 사라진다. 그들은 그 숲으로 들어갔다. 항슬과 욱자가 석수와 연지를 내려놓았다. 알지 못하는 사람 두서넛이 그들을 인도해 은밀한 숲 안쪽 자리로 안내해주었다.

그들은 연지와 석수를 응급조치하느라 부산을 떨었다. 자향과 장시후도 사방에 상처를 입었지만 그 정도는 신경쓸 여가가 없었다. 정염과 자향은 함께 손을 놀려 두 중상자를 돌보았다. 약을 바르고 헝겊을 동이는 사이사이 정염은 자향을 자향은 정염을 항슬은 정염과 둔쇠를 둔쇠는 항슬과 욱자를 둘레둘레 훔쳐보았다. 그야말로 이상한 풍경이었다.

"그대는 누구시죠?"

연지에 이어 석수를 응급조치하고 숨을 겨우 한번 들이쉰 정염이 자향한테 물었다. 참다참다 궁금함이 넘친 질문이었다. 자향은 그렇게 묻는 정염을 빤히 바라보며, 나야말로 당신이 누군가를 알고 싶어, 하고 생각하며,

"전 자향이라고 합니다."

제때에 깍듯한 인사말이 나갔다. 정염은 대번 미소지으며 고개를 끄덕이었다.

"아, 박 참의 따님이시군요. 비자의 신세를 떨치기 위해 집을 나섰다가 포교들의 추적을 받고 있는."

"그걸 어떻게 아시지요?"

"서울 안팎으로 소문이 좌악 깔린 일을 내가 어찌 모를까."

"뭐여요?"

"나는 정염이란 사람입니다."

"정염? 그럼 잘 그리고 의술도 안다는 천재 정염? 정순붕 참의의 아드님?"

"나를 아시는군요."

"장안에서 명성이 자자한 유명한 천재를 왜 모르겠어요. 과연 의술이 높으시군요."

"자향 언니도 소문보다 더 아름다웁소."

"그런 말보다 정 도령님, 저 처자는 어떻습니까. 구해줄 수 없습니까?"

자향은 연지 쪽을 턱으로 가리키며 물었다. 연지는 장시후가 안고 뭔가 이야기를 나누고 있었다. 장시후의 애절한 모습이 저절로 드러나고 있었다. 정염도 얼굴이 굳어지며,

"응급조치는 했소만 편작*이 오기 전에는 안 되겠소. 나 같은 일천한 의술로는. 정말 가슴이 아프오."

"저 처자는 누구신데 그 무서운 무인이 죽이려고 하였나요?"

"주초위왕의 무수리."

"네?"

"주초위왕, 즉 조씨가 조광조가 왕이 되려한다는 글귀를 꿀물로 나뭇잎에 새긴 궁녀요."

"오마나! 소문이 맞군요."

"그렇소."

"그렇다면 너무나 억울하게 쫓기는 분이잖아요."

"그렇소."

편작 扁鵲 중국 주 시대의 명의. 유명한 의사의 대명사임.

“아!”

자향은 탄성을 지르며 자기도 모르게,

“저 여자를 살려주세요. 정말로 억울한 여자잖아요. 살려줘야 해요. 우리가 구해줘야 해요!”

“그렇습니다만, 이분은 누구시오. 무술이 아주 높던데.”

“석수라고 저를 돕기 위해 이분 항슬이와 함께 오셨지요.”

자향이 석수 옆에 있는 항슬을 가리켰다. 석수와 무슨 말을 나누고 있던 항슬이 그 말에 고개를 돌렸다. 정염은 항슬을 바라보다 혼잣말처럼 이야기하였다.

“양반은 아니어도 기품이 늠름하시네요.”

“절 보고 이야기하였소?”

“그렇습니다. 의기가 있는 분이군요. 난 정염이라고 합니다.”

“전 항슬이란 사람이요. 중노미밖에 되지 않소.”

“중노미도 양반보다 나을 수가 있지요.”

“그런 말은 처음 듣소. 우리 석수는 괜찮겠습니까?”

“괜찮지는 않지만 금방 죽지는 않으니까 걱정 마시오. 댁들은 어떻게 해서 여길 오게 됐소?”

자향은 당돌하면서도 깍듯이 말하는 정염이 왠지 마음에 들었다. 그래선지 말이 솔직하게 나왔다.

“우리는 문안으로 들어가는 중이었지요.”

“도피하는 분이 문안으로 간다. 우리는 문안에서 밖으로 나왔는데. 허, 방법이 서로 엇갈렸지만 피차 나쁜 방략은 아닌 것 같군요.”

“한데 아까 하얀 섬광을 뿌리며 그 많은 포교들을 일거에 물리친 분은 누구십니까?”

“노 포교 말이요?”

“노 포교라면?”

"노동팔 향기포교요."

"아! 그분이구나. 그분이 어떻게 여길 왔지요? 그리고 왜 귀댁을 돕고 있나요?"

"우리 노 포교, 아시지요? 노 포교가 문안으로 들어가기 전에 자향 아씨를 쫓았다고 하더이다. 하지만 이제는 입장이 묘하게 달라졌지요. 자세한 이야기는 하자면 길지만."

정염은 왠지 슬쩍 웃었는데 그 미소는 심오한 뭣을 암시하는 것 같았다. 자향은 그 암시의 숨은 뜻을 알고픈 마음에,

"그분은 지금 어디 가셨어요?"

"나도 모르겠어요. 이분들이 하도 급해 응급조치하느라 우리 노 포교를 잊고 있었네. 그분을 찾아야 해요. 그분이 좀 이상하걸랑요. 상처도 입었는데. 둔쇠, 노 포교님이 어디로 갔냐?"

"저쪽이요."

"그럼 그쪽으로 빨리 가서 노 포교가 뭐하고 있는지 알아오게! 여차하면 모시고 오고. 그분이 있어야 우리도 안전하지."

"알았어요!"

둔쇠는 예의 장작개비 찢어지는 소리로 말하고는 서둘러 달려갔다.

함지박귀는 왼켠 숲을 뚫고 나가 하얀 섬광의 사내를 급히 쫓았다. 사내는 흘깃 돌아보고는 담장을 훌쩍 넘어 사라진다. 함지박귀는 오른쪽 담장을 넘어 사내의 가는 길 정면으로 가로질러 갔다. 사내를 놓치지 않으려 있는 힘을 다해 달렸다.

노린내는 버드나무 두 그루가 있는 길로 벗어나고 있었다. 함지박귀와 이대치를 한칼로 버힐 때 사정은 두었지만 가슴이 아팠다. 어제의 동지를 오늘 적대해야 하는 자신이 너무나 서러웠다. 그것도 성일한과 이대치, 가장 사랑하고 존경하는 동지 아니던가. 저기서 오른쪽으로 한번만 더 돌자,

그리고 잠시 사라지자, 하고 생각하는데 얼씬거리는 그림자와 함께 함지 박귀가 앞에 서 있었다.

"노 형, 역시 자네로군!"

과연 함지박귀답다.

노린내는 어쩔 수 없이 대꾸하였다.

"그렇소. 잘 지내셨소?"

허나 함지박귀는 인사말을 받을 만큼 마음이 너그럽지 않았다. 상대가 노린내라는 걸 확인하는 순간, 그럴 줄 알았지만 노여움이 인다. 그 노여 움은 배신감과 함께 증폭되고 있었다.

"노 형, 이럴 수가 있소?"

"난 성 형과는 싸우고 싶지 않소."

"흥, 그렇게 말하는 사람이 나와 내 부하까지 해친단 말인가?"

"내 앞에 나타난 자는 나는 다 버히기로 하였소. 왜 감히 내 앞을 가로 막는 것이요?"

"그건 노 형이 도타하는 비자를 도운 탓이지."

"허허허. 내가 도타한 계집을 도와줬다고?"

"그렇네."

"아까 그 애가 성 형이 쫓는 자향이란 애였소? 우리 연지를 돌봐준 처자 가?"

"그렇네."

"으하하하하!"

노린내는 갑자기 쓸쓸한 너털웃음을 토하고는 허리를 쭉 펴고 함지박귀 의 눈동자를 들여다본다. 그리고는 정색을 하며 말하였다.

"성 형, 우리가 보름날 노고산 자락에서 이야기한 추억이 있지요?"

"그대의 스승과 냄새학에 대해 이야기한 것 말인가."

"그렇소. 그때, 성 형은 이런 이야기도 하였소. 우리가 지금 무엇을 하고 있는가. 우리는 겉으로 보면 비자 도타사건을 맡고 있는 것 같지만 기실은 문관놈들의 권력 싸움에 동원된 끄나풀에 불과하다. 치사하고 더러운 일을 하고 있다고 하시었소. 기억납니까?”

“기억하고 있네.”

“더러운 문관놈들의 권력 싸움에 동원된 발톱, 치사한 소도구에 불과한 우리, 그것을 나는 지금 뼈저리게 느끼오. 진정 슬프오.”

“노 형, 그 사이 무슨 일이 있었는가?”

함지박귀는 세우고 있던 칼을 아래로 떨어뜨렸다. 아무리 상황이 이렇게 되었어도 그 역시 노린내와 사생결단을 하고 싶지는 않았다.

더구나 노린내의 눈빛이 태도가 어투가, 어째서 저렇게 달라져 있는지 궁금하였다. 무슨 일이 그 사이 벌어졌단 말인가. 사연을 알아야 했다.

“많은 일이 있었소이다. 한두 마디로 설명할 수는 없소. 지금 중요한 것은 나라가, 조정이, 친군위가 나를 죽이려 한다는 사실이요.”

“그럴 리가 있는가.”

“그렇게 되어 있소. 다섯 차례나 자객의 습격을 당하였소. 이렇게 살아 있는 게 이상할 정도요. 지금은 만나는 관군과 무조건 싸워야 하는 입장이고, 또 그러고 있소. 허허허, 우습지요?”

함지박귀는 가슴을 누르며 심호흡을 하였다. 둘은 잠시 말없이 서로를 응시하였다. 노린내가 말하였다.

“궁중에서 사안 하나를 해결하면서 세상이 알아서는 안 되는 비밀을 알게 되었소. 그것이 시작이고 전부요. 저들은 나를 죽여야 하고 나는 죽고 싶지 않은 것이요. 그뿐만 아니오. 불쌍하게 죽음으로 내몰리고 있는 사람을 구해줘야 하는 입장이요.”

“자향이라는 아이를 구하려는 겐가?”

“그 정도가 아니오. 자향이란 처자는 붙들리면 비자가 되겠지. 죽이기야 하겠소. 스스로 자진하지만 않으면. 허나, 붙잡히는 즉시 죽임을 당해야 하는 두 목숨이 있소."

"아까 그 남녀를 말하는 건가?"

"그렇소. 연지와 장시후. 가련한 무수리와 힘 하나 없는 내시. 더구나 그들은 서로 사랑하고 있다오."

"무수리와 내시가 사랑한다고?"

함지박귀는 무심결에 물었다.

"그렇소. 아무 죄 없는 생명이요. 착한 사내와 연약한 처자요. 내가 그들을 죽음 직전까지 내몰았소. 형님이 말씀한 대로 내가 문관놈들의 발톱 노릇을 근사하게 한 탓에 저들은 죽을 수밖에 없게 되었소. 한데 알고 보니 저들은 죽어야 할 아무 이유가 아무 죄가 없었소! 그리고 그들은 아름다운 사랑을 하고 있었소. 슬픈 일이요!"

함지박귀는 더 이상 할 말이 없었다. 뭐가 뭔지 잘 모를 일이었다. 어떤 엄청난 일이 노린내에게 있었던 게 분명하다. 평소 노동팔의 행동을 볼 때, 지금의 그는 백척간두에 서 있고, 무언가 무서운 갈등 속에 있고, 그것은 그에게 잘못이 없다.

노동팔은 결코 나쁜 짓을 할 사람이 아니다. 그것은 확신할 수 있다. 그런 관점에서 지금 노동팔이 하는 행동은 나라가 반역이라고 못박을지라도 절대로 멈추지 않을 것이다.

그래, 노동팔은 원래 그런 사람이다. 거짓말도 하지 않는 사람이다. 자기와 똑같이 시시한 포졸이지만 훌륭한 덕목이 있는 사내였다. 겉만 번드름한 더러운 고관들보다 훨씬 훌륭한 사내였다. 평생의 지기로 삼을 만하다고 평가하지 않았던가.

노린내의 눈빛을 보며 함지박귀는 그가 겪고 있는 엄중한 사태를 감지할 수 있었다.

무언가 도와주고 싶다. 하지만 어떻게 도와준단 말인가. 오늘만 해도 노동팔은 포졸을 여럿 죽이고 있다. 그 전에도 죽였을 터이고.

함지박귀는 자신이 들어도 맘에 안 드는 말을 하고 있었다.

"그렇다고 나라에게 대항하는 행위는 무엇인지 잘 알지 않는가? 그것은 반역이네. 노 형, 자수해서 광명을 찾게."

"으하하하, 반역? 자수? 광명? 성 형, 조정이 어떤 더러운 조직인가는 나보다도 더 잘 알지 않소. 성 형이 정 내 모가지를 원한다면 드리리다. 허나, 광명 따위는 필요없소!"

함지박귀는 눈쌀을 찌푸렸다. 노린내의 광소가 기분 나빠서가 아니었다.

고수가 접근하고 있었다. 자기의 등 뒤로 한 사람, 노린내의 뒤로 한 사람. 그 외에도 여러 발자국 소리가 접근하고 있다. 허나 그 중 고수는 둘이다. 보통고수가 아니다.

노동팔도 알고 있을까. 알고 있겠지. 아까의 그 하얀 섬광은 노동팔이 이 며칠 보지 않는 사이 엄청난 무술의 진전이 있었음을 웅변해주지 않았는가. 아까 그 순간은 초절한 무공의 소유자인줄 알았다. 그러나 단검을 휘두르며 달려가는 그의 뒷모습을 보고 함지박귀는 정신이 번쩍 났다. 저건 노린내다. 노동팔이 분명하다. 한데 노동팔이가 무슨 무술이 저렇게 세단 말인가. 무시무시한 단검도 들고 있고.

놀랍고 무섭고 반가운 그리고 분한 마음까지 솟아 그는 노린내의 뒤를 정신없이 쫓아온 것이었다.

그리고, 지금의 돌아가는 판국으로 보아 노린내가 한 말이 모두 맞는 게 틀림없다. 초긴장의 상황, 가늠할 수 없는 한 치 앞.

함지박귀 자기로서는 행동만이 아니라 말까지도 조심해야 할 판이었다.

"노 형, 조정은 나라를 유지해야 하는 책무가 있소. 어느 경우 백성에게 말할 수 없는 어려운 일도 강요할 때가 있겠지. 그런 통치의 어려움과 치세의 깊이는 우리 같은 포졸은 가늠할 수 없는 것. 시야를 넓히고 뜻을 굽히는 게 어떻소?"

"그렇게 해서 해결될 시기는 이미 지났소."

"노 형, 늦었다고 생각할 때가 늦지 않은 수가 있소. 다시 한 번 생각하구료."

"흐음, 권력을 쥐기 위해 온갖 폐악을 다하는 무리에겐 그런 이성은 필요없더이다. 그들은 나를 죽이려 하는 데에 한번도 망설임이 없었소. 성 형, 내 앞길을 막지 말아주오. 성 형을 다치고 싶진 않소."

노린내는 몸을 약간 비틀어 두 발의 위치를 빗금자세로 놓았다. 냄새가 무섭게 난다. 심오한 호흡에서 우러나오는 깊고 으스스한 한풍. 가늠할 수 없는 고수가 앞뒤로 다가오고 있다. 지금 다가오는 고수 중에는 나이든 포교와 흑의인은 없고 냄새를 처음 풍기는 살수들이다.

노린내는 주천화후의 경지를 최상으로 끌어 올렸다. 그의 얼굴이 벌겋게 상기되었다. 이윽고 얼굴은 대추빛으로 변하였다.

함지박귀는 칼을 치켜들고 야차처럼 변해가는 노린내를 보는 순간 자기도 모르게 칼을 치켜올렸다.

"흥, 성 형. 나와 겨룰 심산이오?"

"자네를 그냥 놓아줄 수는 없네."

"결국 치사하고 더러운 발톱이 되겠다 이거요?"

"발톱이건 충신이건 내 임무는 다해야 하니까."

"그 실력으로는 나를 당할 수 없을 텐데."

"노 형의 검술 실력이 생각 밖으로 높다는 것은 내 일찍 알고 있지. 그러나 물러설 수는 없다."

"흥!"

노린내는 콧김을 내뿜으며 눈을 뱁새눈으로 바꿨다. 온몸의 느낌을 끌어 올려 사방의 흐름을 감지하였다.

주위의 살기가 진작되고 있다. 태풍이 일기 직전의 대기처럼, 보이지 않는 기와 기 속에 살기가 응어리져 온다. 내 뒤에 있는 자가 가장 무섭다.

그리고 성 형의 뒤에 있는 자가 다음의 매운 살수이고. 오른쪽은 둘, 왼쪽
은 셋. 저들은 미미한 자들. 한데 저 앞쪽에 있는 은은한 살기는 누구일까.
성 형 뒤에 있는 고수를 겨냥하고 있는 살기다.

아, 내 한 참 뒤에도 무서운 살기가 있다. 이 며칠 내가 겪은 어느 살기
보다 무서운 살기들!

한데 이 많은 살기가 오늘 내 주변에 몰려들고 있다니, 놀라운 일이다.

노린내는 나름의 깊은 타산을 하였다. 앞으로 나간다. 오른쪽으로 비튼
다. 다시 앞쪽으로 나간다. 왼쪽으로 돈다. 그리고 정염 등이 간 곳으로 가
서 그들을 보호해야 한다.

행동 일보직전. 그는 각오하였다. 오늘 여기가 내 생명을 던지는 자리이
고나! 행운이 있다면 모르되, 나의 끝간 곳! 그곳이 바로 여기인가. 아, 여
기인가!

그러나 여하튼 간다!

노린내는 함지박귀를 향해 정면으로 날아갔다. 그의 칼은 정면머리베기
에서 횡소일격으로 변하며 버드나무 가지 사이로 벼락치듯 날아갔다. 함
지박귀는 몸을 옆으로 빼치며 칼을 비스듬히 올려쳤다. 노린내의 칼을 퉁
겨내고 싶은 초식이었다. 그러나 그것은 희망사항. 옆으로 날아온 노린내
의 검풍에는 엄청한 탄력이 뿜어 나왔다. 단검과 환도가 부딪치는 순간 함
지박귀는 허리가 뜨끔하고 몸은 오른쪽으로 퉁겨나갔다. 그 옆을 노린내
는 바람처럼 스쳐지나갔다.

노린내의 목표는 함지박귀가 아니고 그의 뒤에 있는 무서운 살수!

노린내의 검은 무왕불수(無往不收)의 원리와 함께 횡단일검을 펼쳤다가
우살적으로 끊어쳤다. 관포검의 하얀 검광이 버드나무 주변을 쓸었다. 버
드나무 기둥 오른쪽, 그 안쪽에서 쏟아 나오는 살기는 겨울의 삭풍처럼 차
가웠다.

챙겅, 스으윽, 살을 에는 듯한 검성이 작렬하고 두 사람은 옆으로 날아

갔다. 대지의 흙 위에 두 발을 딛고 선 두 사람의 자세는 아직 안온하다. 노린내는 왼쪽 무릎을 약간 굽히고 상대를 노려보고 있고 검은 야행복의 사내는 허리를 호랑이처럼 웅크리고 있다.

노린내는 시간과의 싸움임을 알고 있다. 적은 많고 이자보다 더 무서운 자가 오른쪽으로 돌고 있고 시간도 나에게는 적이다. 게다가 우리 일행은 나의 도움을 기다리고 있다. 그들이 지금 무사한가도 걱정이다.

야행인 뒤쪽의 살기가 이동하고 있다. 왼쪽으로! 그렇다면 저자는 나를 돕는 자이다. 누군지는 몰라도. 그러면 나는 오른쪽으로 돌자.

노린내의 오른발이 극성을 밟았다. 칼과 몸이 하나가 되어 오른쪽으로 날았다. 야행복은 앞쪽으로 번개같이 나아왔다. 노린내를 공격하기보다 뒤쪽의 검기를 의식한 행동이었을까.

노린내의 검이 야행복의 왼팔을 그어갈 때 엄청난 살기가 뒤에서 날아왔다. 노린내는 오른발을 구부렸다 높이 튕기며 오른쪽으로 돌았다. 관포검은 뒤에서 오는 자의 정면을 바라고 정면살적으로 나아갔다. 그것은 피차의 목숨을 건 일검이었다. 검과 칼이 마주쳤을 때, 요란한 금속성과 함께 두 사람은 세 걸음씩 뒤로 물러났다. 노린내는 울컥 피를 토했다.

격상당했구나. 너무 기를 쓰다가 적의 기에 가슴이 부딪친 거야!

상대는 노린내를 노려보고 있었는데 얼굴이 창백하다. 놈도 충격을 받았다. 노린내는 망설이지 않았다. 느닷없이 관포검을 직선으로 올려쳤다. 검기가 하얀 검광을 뿜어내었다. 놈은 풀썩 앞으로 쓰러졌다. 오른쪽 얼굴에 흉터가 희끗 보였다.

왼쪽의 살기가 짓쳐오고 있었다. 노린내는 발을 가볍게 밟으며 갑자기 환희를 맛보았다. 그의 관포검이 춤을 추듯 달려드는 원 천총을 맞받아쳤다. 한데 원 천총의 칼은 노린내의 환희와는 관계없이 묵직하게 정면을 갈라왔다.

오호라! 탄성을 내며 노린내는 몸을 뒤로 비틀었다. 소나무 사이에 내려

섰다. 간발의 차이로 원 천총의 칼을 비키고 있었다. 능선을 넘기 전 나이든 포교와 기로 싸울 때 느낀 감각. 흑의인보다는 약해 보이던 청포철릭원 천총의 무공은 그러나 헤아릴 수 없이 깊은 데가 있었다. 이것 봐라, 사람을 잘못 판단하였구나!

그렇다면 내 뒤에 있던 자가 바로 청포철릭이었구나. 이자는 그럼 그동안 뭣을 했단 말인가. 그리고 함지박귀 뒤에 있던 고수는 지금 오른쪽 소나무 옆에 붙어 있다. 삿갓을 쓰고 있다. 날렵한 자다.

노린내는 기를 끌어 올렸다. 앞과 오른켠에 적이 있는 상황서 나갈 수 있는 길은 외려 앞쪽. 적을 정면으로 받아치다가 오른쪽으로 돌아 역시 정면으로 허를 찌른다.

한데 기를 끌어올리던 노린내는 갑자기 숨이 막혀 우뚝 섰다. 유연하던 몸이 목석처럼 딱딱해지는 것이었다. 온몸이 찢어질 듯 아프다. 어, 이게 웬일인가?

주천화후를 너무 무리하게 끌어올렸구나. 이럴 때는 어떻게 한다지? 주화입마인가! 아, 정염이, 정염이, 정염이!

노린내는 주저앉았다. 숨을 골랐다. 그래도 허사다! 정염이한테 가야 한다. 정염이한테 가야 한다! 정염이는 뒤쪽에 부상자들과 함께 갔지. 즉시 그쪽으로 가자. 저들이 눈치채지 않게 번개같이 몸을 빼쳐야 한다!

그러나 힘을 잃은 노린내는 혼자 외칠 뿐, 계속 주저앉은 자세로 있었다. 마치 무언가 노리는 자세인 양 헛품새만을 잡고 있었다.

다행이었다. 상대는 짓쳐오지 않았다. 이윽고 가슴이 조금 틔어오자 노린내는 잽싸게 뒤로 돌았다. 가볍게 날으며 왼쪽 풀숲으로 쏘아 들어갔다. 땅에 발이 닿자마자 앞으로 온 힘을 다해 달렸다.

온몸이 분쇄될 듯이 아프다. 몸체는 당장 서라하고, 갈 수 없다고 외치고, 두뇌는 이제 만사휴의(萬事休矣)라고 소리친다.

68. 산화(散華)

연지는 희미한 웃음을 짓고 있었다. 그녀는 슬퍼하지 않았다. 오로지 자기를 안아주고 있는 장시후 상경님만 바라볼 수 있으면 그녀는 행복하였다.

그것은 승화의 경지였다. 연지의 행복은 그렇게 마음속 깊은 곳에서 더욱 큰 열매를 맺고 있었다. 오히려 장시후가 세속의 슬픔을 벗어나지 못하고 있었다. 온 얼굴이 비애의 바다에 침몰한 듯 비탄의 늪에 허우적대고 있었다.

"연지, 연지. 죽으면 안 되어. 우리 서로 사랑하자고 하였잖은가."

"네, 상경님. 저는 그 약속 잊지 않고 영원히 사랑할 것입니다. 상경님을 영원히 잊지 않을 거예요."

"그래, 연지. 우리 그 사랑을 위해 힘을 내자. 죽으면 안 돼. 알았지? 저 사람들이 우리를 도와주잖니."

"네 상경님, 얼굴을 가까이 오셔요. 님의 얼굴 자세히 보고 싶나이다."

"그래, 그래."

장 상경은 연지가 무슨 뜻에서 이야기하는지도 모르고 자기의 얼굴을 연지 얼굴 가까이 대었다. 코앞에서 그녀를 보고 그녀의 호흡을 들었다. 뽀오얀 얼굴이 하염없이 이쁘고 가슴 아프게 아름답다. 한데 숨소리는 왜 이처럼 애절토록 갸날프단 말인가. 우리 연지야, 죽으면 안 된다. 죽어서는 안 돼!

그러나 연지는 장 상경의 비탄과는 그 격이 달라 있었다. 그녀는 미소와 함께 말하였다.

"상경님, 가까이서 뵈니 더욱 아름다우셔요. 상경님의 얼굴, 이 아름다운 모습, 영원히 잊지 못할 거예요. 상경님의 얼굴 잊지 않기 위해 가까이서 보고 싶었나이다. 저승에 가서도 님이 보고 싶으면 퍼뜩 생각나게 가까이서 보고 싶었나이다. 님이 보고 싶을 때 님의 얼굴이 제 눈속에서 번개같이 떠야 좋지요. 이제 상경님 얼굴 잘 보아 놓았으니까 맘놓고 죽어도 좋사옵나이다. 저승에 가서도 님의 얼굴 보고 싶을 때 금방 생각해낼 수 있으니까요."

그녀는 오른손을 힘들게 들어 사모하는 연인의 오른뺨을 어루만졌다.

"연지, 그 무슨 말인가. 너는 죽으면 아니 된다. 절대 안 돼. 네가 죽으면 나는 더 이상 살 의미가 없다. 너는 죽어서는 안 되는 사람인 게야. 알았지?"

"네, 알았어요. 저는 상경님을 사랑하니까 죽으면 안 되지요."

"그래, 죽으면 안 되고말고!"

"상경님, 아까 저희를 도와주신 고마운 님들을 보고 싶나이다. 상경님을 죽음의 야차로부터 구해주신 그 고마운 분들을 보고 싶나이다."

"그래? 그분들을 모셔오지!"

장시후는 그 말과 함께 주변을 휘이 돌아보았다. 그 사이 이 세상에서 연지 외에는 아무것도 보이지 않던 장시후는 저 만치에 석수가 누워 있고 그 옆에 자향과 정염이 뭔가 말하고 있는 게 보였다. 장시후는 연지를 가만히 내려놓고 뿌르르 달려가 석수를 흔들며 소리쳤다.

"여보게 은인, 우리 연지가 당신을 보고 싶다고 하오!"

겨우 정신을 차리고 있던 석수는 항슬의 무릎 위에서 고개를 끄덕였다. 장시후의 말에 금방 따라갈 듯이 일어나려고 하였다. 그러나 항슬이 그의 가슴을 누르고 자향이 말하였다.

"아직은 움직이면 안 되어요."

정염은 장시후의 이상한 행동에 그의 눈동자를 들여다보며 물었다.

"무슨 일입니까. 장 상경님?"

"연지가 우리의 은인을 보고 싶답니다."

"아, 그래요. 그러면 만나야지요. 한데 이분 석수님은 지금 기동이 잘 안 되니 이분 아씨님을 대신 뵈면 어떨까요?”

“아씨님도 좋지요. 아씨님도 은인이시니까.”

“그러문요, 그러문요.”

정염의 눈짓에 자향은 어쩔 수 없이 장시후를 따라갔다. 정염도 따라갔다.

“연지, 은인을 모시고 왔네. 은인 중에 남자분은 아직 아프셔서 조리중이고 이분 여자분을 모시고 왔어.”

“아, 그러셨어요. 고마워라. 저희를 도와주신 것 너무 감사합니다.”

자향이 보니 연지는 눈동자도 잘 움직이지 못하고 겨우 말을 달싹이고 있었다. 대번 알 수 있었다. 연지는 죽어가고 있는 것이다. 그녀는 너무나 가슴 아파 무슨 말을 해야 할지 몰랐다.

“무슨 말씀을요. 저희는 그저 해야 할 일을 했는 걸요. 저분 석수님은 무술이 아주 고강한데 그 전에 너무 큰 부상을 입어 아씨를 제대로 돕지 못하였습니다. 저분이 조금만 덜 다쳤으면 아씨를 해치지 못하게 했을 텐데요. 가슴이 아픕니다.”

“아닙니다. 저는 은인이 우리 상경님을 구해주신 것만도 너무 감사합니다. 죽어서, 구천에 가서도 감사축도 드릴게요.”

“아씨, 힘을 내셔요. 살아서 우리 함께 행복하게 살아요!”

“네, 전 지금도 행복합니다. 두 분은 연인이시지요. 사랑하세요. 영원히 행복하셔요.”

자향과 석수는 졸지에 연인이 되었다. 자향은 부정하지 않았다. 그것은 지금 중요하지 않았다. 연지는 죽어가고 있는 것이다.

“네, 고마워요!”

죽어가는 연지의 축복을 받아주었다.

장시후는 연지의 손을 잡았다. 손은 보드라왔으나 차가웁다. 연인은 이미 죽음의 길목으로 접어들고 있었다. 장시후는 그런 연지를 눈물 없이는 바라볼 수가 없다.

연지는 그렁그렁 고인 님의 눈물을 보았다. 보석 같은 눈물이지만 님이 눈물을 흘리는 건 싫었다.

"상경님, 울지 마셔요. 울지 마셔요."

"그래 울지 않을게."

"울지 마셔요. 저는 지금 행복합니다. 상경님, 울지 마셔요."

"그래 울지 않을게."

연지는 힘을 다해 연인의 손을 끌어쥐고 있었다. 아름다운 촉감, 잊을 수 없는 사랑, 영원한 낭군, 그녀는 흡족하였다. 서러움이 파도처럼 밀려왔지만 그래도 행복하였다. 그것은 무한이었다. 반짝이는 눈빛을 잃어 가는 연지는 미미한 웃음을 지으며,

"상경님…… 행복하였나이다…… 접송정 취로정 간의대…… 님을 만난 곳…… 이생에서 님을 안 것만으로도 행복하였나이다."

그 말을 끝으로 힘없는 미소를 띄우더니 한 많은 무수리, 주초위왕의 궁녀, 연지는 눈을 감았다.

가이 없이 좋으면서도 한없이 가슴을 아프게 하는 정인, 연지가 눈을 감는 걸 보자 장시후는 자신의 얼굴을 그녀의 얼굴에 포개며 흐느꼈다. 연지 연지 연지! 내 그대를 따라가리, 곧 따라가리! 같이 가야 하리!

장시후는 영원히 잊을 수 없는 정인, 차갑게 죽은 연지를 꼬옥 끌어안으며 그렇게 섧게 외쳤다. 울지 않으마고 약속하였지만 울지 않을 수 없었다.

가여운 무수리 연지의 죽음과, 정인의 죽음에 온몸으로 몸부림치는 상경 장시후의 슬픈 모습은, 자향에게는 견딜 수 없는 것이었다. 그녀는 장시후 못지않게 눈물을 흘리며 몸을 어찌해야 할지 몰랐다.

어제부터 하루 동안 행동을 함께해 온 정염 역시 그런 슬픔은 마찬가지였다. 정염은 줄줄 흘러내리는 눈물을 그대로 둔 채 고개를 들어 파아란

하늘을 바라보고 있었다.

노린내는 둔쇠의 부축을 받으며 달려왔다. 계속된 투쟁으로 온몸이 피투성이었는데 그것보다 눈초리가 이상하였다.

그는 정염을 보자 눈이 번쩍 띄는지 뒤뚱뒤뚱 달려와 덥썩 껴안았다. 정염이 뭔가 큰 슬픔에 눈물을 흘리고 있는 것을 보고도 노린내는 그걸 따질 경황이 없다. 정염이 숨을 쉬기 힘들 정도로 꽉 껴안으며 노린내는 숨차게 울부짖었다.

정염이 괜찮았지? 싸워야 해! 져서는 안 돼! 정염이, 싸워야 한다! 끝까지 싸워야 해! 좌절하지 말자구! 사결이 사결이, 나 이상하다!

거기까지 외친 노린내는 풀썩 쓰러졌다. 정염이 놀라 노 포교의 눈을 까뒤집어보고 손목의 맥박을 쟀다. 정염의 눈이 화등잔만 해지더니,

"둔쇠, 형낭!"

정신없이 외치고는 놀란 둔쇠가 형낭을 내밀자,

"물 가져와! 많이!"

크게 소리치고 형낭에 재빨리 손을 디밀어 은행알만한 빨간 환약을 꺼내 자기 입 속에 턱 넣어 오물오물 씹더니 누워 있는 노린내의 입에 입을 대고 먹였다. 둔쇠가 어디서 받았는지 표주박에 가져온 물을 노 포교의 입에 흘려 넣었다. 그리고는 노 포교를 반듯이 뉘고는 두 손을 주무른다.

그런 모습을 본 자향이 눈물을 훔치고는 쪼르르 다가가 작은 소리로 정염에게 뭐라 이야기했다. 정염이 고개를 끄덕이며 듣더니 놀란 눈으로 자향에게 물었다.

"아씨, 그 수법을 아세요?"

"네. 처음이지만."

"난 잘 모르고 그걸 시전할려면 굉장히 어려운데."

"그러니까 같이 해봐요!"

"해볼까요? 가능할까요?"

"그래요! 가능해요! 해봐요!"

둘은 서로를 바라보며 끄덕였다. 놀란 정염은 환희어린 눈빛이고 자향의 눈엔 의지가 넘쳐난다. 정염은 노 포교의 손을 자향은 노 포교의 발을 주무르기 시작했다.

항슬은 마음이 다급하였다. 지금의 상황을 판단해보니 믿을 만한 무사인 석수도 중상, 노 포교는 인사불성, 우리 꾀보인 보욱이는 행방불명. 이를 어찌한단 말인가.

지금 이곳 숲을 안배해준 사람들은 새우젓패 형님들이었다. 그들은 무슨 일인지 이곳에 소집령을 받고 모여 있었다. 그러나 그들 말에 의하면 이팔수 두목과 지휘부는 웬일인지 이곳에 나타나지 않고 있었다. 뭔가 분위기가 이상하다는 것이었다.

생각 같아서는 이곳을 빨리 떠야 한다. 어려움을 피하자면 그 수밖에 없는 것이다. 정염과 마침 그 이야기를 나누려는 판인데 그는 지금 노 포교를 살려내느라 정신이 없다.

그런데다 정염과 자향이 무슨 일인지 의논을 하고는 노 포교를 주무르는 짓거리가 이상하다.

정염이 자향을 보고 십선 세 번씩, 하고 소리치자, 자향은 태종 태계 세 번씩, 화답했다. 정염이 다시 양 노궁 세 번씩, 하고 소리치자 자향이 해계 태충 세 번씩, 하고 응답하고, 정염이 재차 양 합곡 세 번씩, 하고 외치자 자향이 용천 족심 세 번씩, 하고 대답하고 끙끙 힘을 들이며 손발을 정신없이 놀렸다.

마치 앞뒤를 맞춘 듯이 두 사람은 노 포교의 손과 발을 치고 때리고 주무르는 것이었다. 그렇게 두 차례 반복하자 노린내가 갑자기 두 눈을 번쩍 떴다.

옆에서 이를 보고 있는 욱자는 놀랐다. 오오, 이 두 사람은 개개비 눈을 가진 약초쟁이 할배보다 경혈지압술이 더 빼어나잖아! 호, 세상에 별일도다 있다. 놀랄 일이다, 놀랄 일이야! 자향 아씨가 언제 이런 의술을 터득하였을까?

노린내가 두 눈을 뜨는 것을 보자 자향이 크게 소리쳤다. 전중 구미 거궐을 세차게 세 번씩, 세 번씩 눌러요! 그 외침에 알았다! 정염이 소리치고는 노린내를 타고 앉은 자세로 노 포교의 가슴팍을 마구 때리듯 팡팡팡 세 번씩 세 군데를 마구 치는 것이었다. 정염이 하도 세게 쳤으므로 노린내는 얼굴이 새빨개졌는데, 그 터울인지 울컥하며 한 웅큼 검은 피를 토해냈다. 됐어요, 천돌 화개를 세 번씩 쓸어줘요! 알았다! 정염이 가슴 위의 두 군데를 엄지로 꽉꽉 세 번씩 문질러줬다.

그러자 노 포교는 다시 한 번 검은 피를 울컥 토해냈다. 이어 자향이 양천장을 조여주고! 정염은 알았다. 광초와 인당을 세 번씩! 알았다. 그리고 음교 기해를 세 번씩 꼭꼭 눌러줘요! 알았다, 그 다음은? 뒤로 뉘고 명문혈을 세 번 세차게 눌러요! 둔쇠가 노 포교를 뒤로 후딱 뉘이자 정염은, 명문혈을 누른다! 소리치고 노 포교의 허리 아래 명문혈을 세게 눌러댔다. 실시완료! 정염이 소리치고 그럼, 안아 일으켜 물을 먹이고! 자향이 외치자 정염은 둔쇠가 안아 일으킨 노 포교에게 물을 벌컥벌컥 떠 먹였다. 제때에 항슬이 표주박을 디밀고 있는 것도 기이하였다.

피를 토하고 치료를 마치고 물을 시원히 들이킨 노 포교는 크게 숨을 들이쉬더니 푸하며 숨을 원수처럼 뿜어내었다. 그리고는 벌떡 일어났다. 정말로 기적같이 벌떡 일어나는 것이었다. 와, 탄성이 일어났다. 그러나 노 포교는 자기가 위험에서, 아니 죽음에서, 기이한 과정을 통해, 기적적으로 살아나온 줄을 모르고 있었다.

검은 피를 앞섶에 토하는 바람에 피로 온몸을 도배하다시피한 노린내는 다시 정염을 껴안으며 소리질렀다.

정염이, 자네 싸워서 이길 수 있는 방법을 알지! 내 동무 득수가 자넬 나의 장자방이라고 하더라고! 장자방은 싸워서 진 적이 없지! 아까 우리와 함께 싸운 자들은 누구야! 그들은 우리의 동무인가? 그들이 우리의 동지야? 그럼 인사를 해야지. 깍듯이 인사를 해야지. 이 세상에 좋은 동무는 몇이 없어! 목숨을 돌보지 않고 도와주는 동무는 몇 명 없는 거야!

아, 장시후. 미안하이. 노린내는 장시후한테도 달려갔다. 그는 장시후를 정열적으로 껴안았다. 그렇지 않아도 연지의 죽음에 정신을 잃고 있는 장시후는 그 바람에 정신이 몽롱해졌다. 노린내는 거의 기절하다시피한 장시후를 껴안고 등짝을 사정없이 치며 뭔가를 외쳐대었다. 그러다 연지의 하얀 얼굴을 발견하였다.

이번엔 장시후를 놓고 연지를 끌어안으며 소리쳤다.

연지, 연지 아씨, 정신을 차리시오. 우리 인제 그만 여기를 떠나 저 멀리 가서 행복하게 삽시다. 걱정 마세요. 내가 뒤를 끊어 놈들이 쫓아오지 못하게 하리다. 알았지요? 그래요. 우리 갑시다. 어서 갑시다. 놈들이 쫓아오고 있소!

그 사이 정엽은 자향에게 묻고 있었다. 아씨는 언제 그런 혈맥타통법을 아시었소? 며칠 전에요. 서 진사님한테 배웠지요. 서 진사요? 사가정 집안에 출신이 나빠 묻힌 수재 서정이라는 진사 어른한테요. 아, 그분! 아세요? 이야긴 들었소. 도령은 이 수법을 어떻게 알았지요? 조계사의 단허대사한테 배웠소. 혼자 연구도 했고. 책을 보고요. 역시 천재군요. 흥, 천재가 뭐 말라비틀어진 거요. 언니가 나보다 낫던걸!

노린내는 수족혈맥타통법에 의해 살아났어도 조금은 정신이 나가 있었다. 뭔가에 충격을 받아 아직 정신이 완전히 돌아오지 않은 것일까. 석수와 연지 주변에 있던 자향과 새우젓패 대원들은 노 포교가 갑자기 인사불성이 됐다가 기적적으로 살아나고 뛰쳐 일어나 재차 발광한 사람처럼 울부짖는 것을 멀끄러미 지켜보고 있었다.

노린내는 그렇게 자기를 관찰하듯 바라보고 있는 사람이 많은 것을 뒤늦게 알아챘다. 노린내는 그들을 새삼 돌아보았다.

뽀오얗게 잘생긴 사내, 너무나 이쁜 처자, 시커멓고 뻘정한 머슴 같은 놈, 그리고 피범벅이 되어 겨우 숨을 쉬고 있는 무사 같은 녀석. 그렇게 둘러보다가 노린내는 눈치가 붙었다.

그때 정염이 노린내에게 급히 말하였다.

"노 포교, 여길 빨리 떠야 합니다. 저들이 곧 들이닥치지 않겠소?"

"저들이 들이닥친다고? 잠깐만 기다려!"

그렇게 뚝뚝하게 말한 노린내는 자향 앞으로 다가갔다.

"당신은 뉘시오?"

노린내의 궁금이 그득한 질문에,

"저는 자향이라고 합니다. 아까 저를 구해주신 하얀 검광, 바로 무사님은 노 포교님이시지요?"

"아, 당신은 바로 박 참의의 딸이군. 비자가 안 되려고 도타한."

"그렇습니다."

"내가 그대를 잡으려고 추적했었는데."

"알고 있습니다. 향기포교님, 그 위명에 얼마나 덜덜 떨었는지 모릅니다."

"흥, 그래도 난 그대를 잡지 못하였소. 그것은 천의(天意). 하늘의 뜻이었소."

"아닙니다. 향기포교님이 저를 잡지 않으려고 정을 두셨기 때문이죠."

"무슨! 흥, 내가 당신을 잡지 못하였다고 나를 놀리는 거요?"

"그럴 리가 있습니까."

"나는 당신을 잡지 못하였단 말이요! 하얀 서리 세찬 바람 움직이는 나무, 그것들이 당신을 돕더군! 그대를 못 잡았다고 나를 멸시하진 마시오. 그대가 훌륭한 처자라는 건 내 여러 길로 듣고 있소. 내 새 동무 득수까지도 그대를 칭찬하더구만."

"송구할 뿐입니다."

"내 그대를 만나고 싶었소."

"왜요?"

"왠지 보고 싶어졌지!"

"아, 그랬어요?"

"그대의 산뜻한 매화냄새, 냄새가 너무 좋았지. 고상하였지. 그래서 도대체 어떻게 생겼나 보고 싶었지. 왠지 꼭 보고 싶었다."

"황송합니다."

"과연 아름답소. 매화보다 훨씬 아름답소! 하지만 난, 정말로 죄 없는 연지를 잡아내었소. 그리고 그녀를 죽음으로 몰아넣었소. 아니 연지, 연지 아씨는 어찌 된 것이지?"

노린내는 새삼 연지가 창백하게 송장처럼 드러누워 있던 게 생각났는지 장시후가 다시 보듬고 있는 연지를 빼앗아 안았다. 잠시 정신을 잃었던 장시후는 정염이 손을 주물러 깨어나 있었다.

"연지 아씨, 정신 차리시오. 나랑 같이 좋은 데로 갑시다. 우리 장 상경이랑 백년해로하시오. 내가 도와드리리다."

그래도 연지가 아무 대답이 없자 노린내는 멀거니 앉아 있는 장시후를 보고 물었다.

"장 상경, 연지 아씨는 어떻게 되었소?"

장시후는 그렇게 묻는 노린내를 그저 바라만 볼 뿐 말이 없다.

"장 상경, 연지가 어떻게 되었냐니까?"

"……."

"여보쇼들. 우리 연지 아씨가 어떻게 되었소?"

노린내가 사방을 두리번거리며 물었다. 가장 가까이 있던 자향이 연지 옆에 무릎을 꿇고 그녀의 얼굴을 가까이 하여 들여다보며 글썽이는 눈물과 함께 작은 소리로 답하였다.

"노 포교님. 연지 아씨는 운명하셨습니다. 그분은 여기 장시후 상경님의 품에 안기어 행복해하시며 눈을 감았습니다."

자향의 목소리는 하염없이 슬펐다.

"뭐야, 죽었어? 죽었는데 뭐가 행복해!"

노린내는 벌떡 일어났다.

"누가 죽였지?"

아무도 대답하지 않았다.

"누가 죽였냐니까?"

역시 아무도 대답하지 않았다. 노린내는 화가 꼭뒤까지 올랐다. 그는 자향의 오른팔을 세차게 붙잡아 흔들며 금방 박살낼 듯이 물었다.

"말해! 누가 죽였냐니까?"

"포교 중에 야행복을 입은 자가 그랬지요. 한데 그 흑의인은 장 상경께서 쇠스랑으로 응징하여 벌하였습니다."

"벌하다니. 죽였단 말이요?"

"그렇습니다."

"무슨 말을. 저 힘 하나 없는 우리 장 상경이 그런 자를 어떻게 죽일 수 있어. 거짓말 마! 내가 그놈을 죽이겠어. 가만 두지 않겠어!"

그렇게 절규하듯 노린내가 외치고 있을 때 왼쪽 소나무숲 사이로 검은 그림자들이 나타났다. 앞선 그림자는 셋. 그들 뒤에 흐릿한 여러 그림자들, 아니 수많은 그림자들이 원형을 이루며 숲을 에워싸면서 다가왔다.

그들이 나타나자 숲은 갑자기 분위기가 싸악 달라졌다. 사방에 서리가 내린 듯 냉엄한 기가 풀숲을 덮고 정적이 허공을 감쌌다.

정신없이 떠들던 노린내도 뭔가 느낌이 있었던지 순간 조용해졌다. 눈을 뱁새처럼 뜨고 그들을 노려보던 노린내는 동료들에게 뒤로 물러나라 손짓하였다. 장시후는 연지를 안고 소나무 뒤쪽으로 가고 항슬도 석수를 부축해 장시후 곁에 섰다. 자향과 정염 등은 그들 뒤에 웅기중기 숨어 섰다.

둔쇠가 재빨리 노린내에게 관포검을 건네주었다. 노 포교를 안고 달려올 때 힘없이 떨어뜨리려는 단검을 둔쇠가 건사했던 것이다.

노린내는 피묻은 관포검을 오른손에 든 채 세 사내를 노려보았다. 아까 잠깐 검을 교환한 원 천총과 왼뺨에 칼 자국이 있는 사내 그리고 왠지 얼굴이 익은 삿갓 쓴 사내.

셋은 일직선으로 나란히 서며 노린내를 응시했다. 그들 저 너머에 부상한 함지박귀와 눈에 익은 포교 여럿이 동태를 보고 있었고 이쪽 뒤켠에는 새우젓패의 거물들이 숲 사이에 박혀 하회를 보고 있었다.

노 포교는 천천히 관포검을 치켜올렸다. 파아란 섬광이 사람들의 눈을 찌른다. 관포검을 들고 있는 노 포교의 모습은 아까 숲에서 대결할 때와는 또 달랐다. 정염과 자향의 치료를 받은 노린내는 아직도 뭔가 정신이 엇나간 상태였다. 그 엇나간 상태가 더욱 분위기를 엄중하게 하고 있었다.

이유는 간단하였다. 노린내는 죽음을 초월하고 있었던 것이다. 죽음 따위는 생각하지 않고 있었다. 따라서 그의 모습은 위엄까지 서려 있었다.

사방에 검기가 무섭게 상승했다. 고수들의 검과 칼에서 뿜어져 나오는 기가 숲을 뒤덮었다. 천지에 한 겨울의 서리가 내린 듯 대기가 차가워졌다. 노린내는 파아란 관포검을 가슴 앞에 들어올렸다. 검기는 차츰 하얗게 변해갔다.

세 사내는 얼굴을 침중하게 내려뜨리며 삼각자세로 품을 넓혔다. 노린내를 정중앙에 두고 삼각포위를 하고 있는 것이다. 그러나 노린내는 미동도 하지 않는다. 하나도 두려워하지 않는다. 그의 흉중은 이미 마음이 정해 있었다.

홍, 칼자국. 너는 아까 나의 일검을 받고도 아직 미련을 버리지 않았느냐! 너의 검선은 오른쪽에서 빗금으로 날아갈 것이다. 왼쪽의 자세가 나쁜 것은 영원히 모르겠지. 그리고 청포철릭, 너는 고위무사인 주제에 이런 아수라장에 끼어드는가. 그대가 아무리 화후가 깊다 해도 나의 주천화후는 당하지 못하리! 그대처럼 주제를 모르고 깊이 없이 행동하는 건 바로 임금이 자기 본분을 모르는 것과 같으니라.

노린내는 아까 자기가 어째서 시커먼 피를 토해냈는지 잘 알지 못하고 있었다. 그러나 그 피를 토해낸 직후 그는 가슴이 한없이 화통하였다. 화사하였다. 종전보다 더 가슴이 시원하고 기가 장강의 노도처럼 물밀 듯 솟아올랐다. 때문에 노린내는 자기도 모르는 자신감에 충일해 있었다. 적을 보는 눈도 여유로웠고 저들의 허실이 환히 보여지는 것이었다.

그리고 너, 삿갓을 쓴 놈. 표연한 자세, 차가운 눈빛, 부동심 같은 움직임, 너야말로 세 놈 중 가장 무술이 센 듯하다만, 오라, 넌 바로 윤가로구나!

윤국충을 알아본 순간 노린내는 마음이 더욱 격탕되었다. 그 충격에 멍하니 떠 있던 정신이 제대로 돌아왔다. 조금 전 자기가 한 행동이 뚜렷이 생각나는 것이었다.

내가 아까 주화입마*의 경지에 떨어졌는데 어떻게 괜찮게 되었지? 노린내는 이쪽으로 온 뒤의 일을 후딱 되돌아보았다.

둔쇠가 나를 껴안고 왔지. 정염을 만났고 연지와 장시후를 보았고, 아니 자향이란 아씨도 만났고, 그렇지 그들이 나를 구했구나!

정염과 자향이 나를 구했다! 정염이 의술이 고매한 것은 잘 아는데 자향이란 애도 그 못지않은 모양이군.

노린내는 숨을 깊이 들이쉬며 계속 주천화후를 발동하였다. 주천화후가 너무나도 잘 돌아간다. 몸은 화통하고 마음은 상쾌하다!

그렇지! 너 윤가놈, 네가 처음부터 나를 죽이려한 자의 끄나풀이었다. 그래서 부단히 내 옆에 적이 얼씬거렸구나! 이제 그것을 알겠구나. 내 오늘 너를 필히 징벌하리라!

노린내는 코를 벌름거리며 야수처럼 웃었다. 마치 세상을 초탈한 거인 같았다.

석수는 항슬의 부축을 받아 소나무에 기대어 향기포교 노린내의 자세를

주화입마 走火入魔 무술을 연마하거나 펼쳐내다가 잘못되어 몸을 망치고 병신이 되는 것.

응시하고 있었다. 한데 노 포교의 자세를 뜯어보면 뜯어볼수록 놀라웠다.

아, 저것이다. 저분은 기를 아는구나. 기를 응축하고 있다. 온몸에 온 대기에 온 천지에 미만한 기를 모으고 있다. 놀라웁다. 스승이 노상 말한 우리 몸과 이 세상과의 호흡, 음양 팔괘의 조합, 천지만물의 융합, 신검합일의 경지를 저분은 터득하고 있는 거야. 정말로 놀랄 일이다.

석수는 노 포교의 일거수 일투족이 가슴에 와 닿는 자신에 대해서는 미처 생각이 미치지 못하고 있었다. 그는 노 포교의 행동 하나하나를 가슴속에 새기기 위해 정신을 집중하였다. 그 순간 석수는 자기의 부상은 물론 자향의 안태까지도 깡그리 잊고 있었다.

개암나무 뒤에 서 있던 이대정 호군도 그런 노 포교를 보며 묘한 생각에 젖고 있었다. 노 포교란 자의 얼굴과 자세가 아까하고는 많이 달라지고 있는걸. 이상하도다! 뭔가가 있어. 무슨 변화일까. 흐음, 저자한테는 이상한 일이 많이 생기는군그래!

이대정의 궁금증을 달래주려는 듯, 뒤에서 김수인 상전이 속삭였다. 이 호군, 저자가 정상으로 돌아와 있는걸. 그렇지요? 이 호군은 응답하면서 고개를 갸우뚱하였다. 이대정이 다시 말하였다. 주화입마에서 저렇게 빨리 돌아온다는 것은 조금 이상하지요? 현기천지타통법을 누군가가 실시해준 거야. 현기천지타통법요? 그걸 누가 안단 말이요? 저 정염이라는 아이. 그럴까요, 설마? 그런지 모르지. 그래요? 그렇다 해도 그걸 시전하려면 조수가 있어야 하는데. 실력이 거의 맞먹는 조수가 필요하지. 그렇지, 자향이란 아이가 조수 노릇을 한 건 아닐까? 그 애가 의술까지 조예가 깊다구요? 기이한 일이로다.

그럼 저 노 포교는 외려 화가 복이 돼서 화후가 훨씬 깊어졌겠네. 그렇지. 저거 봐. 단칼에 북쪽 마을이 쓰러지고 있는걸. 북촌은 자세가 나빠요. 그걸 끝까지 못 고치는구만. 저자를 빨리 처리할려면 특별조치를 내려야겠어!

노린내는 관포검을 다시 가슴 위 정안 선상에 놓았다. 숨을 깊이 들이쉬었다. 칼자국은 오른쪽 검선에서 사직별참세로 그어칠 때 역시 허점을 보였다. 생각대로다. 놈의 약점은 확실히 증험하였고 이제 두 고수만 동시에 거꾸러뜨리면 된다.

문제는 윤가인가? 저자는 사실 아까 접전을 한 바가 없다. 어느 정도의 실력인지 알아야 한다. 그리고 이 전장은 뭔가 나 혼자로는 감당할 수 없는 힘이 온축돼 있다. 왜 그럴까?

저 오른쪽 숲, 개암나무가 있는 곳에 묵직한 기세가 유동하고 있다. 한데 그 힘들은 나한테 몰려올 생각을 하지 않는 것 같다. 마치 어젯밤, 성벽에서와 같이.

이대정이 김수인에게 말하였다. 이팔수가 나타나지 않는 게 이상하지요? 뭔가 꿍꿍이 속이 있겠지. 그자는 여러 군데에 손을 넣고 있어서 속이 깊을 겁니다. 하기야 그렇겠지. 놈은 자항이란 아이를 돕는 새우젓패 아이들에 대한 개념도 지니고 있을 터이니까.

그때 누군가가 김수인에게 봉서 하나를 전했다. 김수인은 즉시 봉서를 뜯어본다. 봉서를 다 읽은 김수인은 전달자와 몇 마디 말을 나누었다. 얼굴이 엄숙해지고 고개를 끄덕였다. 김수인이 이대정과 귓속말을 나눈다.

그때 파발마 닫는 소리가 급박하게 나고 대춧빛 말을 탄 군사가 전생서 숲으로 들어왔다. 군사는 말에서 내리자 붉은 군복을 입은 자의 안내를 받아 김수인 상전 앞으로 왔다. 군사는 김수인에게 뭔가 은밀한 말을 하였다. 얼굴이 굳어진 김수인은 고개를 끄덕이고 다시 이대정과 뭔가 이야기를 나눈다.

한동안 숙의를 하던 이대정은 옆에 붙어 있는 사내에게 뭔가 신호하였다. 그와 함께 이대정 주위에 있던 사내 서넛이 동시에 사방으로 흩어져 나갔다.

그 직후, 회오리바람 같은 분위기는 갑자기 형성되었다. 그것은 하나의 폭풍설 같았다.

노린내가 윤가를 향해 하얀 섬광을 흩뿌릴 때 원 천총은 사자후 같은 포효를 내지르며 죽음을 불사하는 자세로 노 포교를 향해 돌진하였다. 그와 때를 같이 하여 윤국충의 검이 옆으로 날고 푸른 한기가 노린내의 발 밑을 훑었다.

푸른 한기, 그것은 산사나무 밑에서 날아왔다. 눈가루를 뿌리듯 날아온 푸른 한기는 예상치못한 뜻밖의 기습이어서 노린내로서도 막아낼 수가 없었다.

오! 저자는 누구인가! 기척도 없이 나타나고, 검기는 어쩌면 이렇게 빠르고 차가웁단 말인가.

노린내는 자기도 모르게 비명을 가슴속에서 부르짖고 있었다. 아, 끝이로구나! 이것으로 나의 운명은 끝이로다. 개암나무 언저리의 기맥이 온 숲을 덮고 있고 산사나무의 푸른 한기는 염라의 사자인가.

어디서 날아오는지 알 수 없는 화살의 비상소리가 고수들의 귀청을 때렸다. 한 대, 두 대. 화살은 두 군데서 날아오고 있었다. 몸빠진살은 속사로 두 대를 쏘더니 이번엔 동시에 두 궁수가 다른 위치에서 두 대를 발사하고 있었다.

노린내의 민감한 귀는 화살의 비상소리로 종류를 알아내고 있었다.

저 화살은 편전이구나! 살은 작으나 나르는 힘이 강하고 활촉이 뾰족하여 갑옷도 숭숭 뚫는다는 편전!

그 화살 중 한 대가 쓰러지고 있는 노린내를 향해 직선으로 날아오고 있었다.

그 순간, 검은 야행복을 입은 사내가 떡갈나무 뒤에서 바람처럼 나타나더니 전장터 왼켠 숲에 숨어 있는 함지박귀의 가슴을 칼로 찔렀다. 전광석화, 그렇지 않아도 부상한 함지박귀는 오른손으로 칼을 쥐고 앞으로 쓰러졌다. 그 저편 오른쪽에서도 무인 복장을 한 사내가 뒤에서 급습해오는 자객의 칼을 받아 넘어지고 있었다. 놀라웁게도 이런 풍경이 동시에 사방에서 벌어지고 있는 것이었다.

그때, 왼쪽 전생서 우리 쪽에서 보욱이 허둥지둥 달려왔다. 그는 전장터 가까이 오자 소리쳤다. 물러서라! 항슬아, 욱자야, 석수야, 아씨를 데리고 일루 와라! 일루 와라!

그 소리가 끝나기도 전에 역시 검은 야행복의 사내가 참나무 사이에서 나타나 연지를 안고 소나무 곁에 기대 있는 장시후의 가슴을 찔렀다. 피가 분수처럼 쏟아지고 장시후는 연지 가슴 위에 쓰러졌다.

정염이 소리쳤다. 둔쇠야, 노 포교를 부축해라! 노 포교를 보호하라!

자향은 바로 옆의 장시후가 정체불명의 사내한테 당하는 것을 보고 있었다. 그녀는 놀라 소리치며 달려갔다. 장 상경님, 장 상경님! 정신을 차리셔요! 그 뒤를 욱자가, 아씨 아씨, 조심해요, 조심해요! 하며, 금방이라도 자향을 감싸안을 듯 보호하며 쫓아갔고 석수를 안고 있는 항슬은 눈을 동그랗게 뜨며 불안한 얼굴로 사방을 휘둘러보다가 속삭였다. 석수, 사태가 수상하다. 아씨가 위험할 것 같다! 아씨를 보호해야 해! 알았어요, 알았어! 석수는 항슬의 말에 저절로 답하면서 노린내의 움직임만을 정신없이 응시하던 눈길로 사방을 살핀다.

석수의 눈에 광채가 인다. 위험하다! 자향 아씨! 자향 아씨를 살려야 한다.

석수의 놀람과 걱정과 분노의 눈빛은 벌써 가까이 다가오는 살기를 느끼고 있는 듯 사나워져 있었다. 석수는 검을 잡은 손에 힘을 쥐며 자향 곁으로 급히 다가갔다. 항슬이 석수의 왼팔을 부축한 채 그 뒤를 따라갔다.

장 상경님 장 상경님, 정신을 차리셔요! 자향은 장시후를 안아올렸다. 가슴과 얼굴까지 피로 범벅을 한 장 상경이 힘없는 목소리로 답하였다. 아씨, 고마웁소. 고마웁소! 장 상경님, 정신차리셔요. 제가 부축하고 갈게요! 아니요, 나는 이제 끝났소. 그대의 따뜻한 마음은 잊지 않으리다! 내 말을 전해주시겠소? 뭔데요? 이 세상서 가장 의리 있고 가장 의기 넘치는 사나이, 노 포교님께 그동안 고마웠다고 전해주시오. 알았습니다. 하지만 장 상경님, 정신차리셔요. 제가 도와드릴게요! 아니오. 나는 우리 연지 따라서 가야 하오. 연지를 따라서 같이 가야 하오! 장 상경님 그러지 마셔요. 제가 부축하고 갈게요!

그렇게 외치는 자향의 말이 끝나기도 전에 장시후는 고개를 떨구었다. 그는 안고 있던 연지를 더욱 꼬옥 껴안으며 풀 위에 누웠다.

장시후가 누울 때, 연지! 하고 외치는 애타는 절규가 아슴프레하게 자향의 귓바퀴를 지나가고 있었다.

오마나, 장시후님. 정신을 차리셔요! 죽지 마셔요, 죽으면 안 돼요. 정신 차려요!

자향이 놀라 외치며 장시후를 붙잡을 때, 보욱은 정신없이 소리치고 있었다. 물러서라 물러서라! 빨리 빨리 여길 떠나라!

한데 보욱의 외침은 갑자기 비명으로 변했다. 석수 석수! 아씨를 보호하라. 뒤를 봐라! 그 말과 동시 항슬의 어깨에 기대 있던 석수가 벌떡 몸을 떨치더니 푸른 검광을 자향의 주변에 흩뿌렸다.

으윽! 비명은 두 목청에서 우러나왔고 검은 야행복과 붉은 무관복을 입은 사내가 동시에 자향 좌우에서 쓰러졌다. 칼과 검이 동시에 공중에 날았다. 욱자가 장시후를 붙들고 있는 자향을 두 팔로 안으며 뒤로 주춤주춤 물러났다.

보욱이 소리를 꽥꽥 지르며 두 팔을 허우적대자 두 사내가 달려와 욱자 한테서 자향을 빼앗다시피해 양쪽에서 보듬었다. 자향 앞에는 석수가 삼 인검을 꼭 쥐고 무릎을 꿇고 있었다. 그야말로 마지막 혼신의 힘을 다한 뒤 기진맥진한 채 주저앉은 것이다.

욱자는 자향을 두 사내에게 넘기자마자 항슬과 함께 급히 석수를 안아 일으켰다. 항슬이 석수를 후딱 살피고는 자향을 향해 급히 물었다.

200

"아씨, 아씨! 괜찮습니까?"

"몰라요, 몰라요! 연지 아씨에 이어 장 상경도 죽었어요! 돌아가셨다구요!"

자향은 자신이 자객의 손에 거의 죽을 뻔한 것은 괘념치 않고 있었다. 아니 모르고 있는 것 같았다.

욱자는 석수를 등에 업자 손을 마구 흔들었다. 그 신호에 두 사내는 자향을 양쪽에서 보듬고 번개같이 앞으로 달려갔다. 욱자는 그 뒤를 따랐다. 마치 약조가 된 듯 신속하였다. 항슬은 자향과 석수 사이를 달리며 사방을 두려두려 살피고 있었다.

항슬은 조금 전부터 뭔가 알 수 없는 기운이 자기들 주변에서 얼씬거리는 것을 느끼고 있었다. 그것은 살기를 동반한 섬광 같은 것이었다. 어제 숲에서 자향과 함께 느낀 살기, 그리고 온화한 느낌, 그것이 동시에 좌우에서 유동하고 있었다.

보욱은 여전히 소리치며 그들을 빨리 가라고 독려했다. 그들이 숲 저쪽으로 달려가자 사내 두엇이 나무 뒤에서 나와 그들을 엄호하며 함께 달렸다.

연인을 꼭 껴안고 죽은 장시후와 연인의 품에 안겨 있는 연지는 그들이 바람처럼 사라진 뒤에도 소나무 곁에 한 몸둥이가 되어 누워 있었다. 며칠째 마음 졸이며 서로 껴안고 있었던 것처럼!

자향은 그런 그들을 뒤돌아보며 소리쳤다. 저분, 장시후님을 함께 데려가야 해요. 함께 데려가요! 아씨, 그는 죽었습니다. 아직 안 죽었을 거예요. 버리고 가면 안 돼요. 보살펴줘야 해요. 그럴 시간 없습니다. 저들은 죽었습니다. 죽었어도 데려가야 해요. 버리면 안 돼요. 훌륭한 사람들이라구요. 버리고 가면 안 되어요! 저분들을 함께 묻어줘야 해요! 그건 다음에 해요. 아니어요, 저분들을 놓고 가면 안 돼요!

자향은 두 사람에 들려 끌려가다시피 하고 있었으므로 머리를 뒤로 돌리고 악다구니쓰듯, 소리쳤다.

처절하게 정신없이 외쳐대는 자향 뒤에는 보욱이 냉정한 얼굴로 이 사람 저 사람에게 길을 지시하고 있었다.

둔쇠는 도령의 외침에 번개같이 노린내에게 달려갔다. 노 포교는 세 고수의 협공을 동시에 받았으나 의연하게 관포검을 휘둘렀다. 그러나 화살의 비상소리와 함께 보이지 않는 자객, 푸른 한기에 아랫도리를 급습당한 노 포교는 오른쪽 다리에 큰 충격을 받고 넘어지고 있었다. 둔쇠는 하나밖에 없는 눈을 동그랗게 뜨며 쓰러지고 있는 노 포교를 덥썩 안아 등에 졌다.

한데 놀라웁게도 다른 무사들도 노 포교와 마찬가지로 모두 바닥에 쓰러지고 있었다. 그것은 정말 기이한 현상이었다. 천하고수 셋이 동시에 쓰러지다니!

둔쇠는 놀라는 한편으로 마음이 다급해서 그런 정황을 살필 겨를도 없이 노 포교를 업자마자 정염이 손짓하는 곳으로 죽을 힘을 다해 달려갔다.

아까부터 전생서 사육장 앞에 서성이던 사내들은 그 사이 노린내와 세 고수가 벌이는 혈전을 유심히 관전하고 있었는데 그들도 일제히 보욱의 외침과 함께 움직이고 있었다. 그들은 보이지 않게 자향과 정염 일행을 돕는 위치에서 전장을 훑으며 빠르게 남쪽 숲으로 함께 달렸다.

정염은 이런 회오리바람 같은 움직임 속에서 한 여름의 계절풍, 그 파도에 얹힌 낙엽처럼, 어쩔 수 없이 흔들려 흘러가듯, 자신도 대세따라 하는 수 없이, 가야 할 곳으로 달려가고 있다는, 생각을 하였다. 그것은 이상하였지만 마치 순리 같았다. 둔쇠는 그런 정염의 뒤를 따랐다.

정염은 자기도 모르게 손짓하는 젊은 사내, 보욱의 뒤를 따라 정신없이 달려가고 있었고 보욱은 그런 정염을 이미 알고 있는 사람처럼 손짓하며 갈 길을 알려주었다.

보욱의 앞에는 아직도 슬픔 속에 외쳐대는 자향을 두 사내가 양쪽에서 껴안고 빠르게 숲을 헤치고 나아가고 있었다.

자향의 처연한 외침과 자신의 묘한 생각에 경황이 없던 정엽이 자기도 모르게 사내에게 물었다.

당신은 누구요? 나요? 보욱은 정엽을 흘긋 쳐다보고는, 달리는 속도를 늦추지 않은 채, 나는 보욱이란 사람이요. 자향 아씨를 도우러 온 사람이지. 당신은? 나는 정엽이란 사람이요. 아하, 천재 정엽이! 천재는 아니요! 흥, 그렇게 소문났지. 한데 이건 뭐요? 어딜 가는 거요? 삼십육계줄행랑이요. 저 전생서 숲엔 천하고수가 다 모였소. 이번 사건에 연루된 자는 모두 처치하라는 처형명령이 내려와 있답니다. 도망가는 게 수요. 그걸 어떻게 알았소? 들었소. 누구한테? 우리 두목한테. 두목이 누군데? 이팔수 형님. 마포 새우젓패의? 그렇소.

이렇게 도피하는 것도 두목의 지시오? 아니지. 내가 주장하고 우리 조군사가 그게 좋다고 찬동했소. 한데 저 머슴이 등에 업은 사람은 누구요? 노동팔 포교요. 어, 향기포교? 그렇소. 우리 자향 아씨를 잡으려한 무서운 포곤데. 그렇소. 하지만 지금은 우리 편이요. 우리 편? 그렇소. 정말로? 정말이요. 노 포교가 저들 무술고수인 무관들과 싸우는 걸 보았잖소? 잠깐 보았지. 노 포곤 줄은 몰랐지만. 많이 다쳤소?

세 사람이 아니 다섯 여섯이 협공하여 중상이요. 어디 가서 상처를 살펴야겠소. 조금만 더 가요. 안전한 곳이 있으니까. 안전한 데가 지금 어디 있을 수 있나? 있을 수 없지. 허지만 있을 수도 있고. 이렇게 도망가면 되는 거요? 저 고수들은 우리보다 더 빨리 쫓아올 터인데. 그렇지 않아요. 처리명령과 귀임명령이 동시에 내렸데요. 그게 뭔데? 모든 문제인물을 처치하는 동시 모든 사람은 자기 임무에 자기 직장에 즉각 돌아가라는 임금의 엄명. 그런 게 있어? 그런 게 발동됐데요. 뭐가 뭔지는 모르지만. 자, 저 숲으로 들어갑시다!

조금 전, 보욱이 막실이를 따라 간 곳은 숲 속의 작은 초막이었다. 그는 혼자 안으로 안내되었다.

초막 안에는 세 사람이 있었다. 두 사람은 좌우에 시립해 서 있고 가운데 한 사람만 숭창에 앉아 있었다. 정중앙 숭창에 앉아 있는 하얀 장삼의 사내를 보자 보욱은 허리를 기역자로 굽혀 절했다.

사내는 가볍게 고개를 끄덕였다. 왼켠에 유건을 쓴 삼십대 사내가 컬컬한 목소리로 말하였다.

보욱이는 보고하라. 뭣을 말씀하시는지요? 그동안 일어난 일을 보고하여야 할 것 아닌가. 오른쪽 가죽배자를 입은 사내가 빠르게 끼어들었다. 시간이 없다. 간결하게 말씀올려라.

보욱은 그야말로 간결하게 그동안 일어난 일을 보고하였다. 보욱의 말이 끝나자 유건 사내가 물었다.

그 여자애는 보호할 가치가 있는 처자더냐? 네. 어느 정도? 아주요. 훌륭한 여자란 뜻인가? 그렇습니다. 두뭇개에서는 과했다. 그런 짓을 하면 최부자가 다치리란 생각을 못하였는가? 하였습니다만, 워낙 급하여 그 길밖에 없었습니다.

흠, 석수는 지금 검술 실력이 어느 정도인가? 상당한 수준이었습니다. 저희들이 생각한 것보다 훨씬 강하였습니다. 너희들의 뒤를 쫓는 포교들의 실력은? 그들도 상당한 실력이겠지만 그 정도는 석수가 당적할 수 있었습니다. 그래? 그 뒤에 있는 자객은?

오, 조 군사는 자객의 존재도 아는구나. 그들은 그를 조 군사라고만 불렀다. 이름은 아예 부르지 않았는데 새우젓패 안에서도 그의 진짜 이름을 아는 사람은 몇이 되지 않을 것이었다.

보욱이 잠시 머뭇거리자 조 군사의 눈초리가 예리해진다. 자객의 솜씨를 보았느냐? 재차 다그쳤다. 보진 못하고 말만 들었습니다. 대단히 고강한 듯하였습니다. 석수에 비하면? 비교할 수가 없을 것입니다.

조 군사는 그 말에 이팔수 두목에게 눈길을 주며 말하였다. 오 경력도 그를 만나면 어렵겠지요? 물론이지. 그럼 자향이란 아이는 조금은 안전할 수 있겠지요. 허나 문안에서 내려온 자들이 문제 아닌가. 저들의 복심은, 문안에서 내려온 자 이곳으로 올라온 자 모두를 평정하고 그동안의 일은 없었던 것으로 하겠다는 뜻인 것 같네. 그럼, 우리애들은 전원 철수시켜야 합니다.

여자애는? 그 말에 조 군사는 보욱을 흘깃 쳐다보았다. 자객에게 맡깁니다. 우리는 그 애하고는 관계가 없다고 저들에게 이야기합시다. 그러자 배자 사내가 말하였다. 지금쯤 저들은 전생서로 내려와 있고 어쩌면 우리 애들과 섞였을지 모릅니다. 그때는 옥석구분이 안 됩니다. 그 말에 조 군사가 말을 자른다. 그건 상관할 것 없습니다. 우리의 자세만 전해주고 선은 분명히 그어줘야 합니다. 그 외의 행동은 우리들의 것일 뿐이고요.

그렇게 정리한 조 군사가 보욱을 쳐다보며 물었다. 보욱이, 네가 현장에 있었으니 어떻게 생각하느냐? 저는 문안에서 내려온 자들에 대해서는 잘 모릅니다. 지금 급한 건 석수가 이기기 힘든 고수와 격돌하고 있고 자향 아씨가 위급하다는 것뿐입니다. 그건 걱정 마라. 석수와 자향이란 아이를 살피는 조가 나가 있고 그 뒤에는 자객이 있다. 자객이요? 그렇다.

문안서 온다는 저들은 누굽니까? 노동팔 포교와 주초위왕의 여자이다. 노 포교? 주초위왕의 여자요? 그렇다. 조광조가 왕이 된다는 글자를 잎새에 꿀물로 새겼다는 여자 말이다. 자향이란 아이를 쫓던 노 포교란 자가 그 주초위왕의 여자, 무수리를 포착했는가 하면 반대로 그 무수리를 살려 주려 노력하고 있다는 것이다.

조 군사의 설명에 보욱이 한동안 어리벙한 표정을 지었다.

그들이 우리와 무슨 상관입니까? 관은 같은 통속이라고 보는 것이다. 우리와 무수리가요? 그렇다. 노동팔 포교란 자와도 한 통속으로 보고 있지. 그래요? 한데 어르신네들은 왜 여기에 와 계십니까? 우리는 부탁을 받았

다. 어떤 부탁을요? 저들과 너희들을 붙잡는데 협조해달라는. 네? 또 한편
으로는 저들과 너희들 일부는 살려줘도 좋다는. 네? 이중 부탁을 받았다
고나 할까?

그러나 마지막 훈령은 아무 일이 없는 양 모두 현장에서 사라지라는 것
이다. 부탁은 누구한테서요? 그건 알 것 없는데 어느 쪽에 무게를 두어야
할지 잘 파악되지 않는 점이 문제다. 그럼 우리는 양쪽 부탁을 다 들어주
는 척하면 될 거 아닙니까. 물론이지. 역시 보욱이는 다르군.

가운데 앉아 있는 하얀 장삼, 이팔수가 웃었다. 그가 말하였다.

"어제 오후부터 우리한테 오는 전갈이 헷갈렸다. 저들 속에 문제가 있는
것으로 보이네. 모든 것은 운명이다. 조 군사, 보욱이 말대로 하게. 우리는
양쪽 말을 다 들어준다. 모두 철수한다. 우리는 사는 사람은 살리고 죽는
사람은 모른 척한다. 그리고 가장 중요한 건 이곳의 일은 전혀 없는 일로
하라는 것이다. 소문이 나면 안 된다는 뜻이다. 무서운 성명의 명령인 게
다. 그것은 준수해야 한다. 아이들에게 함구령을 내리게. 모든 것을 지시
대로 하겠다는 승낙 편지를 빨리 보내게. 시간이 없다."

최윤보는 함지박귀의 시체를 업고 느릿느릿 걸었다. 아랫배의 중상이
아직도 크게 결려 쉽게 걸을 수가 없다. 함지박귀 형님이 쓰러질 때 그는
바로 뒤쪽에 있었다. 야행복의 사내는 번개같이 칼을 찔러 넣고는 한 차례
비틈과 함께 칼을 빼고는 눈깜짝할 새에 사라졌다.

앞으로 고꾸라진 성 포교를 안아든 최윤보는 망연자실하였다. 성 포교
는 즉사하여 숨이 끊어져 있었다. 아, 세상에 이럴 수가 있단 말인가. 어느
놈이 감히 관의 쟁쟁한 포교를 중인이 보는 가운데 습격해 죽인단 말인가!

최윤보는 형님 형님, 울부짖으며 그를 안고 있다가 삼엄하던 전장이 폭
풍설 같이 이상하게 바뀌는 것을 보자 왠지 다급한 마음에 함지박귀의 시
체를 업고 서둘러 그 자리를 떴다.

최윤보는 처음 허둥지둥 달리다가 사람들이 안 보이자 천천히 그러나 끈기 있게 걸었다. 더러운 전장터에서 한없이 멀리 멀리 떨어지고 싶었다.

최윤보는 이런 세상이 싫었다. 저런 자들이 싫었다. 가슴은 아프고 살고 픈 생각이 사라지는 세상, 이 더러운 세상이 싫었다. 이런 곳에서 멀리 멀리 떨어지고 싶다.

작은 언덕을 넘었다. 길 아닌 길이었으므로 힘에 부친 최윤보는 풀 위에 함지박귀를 내려 놓고 자기도 풀 위에 앉았다. 저녁이 다가오는지 숲이 어두워 있었다.

혼자 중얼거렸다. 형님, 형님은 결국 금부도사의 손에 죽은 거요? 계집 하나 쫓다가 천하의 함지박귀 포교가 이렇게 허무하게 죽을 수 있소? 이게 무슨 처참한 종말이요? 이대치 형님은 뭔가 이상한 낌새가 있다고 알아보러 가더니 다신 아니 오고, 우리 추적조는 이제 흔적도 없이 사라진 건가요.

아하, 형님 전 정말 미안해요. 이럴 수가 있단 말이요. 우리 욱이 때문에 내 형님을 속인 셈이 되고. 사실을 말하면 서빙고서도 그 애를 안 잡고 끼어들지 않으려고 둔지산 산속으로 일부러 헤매며 다녔지요. 송피란 놈이 그렇게 주장했는데 그 말이 맞아요. 그녀석 말이 맞습니다. 형님, 미안합니다. 이 미안한 마음 가눌 수 없구료. 내 좋아하던 형님인데, 양지 바른 좋은 곳에나마 묻어드려야지. 그리고 가끔 찾아와서 벌초도 해주구.

그래, 형님을 어디다 묻어드릴까? 왼쪽 양지바른 곳이 보이는데 저기다 묻을까? 해가 뜨면 형님을 따뜻하게 해주구, 구름이 머물면 형님을 슬퍼해주구, 비가 오면 형님의 마음을 적셔주구, 달이 오르면 추억이 어리는, 그런 곳에 말이요.

최윤보는 낭만적인 회한에 눈물을 뚝뚝 흘리며 그렇게 중얼거리고는 함지박귀의 오른손을 마지막으로 한번 만져보았다.

어, 손이 아직 따뜻하다. 하긴 죽은 지 얼마 안 되니까. 그렇게 생각하며 함지박귀의 얼굴을 만져 보았다. 얼굴에도 온기가 있다. 이상타, 형님이 아직 안 죽었는가 부다. 이렇게 마냥 있을 게 아니라 구완하면 살아나는 거 아닐까. 그렇게 생각할 때 시체가 눈을 살그머니 떴다.

어, 형님! 최윤보는 깜짝 놀라면서도 반갑다. 너무 좋다! 형님, 살았소? 그래 살았다. 정말 살았소? 살았으니까 말하지. 어떻게 살았소? 여기가 어딘가? 어딘지는 모르지만 뱃골쯤 될 거요. 복숭아골이라고도 하고. 전생서에서는 먼가? 한참 떨어졌지요. 저들은 인제 우리 주변에 없겠지? 그럼요. 우리 둘밖에 없어요.

고맙네 윤보. 한데 자넨 왜 날 이렇게 멀리까지 업고 왔나? 시체인 나를. 억울해서요. 뭐가? 형님이 죽은 게. 그랬어? 그럼요. 난 부상으로 도울 수도 없지만 형님이 느닷없이 자객의 칼에 죽는 걸 보고 얼마나 놀랍고 화나고 분한지 모르겠습디다. 그래 고맙네. 역시 자네는 의리 있는 배신자야. 으흐흐, 배신자지요. 그래, 나도 이젠 나라의 배신자가 되었네.

한데 형님, 이게 어떻게 된 거요? 사연이 있지.

김수인은 아까와는 약간 떨어진 계수나무 잎새 사이에 있었다. 이대정이 부하들에게 뭐라 지시하고 그에게 다가왔다.

"다 끝나가고 있습니다."

"새우젓패들은 다 가버렸소?"

"바람처럼 사라졌습니다."

"무서운 놈들이로군."

"민간에나마 그런 조직이 있다는 게 나라에 보탬이 될지 모르지요. 유사 시엔 말이지요."

"허허허, 이 호군은 생각이 깊어지셨소."

"그렇게 생각됩니까?"

"그럼. 새우젓패가 함구령을 지킬까?"

"완벽하진 못해도 대충 지킬 겁니다. 신의가 그들의 생명이니까."

"원 천총은?"

"중상이요. 그럼에도 노 포교를 쫓아갔습니다."

"북촌은?"

"절명이요."

"윤가는?"

"중상은 분명한데 행불이요. 사람을 보냈으니 멀리는 못 가겠지요."

"연지와 장시후는?"

"둘 다 절명."

"노 포교는?"

"역시 중상인데 새우젓패들이 떼메가고 있습니다."

"처리해야 하오."

"물론이요."

"자향은?"

"새우젓패들이 데려갔소. 개도 죽여야 하나요?"

"성 포교는?"

"절명이요."

"그리고 그자는 불었소?"

"불었지요."

"누구랍디까?"

"우리의 예상이 맞았습니다."

"흠, 더러운 놈들! 그들의 명단은 모두 확보하였지요?"

"물론입니다. 더 이상 저들을 추적할 필요는 없습니까?"

"칼부림은 전생서에서 끝내세. 귀임명령은 필히 지키라는 상부의 엄한 지실세. 시간이 지났네. 이제는 아무 일 없는 양 돌아가야 하네. 이 전생서 에서뿐 아니라 지난 사흘 동안 아무 일도 일어난 바가 없는 것이네."

"노 포교와 윤가는 필히 처리해야 하지 않습니까?"

"그건 예외일 수 있고."

"알았습니다. 곧 하회가 올 것입니다."

김수인은 계수나무 잎새 사이로 하늘을 보았다. 저녁이 오고 있었다. 바람도 차가워진다. 하루가 가는구나. 모든 게 이것으로 끝인가.

이 덧없는 이틀 사이에 많은 일이 있었다. 그 많은 일들이 다 옳은 일일까? 흥, 아니지. 왜 이런 일이 있어야 할까.

이대정이 나지막한 목소리로 읊조리듯 말하였다. 오 경력은 중상이요, 그 젊은 무사한테 당하였답니다. 삼인검을 쓴다는, 아 참, 그 애도 처치해야겠는데. 민간에, 특히 새우젓패에 그런 자가 있으면 불편한 일이지. 그렇지요? 물론이요. 오 경력은 지금 어디 있소? 갔습니다. 충격을 받았는가 봅니다. 충격을 받았겠지. 일개 민간 무사한테 당하였으니. 천하무적이라고 자부하던 무인이 말입니다.

그가 쫓던 자객에 대해서는 궁금하지 않습니까? 아까 우리 주변에 나타났지 않소. 이 호군이 보기에 어느 정돕디까? 글쎄요. 최흔보다도 윗길이 아닐까, 하는 생각입니다. 그 정도요? 게다가 심기가 깊은 놈입디다. 그자의 목적은 자향이란 아이를 보호하는 거 아니요? 오늘 이곳의 회오리바람이 자향이란 처자한테 덮쳐갈 듯할 때마다 자객이 그 부근에서 얼씬거렸습니다. 그렇더군. 그걸 보셨군요. 흐음, 그 정도야 보이지. 한데 그자는 누구의 제자일까요? 글쎄.

노 포교의 상처는 심중하였다. 마지막 관포검을 휘두를 때 보이지 않는 검기가 두 군데가 아닌 세 군데서 그를 급습했다. 화살까지 하면 네 군데였다.

몸빠진살에 어제 하루 종일 긴장하였던 노린내는 화살의 으스스한 비상 소리를 들었을 때 크게 동요하고 있었다. 그리고 세 군데서 검기가 날아왔다. 두 군데는 예상하고 있었으나 산사나무 밑에서 날아온 푸른 검기는 뜻밖이었다. 그리고 냉엄하였다. 관포검의 하얀 검광은 그들을 모두 쓸어쳤지만 산사나무 밑에서 올라온 차거운 검기는 이미 그의 아랫도리를 긋고 있었다.

그리고 노린내는 쓰러지면서 보았다. 두 군데서 날아온 편전, 그 중 한 대는 자기를 겨냥하고 있었다. 화살은 아차, 하는 순간 머리 위를 스치고 지나갔다. 차가운 검기에 쓰러지지 않았으면 그 화살에 맞아 그 순간 절명하였으리라. 그러나 나머지 한 대는 자기가 목표가 아니었다.

화살 한 대는 윤가의 등을 관통하고 있었다. 오른쪽의 청포철릭은 노린내 자신의 검을 맞고 쓰러지고 있었고.

웬일일까, 저게! 놀라 쓰러지는 순간에도 노린내는 생각하였다. 아, 나만이 아니라 우리 모두가, 칼을 들고 싸우는 우리 모두가, 죽음의 대상인가? 그러고 보니 사방에서 살상이 이뤄지고 있었다.

노린내는 둔쇠한테 떼메오면서 자향의 처절한 울부짖음과 전광석화 같은 새우젓패의 철수작전을 어렴풋이 듣고 느끼고 있었다. 노린내는 자기도 모르게 전생서 숲의 살상이 망막 속에서 감각적으로 영상화되고 있었던 것이다.

그렇다! 저것은 한 순간의 폭풍우. 이번 사건의 최종 마무리. 사안 처리의 매듭. 관련된 모든 자를 싹쓸이하는 일망타진! 증언자 한 사람도 결코 남기지 않겠다는 무서운 복심이다. 그런 최종처리의 모든 흐름이 뇌리에 날아와 박히는 것이었다.

그렇다면 아직 사안은 끝나지 않았다. 끝나지 않았고말고! 나를 처리하기 전에는!

상상 밖의 무술고수가 되어 있는 노동팔 포교. 그는 자기도 모르게 전체 흐름을 보는 비상한 감각을 작동시키고 있었다.

보욱의 지시에 일행은 걸음을 멈추고 부상자를 내려놓았다. 항슬과 욱자는 석수를 둔쇠는 노동팔 포교를 풀밭에 뉘었다. 새우젓패 두 활동대원의 부축을 받고 달려온 자향은 그때서야 자유의 몸이 되었다. 노 포교는 정염과 자향이 다시 손발을 한참 주물러서야 겨우 몸을 간추릴 수 있었다. 정염은 노 포교의 다친 다리를 응급조치해주었다. 칼이 오른쪽 장딴지를 크게 버히고 있었다.

겨우 정신을 차린 노린내는 정염과 자향을 번갈아 바라보다가 입을 열었다.

"자향이라고 하였는가, 이름이?"

"네."

"그대가 나를 두 번이나 살려주는구료. 나는 그대를 잡으려고 발버둥쳤는데."

"아니어요. 저는 그저 정 도령님 조수 노릇을 했을 뿐입니다."

"아닌데. 의술은 누구한테 배웠소?"

"사가정 어른의 손자이신 서 진사란 분에게서 배웠습니다."

"그렇소? 대단하오. 우리 정염이와 쌍벽이오그려."

"일천할 뿐입니다. 정 도령님을 따라갈 수는 없습지요."

"아니야. 훌륭하오! 그대 덕분에 내가 산걸. 그리고 꿈결같이 들었는데 연지와 장시후가 어떻게 됐다구? 자향 아씨가 뭐라 크게 외쳤잖소?"

자향은 가슴을 치켜올려 솟아오르는 슬픔을 눌렀다. 아픔을 참는 그녀 특유의 태도였다. 자향은 눈물을 앙칼진 마음으로 누르며 말하였다.

"장시후 상경이 어느 자객의 칼에 당하였습니다!"

"뭐야, 장시후가?"

"네. 그래서 그를 구하고자 가봤지만 몇 마디 말씀도 못하시고 숨졌습니다."

노린내가 놀라 일어나려 하였으나 힘이 없어 도로 드러누웠다. 자향이 울먹이며 말을 이었다.

"그 장시후님이 돌아가시기 직전 저에게 부탁한 게 있습니다."

"무엇을?"

"노 포교님께 말씀을 전해달라고 하였습니다."

"나한테?"

"네. 장시후님은 이 세상서 가장 의리 있고 최고로 의기 넘치는 사나이, 노 포교님께 그동안 너무 고마웠다고 말씀을 전해달라고 하였습니다."

"그랬소?"

"네에."

노린내의 마지막 말은 힘이 하나 없었다. 그러나 두 눈에서 흘러내리는 눈물은 뜨거웠다.

아, 연지 아씨, 장시후 상경. 그대들은 결국 죽고 말았구료. 나는 그 사이 뭘 했단 말인가. 무얼 하며 그대들을 보호하지 못하였을까! 내가 무엇을 한 거야!

노린내는 생각이 정지된 듯 멍한 눈으로 허공을 바라보고 있었다.

그날, 경복궁의 흠경각에서 그녀를 내가 붙잡았지. 불쌍한 그녀를 내가 붙잡았지. 장시후는 그런 나를 보고 부들부들 떨었고! 내 왜 그런 짓을 했을까. 문관놈들의 추한 발톱노릇을 왜 했을까. 연지 아씨, 장시후 상경, 미안하오. 죄송하오! 이 알량한 향기포교가 더럽고 치사한 짓을, 넋빠진 짓을 하였소!

그렇게 멍한 눈동자로 허공을 바라보고 있는 노린내를 살곰히 쳐다보던 정염이 다정한 목소리로 물었다.

"노 포교, 지금은 어떻소. 가슴은 답답하지 않소?"

"많이 답답하지. 장시후 상경까지 죽었다니 답답하지 않겠는가. 인생이 허무하군그래. 저들 둘을 하나도 보호하지 못하고 말야. 나야 말로 쓸모 없는 놈일세. 아무 짝에 쓸모 없는 놈이야."

"너무 자책하지 마요. 수십 명의 관군이 필사적으로 덤비는 판에 노 포교 혼자 어떻게 당해낼 수 있겠수."

"자책이 아니네. 내 진실로 느낀 소홀세. 인생이 허무하군. 사결이, 안 그런가?"

"세상은 만사가 허무할 수도 있으니까요."

"하긴 그렇지. 이 세상 모든 것은 마음뿐, 고해는 끝이 없으니 깨달으면 그만이라. 원한도 은혜도 집착할 게 없고. 슬픔도 기쁨도 벗겨보면 한 꺼풀. 사결이, 바로 이런 이야길 하고 싶은 거야?"

"철리를 깨우치신 분 같으네."

"그래, 사결이. 내 갑자기 자네가 존경하는 단허 스님 같은 말을 하니 이상허지?"

"이상할 건 없구요."

"그래, 사결이. 내 금방 죽지는 않을 테니 너무 걱정하지 말게. 아, 산천은 왜 이다지도 아름답단 말인가. 정말로 산천은 아름답군그래. 사결이 보게. 이 슬픔과 이별, 그것과는 아무 상관없이 우리네 산천은 어쩌면 저렇게 아름답단 말인가!"

노린내는 좌우 숲을 둘러보며 두 팔을 들고 새삼 산천의 아름다움을 감탄하였다. 아마도 연지와 장시후의 죽음에 마음이 동탕이 된 모양이었다. 그 동탕된 속에 마음을 던지고 산천을 보니 허심탄회한 감상이 우러나온 것 같았다.

"사결이, 이 아름다운 푸른 초원에서 아름다운 젊은 그대 둘을 보니 그나마 위안이 되네. 그러고 보니 세상은 찬란하군! 정말 아름다운 세상이야! 아, 세상은 슬픔도 있지만 근본은 아름다운 건가 보지!"

뭔가 허무하게 잃은 마음의 큰 구석을 노 포교는 메우지 못한 채 그렇게 허무한 소리를 읊어대고 있었다.

"그렇습니까. 노 포교 말씀이 어쩔라고 낭만적이오그려."

정염은 말을 옆으로 끌어내었다. 노 포교의 슬픔을 잊게 해주고 싶었다.

“그런가. 나도 말을 이쁘게 하면 안 되는가.”

“안 될 게 아니라 좋지요.”

“하지만 아무리 낭만적으로 말을 해본들 죽은 장 상경과 연지 아씨는 다
시 살아 돌아올 수 없지. 우리의 허망한 빈 구석을 채울 수 없어.”

“너무 상심하지 마요. 지나간 건 흘러가버린 물과 같으니까요.”

“사결의 말은 너무 서글픈 대살세.”

그 말에 정염은 노린내의 다친 오른쪽 다리를 툭툭 두들겨 주었다. 통증
에 노린내는 눈쌀을 지푸렸다. 현실로 돌아온 노린내는 정염과 자향을 둘
러보다가 저쪽에 누워 있는 석수와 항슬을 보았다.

“저 두 사람은 누군가?”

“저를 도와주러 온 항슬이란 분하고 석수라는 무사예요.”

자향이 대답하였다.

“무사? 삼인검을 쓴다는 아이 말이군. 검술이 빼어나다며? 우리 새동무
득수가 동작나루서 들었다며 알려주대. 이대치가 당하였다구?”

“저를 구하려고 그랬는데요. 사람은 죽이지 않았습니다.”

“칼을 쓰다 보면 사람도 죽이는 수가 있는 거지, 뭐!”

“아닙니다. 우리 석수는 사람은 죽이지 않게 검을 쓴답니다.”

“정을 두고 검을 쓴다! 그것은 고수나 할 수 있는 경지야. 한데 저 사내
는 늠름하게 잘생겼군.”

노린내는 항슬을 보고 말하였다. 정염이 항슬에게 오라고 손짓하였다.
항슬이 무릎걸음으로 다가오자 정염이 소개하듯 말하였다.

“노 포교께서 항슬이를 보고 늠름하다 하시었소.”

항슬은 정중히 고개를 숙이며 말하였다.

“고맙습니다. 저는 항슬이라고 합니다. 국밥집 중노미에 불과하지요. 노
포교님, 상세는 어떠십니까?”

“나는 괜찮네. 중노미? 중노미면 어떤가. 자네가 자향 아씨를 구하려고

온 의기남안가?"

"의기남아긴요. 그저 신세진 분의 부탁을 받아 도움이 될까 하고 온 것뿐인 걸요."

"아니야. 그대는 훌륭한 사낼세. 의리와 지혜도 있어 뵈고. 이 아씨는 하늘이 돕는 분이지만 그대 같은 사람이 도우니 잘 될 거네. 잘 돌봐주시오. 나는 연지를 살리지 못하였소. 내가 그녀를 죽게 만들었소!"

그 말을 할 때 노린내의 눈에 눈물이 그렁그렁 고였다.

"그건 운명 아니겠습니까."

항슬이 위로하듯 부드럽게 말하였다.

"운명? 운명, 운명이라!"

"네."

"그렇지 않아. 이 세상엔 몇 사람 빼고 대부분의 운명은 사람이 만드는 거야. 내 잘못으로 연지와 장시후의 운명이 저렇게 슬프게 된 것이지. 그 잘난 향기포교 땜에. 흥! 향기포교 좋아했지. 으스댔지. 자만하구! 알량한 주제에!"

"노 포교. 쓸데없는 자책은 하지 마시라니까요. 사내대장부답지 못하게!"

정염이 나무라듯이 말하였다.

"사내대장부? 하하하. 그렇지, 사결이. 우리 사내대장부로 만나 근사하게 사는 거지. 사내대장부는 짧고 굵게 사는 걸 말하는가?"

"아니요. 의기남아로 사는 걸 말하는 거지요. 노 포교는 천하의 의기남아 아닙니까."

"내가 의기남아라구! 의기남아? 허허허! 아, 내 관포검!"

노린내는 갑자기 관포검을 챙기더니 왼손에 꽉 끌어 쥐는 것이었다.

눈빛이 밝아진다. 아니 사나워진다. 얼굴에 힘이 서린다. 검에도 검기가 서린다. 노린내는 누운 채 검을 쑥 뽑아들었다. 파란 기가 숲을 휩쓴다. 이윽고 하얀 검기를 뿜어낸다.

노린내는 어디서 힘이 솟았는지 벌떡 일어나 왼쪽 나무들 사이를 노려보았다.

"네 이놈!"

호통소리와 함께 노린내는 쩔뚝거리며 달려나갔다. 희끗하더니 삿갓 쓴 사내가 소나무 사이에서 나타나 검을 바람같이 휘두른다. 그의 등에는 아직도 화살이 꽂혀 있었는데 검을 쓰는 데는 아무 이상이 없어 보였다.

둘은 세 차례 검을 부딪쳤다. 기세 좋게 관포검을 들고 달려간 노린내였으나 아래 두 다리는 몸체를 유지하기가 힘들 정도로 충격을 받고 있었다. 노린내가 허청대면서 뒤로 물러날 때 검은 그림자 하나가 옆 숲에서 날아와 협공하였다.

노린내는 오른쪽 다리가 듣지 않는 터에 양쪽에서 협공하자 금방 쓰러질 듯 계속 뒤로 밀렸다. 그때 파란 검광이 뻗치며 전장터 안으로 물밀 듯 쳐들어왔다. 파란 검광은 뒤에 나타난 원 천총을 상대해 일직선으로 찔러갔다. 원 천총은 갑작스런 파란 검광에 허둥지둥 다섯 걸음이나 물러났다.

세 차례 적을 공격한 석수는 기력이 탕진돼 노린내의 등에 기댔다. 오른쪽 다리가 말을 안 듣는 노린내도 석수의 등에 함께 기댔다. 둘 다 서로 기대지 않고는 멀쩡하게 서 있을 수 없는 상태였다.

노린내는 윤국충과, 석수는 원 천총과 대결하는 형국이 되었다.

노린내와 석수는 상대를 노려본 채 숨을 몰아쉬며 기를 끌어 모으고 있었다.

"자네가 석순가?"

노린내가 힘을 모아 물었다.

"그렇습니다."

"나는 노 포교라는 사람일세."

"알고 있습니다. 향기포교님의 위명은 우레같이 들었습니다."

"우레? 허허허! 외려 그대가 검을 휘두르니 대지에 호랑이 무지개가 뜨는군."

"제 검이 삼인검입니다."

"훌륭해. 다치지만 않았으면 적수가 없겠는걸."

"아닙니다. 노 포교님이 저들과 싸울 때 기를 운용하는 걸 보았습니다. 노 포교님이야말로 천하무적의 고수이십니다."

"내가 싸우는 걸 보았는가?"

"네. 멋진 검법이었습니다. 검 속에 기가 서려 있더군요. 기가 살아 움직이는 걸 느낄 수 있었습니다. 그 순간 노 포교님의 단검은 장검보다 더 길게 보이더군요."

"오, 그대가 그것까지 느꼈는가!"

"네, 어렴풋이 상승하는 기를 보았습니다. 저의 스승께서 노상 우리 몸과 이 세상의 호흡, 음양팔괘의 조합, 신검합일의 경지를 갈파하시곤 하였는데 노 포교님이 그걸 시현하시더군요."

"흐음, 그대가 그걸 알아보았다면 대단하네. 훌륭하이. 이제 자네는 천하무적의 고수야."

"그렇지는 않습니다. 무관 중에 제가 도저히 이길 수 없는 무서운 고수가 있었습니다. 그분이 방심한 순간을 포착해 제가 일검을 쳐서 겨우 적중하였지요. 저도 이렇게 부상하였지만요. 그렇지 않았으면 당적할 수가 없었습니다. 무서운 검객이었어요."

"출기불의*의 일격을 가하였군."

"네."

"그게 중요해. 역사는 그런 것으로 이뤄지는 거야. 실력만으로 이뤄지는 게 아니야."

"그렇습니까?"

출기불의 出其不意. 생각하지 못할 때 나타남.

"그럼!"

그때 기력을 회복한 원 천총이 먼저 칼을 휘두르며 원을 돌았다. 두 사람의 도움을 차단하려는 방략인 듯하였다. 윤국충은 왠지 아까부터 왼쪽 무릎을 꿇고 있었다. 노린내가 석수에게 속닥였다.

"석수, 저 무인은 화후가 깊다. 힘으로 부딪치면 안 된다. 내가 그의 오른쪽을 칠 테니 그의 왼쪽 가슴을 일직선으로 찔러 들어가. 알았지?"

"네. 맞서 있는 사람은요?"

"저자는 화살독에 걸린 것 같애. 갑자기 힘을 쓰다가 화살독이 발동한 모양이지. 저자는 내가 감당할 터이니, 우선 청포철릭을 공격하세. 내가 먼저 갈 테니 자네는 요략별참세를 펼쳐!"

그 말이 떨어지자마자 노린내는 벼락같이 원 천총을 향해 달려들었다. 왼쪽으로 돌던 원 천총은 칼을 좌살적으로 돌려쳤다. 그 사이 석수의 파아란 검광이 원 천총의 가슴을 파고들었다. 마지막 힘을 다한 일격이었다.

석수의 요략별참세는 과연 위력이 있었다. 쩔뚝거리는 노린내의 하얀 검광과 석수의 파란 검광이 좌우에서 번개처럼 몰아치자 원 천총은 뒤로 물러나려 했다. 그러나 이미 석수의 삼인검은 그의 왼쪽 가슴을 도륙하고 있었다.

"으으윽!"

조선 최고의 화후를 자랑하는 원 천총은 그 자리에서 앞으로 고꾸라졌다. 석수는 그 위에 엎어지고 노린내는 왼쪽으로 돌아 급습해오는 윤국충의 검을 받아쳤다.

예상대로 윤국충은 동귀어진 수법으로 검을 밀착하며 가슴을 드러낸 채 들어오고 있었다. 노린내는 다리 움직임이 약했으므로 오른쪽으로 누우며 관포검에 기를 넣었다.

그것은 두 고수 필살의 일검이었다. 화살독으로 몸 전체의 운신이 잘 안 되는 윤국충은 몸을 던지며 노 포교의 가슴을 노렸고, 다리가 말을 듣지 않는 노린내는 온몸 온 대기에 그득한 기를 모아 윤가의 명치를 노렸다.

노림은 절대절명, 변화는 순간이었다. 윤국충의 검이 노린내의 가슴에 육박했을 때 관포검의 기는 상대의 명치를 관통하고 있었다.

으윽, 비명도 처량하게 윤국충의 허리가 새우등처럼 푹 꺾였다.

윤국충은 검은 놓치고 털썩 무릎을 꿇었다. 윤국충은 그 자세로 몸을 부르르 떨며 앞에 서 있는 노린내를 올려다보았다. 가슴과 입에서 벌건 피가 번져나왔다.

가슴을 격중당한 노린내 역시 피가 줄줄 흘러내리고 있었고 금방 넘어질 듯 허청거렸다.

항슬과 정염이 석수와 노린내에게 달려가는데 대기에 피를 뿜으며 호통소리가 터져나왔다.

"가만히 계시오! 우리 무사가 일검을 교환하는데 외인은 끼지 말라!"

호통소리는 윤국충이었다. 입에서 피를 뿜으며 말한 탓에 온 얼굴이 피로 발갛게 물들었다. 까만 눈동자, 그리고 눈창만 하얗다.

"노 포교, 내 일검이 어떻소?"

빠알간 입이 토해낸 윤국충의 목소리는 차악 가라앉아 있었으나 눈동자는 지글지글 사방에 불꽃을 낼름대는 석양의 태양처럼 불타고 있었다.

"훌륭하오!"

"호호호, 허지만 그대가 다리를 부상하지 않았으면 내 검은 적중하지 않았겠지."

"그렇지 않네. 그대의 태극검은 천하무적급이요. 그런 깊은 무술을 지닌 그대가 한낱 미행자 노릇을 하다니!"

"흥, 노 포교. 그대는 이번에 워낙 중요한 인물이었거든."

"그래서 비겁한 간자 노릇을 하였소?"

"간자? 허허허. 세상의 모든 사람은 죄 간자인걸, 이쪽 간자이건 저쪽 간자이건 그 무슨 상관일까. 그 원릴 그대 노 포교는 모르시는가. 나는 간

자보다는 무사이고 싶었네. 무사이고 싶었지. 아, 난 영원한 무사이고 싶었다네. 그대, 노 포교. 내 말을 알겠는가. 이 상선이 그런 나를 제대로 써 주지 않았을 뿐이고!"

"그런가! 그대의 무술이 이렇게 높은 줄은 미처 몰랐소. 그대는 비록 간자이긴 해도 대단한 무사이오! 훌륭하오!"

"고맙소, 노 포교. 하지만 그대의 해동검법은 천하무적이었소! 나보다 훨씬 윗길이요. 이처럼 고강한 줄은 진정 몰랐소. 아, 검의 극치는 멀고도 멀구나! 한이 없도다. 저 젊은 무사의 일검은 한옥(寒玉)의 빛처럼 차가웁고!"

그 말을 끝으로 윤국충은 앞으로 풀썩 쓰러졌다. 윤국충이 뿌린 빨간 피가 흐드러지게 핀 철쭉꽃처럼 풀 위에 붉게 번졌다. 쓰러진 윤국충의 감지 못한 눈동자에 어렸을 적 그렇게 좋아했던 빠알간 철쭉이 선연하게 어른거렸다.

이처현 상선을 배신하였는지는 모르지만 무사로서의 그의 마지막은 장렬하였다.

노린내도 윤국충 위에 힘없이 무너져 내렸다.

정염이 쫓아가 노린내를 바로 뉘이고 항슬이 석수를 안아들을 때 저벅저벅 발걸음 소리가 나고 포교 복장을 한 사내가 노린내 앞에 섰다.

"다시 오시었군!"

파아란 하늘을 보고 누워 있던 노린내가 마지막 있는 힘을 다해 말하였다.

"그렇소. 노동팔 포교, 당신은 정말 위대한 무사요. 지금 이 순간은 조선 제일의 무사요!"

"아니요. 나는 아직 멀었소."

노린내는 고개를 저었다.

"내 말이 맞소. 당신은 일대일로 싸우면 천하무적이라고 소문난 호군 이대정도 이길 거요."

"흥, 그게 무슨 보람이 있을까."

"내 이름을 알려드리지 않았지. 존경하는 사람한테 이름을 알려드리지 않아서야 큰 실례이지. 난 곽재흥이란 포교요. 출신이 상놈이라 그 이상은 못 올라가고 분수를 알고 살고 있다오. 그대와의 기싸움에 중상을 입고 잠시 운기조식하느라 나타나지 못하였오. 그대의 검기는 무서웁다, 당금 무림의 으뜸이요. 그건 확실하오. 그대처럼 기를 시전할 사람은 이 세상에 없소. 윤국충의 가슴을 뚫은 그대의 검기는 상상를 절하는 것이었소.

한데, 금방 전 그대가 벌떡 일어나 윤국충을 친 것은 그 단검이 적이 왔음을 알려주고 시킨 것이었지요?"

노 포교는 고개를 끄덕이었다.

"그것 보시오. 그 단검은 적을 알아보고 적을 쳐야 함을 아는 명검이지만 결국 주인을 무리시켜 죽음에 이르게 하고 있소. 피를 먹어야 하는 검이요. 그 검은 땅 속으로 보냅시다."

"땅 속으로?"

"그렇소. 노 포교, 그 검을 나에게 맡겨주겠소?"

노린내는 즉시 대답하지 않았다. 한동안 곽 포교를 살펴본다. 뭔가를 생각하는 것이었다. 곽 포교가 다시 입을 떼었다.

"노 포교, 그 검을 가져다 좋은 곳에 묻어 드리리다. 그 검묘(劍墓)를 볼 때마다 그대 생각이 나겠지요."

"내 검을 묻어주겠다고? 검묘를 만들고?"

"그렇소이다."

노린내는 잠깐 생각하더니 이윽고 고개를 끄덕였다. 급격히 온몸의 힘이 사라져 말을 할 수가 없는 모양이었다. 그의 눈이 뭔가 말을 하려 하고 있었다.

옆에 있던 정염이 귀를 노린내의 입에 갖다 대었다. 정염이 말하였다.

"노 포교는 이 검 이름이 관포검이고 그 이름은 새동무 김득수와의 우정을 기린 검이니 그 점을 잘 알아달라 하였소."

"무슨 뜻인지 알겠소. 땅 속에 묻을 때 관포검이란 이름과 두 분의 함자와 유래도 적어서 남기겠소."

노린내의 얼굴에 환희가 떴다. 그가 기뻐하는 것을 보며 곽 포교는 고개를 끄덕이고는,

"그럼 노 포교, 잘 가시오. 내 이번에 온 것은 이 검 때문만은 아니고 그대가 훌륭한 무사인 걸 말하고 싶어서였소. 정말로 그대 같은 무사는 내 평생 처음이요. 어쩌면 마지막일 게고. 그리고 다시는 그대같이 훌륭한 무사가 이 검으로 하여 불행한 일이 없어야겠기에 내가 가져 가려는 거요. 아셨지요? 노 포교, 그대를 존경하오!"

노 포교가 뭐라 말하는 것 같았다. 정염이 귀를 갖다 대고 듣더니 전했다.

"노 포교도 곽 포교를 존경한답니다."

"고맙소. 내 영원히 노 포교는 잊지 못할 거요. 그대도 날 잊지 말아주시오."

노린내는 고개를 끄덕였다. 곽 포교는 잠시 노린내의 눈동자를 들여다 보더니 노 포교의 오른손에 들려 있는 관포검을 두손으로 받아들었다.

관포검을 건네주는 노린내의 눈에 아쉬움과 슬픔이 어린다. 며칠밖에 같이 하지 않은 검이지만 그 검은 자기의 분신이자 화신이었고 동무의 우정이었고 무술의 결정체였고 목숨의 전부였다. 그런 검을 남에게 맡길 때, 아니 어쩔 수 없이 넘겨줄 수밖에 없을 때, 노 포교의 심정은 어땠을까!

노린내의 심정을 알아챈 듯 곽 포교는 크게 고개를 끄덕이며 말하였다.

"노 포교, 이 검은 내 어렸을 적 살던 불곡산(佛谷山) 언덕에 묻으리다. 기상이 좋은 산이요. 어느 고매한 지사가 불곡산에 올라 이런 이야길 하였소. 저 앞동네는 앞으로 우리나라를 짊어질 무사가 많이 태어날 곳인데 안

타깝게도 신기(神氣)가 부족하다. 그 신기를 보충하기 위해 이 불곡산에 기이한 병기(兵器)를 묻으면 좋을 것이다, 하였소. 그 예언이 노상 맘에 걸렸는데 이 참에 노 포교의 명검을 거기에 묻어 훗날 우리나라를 짊어질 무사가 많이 태어나게 하겠소."

노린내의 얼굴이 환해졌다. 무척 좋아하는 표정이었다.

"노 포교. 그대는 살아서는 최고의 무사였고, 죽어서는 나라를 지킬 동량을 키우는 큰 덕을 세우는 게요."

노린내는 만족한 표정으로 은은히 웃었다. 곽 포교는 노 포교가 좋아하는 것을 보자 마음에 흡족하였던지 머리를 크게 끄덕여주고 왼손을 흔들고 아쉬움을 몸 전체에 드러내며 뒤로 돌았다. 그리고는 바로 앞에 있는 자항을 슬쩍 그러나 깊이 관찰하는 것이었다.

순간, 자항은 부르르 몸을 떨었다. 말로 형언할 수 없는 살기! 그러더니 또 다른 따뜻한 느낌! 이건 뭘까. 교차되는 싸늘한 살기와 안온한 느낌은.

곽 포교는 고개를 들어 오른쪽 숲을 잠깐 노려보았다. 자항과 주변에 있는 다른 사람들도 동시에 그 눈길을 따라 오른쪽 숲을 보았다. 거기엔 짙은 소나무숲만 있을 뿐 사람의 그림자도 없다.

한데 그곳을 곽 포교는 의미심장하게 쳐다본 것이다.

하지만 그것도 잠시. 곽 포교는 미묘한 미소를 띠더니 서너 걸음 앞의 석수 옆에 다가갔다. 그는 두려움에 저어하는 항슬의 눈길 사이로 석수를 바라보았다. 천천히 왼손을 뻗어 석수의 목을 만져본다. 고개를 끄덕이고는 혼잣말처럼 말하였다.

"아까운 젊은이로군. 조금만 더 연찬하면 조선 수일의 무사가 될 수 있었는데. 마지막 그 일검은 대단하였네. 노 포교를 돕기 위해 혼신의 힘을 다한 모양인데 그것이 치명상이로군!"

그 말을 끝으로 곽 포교는 성큼성큼 걸어서 숲으로 사라졌다.

그 사이 자항은 석수와 노 포교 사이를 왔다갔다하며 애를 태우더니 얼굴을 정염 가까이 들이밀었다.

그것은, 안 될까요? 하는 자향의 물음에, 응, 안 돼. 정말? 응! 도저히? 그래! 하면서 두 어리고 맑은 자향과 정염은 함께 속으로 울고 있었다. 그것은 저희들이 아는 마지막 비상수법으로 노 포교를 살릴 수 없을까 애태우는 두 어린 의술고수 최후의 포한이었다.

노동팔은 그 순간 눈앞에 어리어 오는 얼굴들을 보고 있었다.

사랑하는 아내와 아이들 얼굴이 망막속으로 스며들어온다.

순박한 아내는 뭔가 걱정되는 눈빛으로 낭군에게 말하고 있었다. 여기 보셔요 서방님, 일을 빨리 잘 끝내고 돌아오셔요. 그 돈으로 돈을 많이 벌 수 있을 것 같아요. 알았지요? 응, 알았어.

아이들은 재잘거렸다. 둘째 딸은, 아빠가 승진하셨다구요. 오마, 좋아라. 곧 포도대장도 되셔요? 희망에 부풀고. 큰딸은, 아버님, 이 새 포교복을 입으시고 의젓하게 걸어보셔요. 아버님은 몸이 좋아서 멋질 거여요. 아내와 다르게 아이들은 밝고 신이 나서 종알대었다. 그런 아이들을 노동팔은 두 팔로 껴안았다. 이제 다섯 살밖에 안 된 막내아들은 아버지의 구슬 상모를 만지작거리며 좋아한다.

그런 아이들 머리 위로 일찍이 돌아가신 어머니와 아버지 얼굴이 어른거렸다. 얼굴이 뚜렷하지 않은 부모님들은 왠지 고개를 끄덕이고 있다. 노동팔은 아버님 어머님, 하고 무심결에 불러보는데 추억속에만 남아 있는 부모 얼굴은 금세 사라지고 홍가주막 홍서란의 얼굴이 밝게 웃는다.

향기포교님, 오늘 밤도 다른 데 가지 마시고 저희 집에 오셔요. 알았지요? 기다리고 있을 게요. 아! 그녀의 말과 함께 풍겨오는 싱그러운 수박내음! 그리고 사랑하고픈 여인의 정이 배인 미소!

오늘도 서란한테 꼭 가야지, 노린내는 자기도 모르게 중얼거리는데 연지와 장시후 얼굴이 서란의 얼굴을 흐트리며 스쳐지나간다.

연지와 장시후는 둘이 손을 맞잡고 경복궁 꽃길을 걸어가고 있다. 행복한 얼굴들이다. 그런 그들을 보는 노린내도 행복하다. 한데 그들은 접송정 옆길로 해서 풀밭을 거쳐 흠경각으로 들어간다.

아, 흠경각. 내가 연지를 찾아낸 흠경각! 내가 왜 저들을 저기에서 잡아 내었을까! 왜 잡아내었을까! 내가 왜 그런 짓을 하였을까! 연지와 장시후 는 흠경각으로 들어가더니 다시는 나오지 않는다.

풀밭 옆 바위 옆에 최대목이 앉아 있다. 최대목은 웃는 얼굴로 고개를 크게 끄덕이며 손짓한다. 자기 쪽으로 오라고 다정하게 부른다. 경복궁 사 방을 둘러보는 품이 마치 궁궐의 아름다움과 멋진 건축술을 금방이라고 읊어댈 것만 같다.

그렇게 다정하고 순박한 최대목 얼굴 정면에 정염이 보였다. 자향이란 처자도 보였다. 여봐, 정염이 정염이. 가까이 오게. 할 말이 있네. 부탁할 게 있다구!

노 포교의 소리나지 않는 절규를 정염은 대번에 노 포교의 눈빛으로 알 아본 모양이었다. 정염은 즉시 귀를 노 포교의 입에 갖다대었다.

노 포교의 마지막 말을 들으며 정염은 으응, 그래요. 알았어요. 것도 알 겠구. 걱정하지 마요. 노 포교, 잘 가요. 다급하게 대답하더니 갑자기 얼굴 에 얼굴을 맞대고 눈물을 좔좔 쏟으며 폭포처럼 말을 쏟아내었다.

노 포교, 당신은 정말 훌륭한 사람이요. 이 세상에 당신처럼 훌륭한 사 람은 없을 거요. 저 곽 포교 따위는 어림도 없소. 당신은 정말로 무지 좋은 사람이요. 죽은 연지와 장시후도 정말 감사하고 있을 거요. 저 세상서 기 다리고 있을 거요. 만나면 진짜로 좋아할 거요. 최대목도 기다리고 있을 테니까 만나보시오. 저 세상서도 행복할 수 있을 거요! 난 당신같이 갈수 록 맘에 드는 사람 첨 봤소. 노 포교, 잘 가시오, 잘 가요! 그리고 자향 아 씨, 노 포교가 당신 좀 보재요!

자향은 놀라서 얼굴을 정염이처럼 노 포교 가까이 들이대었다. 노 포교 의 말소리가 가늘게 들릴락말락하였다. 자향은 귀를 노 포교 입 가까이 밀착하였다.

그대는 훌륭한 여자요. 당신은 행복할 거요. 서리 나무 바람까지도 그대의 벗이고 하늘도 도와주니까. 우리 정염이는 건방진 녀석이요. 그러나 좋고 빼어나고 훌륭한 도령이요. 무슨 말인지 알았지? 그리고 날 도와준 우리 젊은 무사 석수에게 고마웠다고 전해주시오. 대단한 실력이었소. 훌륭한 무사가 되라고 전해주시오.

자향은 네, 하고 답하였는데 그 순간 노동팔 포교는 눈을 감았다.

곽 포교가 칭송한 조선 제일의 무사, 정염이 주절주절 읊어댄 조선서 가장 훌륭한 사람, 함지박귀가 인정한 천하 으뜸의 향기포교, 장시후가 유언으로 남긴 가장 의리 있는 사내, 노동팔이 숨을 거둔 것이다. 자향은 너무나 슬퍼서 눈물을 주르르 흘렸는데 뺨을 흘러내린 눈물은 노린내의 눈썹에 똑똑 떨어져 내렸다.

정염은 눈을 감고 눈물을 흘리고 있었다. 그 옆에는 외눈박이 둔쇠가 울고 있었는데 오른눈엔 닭의 똥 같은 눈물이 눈을 잃은 왼눈에서는 피눈물이 흘러내리고 있었다.

그렇게 셋이 줄줄 눈물을 쏟는 사이 항슬의 다급한 소리가 들려왔다.

"자향 아씨, 석수도 위독하오. 정염 도령이랑 같이 와서 응급조치 좀 해줘봐요!"

그 말에 정신없이 눈물을 뿌리던 자향이 깜짝 놀라서,

"네, 알았습니다."

대답과 함께 불불 기어 석수 곁으로 갔다. 정염에게까지 같이 가보자고 말할 수는 없었다.

그때, 갑자기 소란하더니 보욱이 나타났다. 풀밭에 잠깐 쉬고 있으라고 지시한 보욱은 새우젓패 동료들과 홀연 어딘가를 갔었다. 이런 처절한 일이 벌어진 줄을 모르는 보욱은 소가 끄는 마차를 얻어 신이 나서 달려온 것이다.

"자, 부상자들은 모두 마차에 타요! 정염 도령과 자향 아씨는 의원이니까 함께 마차에 타서 병조리를 해주고!"

그렇게 멋지게 읊어대던 보욱는 뭔가 이상한 분위기에 사방을 훑어본다. 노 포교와 석수가 드러누워 있는 옆에 정염과 둔쇠가 줄줄 눈물을 흘리고 있고 자향은 눈물 범벅이 된 얼굴로 석수를 들여다보고 있었다. 석수를 보듬고 있는 항슬도 역시 눈물바람을 뿌리고 있다. 심상치 않은 사태에 놀란 보욱은 일행을 봐주라고 부탁한 새우젓패 행동대원들을 바라보았다. 그들 동료 셋 역시 엄숙한 표정에 눈물을 훔치고 있었다.

보욱은 당마루다리로 가는 길을 택하였다. 그 길은 군자감 별고(別庫)로 가는 제법 큰길이어서 도망자에게는 어울리지 않는 통로였다. 항슬은 보욱의 뒤를 쫓아가 속삭였다.

"이 길이 괜찮을까?"

"외려."

"외려?"

"그리고 우리들의 선이 이어지고 있네."

"선이 뭔데?"

"저기 하얀 종이가 나무에 걸려 있지. 안전한 길이라는 신호이지. 그리고 저 정염 도령이 만리창 가는 삼거리까지 가자는 게야."

"왜?"

"거기서 우리와 헤어지겠대. 만리창 못 미쳐서 안쪽에 아는 집이 있대지. 그곳 뒷산에 노 포교를 가매장하겠다고 하고."

그들이 다리를 넘어 사백 보쯤 갔을 때 길가에 시커먼 거지 하나가 앉아 있었다. 보욱이 동전을 하나 던졌다. 벌써 여름이요. 네, 곧 가을도 옵지요. 겨울은 오지 않고? 겨울은 아직 멀었지라.

거지와 거리가 멀어지자 항슬이 물었다. 무슨 대화냐? 중간 관문과의 확인 대화야. 선이 맞았다는 거지. 관의 추적자가 이쪽으로는 안 온다는 뜻이고. 그래? 가을은 우리 패거리고 겨울은 관군이거든. 언제 그런 언적을 확인했니? 아까 전에. 누굴 만났는데? 젤 높은 사람. 그 사람이 일 끝난 뒤 널 좀 보재. 왜? 이번에 우리가 한 일이 벌써 영웅담이 됐더라고. 우리에게 뭔가를 시키려는가 봐. 무슨 일을? 조 군사 말이 문안 육주비전에 있는 큰 가게를 너희들에게 맡길려나 보다, 하고 중얼거리대. 그래? 보욱이, 너 소원풀이 하는구나. 나중 봐야 알지. 항슬이 네가 나랑 함께 일하는 걸 전제로 하는가 봐.

항슬은 새우젓패의 조직을 은근히 두려워해 멀리하였는데 우두머리가 자기를 보자는 게 이상하게 느껴졌다. 하긴 이팔수 두목이 가끔 국밥집에 와서 술을 들을 때 자기를 눈여겨보곤 하였다. 새우젓패의 졸자로 삼고 싶어하는 눈치였다. 그러나 항슬은 그런 데는 몸담고 싶지 않아 확실하게 선을 긋고 있었다.

그런 그에게 보욱의 외당숙이 국밥집에 와서 한번 칭찬해준 적이 있다. 항슬아, 너는 개제한 애구나. 보욱이는 모사를 좋아하지만 너는 깨끗한 걸 좋아하구. 그래 좋다. 훌륭하구나. 그렇게 살거라! 외당숙은 셈을 치룰 때 남는 돈은 꼭 항슬에게 씀씀이돈으로 내려주곤 하였다.

마차에는 노 포교 시신을 왼쪽에 안치했고 그 옆에 여직도 엄엄한 상태인 석수가 누워 있고 자향과 정염 둘이 사이에 앉아 있었다. 석수는 정염이 준 노란 환약 하나를 먹고 잠이 들었는데 숨은 끊어지지 않고 있었다.

항슬이 물었다.

"저 정염 도령은 의술이 도저해. 그치? 우리 석수는 괜찮겠지."

"그래. 죽지는 않을 것 같은데 정 도령도 장담은 못하더라고."

둘은 동시에 석수를 바라보았다. 엄엄한 상태의 석수를 지켜보고 있는 자향의 눈길이 애처러워 가슴이 아플 지경이다.

"우리 자향 아씨의 마음 좀 보아!"

항슬이 모기만한 소리로 속삭이자 보욱은,

"아씨의 마음?"

"음, 석수를 돌보는 눈 속에 아름다운 마음이 그득하잖아."

"네가 무슨 말을 하는지 알겠다."

항슬은 보욱의 말투가 묘하여 그를 쳐다보았다. 보욱은 그런 항슬을 옆눈으로 바라보고 있었다.

"눈초리가 왜 그러니?"

"아니야. 니 생각을 했지."

"내 생각?"

"응."

"무슨 생각?"

"별거 아니야. 신경쓰지 마라."

보욱은 혼자 빙글 웃었다. 그리고는 마음속으로 중얼거렸다.

항슬아, 여자를 좋아할려거든 그녀의 마음을 알아야지. 아름다운 것만 보면 되나. 그 아름다움을 어떻게 받아줘야 할까, 나는 무엇을 줘야 할까, 그리구 우리 사랑을 어떻게 마무리지을까. 그런 것을 생각해야지. 알았냐, 항슬아.

보욱은 자신이 한강물 위에서 들은 계희의 말을 되뇌고 있다는 생각은 하지 않고 있었다.

항슬과 보욱이 석수와 자향 때문에 이렇게 묘한 대화와 무언의 행동을 하고 있는 사이 정염은 멀어져 가는 전생서 쪽을 바라보고 있었다. 무심코 전생골 쪽을 보던 정염이 갑자기 파르르 몸을 떨었다.

내가 왜 몸을 떨지? 정염은 순간 전율하는 자신이 이상한 속에, 묘한 사념이 뭉게뭉게 피어올랐다. 그것은 인간 세상의 공교로움이었다.

저 전생서란 무엇을 하는 곳인가. 나라의 제사를 위해 희생을 기르는 곳이 아니던가. 희생물, 그 희생은 제사를 위한 것이요, 바로 나라의 존재를 위해 바치는 것일 게구.

한데 왜 이다지도 공교로울까. 저 자향 아씨와 연지라는 두 여인이 그곳에서 만나다니! 아무리 보아도 두 사람은 이번 사화의 희생물이다. 한데 그들의 한 맺힌 도망길이 어쩌면 공교롭게도 저곳 전생서에서 만났을까. 그리고 그들은 어쩔 수 없이 함께 부둥켜안고 돕고 싸웠고 안타까워하며 슬픈 사연들을 만들어 내었고!

희생물이라 한다면 두 여인을 위해 무술을 휘두른 석수와 노 포교, 두 무사도 마찬가지일 것이다. 그들은 가녀린 여인들을 위해 자신의 생명도 돌보지 않고 싸웠고 결국에는 자신을 희생하였다.

정염은 숨을 크게 들이쉬며 엄엄한 상태인 석수를 바라보았다. 현재로 써는 제대로 살아날지 장담할 수가 없다. 노동팔 포교와 마찬가지로 안타까이 죽을지도 모른다.

아, 이 무슨 희생이란 말인가. 우리들 인간이 어찌 저 동물들처럼 희생돼야 하는가. 저곳, 전생서 주변은 그동안 나라를 위해 희생당한 수많은 짐승들의 원혼이 서려 있는 곳이다. 그 원혼들이 사직을 지키는 조선의 큰 귀신에겐 억눌러 있지만 우리네 같은 힘없는 사람에게는 힘을 쓰며 달려들어 억지를 놓고 있는 것은 아닐까.

특히 저 두 여인에게 말이다. 와라 와라, 희생들이여! 와서 우리를 위해 몸을 바쳐라 바쳐라! 하면서.

정염은 자기 주변의 가득한 공기 속에 그런 원혼들이 첩첩히 엉켜 있는 것 같은 생각이 났다. 바로 내 앞에 옆에 뒤에 위에 아래에! 사방팔방에 원혼이 있을 거야!

정염은 눈을 감고 그런 원혼에게 기도하였다. 희생당한 혼들이어 굽어 살피소서. 이 세상을 사는 모든 생물은 그대들과 같은 희생물인 것. 그대들과 똑같이 나라의 희생이 되고 있는 저 여인들을 도와주시오. 연약한 여인들이라. 그들의 앞날을 굽어 살펴주오. 죽은 연지와 장시후 그리고 우리

최대목의 명복도 빌어주오! 저 의기 넘치는 우리 노 포교의 넋도 위로해주
시오!

갑작스런 기도를 한 정염은 눈을 뜨고 혼자 웃었다. 마음이 약하여져 짐
승의 원혼들에게 묵도한 자신이 우스웠다.

정염은 파아란 하늘을 우러러보다 다시 전생서 쪽을 뒤돌아보았다.

저 희생의 마을에서 무자비한 칼잡이들이 연지와 장시후를 죽였지. 착
하고 죄 없는 그들을 왜 죽였을까. 나라를 배반했다고? 임금을 배신했다
고? 그들은 임금을 배신한 적도 나라를 배반한 적도 없는데. 그저 순박한
백성이었을 뿐인데.

그들이 죽어야 하는 이유는 오로지 저들이 필요한 권력을 쟁취하고 왕
권을 유지하기 위한 희생물, 그 희생이어야 했기 때문이지. 그 이외 아무
이유가 없다.

그리고 이 자향이란 처자. 그녀를 왜 수없이 많은 포교가 풍우처럼 쫓아
야 하는가. 그녀가 진실로 여종이 되어야 할 죄를 지었단 말인가. 불법으
로 도타하는 비자라구?

흥, 그 아무것도 아니야. 권력을 쥐려는 자들의 음모, 그 음모에서 파생
된 희생물, 그 희생이어야 했기 때문이지. 그 외에 아무 이유가 없다.

이 처자는 죄지은 적이 없고 비자가 되어야 할 하등의 이유가 없어. 그
녀도 권력의 희생물일 뿐이거든.

정염은 전생서 쪽을 바라보며 쓸쓸히 웃었다. 그런 정염을 보던 자향이
물었다.

"왜 혼자 웃어요?"

정염은 자향의 약간은 초췌해진 얼굴에 눈길을 맞추며 대답하였다.

"전생서 생각을 했어요."

"전생서요?"

"네. 오늘 우리 노 포교와 석수가 분전한 저 숲은 전생서가 있는 전생골

이지요. 나라가 소요하는 희생물을 기르는 곳이요."

"그래요?"

"그러문요. 한데 오늘 우리들 많은 가여운 사람들이 그곳에서 아까운 목숨을 잃었습니다. 마치 소나 양이나 닭이 희생되듯이 말이요."

"……."

"사람들도 그렇게 희생이 되어야 하나 하는 생각에 씁쓸해 웃었습니다. 죽을 아무 필요 없는 사람들 아닙니까. 한데 아무 이유 없이 희생당하였거든요. 자향 아씨도 정쟁의 희생물로 쫓기고 있는 걸 거구요."

자향은 아무 말도 하지 않았다. 그녀도 전생서 쪽을 바라보았다. 자향도 정염처럼 전생골 저쪽에 희생당한 많은 원혼들이 서리서리 뭉쳐 있는 건 아닌가 하는 생각을 하였다. 그렇다면 우리가, 쫓기는 두 동아리가, 저곳에서 만나 희생을 당한 것도 고통을 나눈 것도 무언가 마땅한 응보요 전생의 연이 있어서일까, 자향은 자기도 모르게 묘한 생각에 잠겼다.

69. 김수인 상전

파발마를 타고 달려오던 하급무사는 사인교 앞에 오자 말에서 펄쩍 내리더니 이처현 상선 앞으로 다가왔다. 이 상선에게 굽신 허리를 굽혔다. 하급무사는 이 상선의 신호를 받자 가까이 다가가 귓속말로 보고하였다. 이 상선은 보고가 끝나자 간단히 물었다.

"연지와 장시후는 확실히 죽었는가?"

"그렇습니다."

"노동팔 포교는?"

“마지막에 윤국충 원 천총과 접전 끝에 셋이 함께 죽었습니다.”

“함지박귀 포교는?”

“처리했습니다.”

“박 참의 딸은?”

“죽었습니다.”

“정말인가? 어떻게?”

“새우젓패가 극비리에 처리했습니다.”

“오 경력과 이 사직은?”

“이 사직은 무수리 연지를 죽이고 반도의 공격으로 숨을 거뒀고 오 경력은 중상입니다.”

“곽 포교는 어디 있는가?”

“파악이 되지 않고 있습니다. 곧 대감을 뵈러 올 것입니다.”

“김수인 상전은?”

“현장에서 지휘하고 있습니다.”

“알았다. 이대정 호군과 만나기로 한 곳으로 간다. 유사시 그곳으로 오라.”

“알겠습니다.”

무사는 꿈벅 인사를 하고는 파발마를 번쩍 올라타더니 오던 길로 다시 달려갔다. 사인교를 따르던 얼굴이 갸름한 내시가 다가와 속삭이듯 말하였다.

“김 상전을 만나고 온 전령입니다.”

“가까이 오라 하게.”

키는 작고 역시 하급무사복을 입은 자가 군사들 사이에서 나타나 고개를 깊숙이 숙였다. 전령이라는 자가 전령답지 않게 먼저 보고를 드리지 않는다.

잠시 뭔가를 생각하던 이처현 상선이 물었다.

"일을 그르친 자, 최종 책임자는 누구인가?"

"김수인 상전입니다."

이처현 상전은 그 말에 하나도 놀라지 않고 묵묵히 바라볼 뿐이다. 이윽고 고개를 끄덕이더니,

"이대정 호군도 알고 있는가?"

"물론입니다."

"이 호군이 혹시 도운 건 아닌가?"

"도웁진 않았습니다. 명령을 들었을 뿐입니다."

"확실히 한통속은 아닌 건가?"

"그렇습니다."

"저들의 준동은 확인되었는가?"

"확인했습니다."

"배신자는 누구인가?"

"김 상차 정 상온 일파이옵니다."

"김유모 상차와, 정태유 상온?"

"네."

"주동인물은 김유모인가?"

"그렇습니다."

"그들이 부리던 수족은 어떻게 되었는가."

"이번에 무인 일곱이 확인되었고 그들 중 윤국충을 필두로 넷은 응징했으며 나머지는 신병 내지 신원을 확보하고 있습니다."

"그들을 지지하는 조신은 누구이지?"

"심정 지의금부사, 이유청 좌참찬, 이빈 대사간 등입니다."

"뭔가 또 할말이 있는 모양인데?"

"네."

"말하게."

"일은 처리가 다 되었습니다만 새우젓패가 문제입니다."

"새우젓패?"

"그렇습니다. 그들의 많은 숫자가 전생서에 나타났습니다. 이번 사건에 대한 함구령을 약속했지만 혹여 주초위왕의 소문이 피어날 위험이 있을까 걱정되옵니다."

"그런가."

이 상선은 고개를 끄덕이며 생각하였다. 삼개의 새우젓패. 두목 이팔수. 그들을 징치하듯 다잡아야 한다, 그렇지 않으면 이번 사안도 소리 소문 없이 끝날 수 없다, 이런 뜻이겠지.

"그건 잘 알았다. 그럼 그쪽으로 가자."

"네이!"

의견이 깊은 전령은 고개를 살짝 숙이고는 뒤돌아 길 아닌 길로 사라졌다. 이 상선은 부시럭거리며 지필묵을 꺼내더니 뭐라 한동안 휘갈겨 쓴다. 이 상선이 손뼉을 치자 갸름한 얼굴의 내시가 귀를 갖다 대었다.

"이것을 상께 가져가게 하라. 지급으로 은밀히 드려야 한다. 하 상전에게 전하면 될 것이다."

"알았습니다."

내시는 뒤를 따르던 파발마에 다가가더니 전령에게 이 상선이 준 두루마리를 건네며 지시한다. 파발마가 떠나자 사인교는 다시 앞으로 나아갔다.

마차 끝에 앉아 있는 정염이 손짓하자 항슬과 함께 앞서 가던 보욱이 마차 옆으로 왔다. 그는 정염과 어깨를 마주대듯이 하며 길 옆을 걸었다.

"보욱이, 현재상태로 석수는 살 수가 없습니다. 그러나 운이 좋으면 살 수도 있지요. 여기 약이 있소. 천령속명단이라는 명약이요. 조계사의 단허 대사가 연단한 특약이지요. 아까 한 알을 먹인 약이요. 이 약을 하루 세 번

먹이시오. 세 알밖에 없어서 하루는 연명할 수 있지만 그 사이 명의를 만나야 하오. 그대가 말하는 소 대부가 어느 정도인지는 모르지만 찾아가 기적을 바랄 밖에 없을 것이요."

보욱은 정염이 주는 약을 받아들며 고개를 끄덕였다.

"고맙소, 도령님. 오늘 신세를 많이 집니다."

"신세는 무슨. 석수가 노 포교를 살리기 위해 마지막 혈전만 안 했어도 목숨에는 상관이 없었을 것이요."

"무슨 말씀을. 노 포교님은 우리 모두를 살린 은인이십니다. 조선 제일의 의기남아이시고. 그런 분을 안 돕고 누굴 돕는다는 말입니까."

"하긴 그렇습니다."

둘은 그렇게 이야기하며 동시에 마차에 실려 흔들리우고 있는 노 포교를 보았다. 노 포교는 자는 듯이 누워 있었다. 얼굴만 보아서는 죽은 사람 같지가 않다. 노 포교의 죽은 얼굴을 보자 정염은 또 다시 눈물이 고인다. 정염이 물기 있는 목소리로 말하였다.

"노 포교는 훌륭한 분이지요. 내가 창안한 용호비결을 그처럼 지고한 경지까지 끌어올릴 줄은 상상도 못하였소. 그것은 아마 마음이 지순(至純)한 때문일 거요."

"그렇겠군요."

"평생 잊지 못할 거요. 아니 저 세상에 가서도 잊지 못하겠지요."

"우리들도 그렇소."

"그렇습니까. 그럼 저분의 저 멋진 얼굴을 잘 보아 두세요. 그리울 때 퍼뜩 생각이 나게."

정염은 가여운 무수리 연지가 한 말을 자기도 모르게 되뇌고 있었다.

"그래야겠네."

보욱은 그렇게 대답하며 정염의 지나가는 말이 얼마나 가슴 아픈 말인지 마음이 찡하고 애려오는 것이었다.

"저들이 처치명령과 귀임명령을 내린 걸 새우젓패는 어떻게 알았소?"

정염이 물었다.

"관 쪽에서 우리 두목에게 협조를 요청하는 과정에서 알려진 거지요."

"그럼 귀임명령으로 해서 저들 무인들은 이제 모두 문안의 자기 직무로 돌아갔다 이거요?"

"원래 그래야 하는데 두 무인이 쫓아와 노 포교와 싸우지 않았소. 어쩌면 더 많은 자객이 근처에 와 있었는지도 모르고. 여하튼 귀임명령을 어긴 행위지요."

"그래요? 내 생각에 노 포교는 저들이 꼭 응징하고자 하는 상대라 어쩌면 예외에 속할지도 모릅니다."

"도령님은 거기까지 생각했습니까?."

"네. 그리고 또 한가닥 위험도 상존하는 건 아닐까요."

"뭔데요?"

보욱의 물음에 정염은 석수 곁에서 애를 태우고 있는 자향을 바라보며 목소리를 죽여 말하였다.

"혹시 자향 아씨를 해치려는 예외가 또 있을까, 걱정이 된다는 뜻이요."

보욱은 고개를 끄덕였다. 그러나 대답은 하지 않았다. 그 우려는 보욱이 더욱 절실하였던 것이다.

보욱은 아까 전생골로 가기 전에 짧은 시간을 붙들고 조 군사에게 부탁하였다. 군사 어른, 자향 아씨가 무사하게 해주세요. 왜 그렇게 신경을 쓰느냐? 훌륭한 여잡니다. 우리들 못사는 사람들 중에도 훌륭한 사람 많지. 모두 버림받고 살지만 말야. 허지만 그 아씨는 다릅니다. 그 아씨만은 살려주세요. 그렇게 절실하냐? 그렇습니다. 그렇게 훌륭해? 그러문요. 아주 훌륭한 여잡니다. 그녀를 돕던 우리들 새우젓패 모두가 그녀에게 반했습니다. 그래? 그 정도야. 허면 신경을 써보지. 허나, 위험할 경우는 어쩔 수 없이 포기할 수도 있는 것, 그 점은 잘 알겠지? 알고 있습니다.

조 군사는 묘한 눈초리로 보욱을 바라보았다. 그리고는 고개를 끄덕이고는 빨리 가서 모두 철수하라고 방략을 지시했다.

지금의 상황서는 모든 걸 조 군사에게 기대하는 수밖에 없다. 노 포교도 죽었고 석수는 엄엄한 상태이고 우리는 외길을 가고 있다. 날랜 포교 두엇만 오면 우리는 굴비 엮듯 끌려갈 밖에 없다. 그러나 여기까지 안전한 것을 보면 조 군사의 배려가 있는 게 아닌가. 그렇게 보욱은 철석같이 믿을 밖에 없었다.

그런 한편 보욱은 좀 깊은 생각을 하고 있었다.

이것은 흥정이다. 뭔가 거래가 있지 않고는 해결할 수 없는 일일 것이다. 조 군사가 고개를 끄덕일 때의 그 눈초리. 그 눈동자는 말하고 있었다. 보욱아. 너는 알지. 그 여자를 구할려면 많은 양보를 해야 한다. 큰 것을 저들에게 약속해야 한단 말이야! 그 정도는 알겠지?

맞았어. 그럴지 모르지. 조 군사는 그런 흥정 그런 거래를 할 수 있을 거야. 보욱은 한 가닥 기대와 천생의 예민한 감각으로 정치의 장삿속을 넘나드는 생각을 하며 자신의 마음을 또닥이었다.

"노 포교님이 임종하기 전에 무슨 말씀을 하셨습니까?"

앞에서 걸어가며 두 사람의 대화를 조용히 듣고만 있던 항슬이 뒤를 돌아보며 물었다.

정염은 항슬을 보며 미미한 웃음을 띠우며 대답하였다.

"가족을 부탁하더이다. 애들이 클 때까지 보살펴달라고."

"아!"

항슬이 고개를 끄덕이자 보욱이 차분한 목소리로 말하였다.

"정 도령, 우리도 그분 댁을 도울 수 있을 거요."

보욱의 말에는 부자가 될 자신과 신념 그리고 그에 따른 의리가 넘실대었다.

"좋은 말씀입니다. 그리고 또 하나, 자기를 가매장하였다가 곽 포교가 정말로 검묘를 만들어주면 그 옆에 자기도 묻어달라 합디다."

그 말에는 보욱과 항슬은 쓸데없는 대꾸 대신 고개만 끄덕였다.

노 포교는 관포검을 좋아하였구나. 사랑하였구나. 굳게 믿었을 테고. 검에 대한 그런 사랑과 신념이 무술의 극치를 시현해냈을 거야. 그 검과 한 몸이 되어 싸웠으니 그럴 법도 하지. 전제가 무슨 큰 업보이랴.

항슬은 노 포교가 전생서 숲에서 관포검을 휘두르며 두 차례 용감히 싸우던 모습을 눈에 그렸다. 관포검의 하얀 섬광은 전장터의 찬란한 빛이었다. 힘없고 한 많은 우리들에게 그것은 한을 풀어주는 서광이었다. 그 빛이 요동칠 때마다 그 무서운 무인들도 두려워하고 물러나고 힘없이 무너졌지 않은가. 무서운 검이요 훌륭한 검이요 기념비적인 검이었다.

노 포교와 관포검. 그 의기 용맹 희생이 응어리진 혈전. 아마도 그 생각을 할 때마다 평생 마음이 경건해지리라. 그리고 그 생각을 하면 나 자신도 훌륭해지자고 맘을 다질 수 있겠지.

그렇게 깨끗한 마음을 읊어낸 항슬이 말하였다.

"정 도령, 검묘 옆에 이장할 때엔 우리에게도 알려주시오."

"그러지요. 꼭 연락하리다. 자, 우리는 저기서 내려주시오. 둔쇠와 나는 노 포교를 모시고 작별하겠소."

삼거리에서 그들은 헤어졌다. 보욱은 그들을 돕기 위해 나온 새우젓패 행동대원 하나를 정염에 붙여주었다. 둔쇠와 행동대원은 임시로 만든 들것에 노 포교의 시신을 담고 만리창으로 가는 산자락으로 올라갔다. 정염이 앞장섰다. 항슬, 자향, 보욱은 한동안 서서 손을 흔들었다.

헤어질 때 그들의 대화는 한 여름 스산하게 날리는 가랑비처럼 슬펐다.

정염이 자향에게 말하였다.

"아씨는 어디 가든 사랑을 심어주는 처자이시오. 하눌님의 복을 받으실 거요. 우리 노 포교가 그대 이야기를 할 때마다 보고 싶다고 했는데 마지막으로 두 분이 만나서 다행이오."

자향이 정염에게 말하였다.

"노 포교님을 잘 모셔주십시오. 저희가 이번에 보고 겪은 가장 훌륭한 무사십니다. 너무 보고 싶을 거여요. 영원히 잊을 수 없는 분이어요."

자향은 우느라 더 말을 못하였다.

"봉분도 잘 만들고 잘 모시겠소. 그 점은 걱정 마오. 언젠가 한번 찾아오시오."

항슬이 정염에게 말하였다.

"세월이 아무리 무심해도 우리 또 만날 수 있을 거요. 그때 노 포교 이야기 많이 합시다. 그리고 이 둔쇠 형님은 머슴이 아니라 훌륭한 무사요. 눈이 하나 없어도 무시하지 마시고 도령이 아껴주십시오. 언젠가 양민으로 풀어주시겠지요?"

그 말에 둔쇠가 장작개비 찢어지는 소리로 말하였다.

"왜 눈이 하나요? 내 품에 왼쪽 눈도 갖고 있소. 눈알이 눈 속에 있거나 품에 있거나 있는 것은 있는 거니까. 걱정 마요!"

그 말에 모두는 잠시 슬픔을 잊고 웃었다.

정염이 보욱에게 말하였다.

"아까 전생서로 달려간 동료가 걱정이 되시겠소. 그 동료가 누구를 찾아갔다구요?"

"우리를 체포하려고 쫓아온 포졸 한 분과 이상한 인연으로 사귀었는데 어찌나 좋은 사람인지 형님 동생 한답니다. 한데 아까 전생서 언저리에서 언뜻 그 형님포졸을 본듯한데 누군가의 칼을 맞는 것 같았다는 거지요. 그렇지 않아도 중상을 입은 몸인데 화를 못 면했을 거라며 그예 그 형님포졸을 찾아야겠다며 갔습니다."

욱자 이야기였다. 그 말에 정염은 고개를 끄덕이며,

"의리 있는 동무요. 그런 의기 있으니 그대들은 앞으로 잘 풀릴 거요. 자 그럼 작별합시다."

그렇게 다정다감한 대화를 나눈 정염은 앞장 서서 만리창 가는 언덕으로 올라갔다. 천하의 향기포교, 조선 최고의 무사, 팔도 으뜸의 의기남아, 노동팔의 시신을 맨 둔쇠와 새우젓패 대원이 그 뒤를 따라갔다.

이십여 발짝을 가던 정염이 돌아섰다. 손을 흔들고 있는 그들에게 같이 손을 흔들어 주려는 것일까, 하고 생각하는데 뭐라 큰 소리로 말하는 것이었다. 잘 들리지 않는다. 아까부터 가장 애닳아하는 자향이 쫓아가 물었다.

"무슨 말씀을 하시는 거여요?"

"아씨, 이걸 잊지 마요!"

"뭔데요?"

"석수를 행여 배에 태우지 마시오. 석수의 증세는 강물의 찬 기와 상극이요. 약을 먹일 때도 따뜻한 물이 없으면 입으로 씹어서 먹이고, 배가 흔들리우는 것도 나쁘니까 마차만 태워서 가시오. 알았지요?"

"네, 알았습니다."

"그리고 자향 아씨."

"네?"

"아씨는 좋은 대부가 될 것 같소. 그럴 맘도 있지요?"

"네."

"좋은 일이요. 대부가 되어 못사는 사람들에게 선행을 하시오. 그리고 또 하나. 아들 셋 딸 다섯을 낳을 상이요. 연지 아씨의 얼굴은 애가 없는 무자(無子)의 상이었지만 아씨는 다복함이 그득한 용모를 지니셨소. 그러니 오늘의 위험은 돌파할 수 있을 거요. 잘 가세요."

"아, 고마워요."

엉겁결에 그렇게 밖에 대답 못한 자향은 어머니의 태몽을 생각하였다. 어머님도 태몽에서 아들 셋과 딸 다섯을 데리고 자기가 어머니를 찾아오는 꿈을 꾸었다고 하였다. 두 사람이 말하는 아들 딸 숫자가 어쩌면 이다지도 부합할까?

자향은 한동안 멀거니 서서 멀어져 가는 정염에게 손을 흔들었다.

욱자는 나무와 나무 사이를 누비며 전생서 부근을 훑었다. 그 경황없는 중에 많은 사람이 죽고 많은 사람이 다쳤는데도 사람과 시체 같은 것은 흔적도 없다. 시신까지도 모두 감쪽같이 치워버린 모양이었다. 연지와 장시후가 죽어 쓰러져 있던 소나무 주변도 깨끗이 청소되어 있었다. 다만 전생서 마을 안쪽 차양이 쳐진 곳에 관복을 입은 사람 몇이 얼씬거렸다. 욱자는 가능한 한 가까이 가서 살폈다. 오늘의 전생서혈전에 끼어든 사람들은 아닌 듯하였다.

벌써들 다 사라졌단 말인가. 이렇게 빨리 사라질 수가 있을까. 번개같이 청소까지 하고. 욱자는 뒷산 쪽으로 살금살금 올라가며 싸움터 주변도 살펴보았다.

그때 저벅저벅 발걸음 소리가 뒤쪽 산등성이에서 들려왔다. 욱자는 욱자보법을 발휘해 우거진 나무숲 사이로 숨었다. 두 사나이가 산 쪽에서 내려오더니 으늑한 곳에서 앉는다. 잠시 쉬는 모양이었다. 그들이 속닥이는 소리가 들려왔다.

"김중수 부사정(종칠품), 이번에 수고가 많았소. 역시 기대했던 만큼 그대는 고수요. 심기도 깊고."

"고수가 무슨 당치 않은 말씀입니까."

"아닐세. 맡은 임무가 보이지 않고 드러나지 않는 일이라서 그렇지 가장 중요한 역할을 하시었네. 실력이 경력을 해도 충분하겠소."

"무슨 말씀을요. 이처럼 사소한 임무를 중시해주시는 곽 포교님이야말로 도총관을 하고도 남는 실력이시지요."

"허허, 나야 분수 속에서 세상을 관조하며 사는 사람이네."

"산사나무 밑에 숨어 노동팔 포교를 습격할 제는 부끄럽더이다. 이 며칠 노 포교란 자를 관찰해 보니 훌륭한 무사이더이다."

"그렇소. 그는 훌륭한 무사이오. 그러나 나라가 무색할 지경이 되었으니 어찌리오. 가슴 아픈 일이지만 제거할 밖에."

"성일한 포교를 배려한 것은 잘 하신 처사이옵니다."

"그렇게 생각하오?"

"네."

"모두 그가 죽은 걸로 여기겠지요?"

"물론입니다."

"그는 죽이기 아까운 인물이요. 그런 사람 만나기 힘들지."

"그 정도의 인물입니까?"

"내가 본 포교 중에는 그만한 인물이 없었소. 그는 어떻게 여길 떠나갔소? 그렇지 않아도 중상을 입었던데. 누구한테 당한 거요?"

"절친한 노 포교의 일검을 맞은 때문이지요. 노 포교가 죽지 않게 하려고 검에 정을 두고 칩디다."

"그 순간도 보았구려."

"네 보았습니다. 이번 전생서 대회전은 평생 잊지 못할 것입니다."

"그럴 거요."

"성 포교는 마침 부하 하나가 그를 업고 번개같이 사라지더군요. 다행히 발이 빠르고 신실한 부하가 옆에 있어 우리가 신경을 쓰지 않아도 되었습니다."

"잘 되었소. 이번에 좋은 사람이 쓸데없이 많이 희생당하였소."

"자향이란 아이도 죽여서 처치한 것으로 보고되겠지요?"

"물론이오. 오 경력이 자칫 그 애를 죽일 뻔하였는데 노 포교가 살렸소. 그 뒤에도 여러 번 위험했는데 무사하게 되었지. 그 애에게는 도와주고자 하는 조신(朝臣)의 마음도 여럿 동원되었다오."

"그렇습니까?"

"그렇소. 그녀의 부친 박운 참의가 덕이 있는 사람인 것 같으오."

"그분은 어떻게 되었는지요?"

"사약이 내려갔다오. 사약까지 받아야 할 죄는 없었는데."

"아!"

"그래서 그 딸이나마 살려줘야 한다는 의견이 나온 거요. 김수인 상전이 마지막으로 그 뜻을 이행해 주었고. 그리고."

"……."

"그리고 그녀 뒤에는 무서운 자객이 있습디다."

"만나셨습니까? 보셨나요."

"전생서 부근서 홀깃 본 듯도 한데 그렇게 느낄 때마다 흔적도 없이 사라지더군. 우리쪽 두 사람이 그 애를 죽이려 덤비다 희생당할 때 번개같이 나타났다가 사라지던걸."

"그 두 사람은 어린 민간 무사한테 당한 게 아닌가요?"

"한 사람은. 허나 붉은 무관복은 자객의 검에 맞았지. 젊은 무사한테 당한 자는 죽었고 자객한테 당한 자는 중태일 뿐 죽지 않았네."

"거기에 무슨 뜻이 있습니까?"

"자객은 사람을 죽이지 않는 모양일세."

"아, 그렇다면 정말로 고수 아닌가요."

"물론이지."

"한데 그 둘은 어디 소속인가요?"

"윤국충과 함께 도총부 휘하의 인물일 거요."

"자객은 그 뒤에 또 나타나지 않았습니까?"

"나타난 듯 사라지고 사라진 듯 그 옆에 있었지. 그저 보기에는 다시 나타나지 않았지만. 그리고 노 포교가 윤국충 원 천총과 혈전을 벌인 숲에서 그 자객의 기를 느낄 수 있었소. 소나무 숲에 숨어 있더군. 내가 자향이란 아이를 해치려 했다면 나타났겠지."

"그도 우리가 그 애를 해치지 않으려는 것을 눈치채지 않았을까요."

"그랬을 거요. 그 정도는 아는 자일 것 같으오."

"김 상전이 그 애를 살려준 것도 알까요."

"그것도 대충은 알겠지."

"누가 보낸 자객일까요."

"확실히는 모르겠소. 영원한 수수께끼는 아닐 것이요."

"김 상전은 괜찮겠습니까?"

그 말에 곽 포교는 잠시 말이 없다. 얼굴이 굳어진다. 어두워지는 전생서 앞쪽을 한동안 내다보더니,

"이번 일을 키우고 분란을 일으킨 자들을 잡는데도 김 부사정이 가장 큰 공을 세웠소."

말을 딴 곳으로 돌렸다.

"저보다는 저희 김득수 형님의 지혜가 한몫을 하였지요. 한데 그 윤국충이란 자는 어쩌면 그렇게 무술이 셉니까?"

"그것이 그를 죽게 만든 것이요. 무술이 높은 만큼 욕심도 커서 눈이 멀은 게지요. 무술이 높을수록 마음이 맑아야 하는데 욕심이 앞서면 꼭 사단이 나는 법이요. 이번 사건에 그런 무술고수 둘이 다쳤는데 바로 오천래 경력과 윤국충이요. 그들은 모두 자기가 천하무적이어야 직성이 풀리는 무인들이었소. 오 경력은 원래 그런 사람으로 소문이 나 있어 그렇다 치더라도 윤국충까지 그런 호승심이 있는 줄은 몰랐소. 노 포교를 꼭 죽이자고 덤빈 것은 결국엔 나라에 보탬이 되었지만."

"우리 선에 의하면 김유모 상차가 필히 노 포교와 자향이란 애를 죽여 사건을 키워야 한다고 충동하였다고 합니다."

"별스러운 일이야. 세상은 허무한 것이거늘. 권력이란 게 무엇인지!"

"귀임명령은 언제 발동이 된 겁니까?"

"오늘 정오를 넘어서 파발마로 왔다오. 한데……"

거기서 말을 끊은 곽 포교는 김중수 얼굴을 한번 들여다보고 한숨을 쉬었다.

"어제부터 일이 틀어져 있었소. 김 부사정도 아시겠지만. 그 책임은 우리가 져야 하오. 귀임명령이 왔을 때 일은 꼬여서 처리할 시간이 필요하였던 거요."

"귀임명령 이전의 처리명령이 늦었단 것이지요."

"그렇소. 그 처리명령에는 김 상전이 죽이고 싶지 않은 사람의 이름이 올라 있었고."

거기까지 대화를 나눈 둘은 한동안 말없이 조용히 앉아 있었다. 저녁바람이 능선을 넘어 스치듯 날아오더니 두 사람의 정신을 일깨워준다. 으름나무 밑에 숨어 있는 욱이는 갑자기 추위를 탄 듯 몸을 살짝 떨었다. 숨까지 제대로 쉬지 못하고 조심하느라 얼굴에 땀이 나는데도 몸은 부르르 떨리는 것이었다.

하도 은밀한 이야기를 많이 엿들은 탓일까. 곽 포교의 놋쇠 색깔 목소리가 들려올 때 욱자는 왠지 차가운 한기에 또 한번 떨었다.

"갑시다. 가서 김 상전과 마지막으로 만나봅시다. 몇 가지 보고해야 할 것도 있고."

"네."

둘은 일어나더니 오른쪽 경사를 내려가 욱자의 시야에서 사라졌다.

욱이는 기뻤다. 은밀한 비밀 이야기와 자향 아씨의 사연을 들은 것도 놀라운 일이지만 성 포교 이야기가 더욱 솔깃하였다. 성일한 포교가 바로 함지박귀이겠지. 그렇다면 발이 빠르고 신실한 부하는 우리 최윤보 형님일게고. 좋다! 그렇다면 우리 형님은 살아 있구나! 아이구, 좋아라! 우리 형님은 무사하다! 무사하구나!

그렇게 욱이가 진정한 기쁨 속에 환희하고 있을 때 파란 검광이 그의 왼켠에서 날아왔다. 검광의 낌새도 못 챈 욱이는 소리도 지르지 못한 채 앞으로 고꾸라졌다.

"해치웠는가?"

"네."

"시체는 처리해야 하는데."

"애들한테 묻어 없애라고 하겠습니다."

물음은 곽 포교이고 답은 김중수였다.

욱이의 슬픈 인생, 욱자의 허무한 죽음은 천하고수를 몰라본 탓이었다. 아무리 숨을 죽이고 엿들었다 해도 기의 흐름까지 느끼는 곽 포교 아니던가. 그의 감에서 벗어날 수는 없는 것. 더구나 천하기밀 이야기를 모두 들었으니 무사할 리가 없었다.

하지만 욱자에게 아쉬운 게 있다면, 그가 그렇게 좋아하고 자부하던 달음박질 한번 제대로 못 해보고 죽은 게 아마도 억울했을 것이다.

목이 부러져 숨진 욱이는 여전히 웃고 있었다. 죽는 줄도 모르고 죽은 욱이이기에 그 좋아하는 윤보 형님이 무사한 것이 죽어서도 그렇게 좋았던 모양이었다.

허나, 한없이 착하던 욱이의 죽음은 훗날 새우젓패 동료들의 포한이 되었다.

동료들은 아무리 기다려도 욱자가 돌아오지 않자, 몇 날 며칠을 전생서 부근서 동무를 찾아 헤매었다. 혹시 시신이나마 찾을까 눈물을 머금고 계곡 구석구석까지 헤매었다. 동료들은 목이 터져라 욱이의 이름을 애타게 부르다가 나무에 기대어 꺼이꺼이 소리내어 울기도 하였다.

얼마 뒤 조 군사가 여러 길로 알아본 결과 아슴프레하게 욱이의 죽음을 확인할 수 있었다.

그 직후 서문의 포졸 하나이 새우젓패에 찾아와 욱이의 소식을 물었다.

왜 찾소. 욱이는 죽었소! 정말이오? 정말이라오. 착한 놈이 억울하게 죽었소. 정말이오? 정말이라오. 어떻게 죽었소? 좋아하는 형님포졸 땜에 죽

었답디다. 그 무슨 말이요? 저 어딘가 큰 말썽이 난 곳에서 부상한 형님포
졸을 구하여야 한다고 갔다가 죽었다오. 정말이오? 정말이라니까요. 당신
은 누구요?

그 말에 포졸은 대답을 잃은 채 넋이 나간 듯 한동안 멍하니 서 있더니
갑자기 눈물을 좔좔 흘렸다. 그리고는 포졸은 아무 말 없이 뒤돌아 문안
가는 길로 걸어갔다.

함지박귀한테 오른팔을 흔들어대며 포졸의 명예를 울부짖고 그 명예를
실천하기 위해 욱자를 찾아온 최윤보는 서문으로 되돌아가는 길 내내, 욱
이야 욱이야, 욱이야 욱이야 욱이야, 천하에 달음박질 잘하던 의동생을 한
없이 부르며 울며 갔다.

곽 포교가 한탄한 쓸데없이 희생당한 좋은 사람들, 그들 어느 누구보다
도 욱이의 죽음은 아까웠고 허무하였고 정말로 안타까운 것이었다.

삿갓을 쓰고 배잠방이를 입은 사내는 만초천 둑을 따라 정신없이 달려
왔다. 그는 저 멀리서 다가오고 있는 점과 점들이 바로 자기가 기다리는
사람들인 걸 알고 있었다. 그것은 특유의 육감이었다. 그들이 서로를 알아
볼 수 있을 때까지 삿갓은 헐떡이며 달려왔다.

역시 보욱이 그녀를 알아보았다. 마차에 앉아 있던 보욱은 저쪽에서부
터 열심히 뛰어오는 사람의 윤곽이 뚜렷해지자 펄쩍 뛰어내리더니 달려오
는 삿갓, 계희를 향해 마주 달려갔다. 둘은 둑 옆 풀 위에 서서 손을 마주
잡았다.

"보욱이 오빠!"

"계희, 왜 여기까지 왔는가?"

"새우젓패들한테 이야기 못 들었어요?"

"뭘?"

"기수 행수하고 제가 강화도로 숨으러 가게 된 것 말이어요."

"그건 얘기 들었지."

"그래서 우리가 마저 가기 전에 보욱이 오빠랑 항슬이 오빠랑 자향 아씨를 보러 온 거지."

"우리를 보러 왔다구?"

"그러엄. 누가 그러는데 조 군사 아저씨가 보욱이네를 구하러 갔구, 어쩌면 아씨와 항슬이도 데려올 거라고 했어. 그래서 기수 행수한테 부탁해서 나루목 입구서 기다리고 있는 중이야."

"아!"

그 순간 보욱의 뇌리에 아까부터 그려질 듯 그려지지 않던 그림이 번개같이 완성되고 있었다.

항슬이는 만초천을 걸어오며 걱정이 태산같았다. 자향의 행보를 어떻게 해야 할까, 문안 들어가는 것은 당분간 안 될 것 같고, 어디 은밀한 곳에 보내야 한다. 사건이 이렇게 큰 줄 몰랐다.

항슬이 우수 어린 눈초리로 그렇게 물었을 때 보욱은 잠깐만 기다리라고 하였다. 그리고 뭔가 멋진 궁리가 없을까, 머리를 열심히 짜내고 있었다. 그러나 좋은 생각이 도시 떠오르지 않아 애만 태우던 중이다. 그런 참에 계희가 그 좋은 살수호와 기수 행수를 모시고 나루목에서 기다리고 있는 것 아닌가.

그렇다면, 자향의 행보, 그 그림은 단번에 멋지게 완성되는 것이었다.

보욱은 너무나 좋아서 계희와 속닥속닥 이야기를 나누었다. 그 사이 마차가 다가와서 계희는 항슬이와 석수를 반기었다. 석수는 물론 아직 엄엄한 상태라 대화를 나눌 수는 없었지만.

옥선 상궁은 급한 발걸음으로 교태전에 들었다. 왕비 바로 옆에 부복하듯 무릎 꿇은 옥선 상궁은 숨을 가누자 눈꼬리를 세우며 붉은 입술로 속삭이듯 보고하였다.

"왕비마마, 연지와 장시후를 끝내 도륙하였다 하옵니다. 도타한 박운 참의의 딸 박자향도 전생골에서 죽임을 당하였고요."

"그 말이 적실한가?"

왕비도 말소리를 낮게 깔며 침중하게 물었다.

"하 상전이 상감마마께 보고하는 것을 들었사옵니다. 확실하옵나이다. 이 상선의 보고를 전하는 것이었습니다."

"노 포교란 자는?"

"그자도 성 포교란 자와 함께 죽었다 하옵니다. 이로써 연지 무리와 박자향을 쫓은 중요 포교와 포졸까지 죄 처리된 것입지요."

"그러면 주초위왕의 소문은 이제 잦아들겠고나."

"그러하옵니다."

"잘 되었다. 그동안 얼마나 노심초사하였는지 모르겠도다. 노동팔 포교는 누가 처리하였다 하던가?"

"친군위의 고수가 여럿 동원되어서 겨우 처치하였는 듯합니다. 그들 고수들도 여럿 목숨을 잃었구요."

"흥, 그까짓 포교 하나 처치하는 게 그리 어려워서야 고위 무관들이 무슨 면목이 있으리요. 친군위의 조직은 없던 것으로 해야 하리."

"하오나, 왕비마마!"

"무슨 일이냐. 서슴없이 말하거라."

"일이 생각보다 쉬이 끝나지 않아서인지 상감마마께서는 안도하는 한편 만족하지는 못하신 듯하옵니다."

"그래?"

"어젯밤이 새기 전에 끝내라 하였으나 오늘 저녁이 다 되어서야 끝나지 않았습니까. 더구나 마포의 새우젓패들까지 끼어들어서 소문이 완전히 죽지 않고 슬금슬금 피어나지 않을까 저어되는 듯하옵니다."

"허면?"

"이처현 상선이 책임을 져야 합지요."

"그를 문책하여야 할까? 여하튼 일은 매듭을 지었지 않은가."

"마땅히 그렇게 해야 한다는 생각이옵니다. 최소한……."

"최소한?"

"일선 책임자로 나간 김수인 상전은 엄히 문책해야 할 것입니다."

"엄히 문책하라면?"

"궁중에서 쫓아내야지요."

"흠, 그렇지. 이 상선의 힘을 죽이려면 그의 의자이요 지혜주머니인 김수인 상전을 없애야지. 쫓아낼 밖에. 원래 환관은 역적이기 전에는 죽이는 법이 아니니라. 함부로 죽일 수가 없다."

"그건 알고 있습니다. 하지만 이 상선은 김 상전을 아주 아끼므로 그를 징벌하지 않을 것입니다. 그런 약점을 물어 이 차제에 김 상전을 궁에서 없애고 이 상선의 힘을 죽여 미구에 그 능구렁이를 제거하시옵소서."

"그를 제거해야지. 한데 옥선이, 너는 김수인 상전을 좋아하지 않았느냐."

그 말에 옥선 상궁은 고개를 살짝 숙이며 빨간 입술을 꼬옥 깨문다. 두 눈에 묘한 감정이 흐른다. 눈빛은 갈수록 사악하게 변한다.

"제가 어찌 그것도 없는 내시를 좋아하겠습니까. 마마도 너무하십니다."

말씨가 사나우면서도 왠지 떨리고 있다.

"흐음, 그 말이 섭하면 없던 걸로 하마."

왕비는 옥선을 내려다보며 가볍게 웃더니 이윽고 눈꼬리를 세우고는 사나운 목소리로 속삭였다.

"옥선아, 네 말대로 이 상선은 김수인 상전을 벌주진 못할 것이다. 그 약점을 파고 들어 이번에 상감의 측근을 차근차근 바꿔야겠도다. 궁안에는 나의 심복만이 있어야 하는 것. 네가 그 공로자가 되겠느냐."

그 말에 옥선의 얼굴이 조금은 비장해지면서 뱀 같은 목소리로 속닥였다.

"소신, 있는 힘을 다해 마마님께 충성하겠나이다."

"고마웁다. 네가 전에 세운 계획이 안대로 처리되면 너의 집안은 내가 책임지고 출신시켜줄 것이다."

옥선 상궁은 왕비의 앙칼진 약속에 허리를 깊숙이 숙이며 더욱 부드러운 목소리로 개어올린다.

"왕비마마의 보살핌 하해 같사옵나이다."

이처현은 의자 김수인을 내려다보았다. 어젯밤과 오늘 하루 경황없는 일을 치르느라 지친 얼굴에 피로가 수를 놓고 있었다. 어젯밤에는 그 좋아하는 술을 많이 들었으리라. 그러면 가는 길은 뻔한 것. 이성보다도 정일 것이고, 그로해서 생긴 번민과 애정이 오늘 이 결과를 낳았겠지.

그러나 김수인의 피로 속에는 슬쩍 스쳐 지나가는 빛살도 있고 처연(凄然)도 있고 초탈도 엿보였다. 의자의 인생관이 언젠가 이런 일을 벌이지 않을까 생각하였지만 이렇게 빨리 오리라고는 미처 생각하지 못하였다. 아니 어젯밤 잠 못 이루며 축시에 눈을 떴을 때 생각하였지. 이 일을 맡기지 말걸. 이대정 호군을 직접 시킬걸. 하지만 이대정에 명하였다가 기밀이 샐 것을 걱정하였지. 한 사람을 건너 놓아야 유사시에 상께 누가 없을 테니까.

저 의자의 얼굴 속, 그 슬픔 속, 거기에는 내 생각과 똑같은 것이 앉아 있으리라. 세상에 대한 미련, 출세와 여인에 대한 비애, 그리고 아무리 단념한다 해도 남성만이 지닌 활화산 같은 포한이!

이처현은 자기 젊을 때와 그렇게 비슷한 김수인이 너무 애처로웠다. 사람은 다 비슷한 것. 하지만 가슴에 응어리진 슬픔까지 같을 필요야 뭐 있을까.

이 상선은 목소리에서 정을 빼내며 차가웁게 말하였다.

"김 상전, 독기가 없는 사내는, 정이 많은 남자는, 큰일을 못하는 법. 세상은 그런 사람을 칭송할지 모르나 나라는 그런 사람을 중용하지 못한다. 용납할 수도 없다. 이 사소한 진리를 아는가?"

"잘 알고 있사옵니다."

"저 들판과 산을 보아라!"

이처현은 오른손에 들고 있는 쥘부채로 어두워지고 있는 남쪽 산천을 가리켰다. 쥘부채가 가리키는 곳에 넓은 들판과 개울과 저 멀리 산맥으로 연이어 흐르고 있는 산들이 가이없이 펼쳐지고 있었다. 전생서의 풍경이 그들 사이에 아련히 박혀 있다. 멀리서 보는 전생서의 풍경은 오늘도 아무 일이 없었는 양 포근하다.

김수인은 고개를 들어 의부가 가리키는 산천을 바라보았다.

저녁바람이 스산하게 부는 산천은 그래도 아름답다. 아무 일이 없는 양 조용하고 정밀한 산과 내는 억겁의 깊이를 지닌 듯 오연하다. 허나 그 산천 저기에 오늘 하루 피로 얼룩진 역사가 있고 서리서리 얽힌 한이 있고 뜨거운 눈물과 열정이 격탕하였고 슬픔에 오열한 사람들의 흐느낌이 있었다. 많은 사람이 죽고 살아남은 사람은 섧게 발을 떼며 떠나갔다.

"김 상전은 저 산천이 보이느냐?"

이처현은 눈 하나 깜짝하지 않고 고개를 빳빳이 들어 앞쪽을 바라보며 물었다.

"보이나이다."

김수인도 반듯이 고개를 들고 말하였다.

"뭐가 보이느냐?"

"산천이 보입니다."

"그 속에 뭐가 있느냐?"

"성명이 사랑하는 만물이 있습니다."

"그래. 그 만물을 너는 다 사랑할 수 있느냐?"

"성명께서는 모두 사랑하실 것입니다."

"저 산천에 있는 사람과 짐승과 나무와 꽃과 풀과 곤충과 벌레까지를 다 말하는 것이냐?"

"그렇사옵니다."

"그럼, 저 나무 밑을 기어가는 개미를 너는 사랑한 적 있느냐?"

"사랑은커녕 괘념한 적도 없사옵니다."

"성명께서는 괘념했겠느냐?"

"일일이 괘념하시지 않더라도 밝고 넓은 통치로 인해 저절로 은택을 끼쳤을 줄 아옵니다."

"잘 알고 있고나. 성명은 미물 하나하나에게도 혜택을 끼치고 계시니라. 허나 어느 순간, 큰 통치를 위하여는 미물의 희생도 요구하는 법. 그 원리를 상전은 알 것이로다."

"알고 있사옵나이다."

"그럼 오늘의 이 분란이 성명께 큰 누가 되었음을 알겠고나!"

"물론이옵니다."

여기서 대화는 끊기고 둘은 한동안 말이 없다. 이처현 상선도 여전히 앞을 바라보고 김수인 상전도 전생서 풍경을 내려다본다. 똑같은 풍경을 내려다보고 있으되 두 사람의 생각은 각기 다르다.

김수인은 오늘 마지막 자신의 거취를 생각하고 있고 이처현은 궁중의 움직임을 그리고 있다.

의부에게 누를 끼쳐서는 아니 된다. 어제 하루 내가 멋대로 처리한 이 잘못은 온전히 나의 것. 의부한테 그 누가 옮아가서는 아니 되지. 그렇다면 길은 하나. 그 생각을 하니 마음이 맑아지는구나. 여한도 없다. 이런 인생이 될 줄 일찍이 예상한 적도 있지 않느냐.

지금 궁중에서는 왕보다 왕비가 더욱 머리를 굴리고 있을 것이다. 왕비는 일찍부터 의자 수인이를 의식해왔다. 수인이 너무 영리하고 궁중의 움직임을 너무 명쾌하게 파악하고 있는 것을 싫어하였지. 하면 지금 왕비가 생각하고 있는 것은 빤한 것. 자기의 측근을 넓히고 바로 앞에 다가오는 권력에의 야망을 더욱 공공히 할 궁리, 그 궁리를 위해 뭔가를 노리고 있을 것이다. 그 노림은 틀림없이 나한테 겨냥이 돼 있을 것이고. 하지만 나는 그런 술수와 음모를 헤쳐가며 임금을 지켜줘야 한다. 빼어나지는 못하지만 착하신 왕을 보좌해야 한다. 그렇다면 길은 하나. 그런 왕비한테 한 오라기라도 트집을 잡혀서는 아니 되지.

이윽고 김수인이 고개를 들어 이처현 상선을 바라보았다.

"상선 나리, 마지막으로 아버님이라 불러도 되겠나이까?"

"불르려므나. 내가 네 의부인데 왜 아버지라 부르지 못하겠느냐."

"아버님, 감사하옵니다. 그동안 감사하였나이다. 만수무강하소서."

"나도 얼마 살지 못할 게야."

"아버님, 죽기 전에 한번 크게 웃고 싶나이다."

"그러려므나."

이처현 상선의 허가가 떨어지자 김수인은 몸을 돌려 전생서 풍경이 담긴 산천을 눈에 힘을 주어 바라본다. 그리고는 입을 크게 벌려 호탕하게 웃어재켰다.

"으하하하하하!"

야망과 포한과 비정이 응어리진 김수인의 웃음은 산천이 떠나가듯 그의 목청에서 피를 토하듯 터져 나와 저 멀리 산까지 퍼져나갔다. 마치 장강의 노도가 웅혼하게 굉음을 울리고 용트림하며 폭류(暴流)하는 것 같았다. 이처현 상선 뒤에 시립해 있던 군사와 사인교 가마꾼들은 뜻하지 않은 대화에 이미 놀라고 있었는데 김수인의 상상을 절하는 사자후(獅子吼)에는 모두가 화들짝 놀라 경황없어하였다. 이대정은 행여 급박한 상황이 있을까 봐, 칼에 손을 주며 이 상선 바로 뒤쪽에 시립해 섰다.

오로지, 이처현 상선만이 김수인 바로 뒤에 서 있는 채 몸 하나 까딱하지 않고 태연히 산천을 바라보고 있었다.

사자후를 토해낸 김수인의 두 눈에 눈물이 흘러내렸다. 그는 몸은 돌리지 않은 채 앞을 바라보며 말하였다.

"아버님, 성명이 태양처럼 만방을 비추도록 보좌하오소서."

"그러하마."

"소자, 마지막으로 이 며칠 가슴을 요동친 느낌을 말씀해 올려도 되겠나이까?"

"그러려므나."

"이 세상은 성명은 훌륭하시고 의부의 인자한 보살핌은 높고 깊었사옵니다. 허나, 어느 순간 우리 같은 소장부에겐 이 세상은 아무것도 아니라는 쓸쓸함도 느끼게 하더군요. 그 쓸쓸함은 인생의 덧없음을 깨우쳐주었습니다."

김 상전은 여기서 잠시 말을 끊었다. 뭔가 열정이 목을 타고 넘어오는 모양이었다. 이 상선은 미동도 하지 않은 채 앞만을 내려다본다. 이윽고 착 가라앉은 김 상전의 목소리가 울려나왔다.

"아버님, 소자는 이런 생각을 하였습니다. 우리는 이 세상의 과객에 불과하고나. 어쩌면 이렇게 슬프고 외롭단 말인가. 이런 가녀린 마음의 우리는 늘 약할 수밖에 없는 것인가. 하긴 그런 마음 자체가 속절없는 것이겠지요. 허지만 그런 마음 탓인지, 어느 순간 길을 가는 눈먼 나그네가 길을 제대로 못 가는 걸 보면, 가슴이 아프곤 하였습니다. 그때 그를 제대로 인도해 줘야 우리 작은 마음이나마 편안하지 않겠사옵니까. 그런 눈먼 사람을 제가 도와준다 하면 성명의 노여움을 받을지라도 훌륭한 행동 아니겠습니까. 그걸 특히, 어젯밤 새삼스레 느꼈습니다."

"그러하냐."

"불알 없는 내시놈이 가여운 무수리를 사랑하는 걸 보고 차마 죽일 수가 없었습니다. 그 애틋한 사랑도 큰사랑으로 느껴지더이다. 그들은 제가 망설이는 사이 멀리 멀리 사라졌으면 좋았을 것을 그러하질 못하더군요. 그들은 겨우 열한 시진밖에는 더 살지 못했지만 그 열한 시진 사이에 그들은 정말 행복하였을 것입니다. 저는 그게 느껴지더군요. 부처님의 찰라는 우리의 억겁이고 부처님의 억겁은 우리의 찰라이니까요."

"그러하냐."

"그렇사옵니다. 노 포교란 자는 갈수록 저를 놀라게 하였습니다. 그를 만난 사람마다 모두 그를 좋아하였습니다. 동료도 술집여자도 양반아들도 부자도 목수도 그를 좋아하였는데 세상은 그를 몰라보았습니다. 그는 아무 관계도 없는 내시와 무수리를 구하고자 하였습니다. 그것은 그저 사소한 의리. 하지만 그는 그게 인생의 전부라고 믿고 있더이다. 그리고 하루하루 높아지는 그의 무술에 우리는 경악하였습니다. 깨끗한 마음과 의기를 중시하는 일념 때문에 그랬을까요. 나라가 눈이 있어 그런 자를 중용하였으면 얼마나 좋았을까, 가슴이 아팠습니다."

"그러하냐."

"그렇사옵니다. 그리고 포교들의 추적을 피해 달아난 박 참의의 딸 자향이란 아이는 훌륭한 처자였습니다. 오 경력의 비밀보고와 친군위의 다른 기밀보고에 의하면 그 처자는 가는 곳마다 사람을 감동시키고 사람의 고임도 받고 사랑을 흩뿌리며 이 세상을 태양처럼 비추었습니다. 무지렁이 아이한테까지도 사랑을 나눠주고 자기를 쫓는 포교가 하마 죽을까 봐 온몸으로 안타까워했습니다."

"그러하냐."

"그 애를 도와준 삼개의 민간 무사 하나가 있었는데 놈은 성스러운 처자를 돕는다는 일념에 생명을 던지는 자세에서 무한한 검술의 경지를 터득하였던지 천하의 오천래 경력을 일검에 버혔습니다. 조선 제일의 무사를 말입니다. 이런 일이 있을 수 있습니까?"

"그러하냐."

"그리고 힘없는 그 두 도망자 동아리는 만나자마자 서로를 얼싸안으며 가슴 아파하고 좋아하고 서로 힘을 합하여 목숨을 버려가면서 함께 뭉쳐 싸웁디다. 이런 일이 그냥 있을 수 있는 일입니까?"

"그러하냐."

"그들을 모두 살리고 싶은 마음에 성명에 누를 끼쳤습니다. 그들을 살리고자 하는 제 아둔함이 역으로 화를 자초하고 분란을 크게 냄에 놀라 뒤늦게 처결명령을 내렸사오나 일은 너무나 커진 뒤였습니다."

"그랬느니라."

"이번 사건에 대한 모든 보고서가 제 품안에 있나이다. 불초소자, 먼저 가는 죄를 범하옵니다."

마지막 말에는 이 상선은 대답하지 않았다. 말없이 앞만을 보았다.

김수인은 조용히 뒤돌아 서더니 이처현 상선 앞에 넙죽 절을 하였다. 절을 끝낸 김수인은 무릎 꿇은 자세로 뒤로 돌더니 허리춤에서 단검을 꺼내 들었다.

숨 세 번 쉴 시간. 김수인은 전생서 전경을 내려다보며 앞으로 푹 고꾸라졌다.

하 상전은 조용히 들어와 임금의 오른쪽 뒷편에 무릎을 꿇고 앉았다. 앞쪽에 놓여 있는 찻잔에 차를 따라 임금의 서안 옆 탁자에 올려놓았다. 임금은 하 상전이 차를 올려놓는 것을 보며 소리를 죽여 물었다.

"밖에 누구 누구 있느냐?"

"서비홍 상촉* 외에 아무도 없사옵나이다."

"중전을 따르는 애들의 신분은 모두 확인하였겠지."

"물론입니다. 밤에는 앞으로 서 상촉이 그 임무를 수행할 것이옵니다."

"알았다. 이건 무슨 차인가?"

임금의 목소리는 여운이 없이 단조롭다.

상촉 尙燭 종육품. 궁중의 초를 담당하는 내시이나 야밤 당번으로 무술이 있는 자를 주로 임명하였음.

“오미자차이옵니다.”

“요즈음에는 우룽차만을 마셨는데. 그 차가 좋던데. 왜 이 차를 주느냐?”

임금의 그 말에 하 상전은 미미한 웃음을 띠며,

“상감마마, 우룽차는 기를 돋우워 주는 좋은 차이지만 이 오미자차는 마음을 고르게 해주는 약효가 있나이다. 이 차도 한번 드시옵소서.”

“그러한가.”

“그렇사옵나이다.”

임금은 오미자차를 한 모금 마시고는 고개를 들어 천장을 바라보며 혼잣말처럼 중얼대었다.

“김유모 상차가 그럴 줄은 몰랐도다.”

“……”

“정태유 상온이 부화뇌동하였다고?”

“……”

“그들을 모두 뇌옥에 나렸다고 하였지?”

“그렇사옵니다.”

“뇌옥은 단단히 조치하렸다. 말이 새나가서는 아니 되느니라.”

“물론이옵니다.”

“흐음, 그렇다고 해서 일이 그렇게 늦어지고 항간에 더 소문이 나게 처리하다니 있을 수 없는 일이로다!”

“그렇사옵나이다.”

“그렇다면 누구의 책임인가?”

“……”

“누구의 책임인가?”

“……”

“누구의 책임이냐고 묻지 않았느냐!”

“상감마마, 소신은 제대로 판단이 서지 아니하와 감히 말씀을 드리지 못하겠나이다."

"흥, 하 상전. 그대의 동료 김수인을 감싸는 건가?"

"그렇지 않사옵니다."

"그렇지 않다고? 그럼 어찌 하 상전은 김수인 상전을 감싸는고?"

"황송하옵나이다."

하 상전은 그 말과 함께 납작 바닥에 엎드렸다. 임금은 그런 하 상전을 흘깃 한번 보고는,

"이 궁궐 안에 도대체 믿을 만한 자가 몇이나 될꼬. 하 상전, 내가 믿고 살 수 있는 별감짜리가 몇이나 되느냐? 말을 해보거라!"

"상감마마, 그 말씀 너무 황송하옵나이다. 소신, 가슴이 떨려 감히 말씀을 못 올리겠나이다. 신을 죽여주시옵소서!"

"흥, 하 상전! 너의 그런 너그러운 마음은 동료를 위할지는 모르지만 나라를 망칠 수도 있는 것! 이처현 내시감이 김수인의 죄를 묻지 않는다면 내 그대들 내시를 모두 갈아치우리라!"

"……."

"알았느냐?"

"……."

"알아들었느냐고 묻고 있노라!"

"상감마마, 신 떨리는 가슴으로 그 말씀 새기고 있나이다."

"좋다. 한 시진 내로 이 상선의 보고가 없을 때는 내 특별 지령을 내리리로다."

"……."

"그리고 다시 말하거니와 앞으로 중요한 보고가 있을 적에는 중전 쪽 아이들은 대전에 얼씬도 못하게 조심을 시켜야 한다. 그 점 알았느냐?"

"알겠사옵나이다."

석수는 꿈을 꾸고 있었다. 뱁새눈에 두툼한 입술, 왠지 조화를 이루지 못하는 얼굴이 저쪽에서 다가오고 있었다. 석수는 반가워 소리쳤다. 스승님 스승님! 저 석숩니다. 제가 그동안 스승님을 제대로 섬기지 못하였습니다. 스승님의 말씀이 옳았습니다. 검술은 법도와 힘 속도 그런 것만 갖고는 안 되는 것을 알았습니다. 이 세상에는 우리가 모르는 기와 음양의 조화가 있었습니다. 그걸 이제 조금 느낍니다!

스승님 스승님! 석수는 너무 좋아서 스승을 부르며 달려갔다. 한데 가까이 가서 보니 스승이 아니었다.

빙그레 웃으며 다가온 사람은 노동팔 포교였다. 노 포교님! 놀라서 부르자, 그래 날세. 스승인 줄 알았는가? 네, 노 포교님이셨군요. 석수, 이제는 알았는가. 검술의 극치가 무엇인가를? 완전히 알지는 못하고 조금은 느낄 것 같습니다. 느낀다구? 네. 느끼면 다 된 거야. 곧 고수가 되겠군.

검술의 고수는 기를 모아야 해! 내 온몸의 기, 내 주위에 있는 모든 기, 천지에 그득한 기를 모아 검의 정수리에 담아야 한다. 검도 정신을 갖고 있는 걸 아는가? 검도 정신이 있습니까? 물론이지. 내 관포검을 보라구. 이 단검은 광풍의 정을 지니고 있지. 광풍의 정이요? 그럼, 미친 회오리바람의 정수. 그 정수가 이 관포검 속에 담겨 있다네. 금방 장인 염가를 만나고 오는 길일세. 염가가 누군데요? 이 관포검을 만들어서 나한테 판 사람이야.

이 검은 검주인이 횡액을 당한다는 전제가 있는데, 장인은 새 동무가 그 검을 사서 새 동무한테 선물하면 전제가 발동하지 않는다고 나한테 거짓말을 하였거든. 그랬어요? 음, 당신 왜 거짓말을 하였나! 하고 혼을 냈더니 장인이 한참 주절대는 거야.

여보쇼, 무인 양반. 전제가 있건 없건 내 무기를 죽이고 싶겠소? 장인에게 있어 자기가 만든 무기는 내 새끼인 거요. 새끼 중에는 이쁜 놈도 있고 못생긴 놈도 있고 사나운 놈도 있지 않겠소. 전제가 있는 검은 사나운 놈에 속하겠지. 그놈도 세상에 나가 활개치며 한번 멋지게 살 권리가 있지 않겠소? 아니 그렇소? 돈을 비싸게 받은 것은 그렇게 해야 솔깃해서 살 것 같아 꾸민 상술이요. 돈일랑은 돌려 달라면 후려친 건 얼마든지 돌려드리겠소. 나는 그저 내 검이 세상에 나가 활개를 치며 활약하는 걸 보고 싶었다 이거요. 그 검을 써보니까 어떻습디까? 근사한 검이었소. 정말이지요? 물론이요. 그대 장인이 생각한 것보다 훨씬 훌륭한 검입디다. 아, 좋도다. 포교님, 이제 사나운 정신이 서려 있는 검이 얼마나 근사하다는 것을 느끼셨을 거요! 그렇지요?

허, 장인의 말을 들으니까 옳더라구. 정신이 제대로 박힌 이 관포검! 장인이 외려 나한테 좋은 선물을 한 셈이지. 석수, 그대도 말이야 이 검처럼 삼인검의 정신을 바짝 차리게 하고 기를 한데 모으라고! 가슴속에 마음속에 기를 모아서 일검에 적을 버히는 거야. 기는 마음속에서 생기고 법도는 마음 밖에서 이뤄지는 거네. 석수, 알았지? 이 세상에는 무한한 기가 날아다닌다구, 무한한 기가 말이야!

이렇게 노린내가 웅변을 토하고 있을 때 자향 아씨가 다가왔다. 자향을 본 노 포교는 아주 반기며 이번에는 그녀에게 말하는 것이었다.

아, 자향 아씨. 내가 마지막으로 한 말 잊지 않았겠지? 네, 잊지 않고 있습니다. 그래요, 잊으면 안 됩니다. 우리 정염이는 건방진 데가 있는 녀석이지만 좋고 빼어나고 훌륭한 도령이요. 그를 사랑해줘요! 네, 알았습니다. 자향이 노 포교의 말에 선선히 대답하는 것이었다.

석수는 그 순간 흥분하였다. 좀전까지 검의 정신, 무술의 극치를 갈파할 때는 노 포교를 이 세상 최고의 스승으로 받들어 모셨지만 지금 노 포교가 하는 이야기는 영판 기분이 나빠지는 것이었다.

아니 노 포교가 도대체 무슨 소리를 하는 거야. 그리구, 자향 아씨는 뭘 알았다고 하고? 뭘 알았어! 자향 아씨가 사랑한다면 우리 항슬이 형을 사랑해야지 정염 도령을 사랑해? 있을 수 없는 이야기 아냐!

너무나 분한 석수는 벼락같이 소리지르며 노 포교에게 따지고 대들었는데 그 바람에 그만 꿈에서 깨어버렸다.

그가 눈을 뜨자 옆에 있던 보욱이 좋아서 소리쳤다. 석수가 깨어났다. 석수가 깨어났어! 뭐야, 석수가? 항슬이 놀라 묻자, 응, 항슬이 자향 아씨, 석수를 보고 가십시오. 그래 그래. 우리 석수를 보고 가야지. 그렇지 않아도 서로 작별인사도 못하고 헤어지는가 해서 섭섭하였는데.

항슬과 자향이 좋아하며 마차 쪽으로 달려왔다.

석수야 니가 깨어나서 너무 좋다. 우리 이제 여기서 당분간 헤어져야 하거든. 왜에? 으응, 너는 삼개로 가서 소 대부의 치료를 받아야 하고 나는 자향 아씨를 모시고 당분간 여길 피해야 해. 어디로 가는데? 강화도 쪽으로 간다. 배가 없잖아. 아니야, 계회 여맹주가 배를 갖고 왔어. 그 살수호 알지? 기수 아저씨도 같이 간다. 그래? 그럼 잘 되었다.

석수는 항슬이 옆에 나타난 자향의 얼굴을 보고 환하게 웃었는데 그 옆에 계회가 나타나자 더 한층 좋아하였다.

항슬이 형, 나도 따라가고 싶다. 그건 안 돼. 넌 강물의 차가운 기를 받으면 안 된대. 너를 구한 게 누군 줄 아니? 누군데? 정엄 도령이야. 그 도령이 너에게 천령속명단이란 명약을 먹여서 살려낸 거라구. 그랬어? 그 도령 참 고맙다. 한데 노 포교는 어떻게 되었지? 금방 꿈속에서 만났는데. 그래? 노 포교를 꿈속에서 보았어?

항슬이 묻듯이 말하고는, 노 포교님은 너랑 함께 싸우지 않았니. 너는 청포철릭 무관을 거꾸러뜨리고 쓰러졌고 노 포교는 삿갓 쓴 자객까지 버혔는데 그분도 역시 가슴에 큰 상처를 입고 결국 돌아가셨어. 노 포교님이 돌아가셨다구? 그래! 우리 모두 얼마나 울었는지 모른다. 좋은 분이셨는데. 훌륭하신 분이었는데 말이야! 그래서 정엄 도령이 그분을 모시고 만리창 쪽으로 갔단다. 그곳 좋은 명당에 그분을 잘 모시겠다고 했어. 그랬어요? 정말로 훌륭한 무사였는데. 그리고 우릴 도와주셨고!

그 말과 함께 석수는 눈물을 줄줄 흘렸다. 꿈에서 본 노 포교의 모습이 눈에 선하게 다가왔다. 석수, 삼인검의 정신을 바짝 차리게 하고 가슴속에 마음속에 기를 모아 일검에 적을 버히는 거야! 이 세상에는 무한한 기가 날아 다닌다구! 알았지?

돌아가신 노 포교는 왜 꿈에 나타나 나한테 그런 말을 해주셨을까? 한데 그분은 자향 아씨한테는 이상한 이야기도 하고 말이야.

"자, 석수. 우리는 갈게. 너는 보욱이가 데려가 잘 치료해줄 거야. 몸조리 잘하고 건강한 몸이 돼 우리 다시 만나자."

"항슬이 형은 어디로 해서 가는데?"

"저 앞쪽에 기수 행수가 살수호를 대기시키고 있어. 우린 그 배를 타고 계희와 함께 강화도로 간다."

"응, 알았어. 잘 가!"

"그래."

그렇게 두 동아리로 나뉜 그들 한 동아리는 헤어지게 되었는데 갑자기 석수가 마차에서 일어나다 힘이 없어 도로 누우며 소리쳤다.

"항슬이 형, 나 좀 봐요!"

"왜?"

항슬이 놀라 달려와 얼굴을 석수 가까이 갖다 대었다. 석수는 항슬이만 들을 수 있는 작은 소리로 말하였다.

"형"

"으응?"

"정염이를 조심해!"

"무슨 말이니?"

"정염이와 자향 아씨가 다시는 만나지 못하게 해요. 알았지?"

"왜에?"

"하여튼 약속해요!"

“알았어. 약속하마.”

“약속한 거지?”

“그래.”

“그럼 자향 아씨와 단둘이 이야기 좀 하게 해줘.”

“알았다.”

자향이 얼굴을 석수 가까이 갖다 대자 석수는 숨소리까지 들리는 자향을 보며 그래도 부끄러운 마음이 일었던지 얼굴이 붉어졌다.

“석수, 저한테 이야기할 게 있어요?”

“네.”

“뭔데요?”

“아씨, 제 말 한마디만 들어줄래요. 그럼 전 죽어도 여한이 없어요.”

“무슨 말을 그렇게 해요. 걱정 말구 아무 말이나 다 해요. 다 들어줄게.”

“아씨, 고마워요.”

“고맙기는 말을 하라니까요.”

“네, 아씨. 항슬이 형은 참 좋은 사람이어요.”

“그럼요. 정말 좋은 분이셔요.”

“아씨, 항슬이 형을 사랑할 수 있어요?”

“네?”

“항슬이 형을 사랑해 달라구요. 정염 도령을 사랑하지 말고요.”

“네?”

“자향 아씨는 정염 도령을 사랑하겠다고 노 포교님한테 약속했잖아요!”

“그걸 석수가 어떻게 알았어요?”

“제 꿈에 노동팔 포교님이 나타나서 자향 아씨한테 다짐하는 걸 들었다구요!”

그 말을 하는 석수의 얼굴은 울상이었다. 자향은 어이없었지만 우스워서 살짝 미소지었다. 그녀는 석수의 순박한 마음과 애절한 표정이 너무나 아름답게 느껴졌다. 착한 석수, 우직한 석수, 그리고 용맹한 석수! 그래 석수는 참으로 좋은 사람이야! 석수의 말을 들어줘야지!

"석수, 걱정하지 마요. 그건 노 포교님이 돌아가실 때 모든 사람을 사랑하면서 살으라고 교시해주신 말씀이어요. 항슬이를 사랑해 줄게요."

"고마워요, 자향 아씨! 정말 사랑해줄 거죠?"

"물론이지."

"약속해요. 전 오래 못살 거 같아요. 하지만 우리 항슬이 형이 자향 아씨와 사랑한다면 죽어도 여한이 없습니다."

"무슨 말을 그렇게 해요. 석수가 죽으면 나도 항슬이를 사랑하지 못할 거예요."

"왜요?"

"석수 생각에 너무 슬퍼 죽어버릴 거니까요."

"아니어요. 그러면 안 됩니다."

우직한 석수는 자향의 얄팍한 꾀에 속고 있었다. 이 짧은 순간 자향은 서 진사가 강조한 이심치심, 마음으로 마음을 다스려야 한다는 의술의 원리를 생각하고 있었다.

"그럼, 석수는 열심히 노력해서 살아야 해요."

"그럴 게요. 자향 아씨가 항슬이 형만 사랑한다면 저도 열심히 노력해서 나을 게요."

"정말이지요? 약속했어요!"

"네. 살을게요. 나을 수 있어요. 살아날게요. 아씨만 항슬이 형을 좋아해 준다면!"

우직한 석수는 애기처럼 속아서 약속을 했다. 그러면서 얼굴이 환히 밝아지는 것이었다. 아까까지만 해도 엄엄한 상태로 겨우 숨을 쉬던 석수가 아니었다. 자향은 속으로 우스웠다. 그리고 좋았다. 석수가 너무 좋았다. 이렇게 순박한 석수가 그 무서운 무공의 소유자인 무관과 그처럼 용맹하게 싸워서 이기다니! 정말 신기한 일이었다.

그때 카랑카랑한 계희의 목소리가 싱싱한 얼굴과 함께 석수를 엄습하듯 시끄럽게 덮쳐왔다.

석수, 너는 항슬 오빠와 자향 아씨만 보이고 나는 안 보이니? 이 계희는 안 보여? 누가 그런댔어? 홍, 나 계희도 잘 보면 사랑도 있고 꿈도 있고 미래가 있는 멋진 여자야. 어찌 석수는 이쁜 양반집 따님만 보이고 이 수수한 시골 처자는 볼 줄을 모르니? 너무한다, 너무해! 아니야, 난 그런 마음이 아니었어, 다만. 다만 뭐야? 다만 자향 아씨만 근사하다 이거지? 아니, 내가 언제 그랬어. 그러고 있잖아! 아니야. 자향 아씨한테 뭔가 부탁할 게 있어서 그랬어! 홍, 그래서 자향 아씨한테만 속닥이는 거야! 나는 쳐다보지도 않고! 내가 그렇게 못생겼니? 못생긴 사람도 잘 보면 뭔가 있는 거야. 그런 것 좀 봐라, 깝깝한 석수야!

석수가 민망해하며 더 이상 말을 못하자 모두 빙그레 웃고 있는 중에 보욱이 나서서,

"됐다 됐어. 계희, 그만 해둬요. 더 하다가는 우리 석수 병 도지겠다. 자, 빨리들 가세. 이별은 슬프지만 지금은 이별을 서둘러야 할 때인 것 같애."

보욱의 말에 항슬이 끄덕이고 자향과 계희를 앞세우고 손을 흔들었다.

항슬 자향 계희는 뚝방길로 걸음을 재촉했고 보욱과 석수를 태운 마차는 새우젓패 행동대원 둘이서 앞장 서서 이끌어 용산 쪽 길로 방향을 틀었다. 그들은 한동안 손을 흔들며 멀어져 가는 동료들을 서로 아쉬워하였다.

정염은 앞장 서서 걸었다. 그 뒤에는 둔쇠와 새우젓패 행동대원이 들것에 노동팔 포교를 모시고 따랐다.

정염은 자향 일행과 헤어져 셋이서 조촐히 걷자하니 공연히 슬퍼진다. 연지와 장시후를 길내 구하지 못했고, 그렇게 좋아하는 노 포교를 끝내 잃었다. 폭풍설 같은 어려움 속에서 잠시나마 동고동락한 자향, 석수, 항슬,

보욱과 헤어진 것도 왠지 서운하다.

정염은 뒤를 따라오는 둔쇠와 행동대원 그리고 죽은 노 포교의 환한 얼굴을 수시로 바라보며 쓸쓸한 마음을 위로해본다.

경사진 길을 올라 조금 평평한 풀밭을 지나는데 낚싯대를 오른쪽 어깨에 멘 열두세 살쯤되어 보이는 동자 하나이 저쪽에서 걸어오는 게 보였다. 동자는 흥얼흥얼 노래를 부르며 내려온다.

꽃이 진다하고 도령은 슬퍼마오

나라가 시샘하니 의기남아 버틸손가

무정한 저태양을 원망하여 무엇하리

동자는 시조를 다 읊은 뒤에도 그냥 모른 척 정염의 옆을 지나간다. 동자의 시조를 유심히 듣고 있던 정염이 걸음을 멈추고 대뜸 호통쳤다.

"네 이놈 동자야, 건방진 시조로다! 이 도령님을 우롱하는 게냐. 그리고 나를 보았으면 인사를 깍듯이 해야 할 것이거늘, 괘씸하도다!"

그 말에 동자는 정염을 처음 본 듯이 눈동자를 부엉이눈처럼 키우고는 호들갑을 떠는 목소리로,

"아이코, 정 도령님이시네. 제가 눈물이 앞을 가리어 도령님을 알아보지 못했습니다요."

"무엇이? 눈물이 앞을 가려?"

"그렇습니다요. 우리 시골 주인께서 손님이 오신다고 저 앞 방죽에 가서 잉어를 세 마리만 잡아오라고 하시질 않겠습니까. 저녁 대접을 해야 한다구요."

"그래서?"

"손님이 오시는 건 좋은데 오실 때마다 우리 잉어를 매번 잡아먹으니 눈물이 납니다요."

"잉어를 잡아먹기로서니 왜 눈물이 나느냐?"

그러자 동자는 흘린 눈물을 훔치는 시늉을 하면서 말을 절절한 투로 느린다.

"도령님, 제가 윤가 아닙니까. 우리 윤가는 조상이 잉어라고도 하는데, 그 말씀이 맞다면 잉어는 우리 형제나 마찬가지 아닙니까. 한데 그런 형제가 이렇게 손님 올 적 마다 매번 죽임을 당하니 눈물 없이 그 슬픔 어이 감당할 수가 있겠습니까!"

정염은 동자의 얼토당토않은 너스레가 가당치도 않았지만 마냥 나무라기도 뭐한 바가 있어 입맛을 쩝쩝 다시면서,

"허참, 그놈. 노는 심성은 괘씸해도 머리 돌아가는 건 기특하구나. 한데 아까 그 시조는 어떻게 지었길래 지금 내 신세를 조롱하느냐?"

"그 무슨 말씀을요. 저의 시골 주인께서 금방 전에 멋진 시조 한 수를 지으셨는데 죄송스럽지만은 제가 듣기에는 너무 이쁘고 여리길래 제가 서투른 대로 힘차게 바꿔 본 것입지요."

"호오, 힘차게 바꿨어! 허지만 네가 읊은 시조는 품격은 아예 없고 천박하긴 끝이 없더니라. 그렇다 해도 너 괘씸한 놈아, 주인 어른의 시조가 맘에 안 든다고 감히 자기 류로 바꾼다?"

"아이쿠 죄송합니다. 어린 놈이 재미로 한번 해본 것입지요. 주인님한테는 말씀하지 마세요. 건방지다고 치도곤이 맞습니다."

"흠, 주인 어른은 시조를 어떻게 지었느냐? 한번 읊어보아라."

그 말에 동자는 기다렸다는 듯이 싱글벙글 웃고는 신난다는 투로,

"네. 제가 읊어보겠습니다. 어험…… 꽃이 진다하고 새들아 슬허마라, 바람에 흩날리니 꽃의 탓 아니로다. 가노라 희짓는 봄을 새워 무삼하리오. 이렇게 지었습지요."

이 시조는 훗날 시객의 격찬을 받은 선비 송순*의 대표작이다. 사화를 만나 강직하고 훌륭한 선비들이 형장의 이슬로 사라지는 것을 한탄한 유

송순 宋純 1493~1582 선조 때까지 살며 시대의 임금을 모신 유명한 학자. 면앙정가단의 창설자이며 강호가도 江湖歌道의 선구자. 자는 수초 守初 호는 기촌 企村 면앙정 俛仰亭. 기묘사화가 난 그 해에 과거에 급제하여 벼슬을 시작함. 인물이 뛰어나고 너그러우며 의리가 있어 세인의 흠모를 받음. '하늘이 낸 완인 完人' (이황)이라는 칭송을 들음.

명한 작품이다.

정염은 상상 밖의 빼어난 시조를 듣자 멍하니 동자를 바라본다. 작금의 슬픈 현실을 어쩌면 이다지도 절절하게 표현해냈다는 말인가. 시구 하나하나가 우리들의 가슴을 치고 회한을 흩뿌리지 않는가. 과연 면앙정 어른은 우리와 다르고 어디에 비견할 수 없을 정도로 빼어난 분이시구나!

기품과 학식이 천하를 덮는데도 여직 벼슬을 하지 않는 어른이 존경스러워 가끔 이곳 서울집을 찾아와 문안드리곤 하는 정염이다. 그분의 편의를 받아 노 포교를 집 뒷산에 가매장하기 위해 그 댁을 가는 길이었다.

면앙정의 품격 있는 시조에 감탄한 정염은 봄눈 녹듯 마음이 누그러져서,

"동자야, 면앙정 어른은 지금 계시겠지. 내 그 어른을 뵈러 가는 길이다."

"물론이지요. 도령님이 오실 줄 알고 절보고 잉어를 잡아오라고 하신 걸이요. 그리고 손님이 한 분 와 계신데요. 풍수사 어른이시랍니다. 아참, 이분 때문이신가?"

동자는 그렇게 말하면서 들 것 속의 노 포교 시신을 유심히 들여다본다. 관심 깊게 노 포교를 살펴보던 동자는,

"오메 도령님, 정말로 저분이 돌아가셨군요. 훌륭한 무사이신 게 틀림없어 뵈는데 말입니다."

"그 무슨 말이냐?"

"금방 전에 저희 주인님과 손님이신 유 지사님이 하시는 말씀을 들었습지요. 훌륭한 무사가 사화에 몸을 던져 희생을 하시었고 지금 이쪽으로 오고 있는 모양입니다, 하는 풍수사님의 말씀에, 그러한가요, 하고 우리 주인님은 애석한 듯 고개를 끄덕였답니다. 오호라, 자신을 희생하신 저 무인님은 훌륭하고도 훌륭하시도다!"

동자 녀석의 격에 맞지 않는 넉살에 정염은 나무랄 마음도 잃은 채,

"유 지사란 분이 그런 말을 하였는가. 우리 노 포교님이 이쪽으로 돌아가신 몸으로 오고 있다고?"

"그렇습니다. 그래서 주인님께서 그러면 잉어가 필요하겠다. 찬도 변변히 없는 가난한 집에 돌아가신 손까지 우리 집을 찾으니 잉어라도 한 세 마리 있어야겠지, 해서 제가 나온 걸이요."

정엽은 오늘 하루 내내 상상 못할 일을 당하고 또 당하였는데, 결국 끄트머리엔 또 한번 신기 어린 분네를 만나는구나, 이것도 운명이고 인연인가, 하여 고개를 끄덕이었다. 어쩐지 면앙정 어른 댁에 오고 싶은 생각이 났었지.

정엽은 연신 고개를 끄덕이며 동자에게 말하였다.

"알았다. 내 올라갈 테니 넌 너스레는 그만 떨고 가서 잉어나 잡아 오거라."

"알았습니다. 도령님 올라가십시오."

생각도 있고 신기가 너울거리는 동자는 낚싯대를 메고 그들이 올라온 길을 내려갔다. 한데 녀석은 주인이 지은 시조를 다시 한 번 구성지게 읊어대며 내려가는 것이었다.

꽃이 진다하고 새들아 슬허마라

바람에 흩날리니 꽃의 탓 아니로다

가노라 희짓는 봄을 새워 무삼하리오

저 시조의 깊은 뜻은 무엇일까.

꽃은 억울하게 죽임당하는 선비요 연지요 장시후요 노 포교요 최대목일 것이고, 새들은 세상 되어 가는 꼴을 보며 한탄하는 뜻 있는 사람일 것이고, 바람은 사화의 소용돌이일 것이고, 희짓는 봄은 사화를 꾸며 득세하는 자들일 것이고, 새워 무삼하리오는 너무 상심하지 마시오들 곧 밝고 옳은 때가 올 것이로다, 라는 위로의 말씀일 것이었다.

정엽은 그런 깊이 있는 시조를 읊조리며 내려가는 동자를 다시 한 번 돌

아보다가 죽은 노 포교를 또 한번 보고 그리고는 둔쇠와 행동대원과 눈을
맞추며 슬픔을 달래었다.

면앙정 송순 댁을 바라고 올라가는 정염의 눈에 저 멀리 초가 한 채가
다가온다. 방 세 칸밖에 안 되는 소박한 초가에 조선서 다시 찾을 수 없는
선비 송순이 살고 있고 신기 깊은 유 지사, 유심현 지사가 손으로 와 있는
것이다. 정염은 혼자 중얼거렸다.

노 포교, 당신을 기리기 위해 당신의 좋은 유택을 잡아주기 위해 유명한
지사가 와 있다 합니다.

저녁이 내려 사방이 어두워지고 있었다. 이처현 상선을 태운 사인교가
청파골 집으로 들어가기 직전 개울 옆을 지나가고 있었다. 가마 뒤에는 말
을 탄 이대정 호군과 얼굴이 갸름한 내시, 창을 든 군사 둘 그리고 전령이
타고 있는 파발마 한 필이 뒤따르고 있었다.

두 마리 말이 내는 말발굽 소리가 저녁 공기를 가르며 시냇가로 날아가
고 시내에서 들려오는 물 흐르는 소리는 사인교에 날아든다.

물 흐르는 소리는 예나 지금이나 같군. 내 어렸을 적 물 흐르는 소리를
좋아하였지.

문득 어렸을 적 생각을 하니 이십대 초반 처음 궁궐에 들어온 의자 김수
인이 저절로 눈앞에 떠오른다. 이 상선의 가슴이 찡하고 운다.

술만 들지 않으면 만사를 물 흐르듯 척척 처리하던 애였지. 결국엔 이렇
게 되었는가. 이렇게 될 줄 번연히 알면서도 그걸 막지 못하였구나. 총기
도 좋고 마음도 고운 녀석이었는데. 마음이 여린 애한테 너무 독한 일을
맡긴 내가 잘못인가.

이처현은 일찍 이렇게 될 줄 알면서 예방하지 못한 자신이 싫어졌다. 내
반원의 권력을 쥐기 위해 반란에 준하는 분란을 일으킨 상차 김유모. 그자
는 평소 말 한마디 없는 주제에 무슨 권력이 그렇게 탐이 났을까. 우리들

권력도 권력이던가?

거기에 비하면 청산유수같이 말을 재미있게 하던 의자 김수인이 훨씬 깨끗한 녀석이었다.

아버님!.왜? 우리 궁궐의 궁녀는 무수리까지도 모두 정인(情人)이 있는 걸 아십니까? 그 무슨 말이냐? 애들한테 들은 이야깁니다. 궁녀들은요 우리들 환관하고는 다르지 않습니까. 다르지. 네, 사랑을 할 수 있다는 점에서 다르지요. 그렇고말고. 한데 무슨 말이니? 그런데 말이죠, 궁녀도 임금이 찾아주지 않으면 영원히 독수공방하는 것 아닙니까? 그야 그렇지. 그래서? 그래서 궁녀들은 마음속에 정인을 만든답니다. 정인을? 어떻게? 과거에 급제하여 궁에 들어오는 문무관은 물론이고 금군 가운데 인물 좋은 무사들 중 마음에 드는 사람을 내 정인이다, 하고 생각하며 산다는 것이지요. 그것은 짝사랑이잖느냐. 그렇습니다. 짝사랑이지요. 마음만 아프지 않을까? 하지만 짝사랑도 사랑은 사랑이랍니다. 나름대로 재미가 있고 가슴이 애틋하고 뭔가 희망이 있어봄직하다는 것이지요. 짝사랑의 정인이 출세하면 보람도 느끼고 그러다 보면 보이지 않게 도움도 주는 건지, 뭐 그런 거랍니다. 허면 그 짝사랑 속에 내시는 대상이 안 될까? 우리들 내시 말예요? 으음. 에이 무슨 대상이 되겠습니까. 아버님도!

의부와 의자는 그 말을 하면서 싱겁게 웃었다. 그 우스갯 소리를 하던 정경이 지금도 아스라하다.

한데 주초위왕의 무수리, 연지는 장시후를 사랑하였다. 그것도 열렬히 사랑하였다. 수인이가 그래서 연지한테 정을 주었을까. 우리같이 불알도 없는 내시를 사랑해준 궁녀가 너무 고마워서? 하긴 그랬을지 모르지. 아니 그랬을 거야. 녀석이 명례골 안침술집의 유 주모를 좋아하였고 유 주모는 의자를 사랑하였다 하니까, 그럴 만도 하지. 자기 신세가 장시후 신세와 매한가지라!

이처현은 허망하게 웃었다.

사인교가 개울을 왼켠으로 돌아서려는 곳에 포교 복장을 한 사내가 서 있었다. 가마가 멈추어 서고 이대정이 말께 내려 포교 앞에 섰다. 둘은 몇 마디 나누고는 이대정이 이처현 상선에 다가가 말하였다.

"곽재홍 포교입니다."

"가까이 오시라고 하시게."

곽 포교가 사인교 앞에 다가가 허리를 굽혀 인사하였다.

"이번 일은 사실은 제가 가장 큰 잘못을 하였습니다. 처벌을 받기 위해 기다리고 있었사옵니다."

"처벌이라니요. 곽 포교님은, 수고가 많으셨습니다."

"아니옵니다. 대감 어른의 보살핌에 하나도 보답을 못하였습니다."

"그렇지 않습니다. 큰일을 하셨습니다. 그나마 마지막에 사나이답게 매섭게 처리한 게 곽 포교의 공로임을 알고 있습니다."

"황송할 뿐입니다. 김 상전을 제대로 보필하지 못한 점 죄송하옵니다."

"무슨 말씀. 곽 포교님은 공로가 크오. 나라에서 보답이 있을 것입니다."

"그런 것은 바라지 않습니다."

여기서 두 사람은 잠시 말을 끊었다. 이 상선은 곽 포교를 내려다보고 곽 포교는 눈을 내려 깔며 잠시 조용히 서 있다.

이윽고 곽 포교가 눈길은 올리며 입을 열었다.

"대감, 청이 하나 있나이다."

"무엇이신지요?"

"김수인 상전의 장례를 저희가 잘 지내드리고 싶습니다."

그 말에 이처현 상선은 한동안 입을 열지 않는다.

다시 시냇물 흐르는 소리가 들려왔다. 졸졸졸, 옛날 생각이 또 난다. 수인의 처음 본 얼굴이 떠오른다. 수인의 찌끗째끗한 눈이 묘한 빛을 발하며 웃는다.

아, 저 눈빛! 저 눈빛을 내가 오래 잊고 있었구나!

그 묘한 빛은 언뜻 잘못 보면 그저 찌끗째끗하는 버릇으로만 보일 것이다. 그러나 이 상선은 일찍이 그 빛을 알아보았다.

별감 가운데 어느 고관도 그를 의자로 삼으려 하지 않을 때 이처현은 김수인을 불렀다.

왜 내시가 되었는고? 가난하여서요. 집안을 먹여 살리기 위해서? 네. 그 외에 다른 포부는 없는가? 왜 있습지요. 무엇인고? 좋은 사람이란 말을 듣고 싶습니다.

이처현은 움찔하였다. 처음 답변은 자기와 똑같았지만 나중 말은 아주 평범하였다. 그 평범이 안목이 있는 이처현의 양심을 건드린 것이다.

궁형을 당한 사마천이 사기를 썼듯이 뭔가 훌륭한 일을 하고야 말리라, 울분을 토한 자기와는 너무나 달랐다.

김수인은 그렇게 화초밭의 괴석(怪石) 같은 사내였다.

수인이를 의자로 삼았다. 그는 역시 평범하지 않았다. 언뜻 보면 괴이할 뿐이지만 자세히 보면 괴이함 속에 빼어남이 있었다. 좋은 사람이라는 말을 듣는 것은 아무것도 아니었다. 그래선지 십 년 넘게 이처현은 의자의 평범한 소망을 잊고 있었다.

한데 지금 생각하니 그는 어제 그 좋은 사람이 되기 위해 몸을 던진 것이다.

아, 그렇구나! 수인이 네가 그랬구나! 그래, 좋은 사람이 되었지. 무수리와 내시의 사랑을 위해, 그것도 겨우 십여 시진의 시간을 벌어주기 위해, 자기의 인생을 던진 좋은 사람! 그러나 연지와 장시후는 그런 사정을 결코 모르겠지.

그 누가 그런 일을 해낼 수 있을까. 저 수인이 같은 마음을 어느 누가 괘넘이나 할까. 그런 생각에 이 상선의 가슴은 울음을 우는데 찌끗째끗한 김수인의 눈이 이 상선에게 다정하게 묻는다.

아버님, 힘없는 자를 위해 좋은 일을 하는 게 쉽지가 않지요? 물론이다.

의부의 선선한 대답에 의자는 한껏 웃는다. 그 웃음 속에 묘한 빛이 예전같이 반짝인다.

이 상선은 그런 김수인의 눈빛을 눈앞에 둔 채로 입을 열었다.

"곽 포교님, 김수인 상전은 궁궐에서 복통으로 갑자기 죽었지요. 가슴 아픈 일이요. 장례를 집에서 잘 지내는 것 탓할 게 없습니다. 잘 부탁합니다."

"알겠습니다. 그럼 소인 물러갑니다."

"잘 살펴 가십시오."

"대감께옵서도 가내 제사를 잘 지내시기 바랍니다."

"고맙소이다."

사인교는 말발굽 소리와 함께 시내에 걸린 다리를 건너가고 곽 포교는 문안으로 들어가는 길로 걸어갔다.

70. 한강

자향은 고물에 앉아 있었다. 항슬은 그녀 바로 앞에 앉아 가끔 걱정 어린 눈빛으로 자향을 돌아보았고 계희는 이물 쪽의 기수 행수 옆에서 뭔가 재미있는 이야기를 나누고 있었다. 틀림없이 계희는 아름다운 말솜씨로 기수 행수의 멋진 응수를 받아내고 있을 것이었다.

자향은 뒤로뒤로 하얀 거품을 날리며 사라지는 강물을 바라보았다. 어둠이 내리는 강물 위를 살수는 어름치 속도로 힘차게 나아가고 있었고 좌우의 산천은 저 멀리로 사라져간다.

내가 탈출하고파 발버둥치고 부대꼈던 곳, 그 모든 곳, 그 모든 것이, 멀리 멀리 사라져 가고 있었다. 왠지 아쉬웠다.

멀어져 가는 저 곳은 내가 살던 곳, 살아야 하는 곳이 아니던가. 저들에게서 도망하듯 멀어져 가는 나, 나는 이렇게 안타까웁고 허무하다.

아, 저 아름다운 산들, 나무들, 꽃들, 그리고 많은 사람들.

산이라 하면 밤을 도와 안방이랑 도망하던 노고산 와우산 만수림에 전생서 언덕까지. 나무라면 자기들을 감싸주던 토정의 춤추는 나무와 만수림의 우거진 숲. 꽃이라면 송 진사 댁에 그득하던 그 흐드러진 꽃들. 사람이라면 가을나무 진 영감 안방이 유 지사 서 진사 진기한새 송 진사 김 생원 항슬이 보욱이 석수 욱자 강한 군관 옥년이 상길이 덕이할매 야행인…… 그리고 마지막으로 우리와 운명을 같이 하다가 끝내 운명한 노동팔 포교…… 노 포교와 함께 우리 앞에 나타난 정염 둔쇠 연지 장시후.

이 열흘 사이에 나쁜 사람도 많이 만났다. 그러나 세상에는 착하고 훌륭하고 좋은 사람들이 더 많았다. 아름다운 그분네들이 살고 있는 이 세상은 아름다운 세계다. 이 세상은 정말 아름다운 곳이다.

한데 왜 이런 아름다운 세상에 그처럼 많은 사연과 슬픔이 구비구비, 골탕골탕에 서려 있을까. 어렵게 살고 서럽게 사는 사람들이 왜 그렇게 많을까.

내가 처음 겪은, 존재하는 줄도 모른 저들의 세상은 정말 감동이었다. 아무것도 없는 저들, 항슬이, 보욱이, 욱자, 석수, 가을나무, 안방이, 덕이할매. 그들은 그러나 마음이 그렇게 착하고 곱고 넓을 수가 없다.

양반들은 생각도 못할 나름의 삶이 그들 속 깊은 곳에 있었다. 평소의 희노애락만이 아니다. 안방이 갈구했던 희망, 석수가 꿈꾼 미래, 보욱의 거부에의 야망, 항슬이 자연스레 펼쳐내는 마음, 그리고 노 포교가 마지막으로 보여준 의기와 희생! 연지와 장시후가 남긴 그 슬픈 사랑. 그들은 자기들 세상 속에서 그 모든 것을 부둥켜안고 살고 있었다.

지금 생각하니 안방은 참혹하게 죽었지만 무의미한 것은 아니었다. 그는 서 진사가 말씀하신 대로 뭔가를 갈구하는 아이였다. 자기 주변에는 없지만 저 앞에 있을 멋진 희망, 그것을 찾고 싶어 안달하는 아이였다. 나를 보자마자 그렇게 죽자사자 좋아해준 것도 그런 갈구의 일환이었을까.

안방은 희망이 아무리 컸다 해도 나름의 미래를 가질 자격이 있는 아이였다. 그렇게 열정적인 아이가 세상에 어디 있을까. 그런 아이가 어쩌면 그런 참혹한 죽음을 당해야 하는가. 서 진사가 말한 대로 그 앤 지금 큰 무엇을 얻었을까?

그리고 그의 동생 모방이. 꾀죄죄한 얼굴에 다 떨어진 옷을 입고 용케도 나를 찾아 왔지. 아파서 드러누워 있는 어머니보다 죽은 형아가 더 불쌍해서 나를 찾아왔다는 착한 아이. 금팔찌를 받으며 돈밖에 모르는 울 엄마가 너무 좋아할 것이라고 환해진 얼굴에 눈물을 글썽이던 아이. 우리 아빠도 돈만 있으면 착한 사람이 된다는 형아의 말을 철썩같이 믿던 아이.

졸지에 부모형제를 다 잃고 내 품에 깊숙이 깊숙이 안기어 오던 상길이. 퀭한 눈에 놀란 마음으로 이 사람 저 사람 눈치를 보던 그 간절한 얼굴. 외삼촌을 마구 치고 나를 향해 두 팔을 정신없이 휘저으며 꽥꽥 소리지르던 상길이. 행여 친척집에서 구박이나 받지 않을런지. 비쩍 마른 두 다리는 허청거리고 가는 팔은 허우적대며 불길을 향하여 마구 달려갔었지. 엄마 뜨거워, 아빠야 언니야 나와 나와! 뜨거워 뜨거워! 경황없이 가족을 부르며 달리던 아이. 그 마른 다리로 잘 걷기나 할런지 몰라.

악마새끼처럼 사람을 노려보던 개손이라는 애. 그 애는 지금도 남의 집 부엌을 침투하기 위해 하얀 눈을 번뜩이고 있을까. 자기만이 아니라 어머니와 할머니의 밥을 훔치기 위하여! 나라도 구제하지 못한다는 그 애의 가난은 언제나 끝이 날까.

참, 욱이는 그 좋아하는 포졸 형님을 만났는지 몰라. 강가건 모래밭이건 자갈길이건 산길이건 가파른 절벽이건 바람처럼 달리던 조선 최고의 달음박질쟁이. 석수와 함께 나를 돕기 위해 혼신의 힘을 다하던 가난한 농부의 아들. 포교가 나타나도 번개같이 달려 전혀 잡힐 걱정이 없다고 큰소리치던 그 모습이 지금도 생각하면 웃음이 절로 난다. 틀림없이 그 좋아하는 포졸 형님을 만났을 거야. 그리고 머지않아 포졸이 되겠지.

헤어질 때까지도 엄엄하게 숨을 쉬며 우리들의 애간장을 녹인 석수. 자기 몸둥이가 쇠덩어리라고 했듯이 거뜬히 일어나면 얼마나 좋을까. 버드나무여울서 번개같이 삼인검을 휘두르던 그 용맹한 자태, 전생서 능선에서 도저히 당할 수 없다던 천하고수를 향해 겁없이 짓쳐 올라가던 그 당찬 용기. 목숨 건 그 일격은 천하제일고수의 간담을 서늘케 하였다. 곽 포교가 마지막에 항슬에게 속닥인 말은 아까운 우리 석수를 살리라는 충정이었겠지! 어쩌면 관의 입장에서는 죽여야 하는 민간 무사를 곽 포교가 살려주고 싶어 그렇게 속삭였을 거야. 그렇다면 우리 석수는 살아야 하는 운명일 거구!

그리고 마지막 나와 약속하던 그 순진한 모습. 생각할수록 정이 솟는다.

나에게 옥주비전을 바치면서 눈물을 글썽이던 옥년이. 천생의 무당이면서 신기가 부족하여 어머니의 대를 잊지 못하는 슬픔을 이제는 잘 따독이고 있는지 몰라. 자기 오빠가 사대 보강무당 대를 이었으니 포한은 없을 거야.

얼씨구 좋다 절씨구
어떤 대감이 내 대감이냐
욕심 많은 내 대감에 탐심 많은 내 대감
상산대감두 내 대감이구 별상대감도 내 대감
말머리로 서낭대감
얼씨구 좋다 절씨구나
나갈 적에는 빈 바리요
들어올 적엔 찬바리구나

옥년이 좋아하는 오빠를 따라다니면서 굿판을 여는 모습이 눈에 선하다.

끝내 이승의 사랑을 맺지 못하고 함께 껴안고 저승으로 간 연지와 장시후. 죄 없는 주초위왕의 여인.

아름다운 용모에도 불구하고 가난한 집에 태어난 탓에 겨우 무수리밖에 못된 연지 아씨. 사랑하는 낭군 장시후 상경을 도와주었다 하여 석수와 자기를 은인으로 섬기며 고맙다고, 영원히 사랑하라고 축복해주던 여자. 마지막으로 장시후를 보며 이생에서 당신을 만난 것은 행복이었나이다는 말을 남기고 눈을 감던 가엾은 연지! 그 순간 그녀의 모습은 숭고하였다! 연지와 장시후는 지금쯤 둘이서 꼭 껴안고 행복해하며 저승길을 가고 있을까.

그리고 저 위대한 노동팔 포교. 노고산 도망길 첫날부터 자기 뒤를 풍우처럼 쫓아오던 천하의 향기포교. 그렇게 무서운 추적포교가 어느 날 가녀린 여인을 살리기 위해 칼바람 무섭게 날리며 그들 앞에 나타났을 때, 자향은 그만 자지러질 정도로 놀라고 말았다.

추적포교의 상상 밖의 변신. 그 변신이 주는 인생역전의 처연한 모습. 사람의 냄새만으로도 능히 오만 죄인을 잡고도 남을 그가 어느 날 휘두르는 검풍은 어느 누가 봐도 천하무적의 무사였다.

아니, 일개 포졸이던 그분이 어느 순간 눈을 비비고 보니 조선 최고의 무인이 아니던가. 획획 살풍을 흩날리는 관포검의 예리함은 어느 고수도 당적할 수 없는 현현한 경지였고 그 넓은 가슴에 서려 있는 애련한 애정은 용광로보다 더욱 뜨거웠다!

자향은 노 포교가 단검을 휘두르는 모습에서 마지막 숨을 거둘 때의 그 장엄함을 영원히 잊지 못할 것이었다.

그대는 훌륭한 여자요. 당신은 행복할 거요. 서리 바람 나무도 그대의 벗이고 하늘도 도우니까. 우리 정염이는 건방진 녀석이요. 그러나 좋고 빼어나고 훌륭한 도령이요. 무슨 말인지 알았지? 그리고 날 도와준 젊은 무사 석수에게 고마웠다고 전해주시오. 대단한 실력이었소. 훌륭한 무사가 되라 하시오!

그분은 정염과 내가 맺어지길 원해서 그런 말을 하였을까. 노 포교가 죽어가면서 마지막으로 한 그 말씀은 사랑과 겸손과 감사가 한데 얽힌 지고한 유언이었다. 천하무인의 아름다운 말씀이었지.

그리고 그 아끼던 관포검을 곽 포교란 분에게 내줄 때 노 포교의 그 애틋한 눈매! 무인의 화신인 검을 내줄 때의 그의 처연한 모습은 잊을 수가 없다. 그러한 그도 주초위왕의 산 증인인 연지를 끝내 구하지 못한 채 눈을 감아야 했다!

연지와 장시후, 그리고 노 포교의 생각을 하자 눈에서 눈물이 저절로 흐른다.

자항은 눈물을 흐르는 강물 위에 떨어뜨렸다. 강 위에 떨어진 눈물은 사납게 물살치는 강물 속에서 흔적도 없이 용해되고 저 멀리 뒤로뒤로 사라진다.

아! 정지상의 시! 아니, 서 진사님의 시!

비개인 뒤 긴 뚝에는 풀빛도 푸르르고
그대 보내는 삼개에는 어부노래 낭랑하네
한강 강물은 언제나 다할른고
해마다 이별눈물 강물에 보태지는 걸

대한강 시를 읊조리고 강물을 바라보니 서 진사님이 은은하게 웃고 계신다. 고개도 끄덕이신다.

자항이, 내 가르쳐준 의술을 수시로 연마하고 있는가? 내 연마합니다만 제대로 체득이 안 됩니다. 하루 아침에 될 수야 있는가. 몇 년을 두고 연찬해 보아. 시골 가서 살면서 가난한 사람들을 살펴보며 의술을 연구해보라구. 네, 그럴 생각입니다. 가난한 백성들은 어떻게 사는 줄 아는가? 어떻게 사는데요? 죽을둥살둥 일하고, 그럼에도 굶고, 아파서 허덕이고, 어려움에 고통스러워하며 살지. 병이 들어도 대부가 있나, 서럽고 슬프게 눈물 짓다가 죽어간다네. 진사님, 너무 가여워요. 역병이 돈 마을에서 아이 하나만 남기고 다 죽은 걸 보았어요. 너무 불쌍하였어요. 그런 일이 허다하다네. 그대가 의술을 연마해 도와들 주어. 양반보다 돌팔이 대부가 세상 사람들에게 훨씬 보탬이 되지. 정염 도령도 저에게 그런 말을 했습니다. 진사님 말씀 잘 알겠습니다. 수시로 저에게 가르침을 주소서!

그렇게 대답하는 자향은 서 진사의 모습이 강물 저켠으로 사라지자 왠지 더 서러워서 눈물이 절로 난다. 자향은 항슬이 행여 볼세라 눈물을 한 강 강물에 떨구며 쉭쉭쉭 지나가는 강물을 바라보았다.

계희는 말했지. 강물도 말을 한다고. 말을 하겠지. 사람만이 아니라 강물도 말을 하겠지. 말만 하는 게 아니라 생각도 하겠지. 지금 내 슬픔을 알고 같이 울어주는 건 아닐까. 기수 행수의 말처럼, 쉬 쉬이 쉬익 쉬이익 하면서!

가까이서 내려다보는 강물은 파랗다 못해 거무스름하였다. 출렁이고 일렁이며 하얗게 파도가 밀려가는 어두운 강물 위로 사람 얼굴 하나가 떠오른다.

아, 어머니! 어머님! 자향아. 네! 어디를 가느냐? 강화도에 갑니다. 저분들이 저를 그곳 은밀한 곳에서 살 수 있게 해주겠답니다. 그렇니, 고마웁구나. 고마운 분들이어요. 어머님, 걱정하지 마세요. 조금만 참고 사시어요. 곧 광명한 날이 올 거예요. 그때 어머님과 아버님과 언니 동생들을 모두 모시러 가겠습니다. 그래 알았다. 잘 살아야 한다. 너는 우리 집안의 기둥인 걸 잊어서는 안 된다. 알았습니다. 청렴한 고령 박씨의 대를 이어야 하느니라! 네, 명심하겠습니다. 걱정하지 마시어요!

자향이 어머님과 그렇게 애절한 대화를 하는 사이 어머니 얼굴 주변에 가족의 얼굴이 모두 스쳐간다. 몸 건강하여야 한다. 아버님은 인자하게 웃으시고, 언니야 나야 나. 막내 남동생은 손을 잡으려 하고, 자향아 날 잊지 마! 수련 언니는 왠지 처연하다. 꿈처럼 여종이 될 수 없다고 자결하지나 않았을까. 너무나 걱정이 된다.

어머니와 가족의 얼굴이 어두워지는 강물 위에서 희미하게 멀어져 가는데 그 안쪽에서 얼굴 하나가 또 떠오른다.

아, 가을나무 언니! 한강독사의 시신을 묻고 그곳을 떠날 수 없어 삼일 삼야를 지켜야 한다고 한이 맺히게 울부짖던 가을나무 언니.

그녀는 우수 어린 눈빛으로 다정하게 자향을 바라보고 있다. 웃는 건지 우는 건지. 그래, 울지 않고 웃고 있다. 울지 않으니까 좋다. 이십 년을 사랑했던 연인이 자기가 고용한 자객의 일검을 맞고 쓰러졌을 때 가을나무 언니의 심정은 어땠을까. 자기를 배신했지만 그래도 잊지 못하고 사랑하였고, 한강독사도 그런 연인에 대한 미안 때문에 자기에 대한 분노 때문에 심보 나쁜 사람이 되었다는, 이 슬픈 사연.

자향은 한강독사 때문에 생고생한 생각은 잊고 가을나무의 애절한 사랑에 마냥 가슴이 아팠다. 비극으로 끝난 그녀의 사랑, 그 사랑은 왠지 자향의 가슴에도 섧게 다가온다. 사랑 같은 것과는 멀어뵈던 그녀는 노고산 산길에서 처음 만났을 때부터 자기를 보듬어주고 아껴주고 사랑해주었다. 우헤헤, 시골처자 같냐구? 삽사리도 웃겠네. 사내처럼 껄껄 웃던 그녀의 모습이 지금도 눈에 선하다. 처음 이것저것 도와주고 헤어질 때 그녀가 한 말도 생각난다.

내 나이 서른하고도 반이지만 좋은 남자 만나면 시집갈 거야. 저 금낭화 일루 줘봐요. 내 머리에 꽂고 가게.

가을나무 언니, 언니는 앞으로도 금낭화를 자주 머리에 꽂으셔요. 정말로 좋은 남자 만나서 시집갈 수 있게. 알았지요?

자향의 말을 들었는지 강물 위에 뜬 가을나무 언니는 환하게 웃으며 고개를 끄덕이고 있었다.

천하 악귀 뒤웅박이 아들 안방이의 시신을 묻은 다음날 아침.

뒤웅박은 함지박귀를 찾아 안골까지 나갔다가 한발 차이로 포교를 만나지 못했다. 이대치가 버드나무여울에서 석수의 검을 맞아 중상을 입고 추적조는 전원 삼개로 날아갔고 삼개에서 두 조로 나뉘어 수로와 육로로 새우젓패 일당을 뒤쫓아 사라진 뒤였다.

뒤웅박은 함지박귀를 만나 아들의 죽음에 따른 보상을 울궈낼 심산이었다. 그러나 세상이란 것은 묘한 것이어서 만수림 옆을 지나 안골을 넘어갈 때 뒤웅박은 마음이 달라지고 있었다.

뒤웅박, 너는 정말로 더러운 놈이다. 아들이 죽어 서러웁지도 않느냐. 안방이가 진정 네 아들이고 아들의 죽음이 가슴 아프다면 지금쯤은 아들의 무덤가에 앉아 저 세상간 자식을 위로해야 하거늘 아들의 죽음을 빙자하여 돈을 뜯으러 이렇게 헤매다니. 아, 부끄럽도다. 뒤웅박이여!

뒤웅박이 뒤웅박을 나무라는 이 넋두리는 그에게는 어울리지 않는 것이었다. 하지만 만수림 옆을 지나면서 죽은 아들의 영혼이 아버지의 마음에 씌우기라도 하였는지, 뒤웅박의 생각은 그렇게 바뀌고 있었다.

그는 아들이 하루하고 반나절 전에 지나간 길을 걸어갔다. 산골네가 있는 외진 산길, 서 진사 사위 집이 있는 안골 초입, 송진사네 꽃길, 마지막으로 만수림 숲길.

뒤웅박은 삼개가 내다보이는 언덕에서 지나가는 삼개방 소속 거지 한두 명과 이것저것 대화를 나눈 뒤, 다른 사람으로 변해 있었다.

뒤웅박 너는 무엇을 하고 있는가. 세상이 이렇게도 찬란하고 아름다운데, 너는 어쩌면 이토록 허무한 짓을 하고 있느냐. 그렇게도 할 일이 없고 더러운 생각만을 하여야 싸단 말이냐. 죽은 아들에 부끄럽지도 않느냐.

가자, 집으로 가자. 큰아들이 죽은 우리 집은 너무 쓸쓸하다. 이 못난 애비라도 가서 아들이 묻힌 곳을 다시 돌봐주고 죽을둥살둥 슬픔에 젖어 있는 불쌍한 아내를 위로해주자. 막내 모방이를 껴안아주며 슬픈 나도 긍휼이 여겨주자.

어쩔라고 뒤웅박은 성인 같은 맘을 먹고 서강으로 가는 길을 걸었다. 터벅터벅 길을 가다가 토정마을 초입에 있는 술청 앞에서 걸음을 멈추었다. 토정도 죽은 아들 안방이 하룻밤을 잔 곳이다. 그에게 인연이 있다면 있는 곳이다. 그러나 그런 사연을 알 턱 없는 뒤웅박은 왠지 끌리는 마음에 술청에 들어갔다. 주머니를 뒤져보니 대포 한잔 값이 겨우 될락말락하다.

엽전 한 닢을 내밀자 주모는 못마땅한 얼굴로 손의 얼굴을 슬쩍 쳐다본다. 뒤웅박의 쭈글쭈글한 얼굴에서 슬픔을 읽었을까. 대포 한 잔을 가져왔다. 안주로 김치쪽과 나물 한 접시도 차려준다.

뒤웅박은 대포 반잔을 시원히 들었다. 틉틉한 동동주는 식도의 골탕골탕을 누비고 뱃속을 짜르르 흔들며 내려간다. 술맛이 좋다. 가슴속 깊숙이 응어리진 슬픔도 한껏 진작해준다. 하루종일 굶어선지 맛과 취기가 함께 돌았다.

안쪽에서 선객의 이야기 소리가 들려왔다.

그 애가 그렇게 용맹했다나. 처자를 구하기 위해 물불을 안 가리고 포교들한테 대들어서 포교 둘이 죽고 둘이 크게 다쳤다는 게야. 이야길 들으니까 애가 터지게 인물이 났데. 그 처자가 그렇게 이뻐했구, 애는 처자를 몹시 따랐다는 게지. 슬픈 일이로다. 어린아이가 포졸의 창에 찔려 죽다니! 새우젓패 애들이 그 애를 장사 잘 지내라고 부비도 넉넉히 주어 보냈다더군.

거기까지 들은 뒤웅박은 남은 반잔의 대포를 쭈욱 들이켰다. 고개를 숙이고 한동안 침음한다. 저들도 죽은 내 아들을 저렇게 칭송하고 아까워하거늘 나는 아까까지 무슨 짓을 했단 말인고. 그 생각을 하니 슬픔 위에 부끄러운 마음이 겹쳐서 눈물이 퐁퐁 솟는다. 뒤웅박은 그렇게 고개를 푹 숙이고 눈물을 좔좔 흘렸다.

손들의 시중을 드느라 옆을 지나가던 주모가, 오마나, 손님이 왜 이렇게 슬피 우실까? 묻는 말인지, 놀라는 말인지 모를 소리를 내자 안쪽에서 안방이 이야기를 영웅담처럼 나누던 한 손이, 만수림서 죽은 아이 이야기를 하니까 그걸 듣고 슬퍼하는가 보오, 하고 해설했다.

안주를 놓아주고 다시 주방으로 가던 주모는 눈치 못지않게 마음씨가 고왔던지, 그 아이 때문에 슬퍼서 우시우? 하고 물었다. 뒤웅박은 고개도 들지 않고 고개를 끄덕였다. 참 마음씨도 여리지. 그런 이야길 갖고 그렇게 슬피 울다니!

뚱뚱한 몸매 못지않게 마음이 넓은 주모는 그득히 담은 대포 한 잔을 가져왔다. 마음씨 착한 양반, 한 잔 더 들구랴. 그냥 드리는 거라우. 뒤웅박은 고개를 들어 보살 같은 주모를 보았다. 아니 드실라우? 술이 약한가요? 아니요. 주모가 주는 거 맛있게 들지라. 죽은 아이 명복을 빌면서. 그러시오. 꼭 죽은 아이 친척 같소.

그 말에 뒤웅박은 콧등이 시큰해지고 눈물은 뺨을 타고 흘러내렸다. 허, 또 우네! 주모는 어이없어 하였다.

뒤웅박은 진정 감격할 일이었다. 자기의 마음이 여리고 마음씨 착하다는 말을 평생 처음 들었고, 선선하게 대포 한잔을 공으로 대접받기도 평생

288

처음이었다. 이렇게 스스럼없이 눈물을 흘린 것 역시 평생 처음이었다. 모든 게 꿈결 같아서 그 뒤 선객들의 소리는 들리지 않았다. 오로지 안방이 생각만 하며 남은 대포를 들었다.

슬픔이 극한에 가 있는 데다 빈 속에 독한 동동주 두 잔을 드니 어지간히 취했다. 어떻게 수철리 산속까지 왔는지 기억이 없다.

뒤웅박은 갈지자로 허청허청 걷다가 개울물 흐르는 소리가 들리자 개울가로 내려갔다. 개울물에 얼굴을 씻었다. 새삼 손도 씻었다. 발도 씻을까. 내친 김에 미투리를 벗고 발도 씻었다.

개울물은 노래하듯 졸졸졸 흐르고 있었다. 뒤웅박은 그 물소리를 들으며 어렸을 적 생각을 하였다. 고향의 개울가에 혼자 앉아 배고플 때마다 눈물을 짜던 생각이 났다. 아버지가 누군지 알지도 못하고 어머니 얼굴은 기억도 없고 언니 동생 하나 없는 외로운 나날. 오로지 무릎뼈가 오른쪽으로 갔다 왼쪽으로 빙글빙글 도는 요상한 고질병으로 반 절름발이인 할배만이 돌봐주는 처량한 신세. 그 시절 배가 고프면 개울물을 퍼마시다가 한없이 울며, 흐르는 물소리를 듣다가 지쳐 풀밭에 쓰러져 잠을 자곤 하였다.

옛날 생각에, 중심에 맺힌 한이 깊어진다. 희끄무리한 하늘을 올려다보았다. 달이 살짝 먹혔다. 공연히 웃었다. 허허하게 웃었다. 허망한 웃음이었지만 아무 욕심 없는 웃음이기도 하였다. 이토록 깨끗한 웃음은 뒤웅박 평생에 처음일 터이었다.

사람들은 날보고 악귀라고 한다지. 천하 악귀, 조오치. 내가 악귀고말고. 아들까지 비명에 죽게 하는 악귀고말고. 허면 이놈의 세상은 무얼까? 이 세상은 무어냐구! 이놈의 세상, 이 더러운 세상은 지옥이 아니고 그 무어겠어. 저 더러운 인간들, 권력과 돈밖에 모르는 추악한 악마들. 그들이 나를 악귀라고 말할 자격이 있을까?

아들아, 너는 어린 나이에 일찍 갔다마는 넘 서러워하지 마라. 이 세상에 오래 산들 무어 하나 뜻을 펼 수 있겠느냐. 애비가 보아도 너는 빼어난 놈, 상놈으로는 맞지 아니하였느니라. 네가 아무리 빼어난들, 이 세상서는 아무 할 일이 없다.

저 아름다운 양반집 처자가 그렇게도 좋아 도와준 모양이다만 그까짓 게 무슨 깊은 뜻 있으랴. 그 처자도 세월 가면 잊을 것. 행여 널 기억하여 한두방울 눈물을 뿌린들, 그 무슨 의미가 있을까. 미련 버리고 훨훨 가라.

뒤웅박의 눈에 눈물이 고이더니 주르르 흘러 내렸다. 뒤웅박도 아버지는 아버지인 것, 그 눈물에 진실이 있고 아픔이 있고 사랑이 있을 것이었다.

한참 눈물이 흐르게 놓아두던 뒤웅박은 집 쪽으로 걷기 시작했다. 뒤뚱거리고 걸으며 가족을 생각한다. 그래, 안방이 죽었어도 내 아직 사랑하는 가족이 있다. 둘째 아들과 마누라한테 가자. 열심히 살아야지.

뒤웅박은 갑자기 집에 빨리 가고 싶어졌다.

공연히 다급한 마음을 먹어서일까, 곤드레로 취한 술이 아직 덜 깨어서일까, 아니면 악귀답지 않게 평소 하지 않던 옳은 마음을 먹은 탓일까.

뒤웅박은 허청허청 자갈길을 걷다가 미끌미끌한 돌을 헛디디었다. 아차, 미끄러진다는 게 하필이면 옆 개울 쪽으로 넘어졌다. 술취한 몸뚱이라 말을 듣지 않아서 손도 제대로 디디지 못하고 머리를 뒤로 하고 쓰러졌다. 머리 대퇴 부근이 뾰죽한 큰 돌에 부딪혔다. 퍽 하고 둔탁한 소리가 나고, 윽 하는 뒤웅박의 비명이 침중한데, 철퍼덕하며 몸이 개울물 위에 너부러져서는 더 이상 꼼지락거리지 않는다.

아무리 사소하게 죽는 것도 그 사람의 운명이라 한다면 뒤웅박의 죽음도 운명이었다. 쏼쏼쏼 흐르는 물에 그의 몸뚱이는 이리 흐르고 저리 흐르고 물살에 흔들리우더니 천천히 아래로 흘러갔다. 몇 장을 흘러갔을까. 좁은 여울을 만나자 더는 아래로 흐르지 못하고 계속 좌우로만 흔들리었다.

물살에 떠내려온 나뭇잎 나뭇가지 풀잎들이 뒤웅박의 몸 언저리에 부딪치며 계속 쌓였다. 그것들이 바위와 물살과 함께 만든 작은 포말은 연속적으로 공간에 튀어오르며 물소리 못지않게 소리도 내고 춤도 추고 박자도 맞추며 한 사람의 죽음을 슬퍼하는 것도 같았다.

별첨_자객, 사랑과 무술

황 병사는 찻잔을 내려놓으며 머슴이 서안 위에 올려놓은 제자의 서한을 무심코 바라보았다. 결코 편지를 쓰지 않는 애가 무슨 편지를 보냈을까. 황 병사는 그렇게 무심한 눈초리로 편지를 보다가 순간 멈칫하였다. 자기도 모르게 제자의 글월이 담겨 있는 한지 속에 처절한 기가 서려 있음을 느낀 것이다.

오, 이 녀석이 뭔가 심기 깊은 일을 당한 모양이로다! 흐음, 도시 말조차 없는 애가 나에게 편지를 보낼 제는 그래, 무언가 큰 풍파가 있었던 게 분명하지. 서한 속에 기가 넘쳐나는 것도 이상하고.

황 병사는 제자의 편지를 뜯어 펼쳤다. 글씨는 아주 단정하되 그 내용에는 처음부터 격정이 스며 있었다.

스승님께 빨리 글월 올리지 못한 점 죄송합니다. 벌써 이레가 지났군요. 하교하신 일은 그저께로 처리가 끝났습니다.

자향이라는 처자는 스승님의 분부대로 무사히 떠나갔습니다. 서너 차례 그녀의 목숨을 구해주었지요. 한데 이상하게도 그녀를 돕는 다른 손길이 있었습니다. 한두 사람이 아니고 여럿이었습니다. 그 많은 사람들의 도움이 어우러져 그 처자는 무사히 배를 타고 서해 쪽으로 사라졌습니다. 이제는 저도 그녀를 따라잡을 수가 없게 되었지요. 그 이상은 챙길 필요가 없었기에 그녀가 배를 타고 가는 걸 지켜보기만 했습니다.

그를 수행하는 사내가 신분은 중노미이되 생각에 깊이가 있고 부리는 아이들도 여럿 있었습니다. 그 사내의 안배로 아마 강화도 어름으로 몸을 숨기러 갔는가 보옵니다. 그들의 도움이 계속된다면 그 처자는 안전할 것이라 생각하여 저는 손을 떼었습니다.

한 가지 스승님께 고백할 일이 있습니다.

그 처자는 정말 아름다운 여자였습니다. 얼굴만 아름다운 게 아니라 마음씨가 더욱 아름다운 여자였습니다. 어쩔 수 없이 만났을 때 두 차례 잠깐 대화한 것밖에 없지만 그녀의 아름다움을 알 수 있었습니다.

처음 그녀의 아름다운 용모에 저는 깜짝 놀랐습니다. 그러나 시간이 흐르면서 그녀는 용모만 아름다운 게 아니라 마음까지도 아름답다는 걸 알았습니다. 그녀는 놀라움게도 사람의 생명을 중시하였는데 그것만이 아니고 꽃과 나무 짐승에게까지 애정을 지니고 있었습니다. 요즈음 세상에 그런 처자는 다시 보기 힘들 것입니다. 저는 감탄하고 경도되었습니다.

그래서는 안 되는 줄 알면서, 자연히 그녀를 사랑하게 되었습니다. 저 자신도 그녀를 사랑하는 자기를 발견했을 때 놀라웠지요.

청초한 눈빛, 아리따운 입술, 격조 높은 말씨, 그리고 잔잔한 표정. 그 몇 가지만 해도 제 가슴은 울렁거렸습니다. 처음 멀리서 바라볼 때부터 그녀의 아름다움을 알아보았지요. 한데 몇 마디 대화를 하는 중에 그리고 시간이 흐르면서 그녀의 아름다움에 깊이가 있음을 느꼈습니다. 그 깊이는 뭐라 표현할 수 없게 저의 마음을 빼앗아갔습니다.

그리고 중요한 저의 고백은, 그녀를 사랑하는 마음 때문에 사람을 죽일 뻔하였다는 사실입니다.

그녀를 수행하는 중노미, 그자의 이름이 항슬이라고 하더군요. 그자를 죽일 뻔하였습니다. 아니, 죽이려고 하였습니다. 지금도 그녀의 사랑을 차지하고 싶다는 생각을 하면 그자를 죽이고 싶습니다.

스승님의 가르침, 그 정신을 일깨우며 이 악마 같은 마음을 물리치곤 하였지요.

검은 사람을 죽이는 데 쓰는 게 아니라 사람을 살리는 데 쓰는 것이니라.

스승님의 말씀을 매번 되뇌곤 하였습니다. 그자를 죽이고 싶을 때마다…….

처음 자향이란 처자를 보았을 때 그녀가 중노미를 좋아하는 걸 느꼈습니다. 그러나 그 좋아함은 시간이 흐를수록 사랑으로 바뀌어가더군요. 시간이 가면서 더욱더 사랑하는 것을 볼 수 있었습니다. 중노미는 그걸 느끼지 못하는 것 같았는데 저는 처음부터 느꼈습니다. 그것은 제가 그녀에게 경도되었기 때문이겠지요.

그녀의 사랑에는 양반과 상놈의 문제는 없었습니다. 그것도 저에게 충격을 주었습니다.

스승님은 저에게 조선 제일의 무인이 되라고 격려해주셨습니다. 또 그렇게 되리라는 믿음도 심어주셨지요. 조선 제일의 무사. 그리고 인격을 갖춘 무인. 저도 그런 사람이 되고자 하였습니다. 그러나 한 여인으로 하여금 이렇게 사악하게 될 줄은 몰랐습니다. 사랑이 이렇게 병적일 줄도 몰랐습니다. 여인의 얼굴을 상기하면 가눌 수 없는 희망 기쁨 환희가 용솟음치다가도, 저 여인은 나를 사랑하지 않는다, 아니 나를 생각하지도 않는다, 하는 생각에 미치면 가슴은 찢어지고 피는 솟구쳐올랐습니다.

그렇다고 그녀를 미워하는 마음은 생겨나지 않았습니다. 사모하는 여자가 나를 좋아하지 않아도 그녀를 미워하는 마음은 추호도 생겨나지 않더군요. 그런 것이 사랑이라는 것을 알았습니다.

다만 중노미는 죽이고 싶었습니다. 아무것도 아닌 중노미가 그녀의 사랑을 받는 것은 견딜 수 없었습니다. 그를 죽이고 싶다는 욕구가 일고 살기가 뻗칠 때 저는 스승님의 가르침을 되뇌었습니다. 제 사악한 마음과 싸우며 외쳤습니다. 그리고 제 악마를 눌렀지요.

그럼에도 한 번은 그자를 거의 죽일 뻔하였습니다. 살기를 세워서 검을 날리려는 순간, 여자는 알았습니다. 제가 살기를 뿜으며 그 중노미를 죽이려 하는 것을. 그녀는 느끼는 것이었습니다. 그녀는 살기, 살기 하며 외치는 거였어요.

저는 그 순간, 처음이자 마지막으로 사모하는 여자가 미웠습니다. 저 여자는 내가 자기를 사모하여 뻗치는 살기를 저 중노미를 살리기 위해 감지하는구나. 그 순간 저의 분노, 저의 절망을 어찌 표현하오리까.

하지만 그녀의 외침에 저의 검은 앞으로 나아가지 않았습니다. 그녀의 호소가 저를 억제한 것이지요. 저 여자의 가슴을 아프게 해서는 안 된다. 나는 저 여자를 사랑하지 않느냐. 사랑하는 여자에게 깊은 마음의 상처를 주어서는 안 된다!

울었습니다. 살기를 죽이고 울었습니다. 조선 으뜸의 무사가 되겠다던 제가, 누가 보아도 사소한 사랑 때문에 검을 안고 울었습니다.

하지만 이제 그 모든 것을 초탈하기로 하였습니다. 사랑은 숭고하다는 것을 배웠고 그것을 승화해야 한다는 것도 알게 되었습니다.

스승님, 또 하나. 제자는 이번에 세상에는 빼어난 무인이 많다는 것을 알았습니다. 특히 이름도 없는 고수가 도처에 숨어 있는 것은 정말로 놀라운 일이었습니다.

첫째, 주초위왕의 궁녀를 살리려 끝까지 신명을 바친 노동팔 포교는 일개 포교에 불과한데도 기를 운용할 정도로 지고한 무술을 지니고 있더군요. 정말로 경악할 일이었습니다. 그는 최고급 무사 예닐곱의 협공을 받아 끝내는 목숨을 잃었습니다만 일대일로 겨루었다면 거의 천하무적일 정도였습니다. 전광석화 같은 그의 해동검법은 스승님도 한번 관전하셔야 할 정도로 심오한 것이었습니다. 검법과 함께 펼쳐내는 심법의 경지는 그야

294

말로 감탄 외에는 표현할 길이 없더군요.

그리고 노 포교 못지않은 포교가 또 한 사람 있었습니다. 곽재홍 포교란 자인데, 이 무인은 저처럼 천인 출신이라 출세를 하지 못하고 그저 포교에 머문 사람으로 유명하더군요. 한데 그가 노 포교와 겨루면서 펼쳐낸 무술은 역시 천하무적급이었습니다. 세상의 흐름과 무인의 솜씨를 관찰하는 심안의 깊이도 헤아릴 수 없을 정도였습니다.

노 포교가 순절한 숲에서 그 곽 포교는 제가 숨어 있는 곳을 흘깃 노려보더군요. 그 눈매가 어쩌면 그렇게 날카롭던지요. 제 가슴이 철렁할 정도였습니다. 어찌하여 그런 사람들이 일개 포교여야 하는지요.

스승께서 말씀하신 이대정 호군과 오천래 경력도 이 사건에 모습을 드러내었는데 이 호군은 심기가 깊은 사람이어서 끝내 무술을 펼쳐내지는 않더군요.

오 경력이란 사람은 보강리 뒷골에서 제가 자향을 구출해 낼 때 펼친 상흔을 보고 저를 찾아다니더군요. 아마 저하고 겨루고 싶었던 것 같습니다. 그렇지만 제가 피하였습니다. 한데 그는 전생골 능선에서 석수라는 자향을 돕기 위해 온 삼개의 일개 민간 무사에게 일격을 당하였습니다. 오 경력이 신통치 않다는 게 아니라 그 석수라는 자가 그 순간은 무서운 검술을 발휘하더군요. 그것은 선녀 같은 처자를 구하고 싶은 염원, 천하무적한테 지고 싶지 않은 무사의 분발, 그리고 목숨을 던지는 자기 희생, 그런 복합적인 요소가 일구어낸 기적 같은 것이었습니다.

그들이 싸우는 것을 관찰하며 저는 놀라고 깨우쳤습니다. 무사에게 있어 방심과 죽음을 불사하는 용맹이 그 얼마나 중요한가를 알았습니다. 오 경력은 방심하였는데 석수는 처자를 구하여야 한다는 일념에 자기도 모르게 기가 응어리져 나온 상승의 무술을 순간 발휘했습니다.

놀라운 일이지 않습니까. 일개 민간 무부가 천하고수를 이겨낸 게 말입니다. 석수라는 애는 나중 노 포교를 구하기 위해 다른 고수와 싸우다 중상을 입고 중태였는데 아마 죽었을 것 같습니다. 안타까운 일이지요.

그리고 마지막으로 놀라운 것은 이번 사건을 지휘한 상전 김수인이라는 사람입니다. 그는 머리가 빼어난 환관으로 소문이 나 있고 무술에도 아주 능통했습니다. 그가 이대정 호군과 이야기하는 걸 들을 수 있었습니다. 그 둘은 전장에서 싸우고 있는 무인의 실력을 꿰뚫어보고 있었으며 손바닥에 놓고 요리하는 것이었습니다. 게다가 제가 부근에 얼씬거리는 것도 알고 있고 최흔이와 비슷한 무술의 소유자인 것도 알아채고 있었습니다. 어쩌면 그분이야말로 무술에 정진하면 천하고수가 되겠더군요. 이대정 호군도 그를 깍듯이 모시는 것이었습니다. 정말 대단한 인물이었습니다.

스승님, 스승께서 내리신 임무 수행 중, 애틋한 사랑과 진정한 무술이 무엇인지를 깨우칠 수 있었습니다. 스승께서 내리신 큰사랑이요 복이라고 생각하며 재삼 감사드립니다.

스승님의 밀명을 무사히 끝냈으며 그 사이 한 사람도 죽이지 않았음을 보고드립니다.

곧 찾아뵙고 자세한 말씀 올리겠습니다.

보중하시고 강녕하시기를 비웁니다.

기묘년 오월
제자 석운 올림

〈5권 끝〉

작가 후기

처음 이 글을 쓸 때 주안점을 둔 것은 조선시대의 서민들의 애환과 사랑이었다.

소설이 도망자 이야기이므로 한 사람과의 사랑, 즉 마지막에 애인으로 확인되는 자향과 항슬의 사랑도 그렇지만 사람들 간의 애정과 의리, 꽃 나무 풀 등 자연에 대한 사랑을 중점적으로 괘념하였다. 그런 점에서 유학만이 아니라 풍수 점괘 무당 시 등 옛 우리 조상이 얼싸안고 살아야 했던 잡학과 전통도 정을 두고 터치하였다. 그 방면에 전문성이 없는 점을 내내 안타까워했다.

서민들의 애환은 상민들뿐 아니라 양민들의 생활을 드러내는 과정서 우러나야 하는데 그 욕심이 잘 이뤄지지 않았다. 조선시대가 크게 발전하지 못한 것은 양반제도에 의한 인재 등용의 한계라고 지적한 어느 사학자의 말씀을 존중하여 하층민, 즉 '저들의 세상'을 괘념하였다. 양반세계보다는 상민과 가난한 양민으로 이뤄진 저들의 세상에 더 아름다움이 있고 애틋한 깊이가 있음을 이야기하고 싶었다.

주인공 자향에게 있어 저들의 세상은 처음엔 이해되기 힘들고 먼 세상이었다. 그러나 그녀는 며칠 안 되는 처절한 도망길에서 저들의 세상이 우리들의 세상임을 알게 되고 그것은 바로 자기의 세상이 되는 것이다.

이렇게 두 가지 포인트에 노력하다 보니 등장하는 캐릭터들이 거의 빼어나게 그려지고, 나쁜 사람도 나름의 할 말이 있거나 뒤집어 보면 나쁜 사람이 아니라는 생각이 들게 묘사되었다. 사실 나는 이 세상에 영원히 나쁜 사람은 없다고 믿기 때문에 결과가 그렇게 된 것 같다. 캐릭터의 분명한 설정면에서는 조금 손해보았다고도 할 수 있겠다.

독자에게 양해를 구해야 할 게 몇 가지 있다. 역사소설은 무대로 설정한 그 시대사의 흐름에서 크게 벗어나서는 안 될 것이다. 사실을 왜곡해서도 안 된다. 그 점에 유의하였다. 그러나 이 소설에 몇 가지 역사와 다른 점이 있다. 소설을 재미있게 엮고 싶은 차원에서 약간씩 수정한 것으로 이해해 주시기 부탁드린다.

1. 기묘사화는 중종 십일년인 천오백십구년 십일월에 일어났다. 소설에서는 기묘사화의 시기를 십일월이 아닌 봄철, 그것도 음력 오월로 잡았다. 하얀 눈이 내리는 겨울도 소설의 좋은 무대이기는 하지만 만물이 생동하는 늦은 봄이 월등 나을 것이기에 바꾸었다. 그 덕에 산에서의 꽃 나무 향기 이야기, 특히 노린내의 이야기를 풍성하게 엮을 수 있었다. 돌림병이 있었다거나 서빙고의 얼음 이야기도 그로 해서 여유롭게 묘사할 수 있었다.

2. 토정 이지함 선생은 천오백십칠년에 출생해 천오백칠십팔년 몰하였다. 따라서 기묘사화가 일어나는 중종 십일년에는 겨우 세 살에 불과하다. 주인공 자향과의 매치와 구성을 위해 육 년을 얹어 아홉 살로 하였다. 그의 천재성은 이미 잘 알려진 바이다. 그를 진기한새 기이한풀 괴이한돌로 칭한 사람은 율곡 이이 선생이지만 소설에서는 화담 서경덕으로 했다. 작

중 인물의 표현으로 하고 싶어 바꾸었다. 서경덕이 이지함을 어여삐 여겼고 교우가 깊었던 것은 유명한 사실이다. 토정 선생을 좋게 쓰려고 노력하였으나 행여 선현에게 누가 된 점이 있다면 넓게 이해해주시기를 부탁드린다.

3. 기묘년에 사화를 당한 대표적인 인물로는 조광조 김식 김정 김구 기준 박훈 등이 있다. 소설에서는 박훈을 빼고 박운 참의를 대신 넣었다. 처음에 주인공의 아버지를 박훈으로 설정하였으나 후손에게 혹 누가 될까봐 예정을 바꾸었다. 박훈 선생은 벼슬이 동부승지이고 십삼 년 귀양살이 끝에 풀려나 천오백사십년까지 육십 가까이 살았다. 정사가 제대로 이뤄지지 않는 세상이 싫어 다시 출사하지 않은 참 선비이다.

소설에서의 박운은 벼슬도 그냥 참의라고 하여 육조 중에서 어느 마을에 속하는지도 얼버무렸으며 사약을 받는 것으로 엮었다. 많은 사람이 박운 참의를 박훈 동부승지로 착각할 수가 있을 것이다. 그것을 나무라지 않는 마음으로 썼다.

4. 조선시대에 화폐가 정착되기 시작한 것은 상평통보가 나온 천육백칠십팔년 이후이다. 물론 조선 전기에도 각종 화폐를 유통보급시키기 위해 노력하였으나 사회적 경제적 미숙, 화폐원료의 공급난, 화폐정책의 모순 등으로 원활히 운용되지 못했다. 저질 베 한 필에 스무 장씩하는 저화가 많이 통용됐으나 시세에 따라 차이가 많았고 보편화되지 못하였다. 따라서 소설의 시대에는 화폐가 별로 사용되지 않았을 터이나 편의상 화폐의 통용을 전제로 하여 썼다.

5. 정염이 창안한 용호비결은 기록에 보면 삼십이 넘어 광주 청계산과 양주 괘라리에 은거해 저술한 것으로 보인다. 그가 도교에 심취했을 때 완

성한 것으로 보아야 하기 때문이다. 그러나 소설서는 십대에 비결을 완성한 것으로 썼다. 어려서 일찍이 권법 심법에 관심이 있다고 가정한다면 크게 이상하지 않을 수는 있으나 순리로 보면 후년에 완성하였을 것이다. 정염은 용호비결에서 보듯 유불선(儒彿仙)에 정통했으며 의술 점술 시에도 능통했다. 북창집에 시 삼십여 수가 전해지고 있다.

6. 소설 기법상 거의 존재하지 않는 별첨이라는 수법을 시도해보았다. 어느 면 느슨하지 않을까 하여 망설였다. 그러나 소설의 진행과는 직접적인 관련은 없으되, 소설과 연계가 되는 움직임, 그러면서 뭔가 암시와 맛이 우러나게 하기 위해, 별첨을 활용하기로 하였다.

처음에는 순수하게 그런 생각으로 별첨을 준비하였는데 나중 두 꼭지는 복선상 필요하여 별첨으로 돌렸다. 자객을 여럿 삽입한 중에 가장 중요한 진짜 자객이 누구인가. 진짜 자객 석운의 편지를 맨 마지막 별첨에 넣은 것이다. 따라서 맨 마지막 별첨을 읽어야 이 소설은 완전 이해되고 끝나는 것이다.

또 소설에서는 보기 드물게 참고도서 목록을 싣기로 하였다. 자칫 많은 책을 보았다고 드러내는 것 같아 주저하였으나 많은 분들의 노작 덕분에 조금은 충실하게 글을 쓸 수 있었다는 고마움을 표하기 위해 실었다.

이 책을 출판해주신 이태권 사장님과 소담출판사 직원 여러분, 그리고 저술지원을 해주신 삼성언론재단에 깊이 감사드립니다.

참 고 도 서

『조선왕조중종실록』 민족문화추진회

『조선시대군사관계법』 국방부전사편찬위원회

『조선왕조정치연구』 이달순, 수원대출판부

『조선시대생활사』 역사비평사

『한국회화대관』 유복열, 삼정출판사

『한국사대사전 상 · 하』 교육출판공사

『한국속담활용사전』 김도환 편저, 한울

『고사성어대사전』 임종욱, 고려원

『규합총서』 정양완, 보진재

『고사성어 숙어 대백과』 오문영, 동아일보사

『한국의성곽과봉수』 전3권 한국보이스카우트연맹

『국역 산림경제1』 고전국역총서

『경혈지압입문』 고광석, 청문각

『문장백과대사전』 금성출판사

『한국무가집』 김태곤, 집문당

『주해 악부』 고대민족문화연구소

『청구영언』 삼강문화사

『한국한시』 김달진, 민음사

『한국수수께끼사전』 집문당

『서울지도』 허영환, 범우사

『한국복식미술』 금기숙, 열화당

『한국의 목공예』 박영규, 범우사

『한국의 굿』 열화당

『서울설화』 김기혁, 범우사

『논어신해』 김종무, 민음사

『지정 남곤 선생 사료집』

『우리민물고기백가지』 최기철, 현암사

『우리새백가지』 이우신, 현암사

『우리나비백가지』 김정환, 현암사

『우리꽃백가지』 김태정, 현암사

『해동검도』 오정교, 도서출판 광연

『권법요결』 김광석, 동문선

『병을 물리치는 산야초』 장준근, 석오출판사

『재미있는 약초이야기』 선용, 현암사

『한국의텃새』 윤무부, 대원사

『음양오행』 박주현, 동학사

『한국의명목』 경향신문사

『시와 만나는 77종나무이야기』 김재황, 외길사

『조선의 향토오락』 박전렬 역, 집문당

『설원 유향』 임동석 역, 동문선

『우리궁궐이야기』 홍순민, 청년사

『옛시조감상』 김종오, 정신세계사

『서울육백년』 전5권 김영상, 대학당

『당시삼백수흔상』 문화도서공사

『당시감상대관』 김원중, 까치

『한국의 풍수지리』 최창조, 민음사

『청오경 금낭경』 최창조, 민음사

『수맥의 모든 것』 이병조, 한나라

『장경』 오상익, 동학사

『한국인물탐사기 3』 오늘

『사주정해』 최학림, 가교
『파자이야기』 홍순래, 학민사
『한국의 음식용어』 윤서석, 민음사
『한국고전문학전집』 고대민족문화연구소
『그림으로 풀이한 동의보감』 은광사